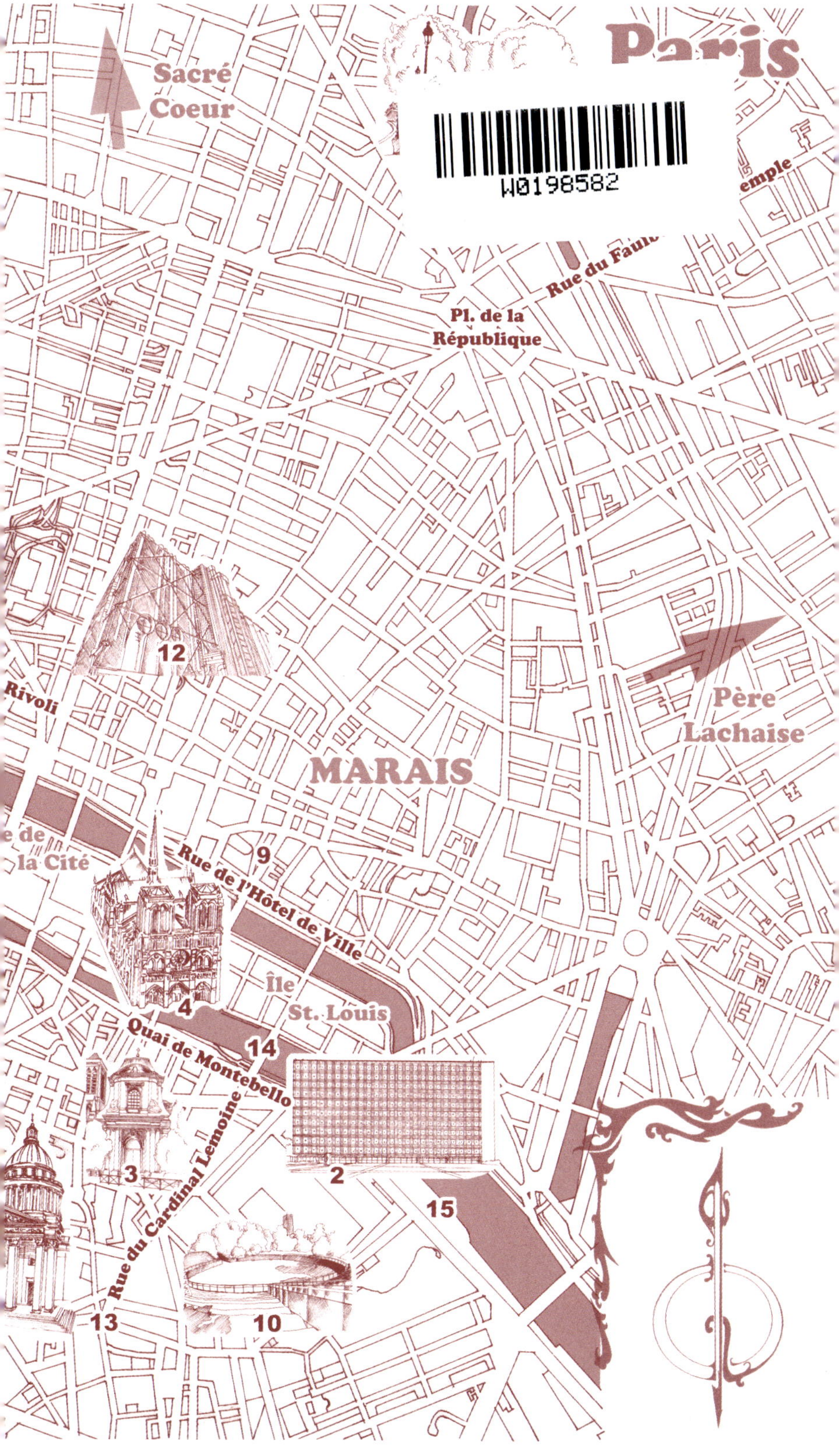
Paris
Sacré Coeur
Rue du Faub
emple
Pl. de la République
Père Lachaise
Rivoli
MARAIS
e de la Cité
Rue de l'Hôtel de Ville
Île St. Louis
Quai de Montebello
Rue du Cardinal Lemoine
12
9
4
14
3
2
15
13
10

Sarah Lukas

Der Kuss des Engels

Sarah Lukas

Der Kuss des Engels

Roman

Piper München Zürich

Entdecke die Welt der Piper Fantasy:

Piper-Fantasy.de

Die Zeilen auf Seite 20, 21 stammen aus dem Lied »Baby, join me in death« von HIM.

ISBN 978-3-492-70205-8

Satz: Satz für Satz. Barbara Reischmann, Leutkirch
Druck und Bindung: Pustet, Regensburg
Printed in Germany

Prolog

Der klapprige alte Jeep rumpelte über die Schlaglöcher und warf Rafael auf dem Sitz herum wie auf einem bockenden Pferd.

»Hell of a bumpy ride.« Jack grinste, ohne die Straße aus den Augen zu lassen. Seine von der kolumbianischen Sonne gebräunten Hände umklammerten das Lenkrad, um nicht die Kontrolle über den Wagen zu verlieren.

Ein verdammt holpriger Trip – in der Tat. Rafael erwiderte das Grinsen, obwohl der Engländer es nicht sehen konnte, weil sein Blick konzentriert nach vorn gerichtet war. Dabei hatten sie Glück, denn die Piste war im April selten so trocken und damit passierbar. Andere freiwillige Helfer in der Krankenstation hatten ihm erzählt, dass sich die Straßen in der Regenzeit oft in Schlammbäche verwandelten, in denen auch die modernsten Fahrzeuge stecken blieben. Dann gab es kein Durchkommen zum Flugplatz mehr, und die Ärzte mussten mit den verbliebenen Vorräten auskommen, bis der Weg zum Nachschub wieder frei war.

Rafael warf einen Blick hinter sich auf die Kisten und Kartons, die sie geladen hatten. Waren die Verpackungen genug gepolstert, um die Medikamente und medizinischen Geräte zu schützen? Jack musste es wissen, denn der wettergegerbte Tropenarzt mit den tiefen Lachfalten war schon seit ein paar Monaten im kolumbianischen Hinterland und fuhr die Strecke nicht zum ersten Mal. Er hatte auch ihn zehn Tage zuvor vom Flugplatz abgeholt, der eigentlich nur eine von Häusern und Hütten umstandene Schneise im Dschungel war.

»Goodness«, entfuhr es Jack. Er trat so heftig auf die Bremse, dass Rafael in den Sicherheitsgurt geworfen wurde. Hinter einer Kurve war ein zerbeulter, blauer Laster in Sicht gekommen, der die Fahrbahn blockierte. Dunkelhaarige Männer in olivgrüner Armeekleidung hatten sich davor und auf der Ladefläche aufgereiht und richteten schwarze Gewehrläufe auf den Jeep, der in einer Staubwolke zum Stehen kam.

Rafael schluckte. Noch nie hatte jemand mit einer Waffe auf ihn gezielt. Nervös sah er zu Jack hinüber. Sollten sie nicht wenden und versuchen zu fliehen? Nein, in einem offenen Jeep war das wohl keine gute Idee.

Der Engländer musterte die Guerilleros. Oder waren es Paramilitärs? Rafael hatte sich über die Lage in Kolumbien informiert, bevor er nach Bogotá geflogen war, und wusste, dass sie in diesem Krieg keiner Seite vertrauen konnten. Doch was nützte ihm das jetzt?

»Stay calm, Rafe«, wies Jack ihn an. »Bleib ruhig. Die haben es nur auf die Medikamente abgesehen.«

Einer der Fremden, ein drahtiger Kerl mit Schnurrbart, trat einen Schritt vor, fuchtelte mit seinem Revolver herum und brüllte: »Bajan del coche! Fuera! Fuera!«

Rafael musste kein Spanisch verstehen, um zu kapieren, dass sie aussteigen sollten. Sicher war es das Beste, diese Leute nicht durch Widerstand zu provozieren.

»Get out of the car«, bestätigte ihm Jack. »Aber langsam. Ich werde ihnen diesen Geleitschein von Don Esteban zeigen. Dann werden wir sehen, was der wert ist.« Der Engländer öffnete die Fahrertür und schob sich vom Sitz.

Widerstrebend folgte Rafael seinem Beispiel. Es fiel ihm schwer, den vermeintlichen Schutz des Wagens aufzugeben. Fast wie in Zeitlupe stieg er aus und entfernte sich von der Autotür, während Jack mit beschwichtigend erhobenen Händen spanisch auf die Guerilleros einredete.

»Rápido, rápido!«, blaffte der Anführer. Der Rest blieb für Rafael ein unverständlicher Wortschwall. Er konnte nur zwischen Jack und dem Fremden hin- und herblicken, den überhaupt nicht zu interessieren schien, was der Engländer von sich gab. Der Name Esteban fiel. Jack wollte in die Innentasche seiner Jacke greifen, wo Rafe die fragwürdigen Schutzpapiere des einflussreichen Don wusste. Sofort rissen die Bewaffneten alarmiert die Augen auf, griffen ihre Gewehre fester.

»No!«, brüllte ihr Anführer noch lauter. »No la toques!«

Jack hielt inne, sprach mit einer Ruhe weiter, die Rafe in seiner wachsenden Panik nicht fassen konnte. Unbeirrt näherte sich die Hand des Engländers erneut dem Revers.

»Nein, tu's nicht!«, schrie Rafael in das Gebrüll des Guerilleros. Das letzte Wort ging bereits in einem Schuss unter, dann sprachen nur noch die Waffen. Im nächsten Moment schlug Rafe schon der Länge nach auf den harten, staubigen Boden und spürte seinen Körper nicht mehr. Seine Augen starrten in den wolkigen Himmel, doch was er sah, war Sophies trauriges Abschiedslächeln.

1

Auf diesem Stuhl hatte er gesessen. Plötzlich sah Sophie ihn so deutlich, dass sich ihr Herz schmerzhaft zusammenzog. Er trug seine Brille anstelle der Kontaktlinsen, um unter den Studenten der Sorbonne, die dieses Café gern besuchten, intellektueller zu wirken. Sie hatte gelacht, als sie ihm auf die Schliche gekommen war, und er hatte ausgelassen eingestimmt. Nichts hätte ihm an jenem Tag die Stimmung verderben können, das wusste sie. Er war glücklich gewesen, weil sie seinen Heiratsantrag angenommen hatte – oben auf dem Rundgang um die weiße Kuppel von Sacré-Cœur, das Häusermeer von Paris zu ihren Füßen und den Sommerwind in ihrem Haar. Selbst durch das Brillengestell und die Gläser, die seine Augen ein wenig verkleinerten, hatte sein Lächeln so viel Liebe ausgestrahlt, dass es sie jetzt noch wärmte. Sie spürte ihre Mundwinkel sich wie von selbst aufwärts biegen, als sei ihr Gesicht ein Spiegelbild dessen, was die Erinnerung ihr vorgaukelte.

»Un café?« Ein Kellner, der die weiße Schürze lässig um die Hüfte geschlungen hatte wie ein Handtuch nach dem Duschen, schob sich zwischen sie und den Stuhl, der nun wieder leer im ansonsten voll besetzten Lokal stand. Der Anblick wischte das Lächeln von ihren Lippen.

»Non, merci.« Sophie sah zu dem jungen Asiaten auf, ohne ihn wirklich wahrzunehmen. Ein Kaffee hätte sie geweckt, ihre Gedanken geklärt, ihr die Wahrheit mit einer Schärfe bewusst gemacht, der sie sich nicht gewachsen fühlte. »Die Rechnung, bitte.«

»Natürlich«, erwiderte der Kellner, während er mit geübten Griffen Teller und Besteck auf das bereits waghalsig auf seinem Arm verteilte Geschirr stapelte und in einem Triumph über die Schwerkraft davontrug. Er hatte es nüchtern gesagt, aber Sophies Ohren war der missbilligende Unterton nicht verborgen geblieben. Die Ablehnung, das Unverständnis, die dahinter standen, hätte sie an jedem anderen Abend mit einem Schulterzucken abgetan, doch jetzt drangen sie wie ein giftiger Stachel in ihre schutzlose, wunde Seele. Unwillkürlich ließ sie Kopf und Schultern hängen, während sie sich tiefer in ihr Inneres zurückzog. Es gab auf dieser Welt einfach keinen Platz mehr für sie. Niemand begriff, was sie verloren hatte, nicht einmal ihre Mutter. Am allerwenigsten ihre Mutter. Sie hatte Rafael nie gemocht.

Wortlos stellte der Kellner im Vorübergehen den kleinen Teller mit dem Kassenbon auf dem Tisch ab. Mechanisch kramte Sophie ihr Portemonnaie aus der Jackentasche und legte das abgezählte Kleingeld auf die Scheine, damit sie nicht heruntergeweht werden konnten. Sie war nun lange genug in Paris, um sich wieder an die Tücken des französischen Alltags zu erinnern, die sie als Ausländerin verraten konnten. Nicht, dass es darauf angekommen wäre, unerkannt zu bleiben, aber als Fremdsprachenkorrespondentin hatte sie den Ehrgeiz, Land und Leute so gut zu kennen, dass sie nicht als Deutsche auffiel. Täglich besuchte sie die Sprachschule, um jeden Rest eines Akzents abzustreifen.

Eine Französin hätte Kaffee getrunken, dachte sie melancholisch und stand auf. Der Kellner nickte ihr zu, während sie sich zwischen den Gästen hindurchschlängelte, die die viel zu kleinen, viel zu eng aufgestellten Tische umlagerten. Selbst wenn er ihr noch einen Gruß zugerufen hätte, wäre seine Stimme im Lärm der Menge untergegangen. Sophie erwiderte die Geste mit einem erzwungenen Lächeln und ging hinaus.

Obwohl die Tür des Cafés offen stand, war die Luft auf der Straße spürbar frischer. Regen hatte Hitze und Staub des hektischen Julitags in den Rinnstein gewaschen und davongeschwemmt. Fröstelnd sah Sophie auf. Ihr Blick glitt an den Fassaden der hohen, grauen Häuser empor, denen verschnörkelte, schmiedeeiserne Balkongeländer nur wenig von ihrer Strenge nahmen. Darüber gaben Dächer und Kamine die Sicht auf einen wolkenschwarzen Streifen Nachthimmel frei, aus dem noch immer vereinzelte Tropfen fielen. Nasses Laub glitzerte, wo der Schein der Straßenlaternen auf die Bäume traf, die den Boulevard Saint-Michel flankierten, doch jenseits des Lichts verschwammen die Blätter zu umso dunkleren Schattengebilden.

Sophie blinzelte erschreckt, als ein dicker, kalter Tropfen auf ihre Wange klatschte. Wie Tränen rann das versprengte Wasser hinab. Als ob sie nicht genug geweint hätte. Als ob sie jemals damit aufhören würde …

Neue Gäste, die auf die Tür des Cafés zusteuerten, starrten sie neugierig an. Errötend gab sie ihnen den Weg frei, so gut es zwischen den aufgestapelten Tischen und Stühlen ging. *Was stehe ich auch so sinnlos hier herum?*

Erneut fröstelnd zog sie ihre Jacke an und streifte die Kapuze über. Der schwarze Stoff beschirmte sie vor mitleidigen Blicken, sperrte Regen, erdrückende Häuserwände und finstere Baumwesen aus. Die Augen auf den glänzenden Asphalt gerichtet, schlug sie den Weg zur Seine ein. In der Sprachschule hatten andere Kursteilnehmer von einer Bar im Marais-Viertel geschwärmt, wo sie ihre Abende verbrachten. Vielleicht würde sie dort Tereza aus Prag oder die lustige Italienerin Francesca treffen – irgendjemanden, der sie eine Weile von dem Abgrund weglockte, an dem sie entlangbalancierte.

Sie musste den Blick nicht heben. Zur Brücke Saint-Michel ging es immer geradeaus. Gedankenverloren nahm sie die hinter einem mannshohen Gitterzaun und ein paar Bäumen versteckten Ruinen der römischen Thermen nur aus dem Augenwinkel wahr, bevor die klobigen Bordsteine sie ermahnten, den auch bei Nacht belebten Boulevard Saint-Germain nicht blindlings zu überqueren. Ab hier kannte sie sogar die Reihenfolge der Schaufenster und Straßenlokale auswendig, weil sie jeden Morgen auf dem Weg zur Métro an ihnen vorüberkam.

Sie hatte gehofft, dass die Sprachschule und die Suche nach einem Job sie von ihrer Trauer ablenken, dass sie ihr helfen würden, die Zeit mit Rafe zu vergessen und ein neues Leben anzufangen. Stattdessen fühlte sie sich einsamer denn je. Wie hätte sie ahnen sollen, dass so vieles in dieser Stadt sie an den einen kurzen Urlaub erinnerte, den sie hier mit ihm verbracht hatte? Sie hörte den Springbrunnen am Place Saint-Michel auf der anderen Straßenseite rauschen, und schon stieg das Foto aus ihrem Gedächtnis auf, das Rafe dort von ihr gemacht hatte.

Im Nachhinein betrachtet kam ihr das Bild beinahe prophetisch vor. So klein und verloren hatte sie zwischen den beiden geflügelten Drachen gestanden, die Wasser statt Feuer spien und gegen den schwertschwingenden Erzengel Michael in ihrer Mitte dennoch nur wie gehorsame Wachhunde wirkten. Hoch ragte der bronzene Streiter hinter ihnen auf, und Sophie fühlte sich wie die hingestreckte Gestalt zu seinen Füßen – von den Mächten des Schicksals geschlagen, besiegt und in den Staub geworfen. Was blieb ihr denn noch?, fragte sie sich, während sie über die Brücke zur Île de la Cité ging. Der Tod hatte ihr die Liebe ihres Lebens entrissen. Sie hatte Wohnung und Job in Stuttgart gekündigt, um nach der Hochzeit mit Rafe nach Hamburg zu ziehen. Nach der Hochzeit, die niemals stattgefunden hatte. Statt als Braut in Weiß vor den Altar zu treten, hatte sie in Schwarz vor einem Sarg gestanden, mit einem Rosenstrauß in der Hand.

Sophie kämpfte die aufsteigenden Tränen nieder. Was sollten Tereza und Francesca denken, wenn sie mit verheulten Augen in der Bar auftauchte? Die beiden nutzten ihren Fortbildungsurlaub, um sich kopfüber ins Pariser Nachtleben zu stürzen. Mit geröteten, von Müdigkeit umschatteten Augen saßen sie tagsüber in ihren Kursen und kämpften gegen die einschläfernde Wirkung von Monsieur Oliviers Stimme an, wenn er sich in ausufernden Reden über die wachsende Bedeutung der internationalen Finanzmärkte für die französische Wirtschaft verlor.

Sophie nahm an, dass die anderen auch sie für übernächtigt hielten, wenn sie blass und mit verquollenen Lidern in der Schule erschien. Sie wollte nicht mit Fremden über Rafael sprechen, die ihn nicht gekannt hatten und deshalb nicht ermessen konnten, was er ihr noch immer bedeutete. Das hatte sie in den letzten Wochen oft genug erlebt. Wenn die Leute peinlich berührt ihre Anteilnahme versicherten und hinter ihrem Rücken mitleidig über sie flüsterten, fühlte sie sich nur noch schlechter.

»Merde!«

Der laute Fluch riss Sophie aus ihren Gedanken. Die Stimme ertönte hinter einem zerfledderten Schirm, der sich umso abenteuerlicher spreizte und verbog, je heftiger sein Besitzer darum kämpfte, ihn zu öffnen. Wie eine Fledermaus aus Draht und Polyester flatterte er an ihr vorüber. Erst jetzt bemerkte Sophie, dass der Regen wieder stärker geworden war. Die Tropfen landeten auf ihrer Kapuze, als würden sie anklopfen, bevor sie sich anschickten, durch den Stoff auf ihr Haar vorzudringen. Besorgt blickte sie auf. War es noch weit bis zur Rue Vieille du Temple? Sie sah sich um, doch die schmale Straße, der sie gefolgt war, ohne darüber nachzudenken, kam ihr nicht bekannt vor. Bars und Cafés, aus denen Musik und Stimmengewirr drangen, reihten sich aneinander, unterbrochen von Hauseingängen und den bunten Fassaden kleiner Geschäfte. Motorroller parkten auf den Gehsteigen, sodass es viele Passanten zu dieser Stunde vorzogen, in der Mitte der gepflasterten Gasse zu laufen. Im Licht der altmodischen Straßenlaternen eilten schrill gekleidete Gestalten lachend durch die Nacht. Andere, weniger auffällige Frauen und Männer hasteten an Sophie vorüber und hielten sich Zeitungen oder große Handtaschen über die Köpfe. Nur zwei junge Männer, die eng umschlungen neben dem Eingang eines Clubs standen, schienen sich nicht am Regen zu stören. Doch auch ohne die beiden hatte Sophie bemerkt, dass sie sich inzwischen im Marais befand, dem schillernden Viertel, das bei Lesben und Schwulen so beliebt war. Demnach hatte sie sich wenigstens nicht völlig verlaufen.

Schon an der nächsten Ecke erkannte sie einige Läden wieder und schlug erleichtert den Weg zur Rue Vieille du Temple ein. Es konnte nicht mehr weit sein. Wie hieß die Bar doch gleich? *Les Etrangères? Les Equipages?* Sophie beschleunigte ihre Schritte, bog in die von Boutiquen, Kunstgalerien und alten Geschäften gesäumte Straße ab und hielt nach dem hellen, schmalen Haus Ausschau, das Francesca ihr beschrieben hatte.

Les Étages. Natürlich! Tereza hatte doch erzählt, dass sich die Bar über drei Stockwerke erstreckte. Durch die offenen Türen fiel Licht und spiegelte sich schimmernd in den Pfützen auf dem Bürgersteig. Aus ihrem Blickwinkel konnte Sophie nicht sehen, was sich hinter den hohen Fenstern der oberen Etagen verbarg, aber sie war nicht neugierig. Seit Rafes Tod sah für sie eine Bar wie die andere aus.

Mit einem gemurmelten »Pardon« drängte sie sich an einer Gruppe junger Leute vorbei, die angesichts des Regens zögerten hinauszugehen. Dahinter fand sie kaum mehr Platz, um die mittlerweile vollgesogene Jacke auszuziehen. Warme, parfüm- und schweißgesättigte Luft schlug ihr entgegen, vermengt mit dem Geruch von Wein, Gewürzen und Gebratenem. Cocktails fügten der Mischung süße und hochprozentigere Noten hinzu, während ein Tablett mit Tapas, das eine Kellnerin vor ihr hertrug, einen Hauch von Salz und Oliven verströmte. An den Tischen wurde lauthals erzählt, diskutiert, gelacht; Stimmen und Hintergrundmusik verbanden sich zu einem sinnentleerten Brabbeln und Lärmen. Sophie blendete es aus, während ihr Blick über die Gäste schweifte. Weit und breit war nichts von Francesca und Tereza zu sehen, also stieg sie die Treppe hinauf.

Auch dort ging es laut und fröhlich zu, obgleich das Lokal leerer wirkte als unten. Die Happy Hour war vorüber, aber für echte Nachtschwärmer mochte es noch zu früh sein, hoffte Sophie, als sie wieder kein bekanntes Gesicht entdeckte. Einige Gäste nahmen ihren suchenden Blick wahr und sahen fragend auf, bis sie merkten, dass Sophies Aufmerksamkeit nicht ihnen galt. Mit jedem Augenpaar, das sich abwandte, fühlte sie sich fremder und einsamer als zuvor, obwohl sie gar nicht angesprochen werden wollte.

Halbherzig setzte sie ihren Rundgang fort, doch auch in der obersten Etage hatte sie keinen Erfolg. Am liebsten wäre sie nach Hause gegangen, hätte sich wie so oft in ihrem kleinen Zimmer verkrochen und darauf gewartet, über bittersüßen Erinnerungen einzuschlafen. Aber dazu hätte sie sich aufraffen müssen, wieder in den Regen hinauszugehen. Vielleicht sollte sie doch lieber noch eine Weile auf ihre Freundinnen warten. Sie bestellte den angeblich legendären Erdbeer-Mojito, von dem Tereza geschwärmt hatte, und setzte sich an einen kleinen, freien Tisch, von dem aus sie die Treppe im Auge behalten konnte.

Sophie versuchte so zu wirken, als sei es für sie vollkommen selbstverständlich, spätabends allein in einer Bar zu sitzen und einen Cocktail zu schlürfen. Sie war sicher, dass es ihr gänzlich misslang. Immer wieder ertappte sie sich dabei, wie sie mit den Fingern ihr schulterlanges Haar auflockerte, das die feuchte Kapuze platt gedrückt hatte. Warum konnte sie nicht souverän und entrückt aussehen wie eine Hollywooddiva in einem tragischen Film?

Weil Tragik im wahren Leben nur verschmierte Mascara und die Ausstrahlung eines tristen Regentags bedeutet. Sie nippte an ihrem Drink und rührte mit dem Strohhalm im Eis herum. Die zuckrige Brühe klebte an den Zähnen, ganz gleich, wie oft sie mit der Zunge darüberfuhr. Dass sie dabei Lippen und Kinn verzog, wurde ihr erst bewusst, als sie sich plötzlich beobachtet fühlte. Überrascht sah sie auf, während ihr das Blut in die Wangen schoss. Ihr Blick kreuzte den eines Mannes, der mit dem Rücken zur Wand allein an einem Tisch saß. Leere Gläser deuteten an, dass er seinen Rotwein ursprünglich in Gesellschaft getrunken hatte, und Sophie wünschte augenblicklich, er wäre mit seinen Freunden verschwunden.

Reiß dich zusammen!, ermahnte sie sich. Der Fremde war nicht der erste und würde nicht der letzte Mann sein, der eine junge Frau musterte, die zufällig in derselben Bar saß. Sie musste nur demonstrativ wegsehen und alles unterlassen, was ihn ermutigen konnte, dann würde er sicher bald das Interesse verlieren.

Es kam ihr selbst übertrieben gleichgültig vor, wie sie sich abwandte, um wieder die Treppe ins Visier zu nehmen.

Wo steckten die beiden Partylöwinnen nur, wenn man sie brauchte? Krampfhaft vermied sie, erneut in die Richtung des Fremden zu blicken. Schon der Gedanke an sein düsteres Gesicht ließ sie schaudern. Aber weshalb? An matt dunklem, bereits ergrauendem Haar, schlecht rasierten Wangen und dichten Augenbrauen allein war nichts Beunruhigendes. Dennoch meinte sie, seinen bohrenden Blick beinahe körperlich zu spüren. Fahrig zerpflückten ihre Finger die Minzblätter, die den Mojito dekorierten. Der frische Duft, den sie eigentlich liebte, verursachte ihr Übelkeit. Warum war sie nur in diese bescheuerte Bar gekommen? Sie hätte nach dem Abendessen heimgehen und für die Abschlussprüfung lernen sollen.

Verschwommen nahm sie aus dem Augenwinkel wahr, dass der Kerl sie noch immer anstarrte. Die dunkle, bedrohliche Seite der Stadt wurde ihr mit einem Mal wieder bewusst. Sie erinnerte sich an die Schreie, die sie eines Nachts durchs offene Fenster gehört hatte, an die hastigen Schritte und aufgebrachten Rufe. Kein Wort hatte sie verstanden, nur mit pochendem Herzen im Bett gesessen und in die anschließende Stille gelauscht. Sofern man in Paris je von Stille sprechen konnte …

Als die Runde am Nebentisch in Gelächter ausbrach, schreckte sie auf. Ungewollt flog ihr Blick zu dem Mann hinüber, der ihr so viel Furcht einjagte. Seine Augen waren unter den dunklen Brauen unverhohlen auf sie gerichtet, und das war beinahe schlimmer, als wenn er zu ihr gekommen und sie angesprochen hätte. Doch darauf schien er gar nicht aus zu sein. Sophie konnte förmlich vor sich sehen, wie er ihr schweigend folgen würde, sobald sie das Lokal verließ. Irgendwie musste sie ihn austricksen.

Abrupt stand sie auf, schnappte sich ihre Jacke und eilte zur Toilette. Vor dem Waschbecken warf sie einen Blick in den Spiegel. Sie war blass, aber die Angst hatte rote Flecken auf ihre Wangen getrieben. Die dunkelblonden Haare hingen in wirren Strähnen, die Augen wirkten in ihrem müden Gesicht zu groß. Sah so ein leichtes Opfer aus?

Sie atmete tief durch, zog die nasskalte Jacke an und die Kapuze über den Kopf. Als eine Frau hereinkam, verließ sie ihre fragwürdige Zuflucht. Schon zuvor hatte sie beschlossen, nicht mehr an ihren Tisch zurückzukehren. Stattdessen drückte sie einer verdutzten Kellnerin zehn Euro in die Hand. »Pour un mojito à la fraise.«

»Aber …«

»Stimmt so«, fiel sie ihr ins Wort und eilte zum Ausgang. Sie hoffte inständig, dass der unheimliche Kerl noch nichts ahnend im ersten Stock saß, wagte aber nicht, sich umzudrehen, um sich Gewissheit zu verschaffen. Jede Sekunde Vorsprung konnte entscheidend sein.

Draußen rannte sie, bis sie einige Passanten zwischen sich und *Les Étages* gebracht hatte. Hastig bog sie in die nächste Seitenstraße ab, stoppte und spähte an die Hauswand gelehnt um die Ecke, zur Bar zurück. Nichts. Misstrauisch musterte sie die Gestalten, die sich hinter hochgestellte Krägen und Schirme duckten, doch niemand kam ihr bekannt vor. Eine Frau, die sich bei ihrer Freundin oder Geliebten untergehakt hatte, warf ihr einen halb amüsierten, halb fragenden Blick zu. Sophie rang sich ein Lächeln ab und wich von der Wand zurück. Sie hatte sich den unangenehmen Beobachter nicht eingebildet. Wenn sie ihn durch ihren übereilten Aufbruch losgeworden war, umso besser.

Kopfschüttelnd ging sie weiter und hielt sich vage in Richtung Seine, die sie wieder überqueren musste, um nach Hause zu gelangen. Langsam beruhigte sich ihr Herzschlag. Sie drehte sich ein weiteres Mal um. Kein finsterer Blick, der sie verfolgte.

Der Regen war in ein kaum spürbares Nieseln übergegangen. Die Anspannung wich allmählich der trostlosen Leere, die seit Monaten ihr treuester Begleiter war – seit dem Anruf, der ihr Leben mit einem Schlag zertrümmert hatte. Das schwindende Adrenalin ließ sie müde und ausgelaugt zurück, und aus der klammen Jacke kroch Kälte unter ihre Haut. Ihr Mund war trocken, die Zähne von Zucker und Erdbeersaft pelzig. *Ich bin ein Wrack. Was mache ich überhaupt hier? Ich sollte längst zu Hause sein.*

Zu Hause. Paris war nicht ihr Zuhause. Auch die leere Wohnung in Stuttgart nicht. Es gab keinen Ort mehr, an den sie gehörte. Ihre Eltern mochten das anders sehen, aber was wussten sie schon? Sie verstanden nicht, dass ihre Heimat an Rafaels Seite gewesen war. Weder ein Zimmer in Stuttgart-Hedelfingen noch im Quartier Latin konnte das jemals ersetzen. Paris, die Lichter, die Gerüche aus den Bistros, das Johlen und Lachen, die verliebten Paare … ihr war, als könne sie das alles nicht länger ertragen. Hektische Dancefloorbeats aus einem Club, magenerschütternde Bässe durch die Scheiben eines vorbeifahrenden Autos, das fröhliche Trällern eines französischen Schlagersängers … Sie versuchte, nichts mehr zu hören, nichts mehr zu sehen, doch das war wohl nur den Toten vergönnt.

Klavierklänge schlichen sich beinahe unbemerkt in ihre Ohren, bevor sie ihre Schritte beschleunigte, um den folgenden Gitarrenriffs zu entkommen, die aus einer weiteren Bar dröhnten. Vom Ufer der Seine, wo tagsüber die letzten Vorbereitungen für die künstlichen Strände des Sommers im Gange waren, drangen afrikanische Trommelrhythmen durch die Bäume herauf. Sophie floh über die Pont Marie auf die Île Saint-Louis, die der einzige Ruhepol dieser vergnügungssüchtigen Stadt zu sein schien.

Endlich wurde es leiser um sie, und das gehetzte Gefühl fiel von ihr ab. Ihre Gedanken wirbelten noch immer haltlos umher, doch sie brüllten nicht mehr, um über den äußeren Lärm hinweg Gehör zu finden. Erneut perlte das Klavier hinein, dieses Mal aus ihrem Gedächtnis, eine melancholische Abfolge von vier Tönen. Die inneren Stimmen verstummten, die Töne wiederholten sich. Sie erinnerte sich an das Lied, die Melodie, hörte den Sänger säuseln. *Baby, join me in death.* Der Song war ein Ohrwurm gewesen. Sie hatte ihn gemocht, obwohl der Text sie irritiert hatte. Nun fiel er ihr nach und nach wieder ein. Mit jedem Schritt, den sie sich der Brücke auf der anderen Seite der Insel näherte, kehrten weitere Passagen zurück. *This world is a cruel place. We're here only to lose.* Damals hatte sie es für übertrieben gehalten. *Ich hatte keine Ahnung. Ich hatte noch nichts verloren.*

Der Sänger, dessen Namen sie vergessen hatte, heulte Schmerz und Sehnsucht hinaus. Trog ihr Gedächtnis, oder sah er Rafael sogar ein wenig ähnlich? Nicht, dass Rafe je so ausgezehrt ausgesehen oder sich geschminkt hätte, aber entfernt …

Before life tears us apart, let death bless me with you. Wie hatte sie zulassen können, dass das Leben sie auseinanderriss? Warum war sie nicht mit ihm gestorben, als die tödlichen Kugeln getroffen hatten? Sie hatten sich versprochen, für immer zusammenzubleiben, und doch hatte sie ihn allein reisen lassen. Vielleicht wäre er noch am Leben, vielleicht hätte er mit ihr an jenem Tag eine andere Route genommen oder das abgelegene Dorf gar nicht erst verlassen. *Vielleicht …*

Sie trat aus dem Schatten der Häuser und überquerte die baumgesäumte Uferstraße. Jenseits der Brücke leuchteten ihr die Lichter des Quartier Latin entgegen, doch auf dieser Seite der Pont de la Tournelle war kaum etwas vom fernen Nachtleben zu hören. Dunkel und träge flossen die Wasser der Seine dahin, als ob auch sie nach Sonnenuntergang müde würden und Träumen von stillen Wäldern und Hügeln nachhingen. Das helle, nasse Gestein des Brückengeländers war kalt unter ihren Händen, doch sie spürte es kaum. Es kam nicht mehr darauf an. *This life ain't worth living. So won't you die?*

Schritte hinter ihr ließen ihren Atem stocken. Sie erstarrte, aber wer es auch war, ging nur vorüber. Die Schritte entfernten sich.

Sophie hob den Blick und sah die erleuchtete Stadt, die sich im Fluss spiegelte. Wie herrlich hatte sie das nächtliche Paris bei ihrem ersten Besuch empfunden. Doch damals war Rafe bei ihr gewesen. Jetzt ließ die Schönheit sie so kalt wie das Gestein unter ihren Fingern. Die Spitze des Eiffelturms war nur ein bedeutungsloses Relikt, die Notre-Dame irgendein Bauwerk aus längst vergangener Zeit. Wollte sie sterben? *Baby, join me in death.* Würde sie dann wieder mit Rafe vereint sein?

Sie starrte auf die angestrahlten Türme der Kathedrale. Gott schätzte Selbstmord nicht sonderlich. Trotzig reckte sie das Kinn. Es gab keinen Gott. Wenn es ihn gäbe, wie hätte er Rafes Tod zulassen können? Ausgerechnet Rafe, der allen immer nur hatte helfen wollen! Stolz hatte er ihr einst erzählt, dass Raphael *Gott heilt* bedeute und er deshalb zum Arzt berufen sei. Aber Gott hatte *ihn* nicht geheilt. *Und er heilt mich nicht.*

Bebend kletterte sie auf das breite Geländer, auf dem sie bei schönem Wetter bequem hätte sitzen und die Beine baumeln lassen können. Vorsichtig schob sie sich näher zum Rand. Jetzt, da nichts mehr zwischen ihr und den grauen Fluten tief unter ihr war, wurde ihr flau im Magen. Behutsam tastete sie mit den Füßen nach dem Sims am Fuß des Geländers und bekam weiche Knie, als der Untergrund unter ihrem Gewicht knirschte und ein wenig nachgab. Eine Metallleiste, die vermutlich irgendwelche Kabel abdeckte, nahm die Hälfte des schmalen Vorsprungs ein. Ängstlich verlagerte sie ihr Gewicht darauf, hielt sich jedoch weiter am Geländer fest. Leise schwappte das Wasser an den gemauerten Brückenpfeiler. Sie stellte sich vor, wie es ihre Kleider durchdringen und sie in die eisige Kälte des Todes hüllen würde.

Als das Stampfen eines großen Dieselmotors in ihr Bewusstsein drang, erwachte sie wie aus einem Traum. *Nein!* Panisch klammerten sich ihre Finger an die steinerne Kante. Um keinen Preis wollte sie mit gebrochenen Gliedern auf dem Deck eines Ausflugsbootes landen und von Touristen begafft werden, die ihr Bild mit Fotohandys um die Welt schickten.

Doch der Kiel, der seitlich und einige Meter tiefer in Sicht kam, gehörte zu keinem der modernen, fast gänzlich aus Glas bestehenden Schiffe, sondern zu einem älteren, dunkel gestrichenen Kahn, den der Besitzer zu einem schwimmenden Restaurant umgebaut hatte. Die Gäste blieben für Sophie unter dem Dach verborgen, doch durch die Fenster konnte sie Teile der sorgfältig gedeckten Tische sehen. Ihre Finger entspannten sich ein wenig. Sie musste nur noch warten, bis das Schiff ein Stück weg war. Niemand würde sie bemerken.

Schräg unter ihr kam endlich das Heck des Schiffs zum Vorschein. Instinktiv presste sich Sophie enger an das Geländer, als sie die drei Männer entdeckte, die auf einem freien Platz hinter den Aufbauten standen und miteinander sprachen. Das Dröhnen des Motors, das vom Brückenbogen widerhallte, übertönte ihre Stimmen. Einer der drei zückte ein Feuerzeug und zündete sich eine Zigarette an.

Sophies Herz setzte einen Schlag aus. Ungläubig starrte sie auf eines der Gesichter hinab, die im flackernden Lichtschein sichtbar geworden waren. Ihre Lippen bewegten sich, doch es kam kein Laut darüber, während das Boot auf die Durchfahrt zwischen der Île Saint-Louis und der Île de la Cité zuhielt. Als das Feuerzeug erlosch, senkte sich Dunkelheit über die Männer. Aus Sophies rauer Kehle löste sich ein Krächzen: »Rafe!«

2

Die Lähmung wich so plötzlich aus ihrem Körper, wie sie gekommen war. »Rafe!«, rief sie, dieses Mal lauter, doch es klang noch immer heiser und kläglich gegen das Tuckern des Motors und die zunehmende Entfernung.

Hastig drehte sie sich auf dem schmalen Sims um, schwankte, warf sich mit einem Aufschrei quer über das Geländer und schlang die Arme darum, um sich festzuklammern. *Schneller! Das Schiff ist gleich weg!* Die Gummisohle ihres Schuhs rutschte ab, als sie ihr Bein aufs Geländer hob.

Aufgeregte Stimmen und rasche Schritte kamen näher, aber Sophie hatte keine Zeit, auf Hilfe zu warten. Plötzlich fand sie doch noch Halt. Mit einer Kraft, die sie selbst verblüffte, zog und schob sie sich über den nassen Kalkstein, kam endlich auf der anderen Seite wieder auf die Füße und lief los, ohne sich nach den herbeigeeilten Leuten umzusehen. Erstaunte Ausrufe drangen an ihre Ohren, doch ihre ganze Aufmerksamkeit galt dem umgebauten Lastkahn, dem die Strömung zusätzlich Fahrt verlieh. Sie rannte die Kaimauer entlang, vorbei an Treppen, die zur Wasserlinie hinabführten, verfluchte im Stillen die Kronen der von dort aufragenden Bäume, weil sie ihr immer wieder die Sicht raubten.

Ihre Lungen begannen zu brennen. Ihr Herz raste. Wie oft hatte sie sich vorgenommen, mehr Sport zu treiben. Ein gutes Stück vor ihr verschwand das Schiff unter der nächsten Brücke.

Sie hetzte weiter, hing einen Augenblick zwischen Stolpern und Fallen, als ihr eine Unebenheit im Pflaster einen Fuß wegzog. Eine unsichtbare Hand schien sie mit einem Ruck aufzurichten.

Eine Entschuldigung japsend, drängelte sie sich an einem Liebespaar vorbei und querte die Auffahrt zur Pont Saint-Louis, die die beiden Inseln miteinander verband. Vor ihr kam das nun in Dunkelheit gehüllte Heck wieder in Sicht, auf dem sich die drei Gestalten nur mehr erahnen ließen. Sie konnte nicht einmal mit Sicherheit sagen, ob es noch drei Männer waren.

Im Licht der Straßenlaternen entdeckte sie den mit Sitzbänken versehenen Aussichtspunkt, der das Ende der Île Saint-Louis markierte, und erkannte siedend heiß ihren Fehler. Um das Schiff weiter verfolgen zu können, hätte sie über die Brücke auf die Île de la Cité wechseln müssen. Auf zitternden Beinen kam sie hinter dem Bogen der Kaimauer zum Stehen. Ihr Atem pfiff, und das Herz hämmerte von innen gegen die Rippen wie eine Faust. Niemals hätte sie das Schiff wieder einholen können, selbst wenn sie die richtige Abzweigung genommen hätte. Keuchend beobachtete sie, wie es um die gegenüberliegende Insel bog und hinter der stählernen Pont d'Arcole entschwand.

Als sie sich die letzten ausgetretenen Stufen in den vierten Stock hinaufschleppte, konnte Sophie kaum mehr die Füße heben. Sie war so erschöpft, dass sie nur noch unter ihre Decken kriechen und die Augen schließen wollte. *Hoffentlich schläft Madame Guimard schon.* So leise wie möglich steckte sie den Schlüssel ins Schloss und öffnete die alte, mit Schnitzwerk verzierte Tür, die prompt in den Angeln quietschte. Das Parkett im hell erleuchteten Flur knarrte unter ihren Schritten, als biege es sich unter dem Gewicht eines Nilpferds. Sophie verdrehte die Augen. *So viel zum unbemerkten Ins-Bett-Schleichen.*

Es war nach Mitternacht, doch aus dem Wohnzimmer, das Madame Guimard ihren Salon nannte, drang gedämpfte klassische Musik. Jeden Abend hörte die alte Dame ihre beinahe ebenso betagten Schallplatten, deren vergilbte, abgegriffene Hüllen kaum noch verrieten, um welche Komponisten oder Werke es sich handelte. Sophie schälte sich vor der Garderobe aus ihrer nassen Jacke und zerrte ihre Füße aus den Sneakern, ohne die Schnürsenkel zu öffnen. Sie fürchtete, vor Entkräftung umzufallen, wenn sie sich bückte.

»Dank des Regens kommt heute Abend eine herrliche Luft herein«, ließ sich Madame Guimard durch die angelehnte Tür vernehmen.

Sophie seufzte im Stillen. Ihre Vermieterin hätte sich niemals aufgedrängt, indem sie ihr im Flur auflauerte, um sie nach ihrem Tag zu fragen, doch mit ihren subtileren Mitteln erreichte sie denselben Effekt. Da die Höflichkeit gebot, sie nicht zu ignorieren, rang sich Sophie ein Lächeln ab und betrat den Salon. »Bonsoir, Madame.«

Im ersten Moment sah sie nur, was das einfallende Flurlicht beleuchtete. Jenseits dieses hellen Ausschnitts lag der Raum in Dunkelheit.

»Lehn die Tür wieder an, Mädchen. Du lockst mir die Motten herein.«

Insgeheim seufzte Sophie ein zweites Mal und befolgte die Anweisung. *Ich hätte einfach »Gute Nacht« sagen und vorbeigehen sollen,* bedauerte sie, doch sie war so müde, dass ihr die Kraft für so entschlossenes Handeln fehlte.

Allmählich gewöhnten sich ihre Augen an das Zwielicht der zwei Stockwerke tiefer leuchtenden Straßenlaternen. Sie konnte die hohe Stuckdecke über sich erahnen und die Umrisse der Möbel vor den mit Stoff tapezierten Wänden. Nippes und Fotorahmen spiegelten das wenige Licht. Madame Guimard saß auf einem ihrer samtbezogenen Sessel am offenen Fenster, das bis zum Boden reichte und mit einer Brüstung aus verschlungenem schwarzem Eisengitter gesichert war. Gegen die kühle Nachtluft hatte sie eine Ajour-Strickjacke übergezogen und hielt sich Tee auf einem Stövchen warm. »Setz dich doch!« Einladend wies sie auf den Sessel jenseits des kleinen Beistelltischs. »Hattest du …« Sie unterbrach sich selbst, als Sophie näher kam, und hob überrascht die perfekt gezupften, dezent nachgezogenen Brauen. »Setz dich!«, wiederholte sie, bevor sie aufstand. Für eine alte Frau war sie schlank und hielt sich noch sehr gerade.

Steif nahm Sophie auf dem Sessel Platz, dessen Federn sich bereits spürbar durch das Polster drückten. In dieser Wohnung gab es wenig, das nicht seit mindestens dreißig Jahren in Gebrauch war.

Madame Guimard brachte aus einem Vitrinenschrank ein weiteres Teegedeck aus hauchdünnem Porzellan zum Vorschein und stellte es vor Sophie ab, um ihr einzuschenken. »Trink das, Mädchen, und nimm reichlich Milch dazu!«

Sophie griff nach dem Kännchen, während sich die alte Dame wieder auf ihrem Sessel niederließ. Verwundert über das einsetzende Schweigen gab sie einen großzügigen Schuss Milch in ihre Tasse und rührte um, doch Madame Guimard sah wieder aus dem Fenster. Ein wenig enttäuscht nippte Sophie an ihrem Tee. Interessierte es Madame Guimard überhaupt nicht, was sie so aufgewühlt hatte, dass man es ihr selbst in diesem Dämmerlicht ansah? Aber vielleicht wollte sie einfach nur diskret sein. *Es ist besser so. Sie würde mir ohnehin nicht glauben. Niemand würde das.* Sie wusste nicht einmal, ob sie es selbst glauben sollte. Wieder sah sie das Gesicht im Schein der Feuerzeugflamme, und die Sehnsucht schnürte ihr die Brust zusammen.

Müdigkeit und die Wärme des Tees lullten sie ein. Eine Weile schwelgte sie zu den leisen Streicherklängen in Erinnerungen an Rafaels Lächeln. *Wie schön es wäre, es nur einmal wiederzusehen.* Der Mann auf dem Schiff hatte nicht gelächelt, aber wenn es Rafael war, würde er es bei ihrem Anblick sicherlich tun. »Ich habe meinen Verlobten gesehen«, sagte sie wie zu sich selbst.

Erneut hob Madame Guimard die Brauen. »Deinen Verlobten? Sagtest du nicht, er sei gestorben?«

Sophie zuckte beim letzten Wort innerlich zusammen. »Ja.« Unwillkürlich richtete sie sich auf. »Aber ich habe ihn gesehen! Gerade eben! Als ich auf der Pont de la Tournelle stand.« Die Erinnerung an ihren Wunsch, sich in die Seine zu stürzen, ließ sie einen Moment lang verstummen. »Er war auf einem Schiff, das unter mir vorüberfuhr.«

Madame Guimard sah sie einen Augenblick zweifelnd an, dann mischten sich Besorgnis und Mitleid in ihren Zügen. »Sophie.«

Der zugleich mitfühlende und ermahnende Tonfall versetzte Sophie einen Stich.

»Wenn wir geliebte Menschen verlieren, glaubt unser Herz ständig, sie in fremden Gesichtern wiederzuerkennen, weil wir sie uns so sehr zurückwünschen. Eine gewisse Ähnlichkeit genügt, und schon lassen wir uns nur zu gern täuschen.«

Nein, nein, nein, nein, nein. »Ich *habe* ihn gesehen. Ich konnte sein Gesicht genau erkennen.«

»Sophie.« Die Stimme klang ein wenig strenger. »Es war dunkel. Licht und Schatten spielen uns bei Nacht seltsame Streiche. Wie viele Meter war der Mann von dir entfernt? Zehn? Fünfzehn? Dein Wunsch hat dir vorgegaukelt, was du sehen wolltest.«

Trotzig schüttelte Sophie den Kopf, doch sie wusste nichts zu erwidern. Sie selbst hätte einer Freundin in der gleichen Situation nichts anderes erzählt. *Aber ich weiß, was ich gesehen habe.*

»Schlaf erst einmal darüber, Mädchen. Viele Männer sehen bei Tageslicht ganz anders aus als in der Nacht zuvor.«

Der kleine Hund lag zusammengerollt auf einem fleckigen Stück Karton, das unter seinem schlafenden Herrchen hervorragte, und hatte die Schnauze mit seinem struppigen Schwanz bedeckt wie ein Husky im arktischen Winter. Mit seinen fest geschlossenen Augen schien er in der morgendlichen Hektik am Boulevard Saint-Michel so entrückt, als stamme er aus einer anderen Welt, einer Paralleldimension zu Paris, in der es weder stinkende Dieselmotoren und fluchende LKW-Fahrer noch gehetzte Gesichter und rasende Motorräder gab. Sophies Herz flog ihm zu, während der Anblick des gesichtslosen Menschenbündels neben ihm eher vages Entsetzen in ihr hervorrief. Sie wusste nicht, was sie von den Clochards halten sollte, die erschreckend zahlreich am Spülsaum der täglichen Menschenströme lagen und in ihrer komatösen Reglosigkeit an Leichen erinnerten.

Schaudernd schüttelte Sophie das Bild des niedergeschossenen Rafaels ab, das sich ihr plötzlich aufdrängte. Es war ein

Phantasiegebilde. Sie hatte nie ein Foto vom Tatort gesehen, geschweige denn Rafes Leichnam. Schon den geschlossenen Sarg vor sich zu haben und ihn sich darin vorzustellen, hatte sie bei der Trauerfeier schier zerrissen. Das laute Schluchzen war ihrer Mutter peinlich gewesen. Anfangs wäre sie selbst am liebsten vor Scham im Boden versunken, denn sie scheute davor zurück, in der Öffentlichkeit hemmungslos Gefühle zu zeigen. Doch je mehr sie versucht hatte, das Schluchzen zu unterdrücken, desto heftiger hatte es ihren Körper gebeutelt, bis es ihr vollkommen gleichgültig gewesen war, was irgendjemand über sie denken mochte.

Sophie würgte den Klumpen zurück, den die Erinnerung in ihre Kehle drückte. *Das gestern Abend könnte alles verändern*, dachte sie, während sie sich an einen freien Tisch vor einer Bäckerei setzte, die zugleich ein Café betrieb. Als sie Kaffee und ein Croissant bestellte, klang ihre Stimme gepresst, aber das hätte ebenso gut daran liegen können, dass sie übernächtigt war. Madame Guimard hatte noch geschlafen, als Sophie aufgestanden war, um rechtzeitig zum Unterricht zu kommen. Zumindest hatte sie hinter der geschlossenen Schlafzimmertür keinen Laut gehört und es nicht über sich gebracht, die alte Frau durch das Fauchen und Gluckern der Kaffeemaschine und klapperndes Geschirr zu wecken. Nein, wenn sie ehrlich war, hatte sie ihr nicht begegnen *wollen.* Sie hätte doch nur wieder versucht, ihr auszureden, was sie gesehen hatte.

Auf der Straße hatte sie dieselbe Stimmung wie jeden Morgen erwartet. Nur noch ein paar Pfützen erinnerten an den Regen der vergangenen Nacht. Die Sonne hatte die letzten Wolken vertrieben, und vor dem Café kehrte ein Straßenfeger die letzten Reste des Gestern in den absichtlich gefluteten Rinnstein, wo sie davongespült wurden. Sie gestand sich widerwillig ein, dass Madame Guimard recht behalten hatte. Was ihr am Abend zuvor Gewissheit gewesen war, verblasste im Morgenlicht zu einem fernen Traum. Hatte sie wirklich Rafaels Gesicht gesehen? Wie sollte das möglich sein? Er war tot!

Sie hatte – umringt von seinen trauernden Eltern und Geschwistern – am Familiengrab in Marburg gestanden, seiner Heimatstadt. In goldenen Lettern prangten Name, Geburts- und Sterbedatum auf dem alten Grabstein. Sogar eine Kopie der Sterbeurkunde hatte sie bekommen, um problemlos Dinge wie die gemeinsame Wohnung und den Telefonanschluss kündigen zu können, die auf Rafaels Namen gelaufen waren. Sollte das alles eine Inszenierung gewesen sein?

Aber die Fassungslosigkeit seiner Verwandten, die Verzweiflung der Mutter, all das hatte schmerzhaft echt gewirkt. Sie konnte nicht glauben, dass eine ganze Familie in der Lage sein sollte, so überzeugend Gefühle zu heucheln. Nein, wenn Rafael tatsächlich noch lebte, hatte er sie alle hinters Licht geführt. Rafe? Die ehrlichste Haut, die sie kannte, sollte den eigenen Tod vorgespielt haben? Die Vorstellung war so absurd, dass sie den Kopf schüttelte. Rafe hatte sogar protestiert, wenn ihm die Kassiererin im Supermarkt zu viel Wechselgeld gegeben hatte.

Ihr Blick fiel auf die Uhr an ihrem Handgelenk. *O Gott!* Vor Schreck verschluckte sie sich am blättrigen Croissant. Rasch zahlte sie, stürzte nebenbei den letzten Schluck Kaffee hinunter und eilte zur Métro-Station. Noch nie hatte sie auf den Treppen gedrängelt, sich stattdessen immer über die Leute aufgeregt, die sich rücksichtslos einen Weg durch die Menge bahnten. Nun hastete sie durch die weiß gekachelten Gänge und konnte gar nicht so oft »Pardon« rufen, wie sie jemanden anrempelte, nur um auf dem Bahnsteig festzustellen, dass es noch drei Minuten dauerte, bis der nächste Zug kam.

Beschämt und atemlos versuchte sie, mit ihrer Umgebung zu verschmelzen, und hoffte, dass niemand sie wiedererkennen und für blaue Flecken beschimpfen würde. Obwohl sie schon seit über einer Woche in Paris war, konnte sie noch immer darüber staunen, wie viele Kulturen sich hier vermischten. Zu ihrer Linken plauderten zwei stämmige Afrikanerinnen in weiten, bunten Gewändern, während zu ihrer Rechten ein Geschäftsmann in Anzug und Krawatte mit gerunzelter Stirn auf das Display seines Handys starrte. Ein paar amerikanische Touristen diskutierten lautstark, ob dies die richtige Métro nach Montmartre sei, ein Moslem in weißem Kaftan kratzte sich das bärtige Kinn, und zwischen den unauffälligen gewöhnlichen Pendlern schob sich eine bettelnde alte Rumänin hindurch, die in ihren langen Röcken und dem Kopftuch wie eine Wahrsagerin aussah. Sophie flüchtete vor ihr in die endlich eingetroffene Bahn. Natürlich wusste sie, dass diese Frauen das Jammern zur Kunstform erhoben hatten, um arglosen Touristen das Geld aus der Tasche zu ziehen, aber es fiel ihr dennoch jedes Mal schwer, sie abzuwehren.

Eingeklemmt zwischen den vielen Menschen, umklammerte Sophie eine Haltestange und versuchte, die stickige, schweiß- und kreuzkümmelgeschwängerte Luft auszublenden. Ihre Gedanken kehrten zu dem Gesicht im Feuerschein zurück. Konnte Rafes Tod ein Irrtum gewesen sein? Hatte man eine fremde Leiche mit ihm verwechselt, während er von den Rebellen verschleppt worden war? In den Nachrichten hörte man oft genug, dass in Kolumbien Ausländer entführt wurden. Fragte sich nur, warum sie dann nie eine Lösegeldforderung gestellt hatten. Vielleicht weil die kolumbianischen Behörden ihren Fehler vertuschen wollten? Aber weshalb hatte sich Rafe dann nach seiner Befreiung – oder gar einer dramatischen Flucht! – nicht bei ihr gemeldet und trieb sich stattdessen in Paris herum? Wilde Szenarien aus Hollywoodfilmen wirbelten ihr durch den Kopf. *Wenn jemand meine Gedanken lesen könnte, würde er mich für völlig durchgeknallt halten.*

Mechanisch stieg sie aus und ließ sich von der Menge durch die weißen Röhren zu ihrer Anschlussmétro treiben. War es überhaupt denkbar, dass man ihnen eine falsche Leiche untergeschoben hatte? Rebecca, Rafes ältere Schwester, war extra nach Bogotá geflogen, um ihn zu identifizieren.

Sophie kramte das Handy aus ihrer Umhängetasche. Sie musste sichergehen, dass ein Irrtum ausgeschlossen war. Aber wie sollte sie es Rebecca erklären? Rasch drückte sie auf die Taste mit dem altmodischen Telefonhörer, bevor sie es sich anders überlegen konnte. Nach einigem Läuten meldete sich eine übertrieben freundliche Stimme: »Sie sind verbunden mit der Mailbox …«

Enttäuscht ließ Sophie das Handy sinken. Sie war zu aufgewühlt, um eine beiläufig klingende Nachricht herauszubringen, und wollte Rebecca nicht beunruhigen. Vermutlich stand sie gerade in irgendeinem OP oder lag nach einer 24-Stunden-Schicht im Tiefschlaf. Für Assistenzärzte gab es eine Menge Gründe, das Handy abzuschalten. Sie konnte nur hoffen, dass Rebecca den entgangenen Anruf irgendwann entdecken und sich bei ihr melden würde.

Den ganzen Vormittag hindurch schweiften Sophies Gedanken immer wieder vom Unterricht ab. Im Vortrag zum französischen Handelsrecht vergaß sie, sich Notizen zu machen. Die Korrekturen im Sprachlabor wiederholte sie wie ein Automat, und im Konversationskurs war sie so abwesend, dass Francesca ihr unterm Tisch einen Wecktritt verpassen musste, als der Lehrer sie nach ihrer Meinung fragte. Dabei drehten sich ihre Überlegungen ständig im Kreis. Die einfachste Erklärung war, dass irgendein Fremder Rafael zum Verwechseln ähnlich sah. Doch so einleuchtend diese Antwort auch war, alles in Sophie sträubte sich, sie zu akzeptieren. Solange auch nur eine winzige Chance bestand, dass sie den echten Rafe gesehen hatte, würde sie nicht so tun können, als sei nichts geschehen.

In der Mittagspause setzte sie sich von den anderen ab, holte sich eine der kleineren, belegten Baguettevariationen, die es an jeder Ecke zu kaufen gab, und setzte sich auf eine Parkbank am Palais Royal. Tauben trippelten zu ihren Füßen, um die Krümel aufzupicken. Wieder und wieder spielte Sophie die Szenarien durch, die Rafe möglicherweise aus Deutschland ferngehalten hatten. Sie kannte ihn – wenn er wirklich noch lebte, musste er sich bewusst dafür entschieden haben, unterzutauchen. Und niemals hätte er ihr und seiner Familie so viel Leid zugefügt ohne einen verdammt triftigen Grund. *Vielleicht will er uns schützen. Vielleicht hat er sich mit Drogenkartellen angelegt und will uns nicht in Gefahr bringen.* Ein selbstloser Kreuzzug gegen Drogenbosse, ja, das würde zu dem Rafael passen, den sie kannte. Aber er war weder Ermittler noch Geheimagent, sondern angehender Arzt …

Sophie erschrak, als ihr Handy klingelte. Beinahe hätte sie das Brot fallen gelassen. Rasch bettete sie es auf der Serviette neben sich auf die Bank, riss die Tasche auf und das Handy ans Ohr. »Ja, hallo?«

»Sophie? Stör ich gerade? Du hörst dich gehetzt an.« Rebeccas Stimme klang blechern, als werde sie direkt aus der Raumstation ISS übertragen.

»Nein, alles bestens. Ich sitze im Garten des Palais Royal beim Mittagessen.«

»Ach, stimmt ja!«, rief Rafes Schwester überrascht aus. »Du bist in Paris. Da wär ich jetzt auch gern. Auf unserer Station ist wieder die Hölle los, aber davon hab ich dir ja schon oft genug vorgejammert. Wolltest du nur mal hören, wie's mir so geht, oder hast du aus einem bestimmten Grund angerufen?«

Sofort regte sich Sophies schlechtes Gewissen, weil sie sich so lange nicht bei Rebecca gemeldet hatte. Einen Bruder zu verlieren, war schließlich auch ein schwerer Schlag. »Ich …

wollte mit dir reden. Hier in Paris kommt mir alles so unwirklich vor. Ich meine, dass Rafe tot sein soll. Ich …« *Mein Gott, wie verpacke ich es?* »Ich glaube, es liegt daran, dass ich ihn nie tot gesehen habe. Verstehst du? Es ist, als könne er hier jeden Augenblick um die Ecke kommen.«

Einen Moment lang herrschte Schweigen im All. Sophie bildete sich ein, Rebecca schwer durchatmen zu hören.

»Das … tut mir leid, Sophie«, brachte sie dann heraus. »Ich hatte gehofft, Paris würde dich ablenken. Aber ich weiß, was du meinst. Wenn ich bei unseren Eltern in Marburg bin, erwarte ich auch jedes Mal, dass er plötzlich wie immer zur Tür hereinkommt. Es dauert wohl eine Weile, bis man das kapiert.«

Ja. Sophie nickte versonnen, obwohl Rebecca es nicht sehen konnte. »Aber … du hast keine Zweifel daran, dass er gestorben ist, oder?« Es musste bescheuert klingen, doch wenn sie jetzt nicht fragte, würde sie sich nie mehr trauen. »Als du ihn identifiziert hast, meine ich, warst du da absolut sicher, dass er es ist und nicht irgendein anderer, der ihm bloß ähnelt? Sah er aus wie immer?«

Rebecca seufzte. »Sophie, er ist tot. Sosehr wir beide ihn auch lieber lebendig haben wollen, wir können nichts daran ändern.«

Erneut wallte Trotz in Sophie auf. »Du hast meine Frage nicht beantwortet.«

»Weil ich dir die Details ersparen will und weil es keine Rolle spielt.«

»Für mich spielt es eine sehr große Rolle! Ich muss es genau wissen.«

Wieder seufzte Rebecca. »Also schön, wie du willst. Nein, er sah nicht aus wie immer, weil sich Tote nun einmal verändern. Er sah hagerer aus, seine Haut war teils gelblich, teils bläulich verfärbt, die … Nein, das reicht jetzt. Ich bin Ärztin,

Sophie, ich kann so etwas einordnen, du nicht. Was mich mehr verwirrt hat, war, dass er sich wohl seit seiner Ankunft nicht mehr rasiert hatte. Aber so ein Zehntagebart verfälscht keine DNA-Tests, glaub mir.«

Nein. Aber man kann *DNA-Tests manipulieren.*

3

Was Rebecca gesagt hatte, ging Sophie nicht mehr aus dem Kopf.

»Une affaire d'amour?«, neckte Francesca sie und gab es auf, ihre Aufmerksamkeit auf den Unterricht lenken zu wollen.

Sophie nickte, aber sie war froh, dass Monsieur Oliviers Vortrag sie davor bewahrte, etwas erklären zu müssen. Francesca hätte sie wahrscheinlich für verrückt gehalten – très romantique, mais folle. *Aber ich bin nicht verrückt. Es könnte wahr sein.* Rafael hatte sich immer rasiert. Und selbst wenn das allein nicht verdächtig genug war, weil ein Bart hilfreich gegen Moskitos sein mochte, blieb immer noch die Tatsache, dass Rafe Rebecca nie mit mehr als den Stoppeln einer Nacht unter die Augen gekommen war. Was kaum zählte. Sie erinnerte sich an eine Begegnung mit Jürgen, einem früheren Arbeitskollegen, den sie einige Zeit nach seinem Abschied von der Firma zufällig auf der Straße getroffen hatte. Mit Schnurrbart und Koteletten hatte sie ihn zunächst gar nicht wiedererkannt. Also veränderte ein Bart das Gesicht so sehr, dass

Rebecca nicht sicher sein konnte, welchen Toten man ihr gezeigt hatte.

Sophies Unruhe wuchs. Das war der Strohhalm, den sie ersehnt hatte. Der Vorwand, mit dem sie vor sich selbst rechtfertigen konnte, nach einem Mann zu suchen, der womöglich nur ein Phantom war.

Doch wie sollte sie Rafael in dieser Millionenstadt wiederfinden? Er würde ihr kaum ein zweites Mal zufällig über den Weg laufen. Sollte sie etwa überall Suchfotos mit ihrer Telefonnummer aufhängen wie bei einer entlaufenen Katze? Ein Anruf der Polizei gehörte dann wahrscheinlich noch zu den harmloseren Reaktionen. Außerdem wusste sie immer noch nicht, warum er untergetaucht war. Womöglich brachte sie ihn in Gefahr, wenn sie die Aufmerksamkeit der falschen Leute auf ihn lenkte. Sie musste behutsamer vorgehen. Seiner Spur folgen. *Das Schiff!* Sie musste dieses Schiff finden.

Auf der Heimfahrt wäre sie am liebsten schon an der Station Châtelet aus der Métro nach oben geeilt, um am Seineufer rund um die Pont Neuf mit der Suche zu beginnen, denn dort lagen zahlreiche Touristenschiffe und Hausboote vertäut. Doch stattdessen musste sie in Richtung Saint-Michel umsteigen, weil Madame Guimard sie erwartete. Den ganzen Weg von der Métro nach Hause fragte sie sich, wie sie der alten Dame eine Absage erteilen konnte, ohne sie zu verärgern. Es war ihr bereits aufgefallen, dass Madame Guimard selten ausging. Die vielen Treppenstufen hielten sie wohl davon ab, ihre Wohnung öfter zu verlassen, vermutete Sophie, während sie den Briefkasten leerte. Madame Guimard ließ sich sogar die Einkäufe liefern, und vielleicht vermietete sie auch das ungenutzte Zimmer nur, um ein bisschen Gesellschaft zu haben. Abgesehen von einer Nichte, mit der sie einmal zwei Stunden lang in einem Raum verschwunden war, den Sophie noch nicht von innen gesehen hatte, erhielt sie anscheinend auch keinen Besuch.

Und ich will die arme Frau an einem Freitagabend allein sitzen lassen … Bis sie sich die Treppen hinaufgekämpft hatte, war ihr schlechtes Gewissen schon so groß, dass ihre Entschlossenheit wankte.

»Ah, da bist du ja«, rief Madame Guimard, die gerade aus der Küche kam. Der Geruch ihres Nachmittagstees hing noch in der Luft. »Du wirst dich sicher frisch machen wollen und etwas Passenderes anziehen«, fügte sie mit einem strengen Blick auf die Jeans und das bunt bedruckte T-Shirt hinzu.

Überrascht sah Sophie an sich hinab. Eigentlich wollte sie nur ihre Jacke holen und wieder an die Seine verschwinden. »Ähm, ja, aber …«

»Da gibt es kein Aber«, fiel Madame Guimard ihr ins Wort. »So geht man nicht ins *Procope.*«

»Ins *Procope*?«, wiederholte Sophie überrascht. Einst hatte sie mit Rafael einen Blick auf die Speisekarte des ältesten Kaffeehauses von Paris geworfen und es für zu teuer befunden. Natürlich beleidigte man dieses Lokal nicht mit unpassender Garderobe, schon gar nicht am Abend. »Aber …«

»Ich will diesen Unsinn vom Bruch mit der Tradition nicht hören! Auch wenn es jetzt als Restaurant geführt wird, ist es immer noch das *Procope*«, ereiferte sich Madame Guimard. »Ich gehe jeden Freitagabend dort essen. Es gibt ausgezeichneten Fisch.«

Sophie schüttelte verwirrt den Kopf. »Nein, nein, darum geht es nicht. Das Essen ist bestimmt sehr gut. Ich wollte nur fragen, ob wir unsere Verabredung vielleicht auf einen anderen Tag verschieben können.«

Madame Guimard verschränkte die Arme vor der Brust. »Nein. Das wäre äußerst unhöflich gegenüber Madame Clément, denn sie hat sich deinetwegen den Abend freigehalten und uns einen Tisch reserviert.«

Was hatte das nun wieder zu bedeuten? Meinte sie etwa die

Kellnerin? Doch die würde sich kaum den Abend freihalten, um sie zu bedienen. »Wer ist Madame Clément?«

Unsicherheit schlich sich in Madame Guimards missbilligende Züge. »Habe ich dir etwa nicht erzählt, dass ich mit ihr telefoniert habe?«

»Nein, mit wem?«

»Das musst du vergessen haben. Ich weiß genau, dass ich es dir erzählt habe.«

Eine Frage des Stolzes, schätzte Sophie und zuckte lächelnd die Achseln, als könne sie die Möglichkeit nicht ausschließen. Sie hatte bei ihrer Großmutter gelernt, dass Widerspruch in solchen Fällen zwecklos war. »Ich kann mich nicht daran erinnern.«

Madame Guimard nickte zufrieden. »Madame Clément ist die Tochter einer alten Kundin. Ihre Mutter kommt heute noch manchmal in den Laden und lässt sich etwas anfertigen.«

Sie hat einen Laden? Sophie war zu verblüfft, um nachzuhaken.

»Sie stammen aus einer guten Familie«, fuhr Madame Guimard fort. »Nicht übermäßig reich, aber wohlhabend. Der Großvater gründete eine Firma, um Wein zu exportieren. Mittlerweile sind sie zu einem großen Unternehmen gewachsen, aber das kann Madame Clément dir besser erklären. Ich dachte nur, du solltest sie kennenlernen, weil du eine Stelle im internationalen Handel suchst.«

»Oh, das …« Sophie fehlten die Worte. Eine alte Dame, die sie erst seit acht Tagen kannte, sorgte sich um ihre Zukunft, während sie den Schatten der Vergangenheit nachjagte. Beschämt lächelte sie.

O Gott! Ich habe verschlafen! Mit einem Ruck setzte sie sich auf. Sie hatte vergessen, die Fensterläden zu schließen, doch darüber war sie jetzt froh. Die Morgensonne spiegelte sich blendend hell auf den Glaseinsätzen der alten, dunklen Kleiderschranktüren und hatte sie geweckt. Draußen brummte bereits der Verkehr, und die Müllabfuhr polterte mit den Tonnen. Es kam Sophie vor, als würden sie hier täglich geleert. *Außer sonntags vielleicht.* Sie stutzte, dann sank sie erleichtert auf ihr Kopfkissen zurück. Es war Samstag. Niemand erwartete sie zum Unterricht.

Seufzend kuschelte sie sich wieder in das Laken, das die kratzige Wolldecke von ihrer Haut fernhielt. Sie hatte von Rafael geträumt, dessen war sie sicher, obwohl die Erinnerung an Einzelheiten mit dem Schreck zerstoben war. Vielleicht konnte sie die Bilder erneut heraufbeschwören, wenn sie die Augen schloss. Doch stattdessen sah sie Madame Guimard und Madame Clément am aufwendig gedeckten Tisch im *Le Procope* sitzen. Der mondänen Einrichtung mit den vielen Spiegeln, Lüstern und in Gold gerahmten Porträts der berühmten Philosophen, die einst dort debattiert hatten, haftete noch der Glanz vergangener Jahrhunderte an. Madame Guimard hatte ein Kostüm getragen, das Sophie an Fotos von Jackie Onassis erinnert hatte, und auch wenn es ebenso alt sein mochte, war es immer noch schick. Die kinnlangen, graublonden Haare perfekt frisiert und das strenge Gesicht dezent geschminkt, hatte sie den Inbegriff einer alten Dame von Welt verkörpert. Auch Madame Clément war in einem wie maßgeschneidert wirkenden Kostüm erschienen, und Sophie fragte sich noch immer, wie es die Französinnen schafften, stets kultiviert auszusehen und trotz des guten Essens schlank zu bleiben. Es war so unfair, dass es nur in den Genen liegen konnte. Neben Madame Clément, die sie auf etwa vierzig Jahre schätzte, und Madame Guimard hatte sie sich wie das hässliche junge Entlein gefühlt, dem erst noch das schöne Gefieder wachsen musste. Dabei hatte sie ihr bestes Sommerkleid getragen und ihr Haar auf Hochglanz gebürstet.

Durch den Türspalt stieg ihr Kaffeeduft in die Nase. *Schluss mit der Träumerei!* Rafe war irgendwo dort draußen.

Sie schlug die Decke zurück und schwang die Beine aus dem Bett. Ihre Gedanken eilten an die Seine voraus. Den ganzen Tag würde sie Zeit haben, um sämtliche Kais abzulaufen, und wenn das nicht genügte, blieb noch der Sonntag. Falls es schlecht lief, wäre sie viele Stunden unterwegs. Bequeme Schuhe waren Pflicht.

Sie griff nach ihrem Handy, das ausgeschaltet auf dem Nachttisch lag, wobei ihr Blick auf das kleine Blatt Papier darunter fiel. »AKKU LADEN!« stand in dicken roten Lettern darauf. *Zettel! Genau! Daran wollte ich mich erinnern.* Madame Clément hatte sie für den kommenden Donnerstag, 15.00 Uhr, zu einem Bewerbungsgespräch in ihre Firma eingeladen. Das durfte sie auf keinen Fall vergessen. Sie riss ein Stück von einem Blatt ihres Schreibblocks ab und kritzelte Datum und Uhrzeit darauf. Die Adresse konnte Madame Guimard ihr später geben.

Nachdem sie die Pin-Nummer eingegeben hatte, verkündete das Handy piepsend den Eingang einer SMS. Neugierig öffnete sie die Nachricht, während sie mit den Füßen nach ihren Pantoffeln fischte. Der Kaffeegeruch riss ein immer größeres Loch in ihren Magen. *»Sorry, dass ich grob zu dir war«*, schrieb Rebecca. *»Rafes Tod ist auch für mich noch ein heikles Thema. Ich mach's wieder gut! Becca.«*

Sophie dachte immer noch über die drei Sätze nach, als sie zwei Tassen Kaffee und eine große Portion Brioche später die Treppen hinunterlief. Aber sosehr sie auch versuchte, verborgene Botschaften hineinzulesen, blieb es doch wahrscheinlicher, dass Rebecca ihren Bruder tatsächlich für tot hielt und sie lediglich auf ein Eis einladen wollte, anstatt ihr die Geschichte über Rafes waghalsige Flucht aus dem kolumbianischen Hinterland zu enthüllen. Es war an ihr, die Wahrheit herauszufinden.

Sie zog den Stadtplan aus der Tasche, um sich noch einmal den Weg anzuschauen. Die Route, zu der sie sich entschlossen hatte, war denkbar einfach, doch die genaue Lage der vielen Brücken rund um die Inseln war ihr noch nicht so in Fleisch und Blut übergegangen, dass sie sich einzig auf ihren inneren Kompass verlassen wollte. Außer ein paar Schleiern, die sich allmählich auflösten, war keine Wolke am Himmel. Vom Boulevard Saint-Germain dröhnte ihr Verkehrslärm entgegen, und eine Umzugsspedition transportierte mit einer waghalsig hohen Kreuzung aus Aufzug und Feuerwehrleiter Möbel aus einer Dachwohnung fünf Stockwerke über ihr. Dieselabgase mischten sich mit dem köstlichen Duft aus der Bäckerei. Beiläufig nahm sie wahr, dass schon etliche Tische der Straßencafés besetzt waren. Der orientalische Ladenbesitzer an der Ecke füllte seine Auslagen mit frischem Obst auf, das dem Geruch seiner Gewürze eine fruchtige Note hinzufügte. Menschen hasteten oder schlenderten an ihr vorüber, während sie nur Augen für die Karte hatte.

Abrupt blieb sie stehen, faltete den Plan zusammen und stopfte ihn in die Tasche zurück. Wie konnte sie so dumm sein, nicht auf die Passanten zu achten? Wenn der Mann, den sie gesehen hatte, nicht Rafe war, sondern ihm nur zum Verwechseln ähnlich sah, hätte er schon ein Dutzend Mal an ihr vorbeilaufen können! Rasch blickte sie sich um und ging aufmerksamer weiter, sah jeden an, der ihr entgegenkam. Als sie an der Ampel stand, um den Boulevard zu überqueren, musterte sie die Wartenden auf der anderen Straßenseite und auch die Gäste des Bistros daneben. Sie versuchte sogar, einen Blick auf die Fahrer der vorbeikommenden Autos zu erhaschen, was hinter den spiegelnden Scheiben zwecklos war. Je mehr sie sich der Pont au Double näherte, die zur Notre-Dame hinüberführte, desto mehr Touristen mischten sich unter die Pariser und fügten der Vielfalt der Gesichter weitere asiatische und osteuropäische Züge hinzu.

Vor der Brücke führten zu beiden Seiten Stufen auf den Kai hinab. Sophie nahm die rechte Treppe, um die Schiffe abzuklappern, die gegenüber der im Sonnenschein leuchtenden Kathedrale vertäut lagen. Sie erinnerte sich genau, dort schwimmende Restaurants gesehen zu haben. Sicher lockte schon der Blick auf die mit Wasserspeiern und spitzen Türmchen, Rosettenfenstern und Heiligenstatuen geschmückte Längsseite der Notre-Dame viele Gäste an, und die malerisch zurechtgemachten Schiffe taten das Übrige. Liebevoll restauriert, mit Gardinen, Grünpflanzen und sogar Blumenkästen versehen, sah jedes auf seine Art einladend aus. Doch in keinem der drei, die an diesem Morgen am Port de Montebello lagen, erkannte Sophie das Boot wieder, auf dem sie Rafe gesehen hatte.

Enttäuscht ging sie auf dem baumgesäumten Kai weiter, ließ die aus mächtigen Mauern gebildete Spitze der Île de la Cité hinter sich und näherte sich der weißen, das Wasser in einem einzigen flachen Bogen überspannenden Brücke, von der sie sich beinahe in die Seine gestürzt hätte. Kein Schiff war hier zu sehen, nur draußen auf dem Fluss kämpfte sich eins der gläsernen Ausflugsboote gegen die Strömung voran. Ein Schatten, vielleicht der einer Möwe, glitt über sie hinweg. Das leere Ufer – trotz des schönen Wetters verirrten sich nur wenige Menschen hierher – begann, Sophie melancholisch zu stimmen. Auf die Dauer entpuppte es sich als anstrengend, Ausschau zu halten und so viele Passanten zu mustern. Ihre Aufmerksamkeit erlahmte, und sie ertappte sich dabei, ihren Gedanken nachzuhängen. War es nicht ohnehin sinnlos? So unwahrscheinlich wie ein Sechser im Lotto? Traurigkeit wallte in ihr auf. Wieder sah sie sich über dem Wasser stehen, das dunkel und träge dahinfloss. *Ich hätte springen sollen.*

Verwundert schüttelte sie den Kopf. Woher kam nur auf einmal wieder diese Schwermut? Eben war sie doch noch voller Tatendrang gewesen, und nun ließ sie sich schon wieder hängen. Dabei hatte sie mit der Suche gerade erst angefangen.

Jemand beobachtete sie. Plötzlich wusste sie es, spürte den Blick wie ein Messer in ihrem Rücken. So unauffällig wie möglich drehte sie den Kopf, schielte nach hinten. Der Radfahrer, der ihr entgegengekommen war, verschwand Richtung Notre-Dame, ohne sich umzublicken. Ein Jogger näherte sich von dort, doch er hielt die Augen vor sich auf das Pflaster gerichtet und schien mehr mit seinem inneren Schweinehund als der Umgebung beschäftigt.

Sophie blickte wieder nach vorn. Zu ihrer Rechten ragte hinter den Bäumen die Mauer auf, an deren Fuß die Treppe zur Straße hinauf begann. Vor ihr mündete der Kai in einen schmalen Brückenbogen, hinter dem sie Teile eines weiteren Schiffs ausmachen konnte. Niemand war zu sehen, doch noch immer fühlte sie sich angestarrt. Nervös blieb sie stehen und kramte den Stadtplan hervor. Als müsse sie sich orientieren, drehte sie sich, sah ratlos die Promenade hinauf und hinunter. *Wenn mich wirklich jemand beobachtet, muss er mich für dämlich halten. Entlang der Seine kann man sich wohl kaum verlaufen.*

Gerade wollte sie die Augen wieder auf die Karte richten, als sie eine dunkle Gestalt entdeckte. Der Mann trat aus dem Schatten eines Baums und war für wenige Schritte gut im Sonnenlicht zu erkennen, bevor ihn der nächste Schatten verschluckte. Jetzt, da Sophie wusste, dass er dort war, konnte sie seine Silhouette gegen die hellen Pflastersteine sehen. Während sie hastig den Plan zusammenfaltete, zitterten ihre Finger. Sie behielt ihn in der Hand und eilte zur Treppe. Der Kerl trug eine Sonnenbrille, doch sie war sicher, dass es der Mann war, der sie schon im *Les Étages* angestarrt hatte.

Sie nahm zwei Stufen auf einmal, um einen größeren Vorsprung zu gewinnen, aber was sollte sie tun, sobald sie oben angekommen war? Am helllichten Tag würde der Mann kaum über sie herfallen. Die Uferstraße war belebt. Wenn sie dort oben blieb, hatte sie nichts zu befürchten. Keuchend erreichte sie die letzte Stufe. Links ragte die turmhohe Statue der heiligen Genoveva über dem Brückengeländer auf, als wolle sie jeden Schiffer zur Andacht ermahnen, der sich stromabwärts der Kathedrale näherte.

Sophie hielt an, um Atem zu schöpfen und eine Entscheidung zu treffen. Aus dem Augenwinkel sah sie den Unbekannten die unterste Stufe betreten.

Es ist albern, davonzurennen. Mir kann nichts passieren. Vielleicht bildete sie sich alles nur ein, und der Mann folgte ihr nicht einmal. Entschlossen wechselte sie die Straßenseite und schickte sich an, die Brücke zu überqueren. Von dort oben hatte sie einen guten Blick über die Schiffe jenseits der Pont de la Tournelle. Es handelte sich um kleine, teils zu Hausbooten umgebaute Lastkähne, doch der gesuchte war nicht darunter. Die aufkeimende Enttäuschung ging in ihrer Sorge unter, als sie entdeckte, dass der Fremde zwar auf der anderen Straßenseite geblieben war, aber ebenfalls den Weg auf die Île Saint-Louis eingeschlagen hatte. Erneut ermahnte sie sich, ruhig zu bleiben. Es konnte immer noch Zufall sein. Womöglich wohnte er in der Gegend oder hatte ein Hotelzimmer und war ein ebenso harmloser Spaziergänger wie sie.

Sie zwang sich, weiterzugehen, als gäbe es ihn nicht. Es war schwer, der Versuchung zu widerstehen, doch sie warf keinen Blick mehr über die Schulter, bis sie die Insel durchquert hatte und die Häuser wieder die Sicht auf die Seine freigaben. Zu beiden Seiten des Flusses war weit und breit kein Schiff zu entdecken. Stattdessen kündigten jenseits der Pont Marie blaue Banner und Sonnenschirme die baldige Eröffnung des Pariser Strandvergnügens an.

Sophie wünschte, sie hätte ihren Fotoapparat mitgenommen, denn die Kamera wäre ein guter Vorwand gewesen, um in der Gegend herumzuknipsen und dabei ihren Verfolger im Auge zu behalten. Es half nichts, sie musste wieder in seine Richtung schielen, während sie über die Brücke ging. Aber was verriet seine Anwesenheit schon, außer dass er auf dem Weg ins Marais war?

Von der Pont Marie aus erstreckte sich stromabwärts ein von Schiffen freies Ufer, so weit Sophie es trotz der vielen Brücken erkennen konnte. Obwohl nicht nur die Sonne und die Treppen sie ins Schwitzen gebracht hatten, dämmerte ihr, dass sie sich die Füße wund laufen würde, bevor sie die nächsten Anlegestellen zu Gesicht bekam – von ihrem geplanten Marsch bis zum Eiffelturm ganz zu schweigen. Gab es hier eine passende Métro-Verbindung oder einen Bus? Um ihren Vorsprung nicht einzubüßen, hantierte sie mit dem Stadtplan, ohne stehen zu bleiben, und stieß beinahe mit einer älteren Dame zusammen, deren Schoßhündchen sie dafür hysterisch ankläffte.

»Pardon«, murmelte Sophie in den verärgerten Wortschwall der Französin, der gleichermaßen ihr und dem Terrier zu gelten schien. Irgendwie gelang es ihr, um das Tier zu tänzeln, ohne die Karte völlig aus den Augen zu lassen. Auf dieser Seite der Pont Marie war tatsächlich eine Métro-Station eingezeichnet. Von dort konnte sie mit der Linie 7 nach Pont Neuf fahren und die Suche an der vielversprechendsten Stelle wieder aufnehmen. Jetzt musste nur noch dieser Typ ins Marais verschwinden.

Sie entdeckte das grün-weiße Métropolitain-Schild auf der anderen Straßenseite und ärgerte sich, als die Fußgängerampel ausgerechnet in diesem Moment auf Rot sprang. Wieder glaubte sie, den bohrenden Blick auf sich zu spüren, während sie inmitten einer gut gelaunten Gruppe deutscher Senioren warten musste, bis der Strom französischer Kleinwagen, röhrender Motorräder und bunter Lieferfahrzeuge aller Größen wieder zum Erliegen kam. Es war, als könne sie mit einem ihr bislang unbekannten Sinn wahrnehmen, wie der Mann hinter ihr näher kam. Jeden Augenblick würde sein Schatten neben ihr auftauchen, sein Atem ihren Nacken streifen.

Entsetzt fuhr sie herum und erntete einen Strauß fragender, nachsichtiger Blicke aus den Reihen der älteren Herrschaften hinter ihr. Der Unbekannte stand noch dort, wo das Brückengeländer auslief, doch die schwarzen Gläser waren direkt auf sie gerichtet. *Kein Wunder. Alle glotzen mich an, weil ich mich so seltsam benehme,* versuchte sie sich einzureden und wandte sich wieder der Ampel zu, die endlich Erbarmen zeigte. Nun würde sich erweisen, ob er ihr wirklich folgte.

Sophie sah absichtlich nicht zurück, bis sie den richtigen Bahnsteig erreicht hatte. Sie ging nicht weit, um Spielraum zu behalten, wollte ihn notfalls abhängen, indem sie schnell in einen anderen Waggon einstieg als er. Schließlich konnte er nicht wissen, wohin sie unterwegs war.

Nur zwei Minuten bis zum nächsten Zug. Ihr Blick wanderte zwischen der Anzeigetafel und dem Ausgang der Röhre, durch die sie gekommen war, hin und her. Bei jedem dunklen Schuh samt Hosenbein, die in Sicht kamen, zuckte sie zusammen, bis der Rest des Besitzers um die Ecke war. Ein Rauschen kündigte die nahende Bahn an. Die vornehmlich in Weiß und Pastellfarben gekleidete Seniorengruppe quoll aus dem Gang.

Sophies Magen verkrampfte sich. Als ob der Sog der einfahrenden Métro sie ergriff, bewegte sie sich über den Bahnsteig, nur weg von der Stelle, an der in diesem Moment ihr Verfolger erschien. Sie schlängelte sich zwischen den Einsteigenden hindurch, drängelte sich immer noch eine Tür weiter, bis sie fürchtete, die Türen könnten schließen und sie allein mit dem Fremden zurücklassen.

Die Métro war voll, aber nicht überfüllt. Sophie konnte den ganzen Waggon überblicken. Es gab keine Sitzplätze mehr, und ein kleiner, milchkaffeefarbener Junge mit großen, dunklen Augen bettelte gestenreich. Seine Berührung war leicht wie die eines Schmetterlings, seine Stimme kaum zu hören. Sophie wehrte ihn schweren Herzens ab und bedeutete ihm, weiterzugehen. Wahrscheinlich wartete ohnehin jemand auf ihn, um ihm die milden Gaben sofort wieder abzunehmen. An der nächsten Station, dem Knotenpunkt Châtelet, stieg er wieder aus. Dafür schwang sich mit etlichen weiteren Fahrgästen ein Akkordeonspieler herein, der sogleich eine beschwingte Melodie anstimmte. Nichts hätte schlechter zu Sophies Stimmung gepasst.

In Pont Neuf stürmte sie aus dem Zug, sobald die Türen zur Seite glitten, doch dann blieb sie mitten im Gedränge stehen. Sie wollte nicht an anderen Waggons vorbeilaufen und von diesem Kerl gesehen werden, solange er noch schnell aus der Métro springen konnte. Erst als der Zug anfuhr, schloss sie sich den Touristen an, die aus dem Untergrund emporquollen, um über die älteste Brücke der Stadt zu flanieren. Es war ungewohnt erleichternd, wieder ans grelle Sonnenlicht und die frische Luft zu kommen. Für gewöhnlich machte es ihr nichts aus, die Métro zu benutzen, aber heute schien nichts wie sonst zu sein.

Verstohlen blickte sie sich um, während sie in einem Aussichtshalbrund an das weiße Steingeländer der Pont Neuf trat.

Es ähnelte unangenehm jenem der Pont de la Tournelle, über das sie nur zwei Nächte zuvor geklettert war. Sogar ein ähnliches Sims samt metallener Kabelabdeckung verlief davor. Schaudernd wich sie ein wenig zurück. Um sie herum keine Spur des Kerls mit der Sonnenbrille. Sie horchte in sich hinein, ob sie sich beobachtet fühlte, doch ihre Nerven flatterten noch zu sehr, als dass sie es mit Sicherheit hätte sagen können. Wer der Unbekannte auch sein mochte, sie hatte ihn wohl endlich abgeschüttelt.

Zeit, sich wieder auf die Schiffe zu konzentrieren. Am rechten Seineufer ragten auch hier nur Banner und Sonnenschirme anstelle von Masten und Flaggen auf. Stromabwärts konnte Sophie bis zum Louvre blicken, ohne ein einziges Boot zu entdecken, stromaufwärts näherte sich dagegen eines der Ausflugsschiffe, die unter der Mitte der Brücke, an der Spitze der Île de la Cité an- und ablegten. Es war zu groß und zu neu, um infrage zu kommen, aber es tröstete sie, überhaupt wieder ein Schiff zu sehen.

Während die Touristen Fotos von den mittelalterlichen Türmen der Conciergerie schossen, die aus dieser Perspektive die Insel dominierten, beschloss Sophie, ihren ursprünglichen Plan zu ändern und die Suche jenseits der Brücke auf dem linken Seineufer fortzusetzen. Ob sie nun auf dieser oder jener Seite bis zum Eiffelturm lief, um dann auf der anderen zurückzukehren, spielte keine Rolle, aber hier sah es im Moment einfach zu frustrierend aus, um überhaupt weiterzumachen.

Am anderen Ende der Pont Neuf erwartete sie eine Pariser Postkartenidylle. Wie sie es in Erinnerung hatte, lagen unten am Wasser etliche Schiffe hintereinander aufgereiht. Spaziergänger schlenderten an ihnen vorüber, und dahinter erhob sich die gemauerte Uferbefestigung, von der Treppen hinabführten. Oben an der Straße hatten die Bouquinisten im Schatten der Bäume ihre dunkelgrünen Stände geöffnet. Wehmut wallte in Sophie auf. Wie viel Spaß hatten Rafe und sie dabei gehabt, die alten Bücher und Zeitschriften, die Souvenirs und Gemälde nach etwas Brauchbarem zu durchstöbern! Sie hatten über Aktpostkarten der Goldenen Zwanziger gelacht, einem Aquarellmaler zugesehen und einen Anatomieatlas aus dem vorletzten Jahrhundert gekauft, dessen Seiten man nur vorsichtig umblättern durfte, damit sie nicht zerfielen. *Jetzt liegt er in einer Kiste mit Rafes Lieblingssachen zu Hause auf dem Dachboden.* Ob sie ihm den Karton wohl bald zurückgeben durfte? *Nicht, wenn ich noch lange hier herumstehe …*

Auf dem Weg die Treppen hinab breitete sich ein ungutes Gefühl in ihr aus, das sie nicht einordnen konnte. War es Angst davor, das Schiff nicht zu finden? Oder auf einen Mann zu treffen, der bei Tageslicht nur entfernt wie Rafael aussah? Es war möglich, aber was wog diese Enttäuschung gegen die Chance, ihn lebend wiederzusehen? Diese verzagten Erwägungen konnten sie nicht ernsthaft daran hindern, die ersten Schiffe in Augenschein zu nehmen, doch der Eindruck, wie von einer Wolke überschattet zu sein, blieb.

Zuvorderst lag ein schwarzer, restaurierter Lastkahn, der in Form und Größe schon nahe an das herankam, was sie suchte. Er diente jedoch als Hausboot, das durch ein Sonnensegel und Kübelpflanzen sogar über eine einladende Terrasse verfügte. Wer wohl die ganzen Leute waren, die auf dem Fluss hausten? Hübsch anzusehen waren die Schiffe allemal, besonders das nächste, ein alter Zweimaster, wie Sophie sie nur aus Filmen kannte. Seine Messingbeschläge gleißten in der Sonne, und das Holz der Masten glänzte wie mit Lack überzogen. *In Hamburg hätten wir bestimmt viele Segelschiffe gesehen.* Sie hatte sich darauf gefreut, mit Rafael den Hafen zu erkunden und an den Wochenenden Abstecher an Nord- und Ostsee zu machen. Konnte es etwas Schöneres geben, als dort hinzuziehen, wo andere Urlaub machten? Noch so ein Traum, der wie eine Seifenblase geplatzt war …

Plötzlich wusste Sophie, wo ihr ungutes Gefühl herrührte. Bevor sie darüber nachdenken konnte, fuhr ihr Kopf bereits herum. Ein dunkel gekleideter Mann trat unter dem letzten Bogen der Pont Neuf hervor. Die undurchsichtigen Gläser der Sonnenbrille waren auf sie gerichtet.

4

Sophie wusste nicht mehr, was sie tun sollte. Hatte sie in der Métro nicht alles versucht, um den Fremden abzuschütteln? Sie konnte sich nicht in Luft auflösen, und vor allem war sie aus einem bestimmten Grund hier am Ufer und sah nicht ein, ihre Suche wegen dieses Stalkers abzubrechen. Stur stapfte sie weiter. Umgeben von so vielen Spaziergängern und Radfahrern und den Bewohnern der Hausboote, die ihre Blumen gossen, Decks strichen oder Wäsche aufhingen, konnte ihr nichts passieren. Doch sie spürte die Anwesenheit des Fremden hinter sich wie eine Androhung kommenden Unheils. Wie lange sollte dieses unheimliche Spielchen dauern?

Sie erwog, sich umzudrehen und ihn zur Rede zu stellen. Wenn sie sich wütend vor ihm aufbaute und ihn anfauchte, sie gefälligst in Ruhe zu lassen, musste er doch von ihr ablassen. Andererseits … Manche Männer fühlten sich in ihren Nachstellungen noch bestärkt, wenn sie erreichten, dass die Frau mit ihnen sprach – ganz gleich, was oder wie sie es sagte. Sophie sah ihn förmlich vor sich, wie er süffisant lächelte und versuchte, sie in ein Gespräch zu verwickeln. Er würde es als Vorwand nehmen, neben ihr herzugehen und auf sie einzureden, und jeder würde glauben, dass sie ihn kannte. Ein harmloser Streit unter Freunden. Oder würde er eine abweisende Miene machen und sie auflaufen lassen? Einfach kühl leugnen, nur um ihr dann weiter zu folgen, bis sie in eine einsamere Gegend kamen?

Großer Gott, ich hab zu viele schlechte Filme gesehen. Sie riss sich zusammen und versuchte, sich wieder mehr den Schiffen zu widmen. Bis zum Eiffelturm war es noch weit. Vielleicht verlor der Kerl irgendwann das Interesse. Bei dem schönen Wetter waren so viele Ausflügler unterwegs, dass sie sich keine Sorgen machen musste. Oder sollte sie ihn doch einfach anschreien und der Sache ein Ende machen? Sie fuhr herum, doch der Fremde lief nicht direkt hinter ihr, sondern ein gutes Stück entfernt, näher an der Mauer, dort, wo die Bäume Schatten warfen. Als scheue er das Sonnenlicht, obwohl es hier kein Entrinnen davor gab.

Ernüchtert wandte sich Sophie ab. Das bisschen Zorn, das sie eben noch beflügelt hatte, war erneut der Übermacht ihrer Ängste und Bedenken erlegen. Was war sie nur für ein erbärmlicher Feigling! Wütend auf sich selbst lief sie weiter.

Die Sonne heizte das Pflaster des Kais auf und wurde vom Wasser gespiegelt. Obwohl sie nur eine dünne Sommerhose und ein Top trug, fühlte sich Sophie allmählich wie eine schmelzende Schneeflocke. Ihre Verzweiflung wuchs. Wahrscheinlich hatte sie dieses Schiff geträumt, während der Albtraum hinter ihr nur zu echt war. Bei nächster Gelegenheit hätte sie sich gern eine kalte Limo und ein Sandwich gekauft, aber schon bei der Vorstellung, es unter den Augen ihres Verfolgers essen zu müssen, wurde ihr übel. Warum konnte er nicht einfach dorthin verschwinden, wo er hergekommen war?

Ein Blick über die Schulter zeigte ihr, dass sich der Abstand zwischen ihnen stattdessen verringert hatte.

»Attention, Mademoiselle!«, rief ein Radfahrer, dem sie fast vors Rad gelaufen war.

Erschrocken wich Sophie zurück, als er mit einem rettenden Schlenker an ihr vorbeizischte, und sah wieder nach vorn. Unter der nächsten Brücke kamen drei Polizeireiter in Sicht. An ihren leuchtend weißen Uniformhemden und den blauen Hosen waren sie schon von Weitem zu erkennen. *Die schickt der Himmel!*, dachte Sophie, obwohl sie eigentlich eher an Dienstpläne glaubte. Wenn sie den Gendarmen erklärte, dass der Mann schon seit der Île Saint-Louis und sogar in der Métro an ihren Fersen klebte, würden sie sicher ein ernstes Wort mit ihm reden. Unbewusst beschleunigte sie ihre Schritte. Die Hufeisen der drei gleich großen, fuchsfarbenen Pferde klapperten laut auf den Pflastersteinen. Die Reiter trugen schwarze Plastikhelme und Schusswaffen an den Gürteln. Sophie straffte sich. Der strenge Geruch von Pferdeschweiß wehte ihr entgegen. Erleichtert merkte sie, dass eine Frau unter den Polizisten war, und suchte deren Blick. »Entschuldigen Sie, Madame«, bat sie.

Sofort zügelte die Reiterin ihr Pferd. Die anderen folgten ihrem Beispiel. Alle drei sahen fragend zu ihr herab.

»Können Sie mir helfen?«, fuhr sie rasch fort. »Da ist …«

Sie drehte sich, um auf ihren Verfolger zu zeigen. Ungläubig blinzelte sie, ihr Blick jagte über den Kai. Nichts. Es war, als hätte die Erde den Fremden verschluckt.

Stunden später war ihr die Szene immer noch peinlich. Stotternd wie eine Touristin, die kaum die Sprache beherrschte, hatte sie den Polizisten von einem Verfolger berichtet, der sich in Luft aufgelöst hatte. Sie waren zu höflich gewesen, um etwas zu sagen, aber vermutlich hatten sie ihr einen Sonnenstich oder lebhafte Phantasie unterstellt, wenn nicht Schlimmeres. Sophies Wangen röteten sich noch bei der Erinnerung an die Blicke, die sie gewechselt hatten. Sie verstand einfach nicht, wo der Kerl so plötzlich geblieben war. Niemals hätte er den nächsten Aufgang zur Straße erreichen und abhauen können, ohne dabei noch von ihnen gesehen zu werden. Nicht einmal ein Versteck, das groß genug gewesen wäre, hatte es an jener Stelle gegeben. *Ich sollte lieber froh sein, dass er weg ist, anstatt mir den Kopf zu zerbrechen.*

Überrascht hielt sie inne. Sie war so in Gedanken versunken gewesen, dass sie die Schiffe betrachtet hatte, ohne sie bewusst zu sehen. *Das ist es!* Die Erkenntnis durchfuhr sie wie ein Blitz. Eben noch hatte sie geglaubt, ihre Suche morgen auf die Seineufer am Bois de Boulogne, dem riesigen Park am anderen Ende von Paris, ausdehnen zu müssen, und nun stand sie direkt davor. *Lumière de Lutèce* – Licht Lutetias – stand in Goldschrift auf dem Bug, doch das war bereits das Nobelste an dem umgebauten Frachter. Einst mochte Kohle oder Getreide in seinem Bauch transportiert worden sein, nun beherbergte der schwarze Rumpf wohl die Küche, Vorratsräume und natürlich die Maschine, deren Tuckern Sophie noch im Ohr hatte. Die weiß abgesetzte Reling wies ein paar Dellen auf, und die Geranien in den Blumenkästen wirkten verkümmert, obwohl oder gerade weil ein Mann dabei war, sie mit dem kräftigen Strahl aus einem Schlauch zu ertränken. Hinter ihm erhoben sich die einstöckigen, weiß gestrichenen Aufbauten. Sie bestanden größtenteils aus jenen Panoramafenstern, durch die Sophie nachts die Tische gesehen hatte. Im schonungslosen Licht des Tages bemerkte sie jedoch auch die Stellen, an denen die Farbe vom rostigen Stahl blätterte, die schwarzen Schlieren, wo regelmäßig Wasser herabrann, und die matten Bereiche der Scheiben, die auf Plastik hindeuteten. Das ebenso angerostete und verblichene Schild über dem Steg verriet, dass dieses schwimmende Lokal für private Feiern und Firmenausflüge zu mieten war. *Kein Wunder. Touristen kann man damit wahrscheinlich schon seit Jahren nicht mehr ködern.* Sie kam zu dem Schluss, dass es leichter sein musste, Rafe wiederzufinden, wenn man ihr sagen konnte, wer die *Lumière de Lutèce* an jenem Abend gebucht hatte.

Als sie näher an die Kante des Kais trat, grinste der Mann mit dem schwarzen Gummischlauch, ohne dass ihm dabei die Zigarette aus dem Mundwinkel fiel. Er war von der Sonne fast schon dunkelbraun gebrannt und trug ein ausgeleiertes T-Shirt, abgewetzte Jeans und Turnschuhe. War der Besitzer so heruntergekommen wie sein Kahn, oder hatte sie eine Art Matrosen vor sich? Sie kannte sich mit Schifffahrt so wenig aus, dass sie nicht einmal genau wusste, ob es auf Flussschiffen überhaupt Kapitäne und Matrosen gab.

»Bonjour, Mademoiselle.« Sie musste die Worte erraten, da er die Zähne kaum auseinanderbekam. »Wenn'se 'n gutes Angebot suchen, sin'se hier richtig.«

»Bonjour, Monsieur«, erwiderte sie betont höflich. »Ich habe dieses Schiff vorgestern Nacht vor der Île Saint-Louis vorbeifahren sehen. So um Mitternacht herum?«

Der Fremde zuckte mit den Schultern. »Ja, könnte hinkommen.« Seinem Blick nach zu urteilen, fragte er sich, ob sie wirklich auf ein Geschäft hinauswollte.

»Haben Sie vielleicht ...« Sie zog das Foto von Rafe aus der Tasche. »... diesen Mann an Bord gesehen?«

Raue, graufleckige Finger nahmen es entgegen. »Hm.« Wieder ein Achselzucken. »Weiß nich'. Bin die meiste Zeit unter Deck. Spülen und so. Is' das 'n Verbrecher?« Er musterte sie erneut, versuchte wohl abzuschätzen, ob sie Polizistin war.

»Nein, mein Verlobter.« Sie konnte ihre Enttäuschung nur

schwer verbergen. »Ich dachte, ich hätte ihn gesehen. Hinten auf dem Heck.«

»Hm«, brummte er, nahm die Zigarette aus dem Mund und rief plötzlich so laut, dass Sophie zusammenzuckte: »Henri!«

Sie starrte ihn entgeistert an, aber er schien sie überhaupt nicht wahrzunehmen, sondern zu lauschen. »Henri! Schwing mal deinen …« Er brach ab, als ihm wieder einzufallen schien, dass er eine Frau vor sich hatte. »Los, komm rauf!«

Eine gedrungene Gestalt tauchte in einer offenen Tür auf. Die Haare waren bereits licht und viel zu blond für die sonnenverbrannte Miene darunter. Auch die gelben Bartstoppeln wirkten fehl am Platz, weil sie heller waren als die Haut. »Was gibt's?«, blökte Henri, dessen Arme so schwarz verschmiert waren wie das Unterhemd, das er nachlässig in den Hosenbund gestopft hatte. Tätowierungen und Schmutz gingen nahtlos ineinander über.

Sein Kumpan zeigte ihm das Foto. »Haste den schon mal gesehen?«

Henri warf für Sophies Geschmack einen viel zu kurzen Blick darauf. »Nee.«

»Bitte, sehen Sie noch einmal hin, Monsieur! Ich glaube, dass er vorgestern Nacht an Bord war.«

Ein scharfer Blick seiner gelblich braunen Augen traf sie. »Da waren 'ne Menge Leute. Kann mir nich' jeden merken.« Damit wandte er sich ab und verschwand wieder im Bauch des Kahns. Sein Mannschaftskamerad gab Sophie mit einem dritten Achselzucken das Bild zurück.

»Haben Sie nicht noch mehr Kollegen, die Sie fragen können?«

Er schüttelte den Kopf. Die Zigarette hatte wieder den Weg in seinen Mundwinkel gefunden. »Die werden nur angeheuert, wenn's Arbeit gibt.«

Nein, das kann es nicht einfach gewesen sein! Sie hörte selbst, wie flehend ihre Stimme klang, als sie sagte: »Können Sie mir vielleicht wenigstens sagen, wer das Schiff vorgestern gemietet hatte?«

»Das weiß nur der Chef«, brummte ihr Gegenüber und deutete zum Schild über dem Steg hinauf.

Sophie begriff, dass er die Telefonnummer meinte, die dort stand. »Trotzdem vielen Dank«, beeilte sie sich zu sagen, bevor er mit seinem noch immer die Geranien überflutenden Schlauch weiterzog. Wenn es sein musste, würde sie eben den Eigentümer der *Lumière de Lutèce* anrufen. Wo war nur der verfluchte Stift? Sie war sicher, dass sie einen eingesteckt hatte. Bevor sie noch lange weiter in ihrer Tasche kramte, griff sie zum Handy, um die Nummer zu speichern. Das Display zeigte eine neue SMS an. *Sicher wieder so eine lästige »Willkommen in der EU«-Nachricht.* Seit sie in Paris war, wechselte ständig ihr Netzanbieter, und jedes Mal kam eine Info über die neuen Tarife. Sie tippte die Telefonnummer des Schiffseigners ein und ließ das Handy wieder in der Tasche verschwinden.

Am liebsten hätte sie sofort angerufen, aber sie fürchtete, ausgerechnet der Blumenmörder könnte Zeuge ihrer endgültigen Niederlage werden, und mit ihren Tränen wollte sie dann doch lieber allein sein. Ein Stück stromaufwärts war sie an einer kleinen Grünfläche mit Parkbänken vorbeigekommen, wo sie ungestört sprechen konnte. Sie schlug den Rückweg ein und legte sich in Gedanken bereits die Worte zurecht. Irgendwie musste sie dem Unbekannten das Geheimnis entlocken, falls er sich stur stellte. Sollte sie sich als Polizistin ausgeben? Oder doch besser bei der Wahrheit bleiben und ihn mit Tränen erweichen? Allmählich wünschte sie sich, sie wäre Privatdetektivin oder hätte zumindest eine entsprechende Ausbildung. Im Fernsehen besuchten die Ermittler in solchen Fällen einfach den Besitzer des Schiffs, und einer lenkte ihn ab, während der andere einen Blick in die Kundendatei oder das Auftragsbuch warf. Oder sie brachen nachts in sein Büro ein. *Vielleicht wird er es mir ja auch einfach sagen.*

Sie erreichte die nächstgelegene Bank und setzte sich. Während irgendwo in Paris ein Telefon läutete, krampfte sich ihr Magen zusammen. Alles hing von diesem Kerl ab, einer fremden Stimme, zu der sie nicht einmal ein Gesicht hatte. Sie stellte sich ein besser gekleidetes Pendant zur Besatzung vor, doch das half nicht gerade, ihre Nervosität zu überwinden.

»Hallo?«

»Bonjour, Monsieur … Verzeihen Sie, ich kenne Ihren Namen nicht. Ich habe Ihre Nummer von dem Schild an der Anlegestelle … Ihres Schiffs.« *Natürlich des Schiffs!* Sophie wand sich innerlich. *Seines Autos wohl kaum.*

»Arnaud.« Das musste dann wohl der Name sein. Der Mann klang etwas ungeduldig, aber nicht unfreundlich. »Wollen Sie die *Lumière* mieten?«

»Nein, Monsieur Arnaud. Mein Name ist Sophie Bachmann. Ich möchte Sie nur um eine Auskunft bitten.«

»Aha.« Die Stimme wurde um einige Grad kühler.

»Könnten Sie mir sagen, wer vorgestern Nacht auf Ihrem Schiff unterwegs war? Ich muss das unbedingt wissen«, rutschte es Sophie heraus. Sie hätte sich auf die Zunge beißen können. Als Angestellte der Gendarmerie ging sie jetzt nicht mehr durch.

»Ich bedaure, Madame. Solange meine Kunden mir nichts Gegenteiliges sagen, gehe ich davon aus, dass sie ihre Daten vertraulich behandelt sehen wollen.«

»Warten Sie!«, rief Sophie, aus Angst, er wolle auflegen. »Ich verstehe Ihre Bedenken, Monsieur Arnaud. Es geht mir nur darum, Ihren Kunden nach einem seiner Gäste zu fragen. Sie können ihn zuerst um Erlaubnis bitten, wenn das …«

»Madame«, fiel er ihr gereizt ins Wort. »Ich habe wirklich Wichtigeres zu tun, als meine Kunden mit solchen Anfragen zu belästigen. Und damit das gleich klar ist: Weitere Anrufe können Sie sich sparen! Guten Tag.«

»Aber …« Sie verstummte, denn die Leitung war tot. Das Handy noch immer am Ohr, starrte sie auf die Seine, und selbst ihre Gedanken schwiegen. Es dauerte einen Moment, bis sie sich der Schritte auf dem Splitt bewusst wurde, die sich ihr genähert hatten. Jemand stand zwei, drei Meter seitlich von ihr. Sie sah auf.

»Wie viel ist Ihnen der Kerl wert?«, fragte Henri.

5

Als Sophie die Augen aufschlug, war ihr Zimmer in fahles Mondlicht getaucht. Der alte, dunkle Kleiderschrank mit den Glaseinsätzen schimmerte silbrig, geheimnisvoll und ein bisschen unheimlich. Sie glaubte, plötzlich zu verstehen, was C. S. Lewis inspiriert hatte, ausgerechnet einen Schrank zum Tor in das Zauberreich Narnia zu erwählen. Ihr war kühl. Schläfrig wollte sie sich die Decke über die Schulter ziehen und griff ins Leere.

O Mist! Bis auf die Schuhe lag sie vollständig angezogen auf dem Bett. Ausgelaugt durch die Hitze, den langen Marsch entlang der Seine und das Auf und Ab ihrer Gefühle hatte sie sich vor dem Abendessen ausgestreckt, um kurz auszuruhen und sich danach wieder auf die Suche nach Rafe zu machen.

Mist! Mist! Mist! Wie spät mochte es sein? Sie zog ihre Tasche aufs Bett und holte das Handy heraus. 03:13 Uhr.

Selbst für eine Samstagnacht war es jetzt zu spät, um sich allein auf die Straße zu wagen. Falls Rafael – oder der Typ, der ihm ähnlich sah – um diese Zeit überhaupt noch unterwegs war. So genau hatte sich Henri da nicht ausgedrückt. Kaum zu fassen, dass er ihr hundert Euro für eine Auskunft abgeknöpft hatte, die möglicherweise nur seiner kriminellen Phantasie entsprungen war. Im Grunde konnte jeder behaupten, dass sich der Mann auf dem Foto regelmäßig in der Gegend um die Rue Mouffetard herumtrieb, einer beliebten Ecke am Rand des Quartier Latin. Henri hatte nicht verraten wollen, woher er es wusste, also war ihr nichts anderes übrig geblieben, als ihm zu glauben – und zu bezahlen, denn mit einem wie ihm legte sie sich nicht an. Hundert Euro, und nun hatte sie auch noch die erste Gelegenheit verschlafen, dieser neuen Spur nachzugehen.

Das konnte wieder nur mir passieren. Und schon zwei neue Nachrichten.

Sophie hielt den Atem an. Vielleicht hatte Monsieur Arnaud es sich anders überlegt. Sie rief die Nachrichten auf. Die erste war tatsächlich nur eine Tarifinformation, die sie sofort löschte. Es stand ohnehin jedes Mal dasselbe darin. Sie öffnete die zweite.

»Liebe Sophie, deine Mutter macht sich Sorgen, weil du dich nicht meldest. Ruf sie doch mal an! Gruß, Tante Else.«

Darauf kann sie lange warten! Sophie warf das Handy zurück in die Tasche. Typisch Else. Wen interessierte schon, wie es *ihr* ging? Hauptsache, ihre Mutter war glücklich. Sie würde sich erst wieder zu Hause melden, wenn sie ihrer Mutter einen lebenden Rafael präsentieren konnte. Etwas anderes hatte sie für ihr Verhalten nicht verdient.

Der Ärger hatte die letzten Reste Müdigkeit vertrieben, stattdessen machte sich das verpasste Abendessen als Loch in ihrem Magen bemerkbar. Sie seufzte und schwang sich aus dem Bett. *Was soll's? Such ich mir eben noch einen Mitternachtssnack und sehe zu, dass ich morgen fit bin.*

In Pantoffeln tappte sie auf den dunklen Flur hinaus. Vom Ticken der großen Standuhr abgesehen, war es totenstill in der Wohnung. Das Parkett knirschte unter ihren Schritten wie brechendes Eis. Schatten schienen vor ihr zu fliehen, als sie die angelehnte Tür zur Küche öffnete. Andere krochen näher. Beunruhigt tastete Sophie nach dem Lichtschalter. Die einzelne Glühbirne im weiß-rot karierten Lampenschirm scheuchte die Schatten tiefer in die Ecken des etwas heruntergekommenen Zimmers zurück. Ruß und fettiger Kochdunst hatten Tapeten und Decke über die Jahre vergilben lassen, und die Schränke, die an eine alte Landhausküche erinnerten, waren von Holzwürmern geplagt. Das Emaille-Spülbecken mit dem gegossenen Wasserhahn vervollständigte den Eindruck, in einem Museum gelandet zu sein. Vielleicht hatte Madame Guimard irgendwann beschlossen, dass sich eine Renovierung in ihrem Alter nicht mehr lohne.

Es roch nach einer Mischung aus Kernseife, deftigem Eintopf und Moder. Auf dem abgenutzten Küchentisch lagen ein Suppenteller nebst Löffel und ein halbes Baguette samt Brotmesser. Sophies Blick wanderte zum alten Gasherd. Ein Blechtopf stand darauf, an dem ein Zettel mit Madame Guimards schwungvoller und doch akkurater Handschrift lehnte. *»Ich wollte dich nicht wecken. Du sahst so müde aus.«*

Sophie musste lächeln. Die wenigen Worte wärmten ihr Herz mehr als alles, was ihre Mutter seit Rafes Tod gesagt hatte. Es gelang ihr, ohne größere Verpuffung die Gasflamme anzuzünden, worauf sie ein bisschen stolz war, weil sie vor ihrer Ankunft in diesem Haus noch nie einen Gasherd benutzt hatte. Während der Eintopf heiß wurde, goss sie sich ein Glas Wasser ein und wandte sich dem Brot zu. Wieder wurde ihr die Stille in der Wohnung bewusst. Ein kaum hörbares Zischen der Flamme war das einzige Geräusch. Erneut war ihr, als werde sie beobachtet, doch das Zimmer war leer. Ihr Blick blieb an der undurchdringlichen Dunkelheit vor dem Fenster hängen.

Nein, das konnte nicht sein. Sie war im vierten Stock.

Trotzdem lief ihr ein Schauder über den Rücken, und sie wünschte, sie hätte ein Sweatshirt über das Top gezogen. Zum Glück würde sie gleich heiße Suppe im Magen haben. Sie griff nach dem Messer. Plötzlich sah sie sich mit der Klinge über ihre Pulsadern fahren. Ein roter Spalt öffnete sich unter dem gezähnten Stahl. Sie blinzelte. Das Messer lag unverändert in ihrer Hand. Ihre Haut war unberührt. Aber für einen Augenblick hatte das Bild so echt gewirkt, dass sie versucht gewesen war, es zu tun – die Vision Wirklichkeit werden zu lassen. Wie erstarrt ließ sie das Messer zurück auf den Tisch fallen. *Wer auch immer du bist, verschwinde!*, dachte sie, ohne zu wissen, zu wem sie eigentlich sprach.

Am nächsten Nachmittag saß Sophie im Schneidersitz auf dem Bett und versuchte, französisches Wirtschaftsrecht zu pauken. Während ihrer Ausbildung war sie ausgerechnet auf diesem trockenen Fachgebiet immer gut gewesen, aber nun wollten die geänderten Paragraphen der letzten Jahre nicht in ihrem Gedächtnis haften bleiben. Ständig erwischte sie sich dabei, dass die Buchstaben vor ihren Augen verschwammen, weil ihre Gedanken zum Abend vorauseilten. Hundertmal sah sie in verschiedenen Varianten vor sich, wie das Wiedersehen mit Rafe verlaufen könnte. Manchmal wichen die Dialoge nur um ein paar Wörter voneinander ab, in denen jedoch ganze Bedeutungswelten mitschwangen und dem Wortwechsel eine völlig andere Richtung gaben. Mal leugnete Rafael, sie zu kennen – natürlich nur, um sie vor brutalen Drogenhändlern zu schützen. Mal schloss er sie überglücklich in die Arme.

Nicht zu wissen, wie die Begegnung wirklich ablaufen würde, zerrte an ihren Nerven. War es nicht bald spät genug, um die vergebliche Lernerei abzubrechen und sich stattdessen der Frage zu widmen, was sie für den großen Moment anziehen sollte? *Himmel, Sophie! Steiger dich nicht so rein! Wie groß ist die Chance, dass er tatsächlich noch lebt?*

Das Klingeln des Handys bewahrte sie vor neuen Zweifeln. Sie runzelte die Stirn. Hoffentlich war es nicht Else oder gar ihre Mutter selbst. Ein rascher Blick auf das Display ließ sie erleichtert aufatmen. »Hallo, Lara!«, jubelte sie.

»Hi, Sophie! Du klingst gut.« Freudige Überraschung lag in der vertrauten, ungewöhnlich tiefen Stimme. »Ist es schön in Paris?«

»Ach, Paris ist doch immer schön, egal, wie's mir geht. Ich glaube, ich bin nur froh, dass du mich vom Lernen abhältst.«

Lara lachte. »Na, wenn das so ist, muss ich wohl wieder auflegen.«

»Untersteh dich!«

»Was lernst du denn überhaupt? Da ruf ich extra sonntags an, um deinen Unterricht nicht zu stören, und du hängst trotzdem über den Büchern.«

»Nur für die Abschlussprüfung am Freitag. Unter der Woche hab ich kaum Zeit dafür, und ich kann praktisch noch nichts.«

»So wie ich dich kenne, ist das garantiert übertrieben«, meinte Lara. Sophie konnte es ihr nicht übel nehmen. Zu oft hatte sie ihre Freundin schon während ihrer Schulzeit mit Prüfungsangst verrückt gemacht und dann doch nicht so schlecht abgeschnitten. »Aber was für eine Prüfung? Ich dachte, du nimmst nur an so 'ner Art Fortbildungsseminar teil.«

»Ja, aber man kann sich am Ende freiwillig prüfen lassen und bekommt dann ein Zertifikat. So was macht sich bei Bewerbungen besser als eine schnöde Teilnahmebestätigung, also hab ich mir gesagt: Wenn schon, denn schon. Nehm ich das auch noch mit.«

»Stimmt schon«, gab Lara zu. »Dann würde ich's wahrscheinlich auch machen. Und es hassen, bei dem genialen Wetter meinen Sonntag damit zu verbringen.«

»Ist es bei euch auch so heiß?«

»Und ob! Wir sind gerade aus dem Freibad heimgekommen, weil Stefans Rücken schon knallrot ist. Trotz Eincremen! Seit alle Welt nur noch von Hautkrebs redet, macht Sonne echt keinen Spaß mehr. Das kann dir beim Büffeln wenigstens nicht passieren.«

»Nein«, lachte Sophie. »Aber ich war gestern den ganzen Tag an der Seine unterwegs. Ich glaub, ich hab mir dabei einen Sonnenstich geholt oder so. Jedenfalls bin ich wie tot umgefallen, als ich nach Hause kam, und erst nachts wieder aufgewacht.«

»Aha!«, rief Lara. »Du sitzt also doch nicht nur in deiner Abstellkammer herum.«

Wenn du wüsstest … Sollte sie Lara von ihren seltsamen Erlebnissen erzählen? Von Rafe besser nicht, sonst würde ihre Freundin sie auch noch für verrückt halten. Und was den Vorfall mit dem Messer anging, wusste sie selbst nicht mehr genau, ob sie das im Halbschlaf nicht nur geträumt hatte. Was sollte dann erst Lara dazu sagen? »Nur keine Sorge, ich … werde auch heute Abend wieder ausgehen.«

»Das ist gut. Weißt du, Stefan und ich haben uns schon Gedanken gemacht, weil du jetzt so ganz allein in Paris sitzt.«

Stefan kennt mich überhaupt nicht, dachte Sophie säuerlich, doch es hatte keinen Sinn, Lara darauf hinzuweisen, dass sie ihren neuen Freund erst zweimal gesehen und kaum ein Wort mit ihm gewechselt hatte. Sie war Lara dankbar, dass sie sich nach Rafes Tod darum bemüht hatte, für sie da zu sein, und ihr die Schulter zum Ausheulen angeboten hatte. Ihr vorzuwerfen, dass sie ausgerechnet in Sophies schwärzestem Moment den Mann ihres Lebens kennengelernt und deshalb kaum ein anderes Thema mehr gekannt hatte, wäre unfair gewesen. »Das ist wirklich nicht nötig. Genießt ihr mal euer Glück! Ich gönn dir das, Lara, auch wenn's sich in Stuttgart vielleicht nicht immer so angehört hat.«

»Ach, Sophie. Das weiß ich doch. Ich war bestimmt nicht leicht zu ertragen. Stefan hier, Stefan da. Meine Schwester kann's auch schon nicht mehr hören, aber ich schaff's einfach nicht, ihn mal fünf Minuten nicht zu erwähnen.«

Sophie musste grinsen. »Ich weiß. Du *bist* in diesem Zustand nicht zu ertragen.«

»Na ja, du hast es mir auch nicht gerade leicht gemacht. Aber das ist okay«, schob Lara rasch nach. »Du hast viel durchgemacht. Ich freu mich, dass es dir besser geht.«

Ich jage Geistern nach, will von Brücken springen und mir die Pulsadern aufreißen … »Ich bin mir nicht sicher, ob es mir besser geht. Sagen wir lieber, dass ich mich *anders* fühle. Ich habe hier … eine neue Sicht auf die Dinge bekommen. Mal sehen, wie sich das entwickelt.«

»Klingt jedenfalls, als würdest du wieder nach vorne schauen. Das ist ein Fortschritt.«

Fragt sich nur, in welche Richtung.

Henri hatte etwas von *La Mouffe* genuschelt, doch da der Name in jedem Reiseführer stand, wusste Sophie, dass er die Rue Mouffetard gemeint hatte. Die Straße war zu nah, um ernsthaft die Métro in Erwägung zu ziehen. Sophie wählte Jeans und eine schicke Bluse und band sich ihre Jacke um die Hüfte, da es nachts frisch werden würde. Bevor sie aufbrach, erzählte sie Madame Guimard, in welcher Gegend sie ausgehen wollte, denn die alte Dame hätte ohnehin darauf bestanden. Gleich am ersten Abend hatte sie betont, dass sie sich Sophies Eltern gegenüber in dieser Hinsicht verantwortlich fühle. Dass Sophie vierundzwanzig war, schien sie nicht zu beeindrucken, denn für sie waren anscheinend alle Menschen unter vierzig noch Kinder.

Womöglich würde sie mir Hausarrest erteilen, wenn sie wüsste, was ich vorhabe, dachte Sophie schmunzelnd, als sie auf die Straße hinaustrat. Sie hatte das Gefühl, etwas Wichtiges vergessen zu haben, und ging in Gedanken durch, was sie brauchte. Schlüssel, Geld, Stadtplan, sogar das Handy hatte sie im letzten Moment eingesteckt. Nach dem Gespräch mit Lara war der Akku leer gewesen, sodass sie es beinahe am Ladegerät vergessen hätte, aber als Notanker war es doch zu wichtig – selbst halb aufgeladen. Ihr fiel nicht ein, was sie an einem Abend in der Großstadt noch vermissen könnte. Sicher setzte ihr nur die Aufregung zu. Sie war so kribbelig wie vor dem ersten Date, obwohl sie sich ständig vorhielt, wie dumm und voreilig das war.

Unterwegs wurde sie ruhiger, und bald führte der Weg bergauf, was den Namen der Straße – Rue de la Montagne Sainte-Geneviève – erklärte. Sophie bog jedoch ab, bevor die Kirche mit dem Reliquienschrein der heiligen Genoveva in Sicht kam. Die traurige Geschichte des Schreins, der im Aufruhr der Revolution geschändet worden war, als ob die über tausend Jahre zuvor verstorbene Frau eine Schuld an adliger und kirchlicher Willkür träfe, hatte sie angerührt, ja geradezu empört, als sie mit Rafael eher zufällig ausgerechnet diese Kirche besichtigt hatte. Doch jetzt stand ihr nicht der Sinn nach stillen Gewölben und geschichtsträchtigen Mauern. Seit Rafes Beerdigung ging ihr das ewige Schweigen der Toten dort zu nah.

Sie folgte den auffallend vielen jungen Leuten in die Rue Descartes, an deren Beginn ihr bereits laute Musik aus einer

Bar entgegenschallte. Jugendliche schlängelten sich auf knatternden Mofas durch die bunte Menge aus Studenten, Einheimischen und jungen Touristen. Bekannte riefen sich Grüße zu. Schon jetzt wurde gelacht und geprahlt, obwohl der Abend gerade erst begann. Noch warfen die Häuser in der untergehenden Sonne lange Schatten über die enge Straße, und die ausgelassene Stimmung war mehr der Vorfreude als dem Alkohol geschuldet. Autofahrer verirrten sich kaum hierher. Tische und Stühle wucherten aus den Lokalen ins Freie und machten gemeinsam mit den Flaneuren dem Verkehr die Straße streitig, die schließlich in einen kleinen gepflasterten Platz mündete.

Vier Bäume mit ungewöhnlich großen Blättern, ein paar Blumenkübel und gestutzte Hecken umgaben den Springbrunnen in der Mitte des Place de la Contrescarpe. Ein niedriger Gitterzaun hielt die Leute aus dem Grün fern, und eine von schwarzen Eisenpfosten baumelnde Kette wiederum die Autos und Motorroller von den Menschen, die aus allen Richtungen zusammenströmten. Auch hier quollen Sitzgelegenheiten aus etlichen Cafés. Das Stimmengewirr schwoll zu einem Summen in Sophies Ohren an. Sie blieb einen Augenblick lang stehen, um ihre Möglichkeiten zu überdenken. Wenn ihr Gedächtnis sie nicht täuschte, mündete direkt gegenüber die Rue Mouffetard in diesen Platz. Aber ganz gleich, wo sie Posten beziehen würde, könnte sie nie die komplette Straße überblicken. Dazu war *La Mouffe* zu lang, zu unübersichtlich, und es gab zu viele Abzweigungen.

Also beschloss sie, erst einmal zu bummeln, bis der Hunger sie in ein Lokal trieb. Da sie nicht wusste, wo und wann Rafe auftauchte – und ob er überhaupt jemals herkam –, konnte sie ebenso gut aufs Geratewohl herumlaufen und dabei nach ihm Ausschau halten. Kaum hatte sie den Platz überquert, entdeckte sie ein Stück vor sich eine hochgewachsene Gestalt mit dunkelbraunem, leicht gelocktem Haar, das bis in den Nacken fiel. Die federnden Bewegungen des schlanken, aber breitschultrigen Mannes deuteten Jugend an.

Sophies Herz schlug schneller. Sie musste ihn einholen, einen Blick auf sein Gesicht erhaschen. Ohne ihn aus den Augen zu lassen, ging sie flotter. Plötzlich schien sie jeder behindern oder ihr den Weg abschneiden zu wollen. Sie zwängte sich durch Lücken, wo vorher viel Platz gewesen war, umging Leute, die Speisekarten studierten, und drängelte sich durch eine Gruppe unschlüssig herumstehender Engländer. Konnte sie so viel Glück und Pech auf einmal haben? Ihr war, als sei sie keinen Deut näher herangekommen. Jetzt erst bemerkte sie den kleineren Mann an Rafes Seite, der genauso dunkle, aber kurz geschorene Haare hatte. Fahrig deutete er auf ein Café oder einen der Gäste, woraufhin sein Begleiter hinüberblickte. Die Enttäuschung traf Sophie wie ein kalter Regenguss. Der Junge, den sie für Rafael gehalten hatte, war höchstens zwanzig und besaß eine ungewöhnlich große, gebogene Nase. Nicht einmal im Dunkeln hätte sie ihn mit Rafe verwechseln können.

Noch zweimal spielten die Augen ihr solche Streiche, dann ließ sich ihr Puls nicht mehr so leicht aus der Ruhe bringen. Ernüchtert begann sie, auch den Rest der Umgebung wieder bewusster wahrzunehmen. Die Rue Mouffetard war eine sehr schmale, alte Straße, in der sich noch so manches Haus mit Fassadenmalereien und Reliefen schmückte. Zunächst wechselten sich Kneipen, Restaurants und kleine Geschäfte ab, später dominierten die – sonntagabends leider geschlossenen – Marktstände, denn *La Mouffe* war berühmt für ihren täglichen Lebensmittelmarkt. Sogar in einem ihrer Lieblingsfilme, *Die fabelhafte Welt der Amélie,* kaufte Monsieur Bretodeau regelmäßig in dieser von Obst- und Gemüseauslagen gesäumten Gasse sein Brathähnchen. Doch die Realität war nicht ganz so idyllisch, sondern schloss auch Fast-Food-Läden und laute Musik aus einigen Lokalen ein.

Sophie schlenderte bis zu der alten Kirche, die das Ende der *Mouffe* markierte, und drehte wieder um. Die Gerüche aus den Küchen und Schnellimbissen zeigten allmählich Wirkung. Sie entdeckte ein italienisches Restaurant, vor dem sie auf der Straße sitzen und die Passanten beobachten konnte. Dass auf der Tafel mit den Tagesgerichten auch noch Tiramisu lockte, entschied die Angelegenheit. Nur weil dieser Henri sie geschröpft hatte, würde sie nicht auf ihr Lieblingsdessert verzichten.

Während sie sich durch eine eigenwillige Salatkreation mit Parmaschinken und Grapefruit kämpfte und anschließend das zum Glück perfekte Tiramisu umso mehr genoss, senkte sich die Nacht auf Paris herab. Hunderte, wenn nicht Tausende mussten mittlerweile an ihr vorübergezogen sein, nur Rafe war nicht darunter gewesen.

Sie hatte ihr Budget mit einem Espresso weiter strapaziert, um den Aufbruch so lange wie möglich aufzuschieben, doch seit einer Weile warf der Kellner ihr ungeduldige Blicke zu. Wenn sie nichts mehr bestellte, blockierte sie einen Tisch. Bevor er unhöflich werden konnte, bat Sophie um die Rechnung und machte sich auf den Rückweg, aber aufgeben wollte sie noch nicht, denn in den Bars fing das Leben jetzt erst richtig an.

Rund um den Place de la Contrescarpe ging es besonders hoch her. An einigen Cafétischen wurde lautstark debattiert, an anderen gegrölt und gelacht. Der Fahrer eines Autos, der im Schritttempo über den Platz schleichen musste, wurde mit Flüchen bedacht, weil er die Nachtschwärmer teilte wie Moses das Rote Meer. Hinter ihm fluteten sie zurück auf die Fahrbahn, als hätte es ihn nie gegeben. Angeheiterte Mädchen zogen Arm in Arm um die Häuser, lachten kreischend oder kicherten, wenn sie von jungen Männern angesprochen wurden. Die Menge war hier nicht so bunt wie an mancher Métro-Station. Zwar entdeckte Sophie Menschen aller Völker und Hautfarben, während sie nach Rafael Ausschau hielt, doch die Schwarzen, Asiaten und Nordafrikaner, die in diesem Viertel ihr Vergnügen suchten, bevorzugten in Sachen Mode den europäischen Einheitslook. So oder so war es unmöglich, jeden Einzelnen wahrzunehmen, der sich irgendwo an diesem Platz aufhielt oder ihn nur streifte.

Sophie umrundete den Place de la Contrescarpe und warf im Vorübergehen einen Blick in jedes Lokal. Am Ende entschied sie sich für eine Bar, in der sie noch einen kleinen Tisch am Fenster ergattern konnte. Wenigstens diese Ecke des Platzes wollte sie im Auge behalten. Die Kellnerin hatte kaum die Orangina vor ihr abgestellt, als vier junge Leute eintraten und sich ebenfalls nach einem Tisch umsahen. Sie waren leger, aber nicht heruntergekommen gekleidet, weshalb Sophie sie für Studenten hielt. Die einzige Frau der Truppe, eine zierliche Brünette mit burschikoser Frisur, ähnelte einem der Männer so auffällig, dass sie vermutlich Geschwister waren. Der Blick des Bruders blieb an Sophie hängen, die rasch wegsah, doch es half nichts. Da keine anderen Plätze frei waren, kamen die vier zu ihr herüber.

»Hallo! Stört's dich, wenn wir uns zu dir setzen?« Der junge Mann hatte nicht nur dieselbe Haarfarbe wie seine Schwester, sondern auch mindestens ebenso lange Wimpern, die seinen stechenden grauen Augen einen weicheren Zug verliehen.

Sophie lächelte gequält. »Eigentlich schon. Ich warte auf jemanden.«

»Ach, dann ziehen wir einfach weiter, wenn dein Freund kommt.« Mit einer wegwerfenden Handbewegung ließ er sich neben ihr nieder, während sich die anderen freie Stühle zusammensuchten. »Oder ist es eine Freundin?«

Das Gespräch nahm genau die Wendung, die sie befürchtet hatte. Schon hatte sie die Straße länger aus dem Auge gelassen, als ihr lieb war, dabei war es im Laternenlicht schon schwierig genug, die Gesichter der Passanten zu erkennen.

»Es ist mein Verlobter«, erwiderte sie, um ihn zu entmutigen.

»Was für ein Pech«, lachte einer der anderen beiden und klopfte seinem Freund betont munter auf die Schulter. Zur Antwort bekam er nur einen Brummlaut.

Die Kellnerin erschien und lenkte sie ab. Längst hatte Sophie ihre Aufmerksamkeit wieder nach draußen gerichtet.

»Bist du auch Studentin?«, erkundigte sich die junge Frau.

»Nein, Fremdsprachenkorrespondentin«, antwortete Sophie mit einem raschen Seitenblick.

Da ihre Antworten so einsilbig blieben und sie ständig aus dem Fenster starrte, gaben es ihre Tischnachbarn bald auf. *Sicher halten sie mich jetzt für eine dumme, langweilige Kuh,* dachte sie bedauernd, denn die vier wirkten nett und aufgeschlossen. Aber wenn sie Rafe jemals finden wollte, hatte sie keine Wahl.

Die Zeit zog sich wie Kaugummi. Nach einer Weile wechselten die Studenten an einen frei gewordenen größeren Tisch, und sie blieb allein auf ihrem Beobachtungsposten zurück. Mitternacht verstrich. Sie musste sich zwingen, die Lider offen zu halten. *Das hat alles keinen Sinn*, flüsterte ihr eine innere Stimme zu. Morgen würde sie vor Müdigkeit wieder dumpf wie ein Zombie in der Schule sitzen. Gerade unterdrückte sie mühsam ein Gähnen, als jemand an ihren Tisch trat.

»Der kommt nicht mehr.«

Überrascht sah sie zu dem jungen Mann mit den grauen Augen auf. »Wahrscheinlich nicht«, stimmte sie widerwillig zu und kramte ihr Portemonnaie hervor. Er sollte nicht glauben, dass sie nun bei ihm Trost suchen würde.

»Soll ich dich nach Hause bringen?«, fragte er prompt.

Sie erinnerte sich an den unheimlichen Kerl, der sie an der Seine verfolgt hatte, und zögerte. Doch ihn kannte sie ebenso wenig, und sie wollte ihn auch nicht ausnutzen. »Nein.« Wieder sah sie durch die Scheibe nach draußen. »Das ist wirklich …« Als sie den Mann auf der Straße erkannte, geriet ihre Stimme zu einem Wispern.

6

»Rafe.«

Sophie warf den erstbesten Geldschein, der ihr zwischen die Finger kam, auf den Tisch, riss mit der freien Hand ihre Jacke von der Rückenlehne und hastete zum Ausgang. Hinter ihr polterte der Stuhl zu Boden, während sie sich zwischen den verdutzten Studenten hindurchdrängelte. Wenn es so weiterging, würde ihr bald der Ruf überstürzter Abgänge vorauseilen, doch sie wischte den Gedanken beiseite. Ihr Herz raste. Sie hatte Rafe vor dem Fenster gesehen, ganz sicher. Keine Sekunde durfte sie jetzt verlieren.

Vor der Tür empfing sie kühle Nachtluft. Es waren weniger Leute unterwegs als zuvor, aber mehr, als sie an einem Sonntag erwartet hätte. Sie drehte den Kopf, fürchtete, die Gestalt, die eben an der Bar vorbeigegangen war, könne ein weiteres dummes Trugbild gewesen sein, das die Sehnsucht ihr vorgaukelte. Nein, sie war da! Das helle T-Shirt zog Sophies Blick sofort auf sich. Sie wollte Rafes Namen rufen, wollte, dass er sich umdrehte und sie erkannte. Doch der Impuls erstarb, als sie die beiden Männer zu seiner Rechten bemerkte, mit denen er gerade ein paar Worte wechselte. Ihren Bewegungen haftete etwas Steifes, Entschlossenes an, das nicht zu harmlosen Nachtschwärmern passte. Alle wilden Theorien über die Gründe für sein Untertauchen fielen ihr wieder ein. Wenn sie jetzt einen Fehler beging, konnte sie alles zunichtemachen. Es war besser abzuwarten, bis sie ihn allein sprechen konnte.

Darauf bedacht, den Abstand nicht zu groß werden, aber auch nicht schrumpfen zu lassen, folgte sie den drei Männern, die den Platz überquerten und auf der anderen Seite wieder verließen. Erst jetzt wurde ihr bewusst, dass sie noch immer ihren Geldbeutel mit der einen und die Jacke mit der anderen Hand umklammerte, während sie die Umhängetasche in der Eile nur unter den Arm geklemmt hatte. Nicht gerade die empfehlenswerte Art, wie man im nächtlichen Paris seine Wertsachen transportieren sollte. Sie nahm die Jacke zwischen die Zähne, um das Portemonnaie einstecken und den Gurt der Tasche über die Schulter streifen zu können, während sie gleichzeitig immer wieder nach vorn spähte. Unweigerlich fiel sie zurück. Sie nahm den selbstverpassten Knebel aus dem Mund und ging schneller.

Vor ihr bogen Rafe und seine Begleiter ab. Sophie rannte. Sofort drohte ihr die Tasche von der Schulter zu rutschen. Mit einer Hand hielt sie den widerspenstigen Gurt, mit der anderen die Jacke, während sie mit dem Ellbogen versuchte, die hüpfende Tasche zu bändigen. *Das kann doch alles nicht wahr sein!* Sie verkniff sich einen lauten Fluch und verkürzte ihre Schritte, um in unauffälligerem Tempo um die Straßenecke zu biegen. Sie hatte schon genug Blicke auf sich gezogen.

In der Seitenstraße ging es ruhiger zu. Das blinkende grüne Kreuz einer Apotheke war eine der wenigen Leuchtreklamen, die hier den Laternen Konkurrenz machten. Erleichtert entdeckte Sophie die drei Männer wieder, als sie gerade darunter hinweggingen. Einer der beiden Fremden hatte über einem

Rest kurzen, dunklen Haars eine Halbglatze, auf der sich das grüne Neonlicht spiegelte. Er war so groß wie Rafael, aber deutlich breiter und massiger gebaut, der andere dagegen einen halben Kopf kleiner und schmächtig. Sie trugen kurzärmelige Hemden und hatten sich nicht die Mühe gemacht, diese in den Hosenbund zu stopfen. Sophie trat Schweiß auf die Stirn. Versteckten sie etwa Waffen? Waren es dieselben Männer, mit denen sie Rafe bereits auf dem Schiff gesehen hatte?

Sie überquerten die Straße, um erneut um eine Ecke zu verschwinden. Sophie beeilte sich. Außer einem einzelnen Fußgänger auf der anderen Seite war vor ihr niemand mehr zu sehen. Trotz der lauen Sommernacht umwehte ihn ein dunkler Mantel, doch davon abgesehen, fiel Sophie nichts Ungewöhnliches an ihm auf. Er bog in dieselbe Gasse ab wie Rafe. Ein Zufall? Aber er war schon zuvor auf der anderen Straßenseite gewesen. Auch hier wohnten Menschen, die irgendwann nach Hause gingen; das bewiesen schon die wenigen Fenster, in denen noch Licht brannte. Manchmal hörte sie Stimmen oder leise Musik aus einem der oberen Stockwerke oder das Brummen eines Motors in der Ferne.

Sie betrat die Gasse, durch die gerade so ein Auto passen mochte, und erschrak. Im Schatten des ersten Hauseingangs rührte sich etwas Großes am Boden. Instinktiv wich Sophie zurück. Unverständliche Laute drangen zu ihr herüber. Ein bärtiges Gesicht tauchte auf und gleich darauf eine zum Mund geführte Flasche. *Ein Clochard!* Erleichtert, aber dennoch misstrauisch schlug sie einen Bogen um den Obdachlosen.

Als sie wieder nach vorne sah, verschwand die Gestalt im Mantel gerade in einem Gebäude auf der linken Straßenseite. Dahinter rührte sich nichts. Nur vereinzelt beleuchteten Laternen Teile der Gasse, die von Müll und Graffiti gesäumt war. Sophie wurde kalt. Wo war Rafe geblieben? Mit wachsender

Verzweiflung rannte sie über das alte, unebene Pflaster. Sie hatte ihn sich nicht eingebildet. Er musste hier irgendwo sein!

Ihre Schritte hallten laut von den Wänden wider, von denen der Putz bröckelte. Es stank nach Unrat und Urin. Irgendetwas huschte vor ihr in eine Mauernische. Im Zwielicht hätte es ebenso gut eine Ratte wie eine Katze sein können. Sie wollte es lieber nicht wissen und schielte im Vorüberhetzen dennoch in jede dunkle Ecke, jeden Torweg, nur um vor weiteren in die Schatten gekauerten Clochards zu erschrecken.

Endlich erreichte sie das Ende der Gasse und sah sich rasch nach allen Seiten um. Nichts. Eine kaum breitere Straße, durch die eine Vespa surrte, bevor die Gegend wieder in nächtlicher Stille versank. Sophie spürte Tränen in ihre Augen steigen und kämpfte dagegen an. *Ich hab mir die drei nicht eingebildet! Sie müssen in einem der Häuser sein.*

Da sie im Gegensatz zu ihr nicht gerannt waren, konnten sie nicht viel weiter als bis zur Mitte der Gasse gekommen sein. Sollte sie die Obdachlosen fragen? Möglicherweise war einer von ihnen nüchtern genug, um ihr weiterzuhelfen. Aber war es klug, betrunkene Männer darauf aufmerksam zu machen, dass sie allein durch die Gegend irrte? Nicht alle Stadtstreicher waren romantische Ritter der Gosse, die sich ihre Ehre bewahrt hatten, und Geld konnten sie im Zweifelsfall alle brauchen. Nein, sie sprach besser niemanden an. *Und ich sollte auch nicht länger hier stehen wie eine Bordsteinschwalbe, die auf Kundschaft wartet.*

Sie holte tief Luft – nicht nur, um sich gegen den Gestank zu wappnen. Es fiel ihr schwer, die dämmerige Gasse noch einmal zu betreten. Sie kam ihr vor wie der Graben, in den ein schicksalhafter Regen sämtlichen Abschaum der Stadt gespült hatte. Was sagte es über Rafe und sie aus, dass es sie ausgerechnet hierher verschlagen hatte?

Schritte näherten sich die Straße herauf. Aus dem Augenwinkel sah Sophie eine einzelne Gestalt in dunkler Kleidung. Wer es auch sein mochte, sie wollte nicht angetroffen werden, wie sie mutterseelenallein herumstand und Wurzeln schlug. Fluchtartig stürmte sie los, dieses Mal ohne nach rechts und links zu blicken. Ein genöltes »Is' jetz' endlich mal Ruhe?« ging im Stakkato ihrer Schritte so unter, dass sie es mehr ahnte als hörte. Erst als sie annähernd die Hälfte der Gasse hinter sich wusste, ging sie wieder langsam, lauschte, musterte Türen und Durchlässe, so gut es im Zwielicht möglich war. Ihr Körper spannte sich in der Erwartung neuer Schrecken. Warum zum Teufel tat sie sich das an? Sie konnte nicht einmal sicher sein, dass sie sich für den echten Rafe in Gefahr brachte. Noch hatte sie sein Gesicht nicht aus der Nähe gesehen …

Sie merkte auf. Was eben noch ein kaum wahrnehmbares Geräusch gewesen war, entpuppte sich als Stimme. Eine Stimme, die nun laut und zornig wurde. Andere fielen ein. Sophie schwankte zwischen Angst und Hoffnung. Sie wollte nicht in einen Streit geraten, der sie nichts anging, aber sie *musste* nachsehen, ob Rafe daran beteiligt war. Eilig hielt sie auf die Quelle der Stimmen zu, die nun wieder leiser wurden, als hätten sie gemerkt, dass sie unerwünschte Aufmerksamkeit erregten.

Sie drangen rechter Hand aus einem schmalen Durchlass, der in einen Hinterhof führte. Die Passage selbst war in tiefe Dunkelheit getaucht, doch dahinter konnte Sophie im Mondlicht mehrere Gestalten erspähen. Am hellen T-Shirt glaubte sie, Rafe wiederzuerkennen, und der Kerl, der gerade einen anderen Mann am Kragen packte, war eindeutig der mit der Halbglatze. Sophie schluckte nervös. Was nun? Instinkt und Vernunft hatten sich verbündet und raunten ihr zu, schleunigst zu verschwinden, doch ihr Herz weigerte sich. *Ich muss wissen, ob es Rafe ist.* Wenn nicht … konnte sie sich immer noch auf dem schnellsten Weg aus dem Staub machen.

Aber wie sollte sie Gewissheit bekommen? Seine Stimme! Es war möglich, dass er einen Doppelgänger hatte, aber dass der auch noch dieselbe Tonlage und einen deutschen Akzent hatte, *das* war ausgeschlossen.

Jetzt, da sie wieder leiser sprachen, musste sie näher heran. Wachsam pirschte sie sich in den Durchgang vor. Dort war es so finster, dass die Streithähne sie bestimmt nicht sehen würden, solange sie sich nicht zu weit vorwagte.

Ein schwaches Aufglänzen warnte sie gerade noch rechtzeitig, bevor sie über ein altes Fahrrad stolpern konnte, das jemand an die Wand gelehnt hatte. Sie schlich daran vorbei, bemühte sich, etwas zu sehen, bevor sie einen Fuß vor den anderen setzte. Wenn sie auch nur gegen eine einzige achtlos hingeworfene Coladose trat, waren die Typen hinter ihr her.

Allmählich hatten sich ihre Augen so weit an die Dunkelheit gewöhnt, dass sie jenseits des Fahrrads in der rechten Wand einen türbreiten Eingang ausmachen konnte, wo die Schatten noch schwärzer waren. Ein bedrückendes Gefühl warnte sie davor, dieser finsteren Höhle den Rücken zuzuwenden. Hatte dort nicht gerade etwas geraschelt? Sie hielt inne, doch in der Stille hörte sie nur die Stimmen aus dem Hinterhof deutlicher. War das wirklich Rafe? Verwundert wagte sie sich noch einen Schritt weiter, drückte sich an den leeren Türrahmen, als könne sie mit ihm verschmelzen und unsichtbar werden. *Das kann nicht sein …*

Im gegenüberliegenden Gebäude klaffte die dunkle Mündung eines breiten Torwegs, der vermutlich den Haupteingang zu diesem Hof darstellte. Ein paar Mofas und ein Auto parkten hier zwischen Mülltonnen und Regenrinnen. Sämtliche Fenster im untersten Stockwerk waren vergittert, die Wände stellenweise mit schwarzem Gekritzel verschmiert. Sophie zählte vier Männer, von denen sie einen an diesem Abend noch nicht gesehen hatte. Er schien ihr jünger als die anderen, und wenn das trübe Licht sie nicht täuschte, hatte er ein nordafrikanisch anmutendes Gesicht. Der Kräftige ließ ihn gerade wieder los, aber der Schmächtige stand schräg hinter ihm und verhinderte so eine überraschende Flucht. In ängstlichem Ton sprudelte der Junge etwas hervor, das nach Rechtfertigungen klang.

Der Mann, der wie Rafe aussah – was sie im Halbschatten wieder nicht genau erkennen konnte –, unterbrach ihn mit einer scharfen Bemerkung. Rafaels Stimme. Sophie hätte jeden Eid geschworen. Doch seit wann sprach er fließend Französisch? Während ihres Urlaubs in Paris hatte er kaum einen zusammenhängenden Satz herausgebracht und sich mit Latein als zweiter Fremdsprache entschuldigt. Jetzt klang er wie ein Einheimischer. Sollte sie sich doch getäuscht haben?

Der Schmächtige warf ebenfalls etwas ein, woraufhin der Glatzkopf eine barsche Frage stellte. Trotz mischte sich in die Antwort des Jungen. Sophie zuckte zusammen, als die Faust des Kräftigen vorschnellte. Prügel und Beschimpfungen prasselten auf sein Opfer ein, das sich krümmte und nur noch von dem Schmächtigen auf den Füßen gehalten wurde. Sie konnte nicht fassen, was sie sah. Der vermeintliche Rafe stand daneben und sah einfach nur zu! Rafe, der unbedingt Arzt hatte werden wollen, der Idealist, der nach Kolumbien geflogen war, um kostenlos malariakranke Kinder zu behandeln, sah ungerührt zu, wie ein Mann zusammengeschlagen wurde? Hier stimmte etwas nicht. *Aber es war doch seine Stimme!*

Empört löste sie sich von der Wand, um einzugreifen, als sich wie aus dem Nichts eine Hand auf ihren Mund legte. Zugleich umfasste sie von hinten ein Arm und zerrte sie rückwärts. Ihr Aufschrei geriet unter der fester zupressenden Hand zu einem dumpfen Ächzen.

»Klappe halten!«, fauchte es an ihrem Ohr.

Sie sah nur noch, wie der Junge zu Boden sank, als der Schmächtige ihn losließ, dann hatte der Angreifer sie schon einen halben Meter in den Eingang gerissen. Sie wand sich in seinem unnachgiebigen Griff, versuchte, ihn mit Ellbogen oder Fuß zu treffen, während er sie einen weiteren Schritt rückwärts zog.

»Halt still, wenn dir dein Leben lieb ist!«

Sie erstarrte. Das Herz schlug ihr bis in die Kehle hinauf. Hatte er ein Messer? Eine andere Waffe? Irgendetwas Kantiges hielt er in der Hand, die sie nicht sehen konnte. Mit der anderen verschloss er ihr nicht nur den Mund, sondern auch fast die Nasenlöcher. Überdeutlich hörte sie die Luft darin pfeifen, hörte auch seinen Atem, roch eine Spur von Rasierwasser und Zigarettenrauch. Draußen näherten sich Schritte, Dreck knirschte unter Schuhsohlen. Jemand knurrte etwas, das im Widerhall der Schritte unterging, als die Männer den Durchgang betraten. Rafe und seine Begleiter würden nur drei oder vier Meter an ihr vorbeigehen. Sie spürte, wie sich ihr Angreifer spannte.

»Keinen Laut!«, wisperte er und hielt den Atem an.

Sie wagte nicht, sich zu rühren. Wenn er ein Messer hatte, würde er schneller zustechen, als Hilfe bei ihr sein konnte – *falls* diese Schläger, dieser andere Rafe überhaupt auf die Idee kämen, ihr beizustehen. Zielstrebig marschierten sie im Halbdunkel vorüber, doch wie flüchtige Täter wirkten sie nicht. Sie schienen weder Entdeckung noch Verfolger zu fürchten. Erneut verwehrte das Dämmerlicht Sophie einen genaueren Blick auf Rafaels Gesicht. Dabei sah er sogar ungefähr in ihre Richtung, doch sogleich schob sich wieder Mauerwerk zwischen sie, und sie blieb gefangen in der Dunkelheit zurück.

Ihr Kopf war leer, als weigere er sich, auch nur darüber nachzudenken, was ihr bevorstand. Ihre Kehle wurde eng. Eine Träne rann über ihre Wange hinab, bis sie von der Hand des Fremden aufgehalten wurde. Noch immer drückte er ihre Lippen gegen die Zähne, schnitt ihr fast die Luft ab, sodass ihr Atem schnell und schnaufend ging.

»Du musst völlig verrückt sein«, murmelte er. »Was sollte das werden? Wolltest du dich umbringen lassen? Diese Kerle sind gefährlich.«

Was? Seine Worte verwirrten sie so sehr, dass sie im ersten Moment nur dastand und nach Luft schnappte, nachdem er sie losgelassen hatte. Plötzlich ging ihr auf, dass nichts mehr sie daran hinderte, die Verfolgung wieder aufzunehmen. Vielleicht konnte sie noch aufholen und … Sie kam nicht einmal bis in den Durchgang, bevor er sie erneut am Arm gepackt hatte.

»Scheiße, was soll das? Hast du nicht gehört, was ich gesagt habe?«

Sie sah sich nach ihm um, doch viel mehr als einen Umriss und einen helleren Fleck, wo sein Gesicht sein musste, konnte sie in der Finsternis nicht erkennen. »Lass mich los!«, fuhr sie ihn an. »Deinetwegen werde ich ihre Spur verlieren.«

»Vielleicht wäre das besser für dich.«

»Woher willst du das wissen?« Erneut versuchte sie, sich loszureißen. »Du kennst mich doch gar nicht!«

»Aber ich kenne *sie*.«

Sophie hielt inne. »Du weißt, wer sie sind?«

»Das habe ich gerade gesagt, ja.«

»Und jetzt?« Ihre Wut über den Schreck, den er ihr eingejagt hatte, verlieh ihr Mut. »Wirst du es mir verraten?«

In seinen Worten schwang ein schiefes Lächeln mit. »Kann ich dich dann loslassen, ohne dass du sofort wieder in dein Unglück rennst?«

Sie versuchte, endlich wieder klar zu denken. Wenn er ihr sagen konnte, wo Rafe wohnte, würde ihr das die gefährliche Tour durchs nächtliche Paris ersparen, von der sie schon jetzt mehr als genug hatte. Aber konnte sie ihm vertrauen? Zumindest klang er nett, und wenn er ihr Übles gewollt hätte, wäre er wohl längst über sie hergefallen. »Okay. Ich muss wissen, wo …«

Er gab ihren Arm frei, blieb aber so nah, dass sie niemals entwischt wäre, wenn sie es versucht hätte. »*Ich* muss erst mal nach dem Verletzten sehen.«

»O Gott, natürlich!« Wie hatte sie das vergessen können?

Der Fremde drängte sich an ihr vorbei in den Durchgang und eilte auf den Hof. Sophie folgte ihm besorgt. Mechanisch rückte sie den Gurt auf ihrer Schulter wieder zurecht. Dass sie immer noch die Jacke in der Hand hatte, kam ihr grotesk vor, doch ihre Finger hatten sich hineingekrallt und lösten sich nur widerstrebend. Welche Nummer hatte der französische Notruf doch gleich? Wenn der Junge einen Krankenwagen brauchte … Erstaunt sah sie sich um. Bis auf sie selbst und den Fremden, der bereits hinter dem Auto und den Mülltonnen suchte, war der Hof leer. »Wo ist er hin?«

»Hat ihn wohl doch nicht so schwer erwischt. Mit ein paar Prellungen kann man immer noch laufen, wenn's sein muss«, behauptete der junge Mann, den Sophie im Mondlicht endlich besser sehen konnte.

Der Typ im dunklen Mantel! »Du bist ihnen auch gefolgt!« Ihr Blick glitt zu seiner Rechten, doch die Waffe musste er bereits eingesteckt haben. Er trug den Mantel offen und darunter Hemd und Hose – ebenfalls dunkel, aber in Stoff und Schnitt eher sportlich als elegant.

»Du hast einen Hang dazu, das Offensichtliche auszusprechen«, stellte er fest. Für einen Franzosen war er groß, aber bei Weitem kein Riese und dazu sehr schlank. Sein Gesicht wirkte trotz des Dreitagebarts hager, wozu die vollen Lippen einen sympathischen Kontrast darstellten.

»Ach ja? Und wann habe ich Ihnen eigentlich das Du angeboten, Monsieur …«

»Méric, Jean.« Zu ihrer Überraschung reichte er ihr die

Hand. Sie anzunehmen, war ein Reflex, den sie nicht unterdrücken konnte. »Und mit wem habe ich das Vergnügen, Mademoiselle? Oh, Verzeihung. Madame.«

»Madame?« Sie folgte seinem Blick zu ihrer Linken. »Ach so, der Ring. Nein, ich bin nicht verheiratet. In Deutschland trägt man den Ehering rechts. Ich heiße Sophie Bachmann.«

»Sie sind Deutsche? Kaum zu glauben.« Er lächelte. »Ich hab's nicht rausgehört.«

»Danke.« Geschmeichelt erwiderte sie das Lächeln, doch sie fühlte sich noch immer gehetzt. Wer war dieser Mann, und warum verfolgte er Rafe? Wäre es besser zu verschwinden, weil vielleicht doch jemand die Polizei gerufen hatte, die ihnen unangenehme Fragen stellen würde? Ganz abgesehen davon, dass sie sich gemütlichere Orte vorstellen konnte, um über ihre Aussprache zu plaudern.

»Kommen Sie, ich bringe Sie nach Hause. Wo wohnen Sie?«

Überrumpelt ließ sie sich von ihm aus dem Hof dirigieren. »Rue Jean de Beauvais«, antwortete sie, bevor er eine falsche Richtung einschlagen konnte. »Aber Sie haben mir noch nicht gesagt, wer Sie eigentlich sind. Ich meine, warum Sie hier sind.«

»Sie mir auch nicht«, stellte er nüchtern fest.

Wieder flackerte ihre Wut über die Angst und das Gefühl der Hilflosigkeit auf, das sie in seinem Griff empfunden hatte. Sie fuhr herum, um ihm ihren Zorn ins Gesicht schleudern zu können. »Haben Sie eine Ahnung, was für einen Schreck Sie mir eingejagt haben? Ich dachte, ich würde sterben! Es ist mein gutes Recht, ein paar Erklärungen zu verlangen.«

Er erwiderte ihren Blick ernst und beherrscht, doch in seinen Augen blitzte Ärger auf. »Es tut mir leid, dass ich grob werden musste, aber Sie waren im Begriff, einen schweren Fehler zu begehen. Diese Kerle hätten Sie ganz anders angefasst.«

Sophie presste die Lippen zusammen und wandte sich ab. Jean Méric wartete, bis sie von selbst weiterging. Es lag auf der Hand, dass er recht hatte. Verbrecher wollten keine Zeugen, und sie hatte keine Ahnung, wie die Männer auf ihre Einmischung reagiert hätten. Trotzdem saß ihr der furchtbare Moment noch zu sehr in den Knochen, um diesem Fremden dafür dankbar zu sein. »Warum waren Sie dort? Sind Sie so etwas wie ein verdeckter Ermittler?«

Er schnaubte. Hörte sie da Belustigung heraus? Sie warf einen Seitenblick auf sein Gesicht, doch darauf zeigte sich eher Verdruss.

»Das ist kompliziert.« Als sie nur abwartete, fuhr er fort: »Sagen wir, dass ich den dreien gefolgt bin, weil ich wusste, dass sie nichts Gutes vorhatten. Ich … habe ein Gespür für so etwas.«

Sophie verzog das Gesicht. »Okay, vielleicht wollen Sie es mir nicht sagen, aber Sie müssen mich auch nicht für dumm verkaufen.«

»Heute Nacht haben Sie sich jedenfalls nicht besonders klug verhalten«, versetzte er lakonisch.

Wieder sah sie ihn an, doch auch jetzt zeigte er kein Anzeichen dafür, sich über sie lustig zu machen. »Ich habe meine Gründe.«

»Die haben wir alle.«

Und er hat ein spezielles Talent dafür, mich auf die Palme zu bringen. »Danke, ich habe begriffen, dass ich Ihnen auf die Nerven gehe. Sie mir auch. Können wir es dabei bewenden lassen und zum Wesentlichen kommen?«

»Und das wäre?«

»Ich muss wissen, wo ich den Mann im hellen T-Shirt finden kann.«

Er blieb so abrupt stehen, dass sie unvermittelt seinem Beispiel folgte und ihn verblüfft ansah. Sein Blick war finster, als hätte sie ihn schwer beleidigt. »Ausgerechnet den? Warum? Was haben Sie mit ihm zu schaffen?«

Sophies Gedanken überschlugen sich. War er doch ein Polizist und beschattete Rafe – oder seinen Doppelgänger –, weil jener in üble Machenschaften verstrickt war? Warum so viel Feindseligkeit? Er klang, als sei Rafe der Schlimmste der drei. »Das … das ist eine private Sache.«

»Mag sein, aber ich will sichergehen, dass Sie wissen, worauf Sie sich da einlassen.«

Das war eindeutig eine Warnung. *Was in aller Welt geht nur hier vor?* »Ich muss wissen, ob er der ist, für den ich ihn halte. Dazu muss ich ihn sprechen – allein natürlich. Mit den anderen Kerlen will ich nichts zu tun haben.«

Jean sah sie an, als sei sie vollkommen irre. »Dazu kann ich nur sagen, dass es ratsamer wäre, wenn Sie sich von ihm fernhielten. Jedes Wort, das Sie mit ihm wechseln, ist zu viel.«

Riskierte sie ihr Leben, wenn sie mit ihm sprach? Das war sicher übertrieben. Aber ihre Zweifel wuchsen. Konnte es hier wirklich um Rafael Wagner gehen, der niemals jemandem etwas antun würde? »Also schön, ich hab genug von diesen ganzen Andeutungen. Wissen Sie, wie lange sich dieser Mann schon in Paris aufhält? Ist er ein Verbrecher, den Sie seit Jahren dingfest machen wollen? Dann kann er nämlich nicht der sein, den ich suche. Ich habe ihn vor zwei Tagen zufällig auf einem Boot gesehen und glaubte, meinen Verlobten in ihm wiederzuerkennen.«

Jeans Brauen zuckten – überrascht? Doch seine Miene wurde unergründlich. »Er ist seit ein paar Wochen, höchstens zwei, drei Monaten hier.«

Sophie spürte ihr Herz stolpern. *Er ist es! Er ist hier!* »Sind Sie sicher? Ich dachte, er sei tot!«

»Heilige Mutter Gottes«, flüsterte Jean. Mitgefühl lag in

seinem Blick, aber sie wartete vergeblich darauf, dass er ihre überschäumende Freude ein wenig teilte.

»Sie müssen mir sagen, wo er wohnt! Wenn er sich irgendetwas hat zuschulden kommen lassen, gibt es sicher eine Erklärung dafür. Ich kann …« Sie brach ab, als er sie an der Schulter berührte und sanft zum Weitergehen drängte.

»Das ist nicht der richtige Ort, um über diese Dinge zu sprechen.«

Obwohl er leise und freundlich sprach, lag etwas in seiner Stimme, das ihre Begeisterung dämpfte. Er klang so bestimmt, dass sie ihren Weg fortsetzte und mit ihm den Place de la Contrescarpe überquerte. Aus der Bar, in der sie gewartet hatte, drang noch gedämpfte Musik. Auch wenn sich immer noch Leute auf der Straße herumtrieben, war es sehr viel leerer geworden, sodass sie froh war, nicht allein nach Hause gehen zu müssen. Doch die ernste Miene ihres schweigenden Begleiters beunruhigte sie von Minute zu Minute mehr.

»Warum freuen Sie sich so gar nicht mit mir? Was ist es, das Sie mir nicht sagen wollen?«

Er sah sie bedauernd an. »Sie sollten sich nicht zu früh freuen. Es mag den Anschein haben, als hätten Sie Ihren Verlobten wiedergefunden, aber die Dinge sind nicht immer so, wie sie scheinen.«

»Sie sprechen schon wieder in Andeutungen«, beschwerte sie sich gereizt.

Ein Lächeln huschte über sein Gesicht, bevor der undeutbare Ausdruck zurückkehrte. »Und Sie sprechen schon wieder das Offensichtliche aus.« Er hob abwehrend die Hand, als sie den Mund zu einer ungehaltenen Antwort öffnete. Seine Stimme wurde so leise, dass sie sich anstrengen musste, um ihn über ihrer beider Schritte hinweg zu verstehen. »Bis jetzt war er für mich nur einer von vielen. Ich werde versuchen, mehr über die Angelegenheit in Erfahrung zu bringen.«

7

Montag! Noch nie hatte Sophie so gut verstanden, warum manche Leute Montage hassten. Nach nur drei Stunden Schlaf war ihr Magen verstimmt, ihr Mund ausgetrocknet – egal, wie viel sie trank –, und der Kopf brummte, als wäre sie volltrunken ins Bett getorkelt. Bestimmt sah sie grauenhaft aus. Madame Guimard hatte sie beim Frühstück missbilligend gemustert, aber nichts gesagt. Sophie war ihr dankbar dafür. Sie wollte die alte Dame nicht belügen, hätte aber nicht gewusst, was sie ihr erzählen sollte. Dass sie ihrem tot geglaubten Verlobten in abgelegene Gassen gefolgt war, wo er Streitigkeiten unter Gangstern ausfocht? Dass sie von einem Kerl in einen dunklen Hauseingang gezerrt worden und vor Angst fast gestorben war? Oder dass sie nicht wusste, wer dieser Mann eigentlich war, und sich dennoch heute Abend wieder mit ihm treffen wollte? Nein, die Wahrheit kam nicht infrage.

In der Mittagspause machte sie als Erstes ihr Handy an, das sie hatte ausschalten müssen, um den Akku zu schonen. Das

Aufladen hatte sie wie immer vergessen. Keine Nachricht von Jean Méric. Einerseits war es gut, weil es wohl bedeutete, dass es bei ihrer Verabredung blieb. Andererseits kam ihr die vergangene Nacht so unwirklich vor, dass sie einen Beweis dafür brauchen konnte, dass alles nicht nur ein weiterer böser Traum gewesen war.

»Oh, là, là! Dein neuer Freund hält dich wohl ganz schön auf Trab, was?«, neckte Francesca, als sie Sophies enttäuschtes Gesicht sah.

Sophie grinste, um Zeit zu gewinnen. »Ja, ich hab nicht viel Schlaf bekommen.«

»Das ist nicht zu übersehen«, meinte Tereza kichernd. »Erzähl doch mal! Ist er Franzose?«

Francesca verdrehte die Augen. »Was soll er denn sonst sein? Chinese?«

»Warum nicht?«, verteidigte sich Tereza. »Sie wohnt im Quartier Latin! Da wimmelt es von Touristen und ausländischen Studenten.«

»Ja, volltrunkene Engländer mit dem Charme einer Bierflasche. Bäh!« Die Italienerin winkte ab. »Oder Deutsche, bei denen der romantischste Satz noch wie ein Marschbefehl klingt … Oh, scusi, du bist ja Deutsche. Bei dir vergess ich das immer.«

Sophie beschloss, dass ihre gebeutelte Seele dringend einen emotionalen Schokoriegel brauchte, und zog Rafes Foto aus ihrem Portemonnaie.

Francesca riss es ihr förmlich aus den Fingern. »Das ist er? Che bello! Könnte fast ein Italiener sein.«

»Zeig her!«, forderte Tereza und drängte sich an ihre Freundin, um einen besseren Blick zu bekommen. »Italiener? Pah! Vielleicht auf einem Gemälde von Michelangelo, aber nicht in echt.«

»Er ist Deutscher und heißt Rafael«, warf Sophie ein.

»Nie im Leben!«, beharrte Francesca.

»Rafael? Wie in dem Lied von Carla Bruni?« Tereza lächelte versonnen das Foto an, was Sophie ein unangenehmes Gefühl bereitete. Sie wusste immer noch nicht sicher, ob Rafe tatsächlich lebte, und es war *eine* Sache, einen verstorbenen Verlobten vorzuzeigen, als gebe es ihn noch, aber eine andere, wenn fremde Frauen ihretwegen das Bild eines Toten anschmachteten.

Ein paar Stunden später saß Sophie auf dem Bett und hatte das Foto erneut in der Hand. Rafe war darauf ausgesprochen gut getroffen. Er lächelte so natürlich in die Kamera, als gäbe es sie nicht, und das leicht gelockte, vom Wind zerzauste Haar hätte kein Stylist vorteilhafter frisieren können. Sie hatte ihn gern damit aufgezogen, dass es sein Bewerbungsbild für Hollywood sei – eine sichere Methode, um eine Balgerei zu provozieren, denn er hatte es gehasst, wenn jemand auf sein Aussehen anspielte. »Schönlinge kann niemand leiden«, hatte er manchmal gesagt und düster vor sich hin gestarrt, bis sie die Wolken an seinem Himmel verscheucht hatte.

Es tat weh, das Bild anzusehen. Wie oft hatte sie nach der Beerdigung genauso dagesessen und Tränen vergossen! Hatte sich gewünscht, er würde sie nur noch einmal so anlächeln. Schwer zu glauben, dass es bald Wirklichkeit werden könnte. Die Puzzleteile passten bis jetzt nicht zusammen. Aber sie konnten sich immer noch zu dem Bild fügen, das sie herbeisehnte. Dieser Jean musste ihr heute mehr verraten – sie würde sich nicht noch einmal mit Andeutungen abspeisen lassen.

Irgendwo in Madame Guimards Wohnung läutete das Telefon. Sophie fiel auf, dass sie nicht wusste, wo es stand, weil sie nur ihr Handy benutzte. *Handy! Das war das Stichwort.* Sie musste endlich den Akku aufladen, bevor … Der Blick aufs

Display verriet ihr, dass sie ohnehin nur noch eine halbe Stunde Zeit hatte. *So ein Mist!*

»Sophie?« Madame Guimards Stimme vermischte sich mit eiligen Schritten. »Es ist für dich!«

Verwundert sprang Sophie vom Bett, riss die Tür auf und stieß beinahe mit ihrer Vermieterin zusammen.

»Schnell, schnell!«, drängte Madame Guimard. »Deine Mutter ist dran.«

Sophie konnte sich ein Stöhnen nicht verkneifen, ließ sich aber ins Wohnzimmer scheuchen, wo der Hörer neben einem altmodischen Apparat mit Wählscheibe lag, der zum Stil der Einrichtung passte. »Ja?« Es klang genervter, als sie beabsichtigt hatte, doch sie verspürte keine Reue. Wenn sie damit einen Streit vom Zaun brach, umso besser.

»Sophie, Kind! Wir haben gestern den ganzen Tag auf deinen Anruf gewartet. Wenigstens sonntags könntest du dich doch mal melden und uns sagen, dass es dir gut geht!«

»Das hatten wir nicht ausgemacht, oder?« Die Frage war rhetorisch. Sie wusste sicher, dass sie in ihrem Zorn nichts dergleichen versprochen hatte.

»Das ist doch selbstverständlich! Wir sind deine Eltern. Wir machen uns immer Sorgen um dich.«

Manchmal auch mehr darum, was für euch schöner wäre. »Das ist nicht nötig. Es geht mir gut. Ich musste gestern für die Abschlussprüfung lernen und war abends noch aus.«

»Du treibst dich doch hoffentlich nicht nachts allein in dieser Stadt herum.« Die Stimme ihrer Mutter wurde noch aufgeregter, fast schon schrill. »Letzte Woche haben sie wieder brennende Autos in diesen ban… diesen üblen Vororten gezeigt.«

»Du meinst die *banlieus*. Die sind meilenweit weg von der Innenstadt. Hier brennt nichts.« Ihr Blick schweifte über die silbergerahmten Fotos auf der Kommode. Madame Guimards Familie war offenbar größer, als es den Anschein hatte.

»Man kann nie wissen. Heutzutage ist man nirgendwo mehr sicher. Vor zwei Monaten haben sie bei Katzes eingebrochen. Die wohnen nur zwei Straßen von uns! Das hatte ich dir doch erzählt. Der ganze Schmuck und das Geld waren weg.«

Sophies Gedanken schweiften ab. War das die junge Brigitte Bardot, die da mit einer ebenfalls jüngeren Madame Guimard für ein Foto posierte?

Ihre Mutter plapperte unbeirrt weiter. »Da fällt mir ein: Erinnerst du dich an Matthias, den Sohn von Katzes? Er lässt dir Grüße ausrichten.«

Jetzt geht das wieder los! »Schön für ihn. Ich bin nicht interessiert.«

»Aber er ist doch nett und hat einen guten Job bei …«

Sophie wurde kalt vor Wut. »Mama, ich bin gleich verabredet«, fiel sie ihr schneidend ins Wort. »Sag mir lieber, wie's Papa geht.«

»Gut, wenn er sich nicht gerade Sorgen um dich machen muss. Mit wem gehst du denn aus?« Wieder dieser schrille Unterton. Die Vorstellung, die einzige Tochter könne nun nach Paris auswandern, nachdem das Schicksal ihr gerade erst das Hamburg-Desaster erspart hatte, musste für ihre Mutter die Hölle sein.

Sophie war versucht, ihr an den Kopf zu werfen, dass sie Jean nachts in einer schlechten Gegend aufgegabelt hatte, aber dann würde das Telefon nicht mehr still stehen. »Mit einem gebildeten jungen Franzosen, der Rafael kennt.« Zwei Spitzen in einem Satz. Das musste genügen. »Tschüs, Mama. Grüß Papa von mir!«

Sie legte auf, bevor ihre Mutter antworten konnte. Matthias Katz – war das zu fassen? Matz Katz, wie sie ihn seit dem Kindergarten nannte, hatte mit fünfundzwanzig schon einen Bierbauch und redete von nichts anderem als seinem mit Spoilern aufgemotzten 3er BMW, in dem ein ganzes Bündel Wunderbäume vom Rückspiegel baumelte. *Ihr ist wohl alles recht, wenn ich nur in Hedelfingen wohnen bleibe.* Und Matz Katz würde bestimmt niemals dort wegziehen.

Sophie wusste immer noch nicht, was sie von Jean Méric halten sollte. Auf dem Weg zu ihrer Verabredung rätselte sie erneut, was er wohl mit Rafe zu tun hatte. War er Kriminalbeamter oder arbeitete für die Staatsanwaltschaft? Die Nähe zum Justizpalast am Quai des Orfèvres auf der Île de la Cité, wo schon Simenons berühmter Roman-Kommissar Maigret ermittelt hatte, beflügelte ihre Phantasie. Etliche Spezialeinheiten sollten dort ihren Sitz haben. Ein Jurastudium hätte auch gut zu ihm gepasst. Nicht umsonst hatte sie ihn am Telefon als gebildet bezeichnet. Seine Aussprache und die Wortwahl hatten ihr verraten, dass er eine höhere Schule besucht haben musste, wenn nicht sogar eine Uni. *Na ja, im Grunde kann es mir egal sein, solange er mir hilft, diese seltsame Geschichte zu verstehen,* sagte sie sich und betrat den Place de la Contrescarpe.

Wie offenbar jeden Abend ging es rund um den Platz geschäftig zu. Sophie konnte kaum einen Unterschied zum Sonntag feststellen, außer dass ein wenig öfter ein Auto die Fußgänger von der Fahrbahn scheuchte. Was ihr jedoch sofort ins Auge stach, waren vier Polizisten in leuchtend hellblauen Hemden. Dass die Pariser Gendarmerie viel Präsenz zeigte, war ihr schon öfter aufgefallen. Ihr war, als würde bei der Auswahl der Beamten ein bestimmter Typ Franzose bevorzugt: mittelgroß, drahtig und in der Uniform schneidig anzusehen. Dass sie sich alle das meist braune Haar kurz scheren ließen, trug zum einheitlichen Eindruck bei. Nur die Frauen fielen durch Pferdeschwänze oder mittlere Haarlängen auf.

In diesem Fall blieb Sophies Blick allerdings nicht lange an den beiden Polizisten und deren zopftragender Kollegin hängen, die ein paar Schritte vor dem kleinen Lokal standen, in dem sie verabredet war. Stattdessen wanderte er zu dem vierten Beamten weiter, der mit einem der Gäste sprach. Verunsichert hielt sie inne. Der Mann, mit dem sich der Gendarm unterhielt, war Jean Méric.

Unschlüssig trat sie von einem Fuß auf den anderen. So spannend die Vorstellung, Jean habe mit der Polizei zu tun, eben noch gewesen war, so wenig Lust verspürte sie, mit ihm in Verbindung gebracht zu werden, falls er sich aus ganz anderen Gründen in der Pariser Unterwelt auskannte. Die Mienen der wartenden Beamten verhießen nichts Gutes. Sie schienen ungeduldig und bedachten Jean mit finsteren Blicken. Oder ärgerten sie sich nur, weil ihr Kollege sie aufhielt? Doch dieser wirkte locker, während Méric freundlich, aber ein bisschen angespannt aussah.

Allmählich kam sie sich dumm dabei vor, den über den Platz strömenden Menschen im Weg herumzustehen. Bestimmt würde sie jeden Moment den Polizisten auffallen, die sich dann fragten, weshalb sie sie anstarrte und sich so komisch benahm. Just als sie entschieden hatte, noch eine unverdächtige Runde um den Springbrunnen zu drehen, verabschiedete sich der Gendarm von Jean.

Sophie schlenderte trotzdem um die kleine, grüne Oase im städtischen Grau, bevor sie sich endlich in Jeans Nähe traute. Auch er sollte nicht merken, dass sie gewartet hatte, bis die Polizei abgezogen war. Oder hatte er sie bereits entdeckt? Offenbar nicht, denn er blickte ihr nicht entgegen.

Es war merkwürdig, ihn zum ersten Mal bei Tag zu sehen – als würde eine Figur aus einem Schwarzweißfilm plötzlich im echten Leben auftauchen. Sein Haar und der Dreitagebart waren dunkelblond, der Teint leicht gebräunt, aber vom Schlafmangel gezeichnet. Die Ärmel des weiten, anthrazitfarbenen Hemds hatte er aufgekrempelt, und seine Beine steckten in einer schwarzen Jeans, unter der ebensolche Socken und Lederschuhe hervorlugten. Gerade fischte er nach etwas in seiner Brusttasche, ließ aber sofort davon ab, als Sophie an seinen Tisch trat. Er sprang förmlich auf und reichte ihr die sehnige Hand. »Bonsoir, Sophie. Schön, Sie wiederzusehen.«

Ihr fiel auf, dass seine Kleidung zerknittert wirkte wie die eines Clochards. Hatte er etwa darin geschlafen? Doch es umgab ihn derselbe dezente Geruch nach Rasierwasser und Zigaretten wie in der Nacht zuvor.

»Setzen Sie sich doch«, bat er und deutete auf einen freien Stuhl, als sei sie nicht seinetwegen hier und könne weitergehen.

»Bonsoir, Jean.« Sie kam der Aufforderung nach und musterte über den Tisch hinweg sein Gesicht. Sein Alter war so schwer zu schätzen wie seine Augenfarbe. Die lange Nacht und ein paar tief eingegrabene Linien um Augen und Mund machten ihn älter, aber sie glaubte nicht, dass er die dreißig überschritten hatte. Ihr wurde bewusst, dass sich nervöses Schweigen zwischen ihnen ausbreitete, doch ihr fiel nichts Belangloses ein, um es zu brechen. War es zu unhöflich, direkt zur Sache zu kommen?

Die Erleichterung entlockte ihr ein Lächeln, als eine Kellnerin auf ihren Tisch zuhielt. Die Frau hatte das ergrauende Haar im Nacken aufgesteckt und trug verwaschene Jeans unter ihrer Schürze. Ein enges T-Shirt gab ihre mollige Figur preis, doch es gelang ihr, salopp statt vulgär auszusehen. »Salut, Jean«, flötete sie und setzte mit einem Nicken ein fröhliches Hallo für Sophie hinzu. »Was darf's sein?«

»Salut, Marie. Wie geht's?«

Die Kellnerin machte eine vage Geste. »Ganz gut. Aber bei dir sieht's besser aus«, befand sie und grinste Sophie an.

»Äh …«

»Sophie und ich haben etwas … Geschäftliches zu besprechen«, erklärte Jean hastig. »Sophie, darf ich Ihnen Marie vorstellen? Sie betreibt dieses Lokal.«

»Angenehm, Madame.« Mechanisch reichte Sophie ihr die Hand.

»Ach, nennen Sie mich Marie! Das tun alle«, lachte sie.

»Haben Sie schon gegessen?«, erkundigte sich Jean bei Sophie.

Sie schüttelte den Kopf.

»Dann bring uns doch die Karte, Marie.«

»Das Getränk wie immer?«, hakte Marie nach.

»Ja, wie immer. Nehmen Sie auch Rotwein, Sophie?«

Sie nickte abwesend. Ihre Gedanken kreisten darum, was es zu bedeuten hatte, dass Jean ihre Angelegenheit als geschäftlich betrachtete.

Marie holte zwei abgegriffene Klappkarten aus Pappe von einem Tischchen beim Eingang und reichte sie ihnen, bevor sie im Innern des kleinen Restaurants verschwand.

»Die Galettes kann ich empfehlen. Maries Mann stammt aus der Bretagne und versteht sich wirklich darauf«, behauptete Jean, während sie die unzähligen Varianten dieser Spezialität des Hauses überflog.

Sophie versuchte, sich zu entspannen. Jean schien nicht gewillt, ihr über einen schnellen Drink hinweg die Informationen zu geben, die sie wollte, und nach der vergangenen Nacht konnte sie sich Schlimmeres vorstellen, als mit ihm zu Abend zu essen. »Dann nehme ich den mit Ziegenkäse und Salat.«

»Ausgezeichnet.«

Marie brachte vier Gläser, Rotwein und eine Karaffe Wasser, schenkte ihnen ein und nahm ihre Bestellung entgegen. Als sie zu anderen Gästen weiterzog, setzte das verunsichernde

Schweigen wieder ein. Jean sah Sophie nachdenklich an. Ihre Ungeduld gewann wieder die Oberhand. Gereizt suchte sie nach einer höflichen Formulierung der Frage, was zum Teufel ihn denn nun mit Rafe verband.

»Mir sind einige Dinge noch nicht ganz klar«, sagte er plötzlich.

Ach! Sophie schnaubte. »Was glauben Sie, wie es mir geht?«

Er lächelte schief. »Das ist sicher alles verwirrend für Sie, aber ich weiß nicht, ob ich so viel daran ändern kann.«

Was sollte das nun wieder heißen? »Wenn das nicht Ihre Absicht ist, verschwenden Sie meine Zeit. Dann habe ich keinen Grund, hier zu sitzen.«

Sein geduldiger Blick besänftigte ihren aufflackernden Zorn. »Das bedaure ich, und wenn es mir möglich ist, werde ich Ihnen helfen. Aber ich kenne Sie nicht, also müssen Sie *mir* die Entscheidung überlassen, ob und wann ich Ihnen vertrauen kann.«

Er musste *ihr* vertrauen können? Sophie nahm einen Schluck Wein, um ihr Erstaunen zu überspielen. War er so etwas wie ein Polizeispitzel? Jemand, der sich inkognito in der Unterwelt bewegte und um sein Leben fürchten musste, wenn er enttarnt wurde? Doch dann hätte der Gendarm sicher nicht in aller Öffentlichkeit mit ihm gesprochen. Es sei denn, es gehörte zur Rolle, gelegentlich Ärger mit dem Gesetz zu haben, ohne deshalb im Knast zu landen …

»Sophie?«, unterbrach er ihre mit ihr durchgehende Phantasie. »Ich muss Ihnen ein paar Fragen stellen.«

Also doch Ermittler. Oder Anwalt. »Woher soll *ich* wissen, ob ich *Ihnen* vertrauen kann? Das setzen Sie einfach so voraus.«

Er zuckte die Achseln. »Ihnen bleibt nichts anderes übrig. Sie wollen schließlich etwas von mir, nicht umgekehrt.«

Daran war nicht viel zu rütteln. Sie konnte allein weitermachen, doch es war gefährlich, und da sich Rafe so unerwartet benahm, konnte sie nicht sicher sein, was geschehen würde, wenn sie ihm in einem unpassenden Moment in die Quere kam. »Na schön, ich gebe auf. Was wollen Sie wissen?«

»Wann ist Ihr Verlobter verstorben?«

Fehlt nur noch, dass er Papier und Bleistift zückt, um sich Notizen zu machen … »Angeblich am 11. April dieses Jahres.«

»Angeblich? Hatten Sie denn Grund zu der Annahme, dass er nicht tot sein könnte?«

»Nein, erst als ich am Freitagabend auf der Pont de la Tournelle stand und er unter mir auf einem Schiff vorbeifuhr.«

»Demnach sind Sie nicht nach Paris gekommen, um nach ihm zu suchen?«

Obwohl sie froh darüber war, wunderte sie sich über die Selbstverständlichkeit, mit der er ihre Worte hinnahm. Jeder andere hätte ihr einen Vortrag darüber gehalten, dass sie nur einen Doppelgänger gesehen haben konnte. »Wie ich schon sagte: Ich glaubte, er sei tot. Dass ich hier bin, hat eher … Ich hielt es einfach für eine gute Idee, alles zurückzulassen und mir in Paris einen Job zu suchen. Auslandserfahrung sammeln, Abstand gewinnen …« Sie wollte »neu anfangen« hinzufügen, weil es so schön ins Klischee passte, doch es wäre eine Lüge gewesen, deshalb verstummte sie und nippte erneut an ihrem Glas.

»Wenn Sie sicher waren, dass er tot ist, muss es Sie sehr überrascht haben, ihn hier zu sehen«, stellte Jean mitfühlend fest.

»Ja, es ist … bestürzend. Verunsichernd. Aber es weckt auch alle Hoffnungen, die ich begraben hatte.«

Er nickte. »Ich verstehe, dass Sie Gewissheit haben müssen. Sie wollen wissen, ob er Sie hintergangen hat oder das Schicksal nur einen grausamen Scherz mit Ihnen treibt.« Bitterkeit vertiefte für einen Augenblick die Falten um seinen Mund. Er spülte sie mit einem Schluck Wein hinunter und sah

Sophie wieder an. »Vielleicht bin ich der Einzige, der das für Sie herausfinden kann.«

Mehrere Fragen lagen ihr auf der Zunge, doch in diesem Moment kam Marie mit zwei vollgeladenen Tellern auf sie zu. Schwungvoll stellte sie einen mit Salat, gerösteten Brotkrumen und angeschmolzenem Ziegenkäse überhäuften Pfannkuchen vor Sophie ab. »Voilà, chèvre chaud.«

Heiße Ziege? Sophie musste schmunzeln. Solange sie nicht »heiße Zicke« genannt wurde …

»Jean, dieser Typ, der uns immer wieder Ärger macht …«, begann Marie, brach jedoch ab, als Jean sie scharf ansah und kaum merklich den Kopf schüttelte.

Glaubt er etwa, ich hätte das nicht gesehen? Sophie konnte kaum abwarten, bis Marie wieder außer Hörweite war. »Hatte das eben etwas mit Rafael zu tun?«

Es enttäuschte sie, dass er keineswegs ertappt aussah, nur interessiert. »Ihr Verlobter hieß Rafael?«

»Ja, Rafael Wagner. Der Mann, den ich verfolgt habe … Er nennt sich wohl anders«, vermutete sie und begriff nicht, warum es sie so niedergeschlagen machte. Sie hatte nicht ernsthaft erwartet, dass er seinen wahren Namen verwendete, wenn er untergetaucht war.

Jean lächelte wie über einen Witz, den nur er verstand. »Sie sollten essen, bevor der Käse kalt wird. Und nein, es ging nicht um den Mann, den Sie suchen.«

Schweigend machte sie sich über ihre Galette her. »Warum fragen Sie nicht weiter?«, erkundigte sie sich nach einer Weile.

»Um ehrlich zu sein, wollte ich Ihnen nicht den Appetit verderben«, behauptete er. »Aber wenn Sie darauf bestehen.«

Kauend sah sie ihn über den Tisch hinweg an, und er erwiderte schmunzelnd ihren Blick. »Tue ich«, forderte sie ihn heraus, aber sie musste dabei lächeln.

»Wie ist er gestorben?«

Sophie ärgerte sich über sich selbst, als ihr schlagartig der Appetit verging. Trotzig stocherte sie weiter im Salat herum, doch sie bekam kaum noch etwas herunter. »Er wurde erschossen.« Es befriedigte sie ein wenig, dass Jean offenbar mit etwas Unspektakulärerem gerechnet hatte, denn er hob überrascht die Brauen. »Zumindest haben das die kolumbianischen Behörden gesagt, und seiner Schwester – sie ist Ärztin – wäre wohl aufgefallen, wenn es keine Schussverletzungen an seiner Leiche gegeben hätte.«

Ich klinge völlig schizophren. Jean *musste* sie für verrückt halten. Wahrscheinlich hatte er in seinem Beruf lediglich gelernt, es besser zu verbergen als andere, damit sich die Irren beim Verhör angenommen fühlten und alles erzählten.

Er griff über den Tisch nach ihrer Hand und strich mit dem Daumen darüber. Es fühlte sich gut und tröstlich an, doch sie wollte sich nicht einlullen lassen. Womöglich war er nur darauf aus, Drogenhändlern auf die Spur zu kommen, und hielt Rafe für einen ihrer Komplizen.

»Er war Arzt.« Abrupt entzog sie ihm ihre Hand. »Nicht weil er es auf Geld oder Prestige abgesehen hatte, sondern aus Berufung. Kolumbien war nicht sein erster humanitärer Einsatz, er hat sich schon als Student immer wieder an medizinischen Hilfsprojekten beteiligt. Nannte es einen guten Vorwand, um die Welt zu bereisen. Wir hatten sogar vor, für ein paar Jahre auszuwandern und …« Ihre Kehle wurde eng.

»Glauben Sie an Gott?«

Verwundert blickte Sophie auf. »Nein … na ja … Dieses ganze Gerede vom lieben Gott ist doch eher etwas für Kinder. Ich weiß nicht. Wenn es einen Gott gäbe, hätte er Rafe nicht sterben lassen.« Sie nahm nur am Rande wahr, dass Jean verständnisvoll nickte. *Aber wenn Rafe lebt …* Sie hatte ihn gesehen. Wenn es wahr wäre, dass er sich nur aus irgendeinem Grund verstecken musste, vielleicht gab es dann doch einen Gott.

»Sind Sie katholisch oder protestantisch?«, wollte Jean wissen.

»Äh.« Was hatte das mit Rafe zu tun? »Ich bin katholisch getauft worden, aber in meiner Familie haben wir es nicht so mit der Kirche. Warum?«

»Nur aus Interesse«, antwortete er etwas zu schnell. »Hier in Frankreich ist man sehr katholisch, wissen Sie? Da macht man sich so seine Gedanken über Gott und das Sterben und all das.«

»Ich gebe zu, dass ich mir nicht viele Gedanken darüber gemacht habe, bevor Rafe … bevor er verschwunden ist.«

»Und jetzt sind Sie dem Thema gegenüber aufgeschlossener?«, hakte Jean nach.

»Irgendwie schon. Aber was bringt es, mich zu fragen, was nach dem Tod kommt oder ob das Ganze einen Sinn hat, wenn es mir niemand verraten kann? Das Gerede des Priesters bei der Beerdigung war schrecklich! Als hätten wir den schlimmsten Sünder auf Erden zu Grabe getragen. Das hatte alles nichts mit Rafe zu tun.«

Jean lächelte – über ihren Eifer? Oder ihren Unglauben? Sie konnte es nicht einschätzen.

»Sagen Sie, haben Sie noch Fragen, die mehr mit meinem Anliegen zu tun haben?«

Er schob seinen Teller ein Stück von sich, und ihr fiel auf, dass sie über dem Gespräch kaum wahrgenommen hatte, wie er ihn geleert hatte. »Nein.«

»Oh. Dann …« Es kam so unvermittelt, dass sie nichts mehr zu sagen wusste. »Und wie geht es jetzt weiter?«

Belustigt zuckte er die Achseln. »Wir trinken einen Kaffee?«

»Sie sind unmöglich!«, lachte Sophie. »Sie wissen genau, was ich gemeint habe.«

»Hat's geschmeckt?«, mischte sich Marie ein und räumte das Geschirr ab.

»Ja, sehr gut, danke.« Sie bemühte sich, es wirklich begeistert zu sagen, um den ungegessenen Rest Lügen zu strafen. Jean bestellte Kaffee, und sie schloss sich an.

»Heißt das nun, dass Sie sich Ihr Urteil über mich gebildet haben, oder nicht?«, bohrte sie weiter. Sie konnte nicht leugnen, dass sie ihn irgendwie mochte, aber unter der Sympathie lagen ihre Nerven noch immer blank.

»Es geht nicht darum, ein Urteil über Sie zu fällen, Sophie«, erklärte er ernst. »Das maße ich mir nicht an. Ich versuche nur einzuschätzen, wie viel Wahrheit Sie vertragen können und ob Sie mir überhaupt glauben würden, wenn ich sie Ihnen erzähle. Die wenigsten Menschen können mit den Dingen umgehen, mit denen ich mich beschäftige, deshalb verdrängen sie, dass es sie gibt. Es ist manchmal leichter, etwas nicht zu genau zu wissen, um unbefangen weiterleben zu können.«

»Also wenn Sie jetzt von menschlichen Abgründen sprechen, halte ich das für übertrieben. Im Fernsehen werden uns doch tagtäglich die schlimmsten Verbrechen vorgeführt.«

»Glauben Sie mir, es ist ein großer Unterschied, ob man das Böse nur auf einem Bildschirm sieht oder ihm leibhaftig begegnet.« Er sagte es mit solcher Überzeugung, dass sie schauderte. War Rafe in so Schreckliches verwickelt, oder sah sie nur so zartbesaitet aus, dass Jean ihr Details ersparen wollte?

Marie servierte zwei dampfende Tassen. Der Kaffeeduft verbreitete eine anheimelnde Atmosphäre, doch Sophie war nicht in der Stimmung, sie zu genießen. »Ich will alles erfahren. Ich habe ein Recht darauf, weil mein Leben zerstört wurde.«

Halb erwartete sie Widerspruch, aber Jean nickte. Wieder trat der verbitterte Zug um seinen Mund hervor. »Einverstanden. Geben Sie mir nur noch bis morgen Zeit. Ich werde mich heute Abend mit jemandem treffen, der mehr über die Angelegenheit weiß als ich.«

»Ich will mitkommen! Ich kann nicht noch einen Tag – und eine Nacht – mit dieser Ungewissheit leben.«

»Sie wissen ebenso gut wie ich, dass Sie das können, Sophie«, erwiderte er so nüchtern, dass sie sich albern vorkam. »Gehen Sie nach Hause und lassen Sie …«

Seine ohnehin leise Stimme erreichte ihre Ohren nicht mehr. Ihr Herz stockte.

8

»A demain, Sophie!« Jeans Worte drangen kaum mehr in ihr Bewusstsein als Durchsagen zwischen Kaufhausmusik.

»Ja.« Sie blickte kurz zu ihm auf, ohne ihn wirklich anzusehen. »Ja, bis morgen dann.« Ein Teil von ihr registrierte, dass er wegging, doch gegen Rafes Anblick verblasste es zur Bedeutungslosigkeit. Wie konnte er dort zwischen den Gästen des benachbarten Cafés sitzen und sich mit neuen Bekannten unterhalten, als wäre nichts, während sie – die trauernde Beinahe-Witwe – sich seinetwegen fast in die Seine gestürzt hätte?

Sie fasste ihn genauer ins Auge. Es war noch hell genug, um ihn auf zehn, höchstens fünfzehn Metern Entfernung gut zu erkennen. Wenn dieser Mann ein Doppelgänger sein sollte, musste Rafes Familie ihr einen eineiigen Zwilling verschwiegen haben. Alles passte: das Haar, das gewinnende Lächeln, das nahezu makellose Gesicht, in dem nur die Nase einen Tick zu groß war, um es als klassisch schön zu bezeichnen.

Es tat weh. Jede vertraute Geste bereitete Sophie einen ziehenden Schmerz in der Brust.

Und doch gab es Unterschiede. In seinen Zügen blitzte immer wieder etwas Überlegenes, Herausforderndes auf, das sie nicht an ihm kannte. Rafe war eher bescheiden und zurückhaltend gewesen. Im engsten Freundeskreis hatte er offen und herzlich sein können, aber niemals hatte sie ihn so … so überheblich gesehen. Ja, das traf es. Zum ersten Mal, seit sie ihn kennengelernt hatte, wirkte er selbstsicher bis zur Unverschämtheit. Wie er die anderen am Tisch taxierte, ihnen mit seiner Miene zu verstehen gab, dass ihr Geplapper ihn bestenfalls amüsierte …

Ihr wurde übel. Sie merkte erst, dass sie ihre Kaffeetasse umklammerte, als Marie neben ihr auftauchte.

»Geht's dir nicht gut?«

Sophie riss sich zusammen. »Nein, schon gut. Kann ich dann bitte zahlen?« Hatte Jean überhaupt bezahlt? Sie konnte sich nicht daran erinnern.

»Was? Um Himmels willen! Jean kündigt mir die Freundschaft, wenn ich dir Geld abknöpfe. Das geht auf seine Rechnung.«

»Davon hat er aber nichts gesagt«, protestierte sie halbherzig.

»Glaub's mir einfach.« Marie zwinkerte und trug Jeans Gläser und Tasse fort.

Sogleich kehrte Sophies Aufmerksamkeit zu Rafe zurück. Die Situation schien unverfänglich. Die Leute, mit denen er am Tisch saß, wirkten zwar nicht sympathisch – sie glaubte sogar, den Schmächtigen unter ihnen zu erkennen –, aber wenn sie sich als zufällig vorbeikommende alte Freundin ausgab, würde es Rafe doch sicher nicht in Schwierigkeiten bringen. Ihr Magen verkrampfte sich noch mehr. Nein, sie schaffte es nicht, einfach hinüberzugehen und so zu tun, als wäre alles in Ordnung. Sie wollte ihn anschreien, ausflippen und heulen dürfen für das, was er ihr angetan hatte!

Jeans Warnung fiel ihr wieder ein. *»Halten Sie sich von ihm fern! Jedes Wort, das Sie mit ihm wechseln, ist zu viel.«* Warum? Er saß dort drüben wie ein ganz normaler Mensch, der nach Feierabend ausging. Weshalb durfte sie nicht einfach hinübergehen und ihren Gefühlen freien Lauf lassen?

Sie starrte ihn so intensiv an, dass er es gespürt haben musste, denn plötzlich trafen sich ihre Blicke. Anstatt zu lächeln, zu grüßen, irgendetwas zu tun, konnte sie ihn nur wie versteinert ansehen. Er zog die Brauen ein wenig zusammen, dann wandte er sich wieder ab. Sophie zitterte. In seinen Augen hatte kein Funke Erkennen aufgeleuchtet. Nichts deutete darauf hin, dass er wusste, wer sie war. Ihr war so kalt, dass sie wünschte, sie hätte ihre Jacke mitgenommen. *Das ist nicht möglich. Nicht möglich. Niemand kann so gefühllos und berechnend sein.* Es sei denn, es hätte niemals Liebe zwischen ihnen gegeben. Doch das konnte erst recht nicht sein.

Ihr war schwindlig. Beinahe gewaltsam riss sie den Blick von Rafe los, der unbekümmert mit der einzigen Frau am Tisch sprach. Sie sah aus wie ein billiges Flittchen, der Minirock zu kurz, die Lippen zu grell geschminkt. Keine Sekunde länger wollte Sophie riskieren, dass er vor ihren Augen zu flirten begann. Benommen stand sie auf und wandte sich zum Gehen. Eine dunkle Ahnung ließ sie aufblicken. Die Beine drohten unter ihr nachzugeben. An einem Baum beim Springbrunnen lehnte der Mann mit der Sonnenbrille.

Schlaflos wälzte sie sich in ihrem Bett herum. Jedes Mal, wenn sie die Augen schloss, sah sie Rafe vor sich, wie er sie angeschaut und keine Regung gezeigt hatte. Musste es nicht irgendeine logische Erklärung geben, die ihn von jeder Schuld reinwusch? Eine Amnesie zum Beispiel, infolge einer schweren Kopfverletzung oder eines psychischen Traumas. Wäre das nicht auch ein plausibler Grund dafür, warum er sich völlig anders benahm und wie ein Franzose sprach?

Großer Gott! Ein erschossener Toter, Entführungen, Drogenhändler, verdeckte Ermittler, Amnesien und ausgerechnet Paris … Das passt doch alles überhaupt nicht zusammen! Sie musste endlich aufhören, ihr Gehirn mit Dingen zu martern, die keinen Sinn ergaben, sonst würde sie noch durchdrehen. Doch immer, wenn sie an diesen Punkt kam, fingen ihre Gedanken von selbst an, erneut die Fakten ordnen zu wollen. Hilflos wusste sie die Nacht verstreichen, den Morgen und damit den Unterricht nahen.

Müdigkeit ließ ihre Überlegungen träge werden. Die Lider fielen ihr zu. Seufzend vergrub sie das Gesicht im Kissen – und fühlte einen Blick auf sich.

Alarmiert riss sie die Augen auf. Ihr Zimmer sah aus wie zuvor. Kein Schatten war tief genug, als dass sich dort jemand hätte verstecken können. Dennoch schlug ihr Herz so schnell, als sei sie gerade die Treppen heraufgerannt. Mit einem Mal wurde es dunkler im Raum, als hätte sich etwas vor das Fenster geschoben.

Das ist nicht möglich! Wir sind im vierten Stock! Beherzt schwang sie die Beine aus dem Bett, um sich selbst zu überzeugen. Manchmal musste man sich der Angst eben stellen, wenn man sich nicht ins Bockshorn jagen lassen wollte. Trotzdem fiel es ihr schwer, den Blick auf das Fenster zu richten. Was, wenn dort doch *etwas* war?

Sie gab sich einen Ruck und sah auf. Mondlicht verlieh dem Himmel ein gespenstisches Grau. Eine Wolke segelte vor dem Mond vorüber, der als blasse Scheibe hindurchschimmerte und im nächsten Moment wieder strahlend zum Vorschein kam. Doch schon schob sich der nächste Schemen heran und drohte das silberne Auge zu verschlingen, das in Sophies Zimmer starrte. Oder spürte sie einen anderen, unsichtbaren Blick? Sie konnte sich nicht anders helfen, sie musste das Fenster öffnen und die Läden schließen, um auszusperren, was sie beunruhigte.

Angenehm kühle Luft strich herein. Vorsichtig beugte sie sich über die schmiedeeiserne Brüstung und griff nach einem der zusammengeklappten Läden, die zu beiden Seiten des Fensters hingen. Von der Straße drangen Schritte herauf. Wartete der Kerl mit der Sonnenbrille dort unten und beobachtete das Haus? Sie war auf direktem Weg heimgegangen – zu verstört und kraftlos für komplizierte Versuche, ihn abzuhängen. Was daraus werden würde, war ihr gleichgültig gewesen. Sollte er ihr eben folgen. Sie hatte einfach nur in Sicherheit sein wollen, bevor die Straßen einsam wurden.

Die Scharniere der Läden quietschten leise und die Kanten schabten über das Fenstersims, aber es war sicher nicht laut genug, um Madame Guimard zu wecken. Durch die Ritzen sickerte noch immer fahles Licht herein, was Sophie recht war, damit sie nicht in undurchdringlicher Finsternis lag. Nachdem sie das Fenster geschlossen hatte, fühlte sie sich besser und kroch zurück in ihr Bett. Unter der Decke war es warm und anheimelnd, doch das Adrenalin in ihren Adern hielt einem übereifrigen Wachhund gleich erneut den Schlaf in Schach. Wieder begann sich in ihrem Kopf alles um die seltsame Begegnung mit Rafe zu drehen. Wäre es Tag gewesen, hätte sie Becca angerufen, um sie über Amnesien auszuhorchen. *Sie ist seine Schwester. Müsste ich ihr nicht sagen, dass er hier ist? Dass er* lebt? Nein, sie konnte es ihr noch nicht erzählen. Nicht ohne handfeste Beweise. Sie musste abwarten, was Jean ihr über dieses ganze verrückte Mysterium enthüllen würde. Wusste er, dass Rafe sie nicht mehr erkannte? Hatte er sie deshalb vor ihm gewarnt? Sehnsüchtig suchte ihr Blick im Dunkeln nach ihrer Tasche mit dem Handy. Mittlerweile hatte er sich wohl längst mit seinem Informanten getroffen. Es war unfair, dass sie hier liegen und sich quälen musste, während er, den es nur beruflich interessierte, über alles Bescheid wusste.

Ich werde ihn jetzt einfach anrufen und die Wahrheit verlangen! Entschlossen holte sie das Handy hervor. 02:34 Uhr, und der Akku war schon wieder so gut wie leer. Er musste kaputt sein. Sie zögerte. Wenn jemand sie um diese Uhrzeit wach klingeln würde … Nein, das konnte sie nicht machen. Ein wütender, schlaftrunkener Jean würde ihr nur die Leviten lesen und fluchend wieder auflegen, aber ganz bestimmt keine Erklärungen liefern. Gab es denn niemand, mit dem sie reden konnte? Auch Lara würde sauer sein und sie außerdem für verrückt erklären, wenn sie von einem untergetauchten Rafe ohne Gedächtnis anfing.

Wieder nagte der Gedanke an ihr, dass er sie sehr wohl erkannt haben könnte und die Reaktion nur heroisch unterdrückt hatte. Wenigstens das musste sie loswerden. »Rafael saß im Café nebenan und hat mich nicht erkannt. Das ergibt doch keinen Sinn, oder?«, tippte sie und schickte die Nachricht ab. Eine SMS würde Jean nicht wecken, aber sie hatte endlich das Gefühl, ihr Problem mit jemandem zu teilen.

Ein wenig erleichtert legte sie sich wieder hin. *Das Handy wird morgen die Grätsche machen, wenn ich es nicht endlich auflade.* Sie zog den Stecker des Ladekabels unter dem Nachttisch hervor und hätte das Telefon beinahe fallen lassen. *Jean ruft an,* verkündete das Display. Rasch beendete sie den in der Stille erschreckend lauten Klingelton. »Jean? Tut mir leid, ich wollte Sie nicht wecken.« Sie sprach so leise wie möglich, ohne zu flüstern.

Er klang zu präsent, zu sehr auf dem Sprung, um aus dem Schlaf gerissen worden zu sein. »Geht es Ihnen gut? Wo sind Sie?«

O nein, wie peinlich! Er glaubt, ich stecke in Schwierigkeiten. »Ich bin zu Hause. Bitte, machen Sie sich keine Sorgen. Es ist wirklich alles in Ordnung. Ich ...«

»Gut«, sagte er ruhiger, aber immer noch mit einer gewissen Schärfe. »Ich hatte befürchtet, Sie seien bei ihm. Haben Sie mit ihm gesprochen?«

Dass ihn die Vorstellung, sie könne bei Rafe sein, so sehr aufbrachte, wühlte Sophies Gefühle von Neuem auf. Er musste ihn für unglaublich gefährlich halten. »Nein, nein. Er hat nur zu mir herübergeschaut. Können Sie sich vorstellen, wie das ist? Ihre angeblich verstorbene Verlobte sitzt plötzlich in einem Café und sieht durch Sie hindurch, als wären Sie ein Fremder?« Sie hörte ihn tief durchatmen. »Ich weiß, dass das kein Grund ist, Sie mitten in der Nacht anzurufen. Deshalb habe ich ja nur eine SMS geschickt. Ich ... musste das einfach jemandem erzählen.«

»Schon gut, Sophie.« Er hatte zu seinem üblichen Tonfall zurückgefunden, der besänftigend auf sie wirkte. »Sie haben mich nicht geweckt. Ich verstehe, dass es schwierig für Sie sein muss. Schließlich haben Sie ihn geliebt.« Im Hintergrund schwoll Motorenlärm an und wieder ab. War er noch unterwegs? »Ich werde morgen versuchen, es Ihnen zu erklären. Das ist nichts, was man am Telefon besprechen sollte.«

»Aber es raubt mir den Schlaf, nicht Bescheid zu wissen.«

»Versuchen Sie es trotzdem. Ich kann es Ihnen nicht sagen, ohne Ihr Gesicht zu sehen. Außerdem können Sie dann nicht einfach auflegen, bevor ich ausgeredet habe.«

Bei den letzten Worten hatten sich Belustigung und Bitterkeit zu einer zynischen Note vermischt und machten Sophie stutzig, doch bevor sie darauf reagieren konnte, sprach er schon weiter. »Ich sollte auch langsam zusehen, dass ich nach Hause komme. Gute Nacht, Sophie.«

»Gute Nacht.«

Die Buchhandlung war so unauffällig, dass Sophie fast daran vorbeigeeilt wäre. Sie hatte die letzte Stunde sausen lassen müssen, um einigermaßen pünktlich hier zu sein, was man ihr morgen sicher vorwerfen würde. Auch wenn es freiwilliger Unterricht war, für den sie bezahlte, nahmen einige Lehrkräfte ihre Aufgabe sehr ernst. Sophies Gewissen plagte sie auch im Hinblick auf die Prüfung in drei Tagen, aber sie versuchte, es zu ignorieren. Wenn Rafes Anblick sie am Abend zuvor nicht so verwirrt hätte, wäre ihr die ungünstige Uhrzeit sofort aufgefallen, und sie hätte Jean gebeten, sich später mit ihr zu treffen. So hatte sie es jedoch erst am Morgen gemerkt, nachdem sie sich mithilfe von drei Tassen Kaffee von einer Schlafwandlerin in einen halbwegs zurechnungsfähigen Menschen verwandelt hatte.

Den ganzen Vormittag hatte sie mit sich gehadert, ob sie Jean deshalb noch einmal anrufen sollte – was sie vor der Mittagszeit ohnehin nicht gewagt hätte, weil er so spät noch im Einsatz gewesen war oder was auch immer er nachts treiben mochte. Zuerst hatte sie Bedenken, er könne für den Abend bereits andere Pläne haben und ihr deshalb ganz absagen. Doch seit der Mittagspause ging es ihr vor Schlafmangel so elend, dass sie es kaum hatte erwarten können, die Sprachschule früher zu verlassen.

Die Eile auf dem Weg zur Rue Saint-Jacques hatte ihren schwächelnden Kreislauf wieder auf Touren gebracht, sodass sie sich besser fühlte. Vielleicht trug auch die Aussicht, endlich mehr zu erfahren, ihren Teil dazu bei. Vor Aufregung war sie schon vor ein Auto gelaufen, dessen Fahrerin gerade noch bremsen konnte, und nun wäre sie beinahe an dem kleinen Schaufenster vorbeigegangen, das aus dem Augenwinkel doch noch ihre Aufmerksamkeit erregte. Jean hatte von einem Buchladen gesprochen, und hier lagen zweifellos Bücher aus. Den Rest hatte sich Sophie allerdings anders vorgestellt. Die Scheibe war stellenweise blind. Der Fensterrahmen hätte schon seit einer Weile neu gestrichen werden müssen, und die Schutzumschläge der vordersten Bücher waren im Sonnenlicht vergilbt, ihre Beschichtung brüchig und eingerissen. Weiter hinten schirmte ein ausgeblichener, eingestaubt wirkender Vorhang das Ladeninnere vor neugierigen Blicken ab.

Niemals wäre Sophie von selbst auf die Idee gekommen, ein so vernachlässigt wirkendes Geschäft zu betreten. Kein Vergleich mit den blitzenden Glasfassaden der modernen Buchläden, die durch Rolltreppen und transparente Aufzüge im Lauf der Zeit zu Kaufhäusern mutiert waren. War sie hier richtig? Erst als sie den Kopf in den Nacken legte, entdeckte sie das kleine Schild hoch über dem Eingang. *Delamair* stand darauf zu lesen, wie Jean gesagt hatte, aber darunter prangte in viel größeren Lettern *L'Occultisme – Der Okkultismus.*

Was für ein seltsamer Name. Selbst wenn sie jemals auf die abwegige Idee gekommen wäre, eine solch spezialisierte Buchhandlung zu eröffnen, hätte sie sie nicht so trocken *Die Esoterik*, *Die Kriminalität* oder *Die Romantik* genannt. Während sie sich noch fragte, ob es ein besonderer französischer Tick sei oder ihr ein Hintersinn dabei entging, fiel ihr auf, dass sie es vor sich herschob, den Laden zu betreten. Und das, obwohl Jean wahrscheinlich schon wartete. Scheute sie in letzter Minute davor zurück, die Wahrheit über Rafe zu erfahren? Oder lag es nur an der Tür, die ebenso alt und abweisend aussah wie das Schaufenster?

So oder so: Bring's hinter dich! Sie stieg die wenigen Stufen hinauf, drückte die Klinke – ein geradezu anachronistisches Detail – und trat ein. Hinter der Tür schlug ihr der typische Geruch alter Bücher entgegen. Im Gegensatz zur schwülen Hitze draußen, die die Wolken der letzten Nacht zurückgelassen hatten, war die Luft hier zwar muffig, aber trocken und kühl. Der Laden war so schmal wie das Haus, das ihn beherbergte, doch wie weit sich der Raum nach hinten erstreckte, verbargen die vollgestopften Regale. Im vorderen Bereich lagen einige Neuerscheinungen aus, deren bunte Cover im angestaubten Ambiente fehl am Platz wirkten. Sophie las Titel wie »2012 – Apokalypse oder Segen?«, »Matrix-Manipulationen« und »Sieben Schritte zum Reichtum«. Vielleicht hätte der Inhaber des *L'Occultisme* die sieben Schritte einmal lesen sollen, aber möglicherweise lag ihm auch gar nichts an Geld, und er hielt es mehr mit der Botschaft »Einfach Sein«.

Ein Geräusch hinter der Theke verriet ihr, dass sie nicht mehr allein war. Aus den Tiefen des Ladens war ein kleiner, in dieser Umgebung erstaunlich jung wirkender Mann aufgetaucht, der ein wiederum sehr passendes kariertes Hemd trug. Sie hätte jede Wette angenommen, dass er im Winter einen Pullunder darüberzog. Das kurze schwarze Haar und die dunklen Augen bildeten einen harten Kontrast zu seiner Blässe, die verriet, dass er die Sonne etwa so oft zu Gesicht bekam wie ein Vampir. Er sah sie an, als müsse sie sich verlaufen haben, und Sophie wurde sich der vielen Haut sehr bewusst, die ihr harmloses luftiges Kleid unbedeckt ließ.

»Bonjour, ähm, kann ich … kann ich Ihnen irgendwie helfen?«

Sophie bemühte sich, die Situation durch ein Lächeln zu entspannen, doch das führte nur dazu, dass dem überforderten Verkäufer Schweiß auf die Stirn trat. »Bonjour, Monsieur. Ich bin hier eigentlich nur mit jemandem verabredet. Jean Méric. Kennen Sie ihn?«

Es fiel schwer, einzuschätzen, ob der Mann erleichtert oder enttäuscht war oder beides, denn er rang sich eine Grimasse ab, die wohl ein Lächeln sein sollte, und drehte sich auch schon um. »Jean!« Dem Ton nach hätte es ebenso gut ein Hilferuf sein können. »Hier ist jemand für dich!«

Irgendwo aus den Eingeweiden des Hauses drang eine gedämpfte Antwort, die Sophie nicht verstand.

»Kommen Sie! Ich bring Sie zu ihm.« Er ging voraus, und sie musste sich beeilen, um Schritt zu halten. In Schlangenlinien ging es um die in den Raum hineinragenden Regale wie durch ein Labyrinth, das die Unwissenden von den Eingeweihten trennte. Sophies Blick streifte Sammlungen zu allen denkbaren kontroversen Themen, von UFOs und Außerirdischen über weiße und schwarze Magie bis zu Kompendien alternativer Medizin und Abhandlungen über fernöstliche Philosophie. Ungeöffnete Neuware teilte sich einträchtig den Platz mit antiquarischen Werken, die zum Teil ein beträchtliches Alter erahnen ließen. Sie erinnerten Sophie an das Stöbern bei den Bouquinisten an den Quais und weckten ihre Neugier, doch gegen das Rätsel um Rafe kam nichts an.

In der Rückwand des Geschäfts gab es einen schmalen, bis unter die Decke von Büchern umstandenen Durchlass. Ihr nervöser Führer wies hinein und erklärte: »Einfach die Treppe hinauf.« Ohne eine Antwort abzuwarten, hastete er wieder davon, als würde eine Horde ungeduldiger Kunden nach ihm verlangen.

Kopfschüttelnd trat Sophie über die abgenutzte Schwelle und fand sich direkt vor einer verschlossenen Tür wieder. Zu ihrer Rechten führte eine steile, hell gestrichene Stiege in den ersten Stock empor, wo Licht durch einen Spalt fiel, sonst wäre es dort oben stockfinster gewesen. Die Stufen knarrten unter ihren Füßen noch lauter als Madame Guimards Parkett.

Hinter der Tür am oberen Ende der Treppe befand sich ein

ebenso langer, schmaler Raum wie eine Etage tiefer, doch die Regale beschränkten sich hier auf die Wände, sodass der Blick bis zur Fensterfront reichte. Dazwischen verteilten sich ein paar dunkle Tische, auf denen sich ebenfalls Bücher und Zeitungen stapelten. Vor den Fenstern stand ein Schreibtisch quer, und die betagten grünen Leselampen kannte Sophie nur aus altehrwürdigen Bibliotheken. Auch der rote Teppich, der den Boden bedeckte, und ein unverkennbarer Tabakgeruch trugen zum Flair eines Herrenclubs bei.

Jean kam ihr einige Schritte entgegen. Er wirkte noch schlanker, als sie ihn in Erinnerung hatte, aber das mochte der komplett schwarzen Kleidung geschuldet sein. Eine fast unberührte Zigarette qualmte ausgedrückt im Aschenbecher eine letzte Schliere, und sein dunkler Mantel hing über der Lehne eines Stuhls. »Bonjour, Sophie.«

»Hallo, Jean.« Der deutsche Gruß rutschte ihr heraus, weil sie über die Erkenntnis stolperte, sich auf seinen Händedruck zu freuen. Als sie zu ihm aufsah, stellte sie fest, dass seine Haare noch feucht waren, als habe er gerade erst geduscht. War er erst nachmittags aufgestanden?

Er bemerkte den Blick und fuhr sich nervös durch die trocknenden Strähnen. »Ich habe trainiert und wollte Ihnen die Nebenwirkungen nicht zumuten.« Seine Augen wichen ihr aus, seine Stimme klang weniger fest als gewohnt. »Bitte, nehmen Sie doch Platz!«

Sie folgte seiner einladenden Geste und setzte sich. »Sie treiben Sport?«, fragte sie, um die unerwartet verkrampfte Situation zu entspannen. Was war nur in ihn gefahren?

»Ja, dies und das. Man muss ja in Form bleiben«, antwortete er beiläufig, doch Sophie hatte den Eindruck, dass er absichtlich vage blieb. »Konnten Sie noch ein bisschen schlafen?«

»Nicht genug«, gestand sie und errötete, weil ihr die nächtliche Störung immer noch peinlich war.

Er ließ sich ebenfalls auf einem Stuhl nieder, obwohl er angespannt wie eine Feder wirkte. »Ich weiß, und ich sollte Ihnen jetzt reinen Wein einschenken, aber ich … Haben Sie sich jemals mit dem Leben nach dem Tod beschäftigt?«

Sie konnte ihn nur verdattert ansehen.

»Ich meine, haben Sie irgendeine Theorie, was mit uns allen geschieht, nachdem wir gestorben sind? Von den … biologischen Zerfallsprozessen einmal abgesehen.«

»Also ich …« Sophie beschlich ein ungutes Gefühl. Dieser Laden … Warum hatte Jean sie ausgerechnet ins *L'Occultisme* bestellt? »Was hat das denn mit Rafe zu tun? Er ist doch ganz offensichtlich gar nicht tot.« Verunsichert machte sie eine Geste, die sämtliche Bücherregale umfassen sollte. »Sie wollen mir doch nicht etwa weismachen, dass er eine Art Zombie oder Vampir ist?«

Jean verzog gequält das Gesicht. »Eine Menge junger Frauen finden Vampire in letzter Zeit höchst romantisch.«

»Bitte, Jean, mir ist nicht nach solchen Witzen zumute! Wir reden hier über meinen Verlobten, der von Guerilleros erschossen wurde. Das könnte man nicht einmal dann mit einem Vampirbiss verwechseln, wenn es diese Monster gäbe.«

»*Sie* haben die Vampire ins Spiel gebracht, Sophie, nicht ich«, erinnerte er sie.

Das ist wahr. Ruhe bewahren!, ermahnte sie sich, aber es war schwierig, weil sie seine Anspannung spürte. »Pardon, ich bin wohl einfach überreizt. Und es verwirrt mich, dass Sie mich ausgerechnet hierher gebeten haben.«

Jean nickte. »Mehr als verständlich. Vielleicht war das ein Fehler, aber sehen Sie diese griechischen und lateinischen Werke? Delamairs kann es hier oben in mancher Hinsicht mit jeder theologischen Fakultät aufnehmen. Ich komme oft her, um Dinge nachzuschlagen. Ich dachte, das könnte Ihnen hilfreich sein.«

Theologische Fakultäten? »Jean, wovon zum Teufel reden Sie da?«

Wieder umspielte ein bitteres Lächeln seine Mundwinkel. »Gutes Stichwort.«

»Was? Der Teufel? Jean!«

»Ich wollte es Ihnen so schonend wie möglich beibringen, aber ich fürchte, es gibt keinen solchen Weg.« Er sah sie geradeheraus an. »Rafael, Ihr Verlobter, ist tot. Sie haben ihn beerdigt, und was von ihm mittlerweile übrig ist, wollen weder Sie noch ich allzu genau wissen.«

»Aber …«

»Nein, hören Sie jetzt zu. Der Mann, den Sie für Rafael halten, ist nicht einmal ein Mensch. Er war mir schon eine Weile aufgefallen, aber nachdem ich Sie getroffen hatte, habe ich mich gezielt nach ihm erkundigt. Möglicherweise wurde Rafael nach seinem Tod die Ehre zuteil, in die Reihen der Engel aufgenommen zu werden, weshalb er bei Bedarf diesen Körper benutzt. Aber der, dem Sie da nachlaufen, ist ein *gefallener* Engel! Er nennt sich Gâderêl oder Gadreel, Mauer Gottes, und das war nach dem Buch Henoch der Name des gefallenen Engels, der Eva im Paradies verführte.«

Sophie starrte ihn an. »Ein *Engel*? Haben Sie getrunken?« Doch sie wusste, dass er nüchtern war. Er hatte weder eine Alkoholfahne noch den glasigen Blick eines Drogensüchtigen.

»Ein *gefallener* Engel«, wiederholte er ernst. »Sie sind dazu verdammt, Böses zu tun. Sie können nicht anders. Verstehen Sie? Halten Sie sich von ihm fern, sonst wird er Verderben über Sie bringen.«

Wie hatte sie sich so in ihm täuschen können? Sophie stand auf. »Sie sind ja vollkommen irre! Halten *Sie* sich von mir fern, sonst können Sie was erleben!«

Er sprang auf, schnappte dabei ein Buch, das auf dem Tisch lag. »Sophie, warten Sie!« Mit zwei schnellen Schritten war er vor ihr und versperrte ihr den Weg. »Ich sage die Wahrheit. Ich schwöre es! Nehmen Sie dieses Buch mit! Es ist eine gute Einführung in …«

»Bleiben Sie mir mit Ihren esoterischen Spinnereien vom Leib!« Sie schlug seine Hand zur Seite, um an ihm vorbeizustürmen.

»Das hat nichts mit Esoterik zu tun.« Erneut schnitt er ihr den Weg ab und ergriff ihren Arm. »Das ist Theologie!«

»Fassen Sie mich nicht an!« Sophie schüttelte seine Berührung ab, fürchtete einen Moment, er könne fester zupacken und sie mit Gewalt zurückhalten wie in jenem dunklen Hauseingang.

Doch er hob nur beschwichtigend die Hände, von denen eine noch immer das stockfleckige Buch hielt, und sah sie eindringlich an. »Bitte, Sophie, glauben Sie mir! Wenn Sie die Dämonen in Ihr Leben ein…«

»Gehen Sie mir endlich aus dem Weg, oder ich schreie das ganze Arrondissement zusammen!«, fauchte sie und drängte sich an ihm vorbei. »Wenn Sie mich nicht in Ruhe lassen, zeige ich Sie an!« Jetzt rannte sie. Endlich hatte sie die Tür erreicht und polterte die Stiege hinab. Alles, was sie über ihren Lärm noch hörte, war ein halb flehendes, halb verärgertes »Sophie!«.

9

Als sie Madame Guimards Wohnung betrat, kochte Sophie immer noch vor Wut. Es war nur ein kurzer Fußmarsch von der Buchhandlung in die Rue Jean de Beauvais – zu kurz, um den gewaltigen Zorn verrauchen zu lassen, den sie auf Jean, auf sich selbst und auf die ganze Ungerechtigkeit der Welt empfand. Vehement schleuderte sie die Pumps von ihren Füßen, dass sie gegen die Wand knallten, und erwartete eine Rüge ihrer Vermieterin, doch alles blieb ruhig.

Wie konnte ich nur auf diesen Verrückten reinfallen? Sie stapfte den knirschenden Flur entlang und spähte vergebens durch die offenen Türen des Salons und der Küche. Wenn sie sich nicht bald bei irgendjemandem über die psychopathischen Pariser Männer auslassen konnte, würde sie platzen. Aber auch Bad und Schlafzimmer waren leer. Sie hatte Madame Guimard gesagt, dass sie später heimkommen werde als sonst. Vielleicht war die alte Dame deshalb auswärts essen gegangen. Allmählich beschlichen sie Zweifel, ob es überhaupt so eine gute Idee war, sich ausgerechnet bei Madame Guimard zu beklagen. Wer konnte wissen, auf welche Ideen sie kam, wenn sie den Eindruck gewann, Sophie sei abends auf der Straße in Gefahr.

Hinter der Tür des Zimmers, das sie noch nicht betreten hatte, hörte sie gedämpftes Surren und Rattern. Das Geräusch kam ihr bekannt vor, doch sie konnte es nicht einordnen. »Madame Guimard?«

»Ah, Sophie, du bist da. Ich komme gleich!«

»Nein, nicht nötig! Ich muss noch dringend telefonieren.«

»Ist gut.«

Barfüßig patschte sie in den Salon zurück und machte es sich mit dem altmodischen Telefon auf einem der Samtsessel bequem. Umso besser, wenn sie nicht befürchten musste, dass Madame Guimard mithörte. Lara war nach viermal Läuten am Apparat.

»Hi, hier ist Sophie.«

»Ach, du bist's. Ich hab mich schon gewundert, wer seine Nummer unterdrücken lässt.«

Trotz ihres Ärgers musste Sophie grinsen. »Bei Madame Guimard muss man eher froh sein, dass sie eine Nummer hat. Ich sag nur: Wählscheibe.«

»Au Backe! Da brauch ich nach Internet wohl gar nicht zu fragen.«

»Nee, wirklich nicht.«

»Aber in Paris gibt's bestimmt Internetcafés. Oder bist du etwa völlig auf Entzug?«

»Irgendwie schon«, fiel Sophie auf. »Aber hier ist so viel los, dass ich es ehrlich gesagt gar nicht vermisse.«

»Echt nicht? Wow! Was treibst du denn die ganze Zeit? Und sag bloß nicht *lernen*!«

»Nein, deshalb ruf ich ja an. Ich muss dir unbedingt erzählen, was mir gerade passiert ist. Diese Pariser sind so was von durchgeknallt!«

»O Mist, Sophie, kannst du ’ne Kurzfassung machen? Stefan und ich sind fürs Kino verabredet.«

Na toll! »Soll ich besser gleich auflegen?«

»Nein! Tut mir leid, Sophie. Wenn’s ein Notfall wäre, kein Ding. Aber zum Plaudern hab ich jetzt eben nur noch zehn Minuten, sonst komm ich zu spät. Komm, schieß los! Jetzt hast du mich schon neugierig gemacht.«

Sophie seufzte. »Ich hab da einen Kerl getroffen und dachte, der sei richtig in Ordnung, nett und so. Aber vorhin …«

»Was?«, fiel Lara ihr ins Wort. »Du hast einen Mann kennengelernt, und das erzählst du mir erst jetzt?«

»Das war doch erst vor zwei Tagen.«

»Am Sonntag? Dann ist’s keiner aus dem Kurs. Ah, verstehe, wolltest du da nicht abends ausgehen?«

Manchmal konnte Sophie nur staunen, was sich Lara alles merkte. »Ja, genau, da hab ich ihn getroffen.«

»Wie getroffen? Hallo? Ich will Details hören.«

»Ich dachte, du hast keine Zeit.«

»Wie soll ich denn mit dir über ihn ablästern, wenn ich keine Vorstellung von der Sache habe?«

Fieberhaft überlegte Sophie, wie viel sie sagen durfte. Auf keinen Fall wollte sie die seltsamen Vorgänge um Rafe erwähnen, sonst würde Lara *sie* für durchgeknallt erklären. »Ich … ähm … hatte mich in eine echt üble Gegend verlaufen, und er hat mich nach Hause gebracht.«

»Ein Retter in der Not? Mein Gott, wie romantisch! Wie sieht er aus?«

»Lara, erstens hat er mir mit seiner Rettungsaktion einen halben Herzinfarkt eingejagt, und zweitens ist es nicht so, wie du denkst.«

»Warum? Ist er nicht an dir interessiert?«

»Keine Ahnung, vielleicht schon, aber er interessiert *mich* nicht. Ich liebe Rafe, schon vergessen?«

»Ähm, ich verstehe ja, dass du ihn immer lieben wirst. Er war wirklich toll und alles, aber er ist tot, Soph. Es ist nicht fair, wenn du den Lebenden nicht mal eine Chance gibst.«

Das ist die Stelle, an der ich es ihr sagen müsste … Doch sie konnte es nicht. Solange sie nicht alles darüber wusste, würde es in Laras Ohren nach Wunschdenken und Hirngespinsten klingen. »Ich würde sagen, dass Jean seine Chance heute verpatzt hat, als er sich als Freak geoutet hat. Er glaubt allen Ernstes an Engel!«

»An Engel?« Lara schien ein Kichern zu unterdrücken. »Ist das nicht irgendwie süß?«

»Pfff.« Sophie war sprachlos. Ja, aus Laras Perspektive konnte man es vielleicht niedlich finden. Sicher dachte sie dabei an elfenhafte Lichtgestalten, die schützend ihre Hand über kleine Kinder hielten, oder gar an kitschige Weihnachtsfigürchen mit aufgeblasenen Wangen und Babyspeck.

»O nein, du meinst doch nicht etwa, dass er sich selbst für einen Engel hält und dich deshalb gerettet hat? Der gehört ja in die Klapse!«

Die Vorstellung nötigte Sophie ein belustigtes Schnauben ab. »Mann, Lara, du hast ja noch viel abgefahrenere Ideen als er.« *Kann ich mir da sicher sein? Möglicherweise wäre das sein nächstes Geständnis gewesen.*

»Wo liegt dann das Problem? Irgendwie glauben doch alle Christen an Engel. Steht schon in der Bibel. Der Engel, der Maria erzählt, dass sie ein Kind bekommt und so. Zugegeben, die meisten nehmen das nicht so wörtlich, aber ich kenne ein paar echt nette Jungs, die auf diesem Kirchentrip sind, sich in der Gemeinde engagieren und so.«

»Die laufen aber nicht in schwarzen Klamotten nachts in finsteren Gassen herum und warnen dich vor gefallenen Engeln, die Tod und Verdammnis über dich bringen.«

»Hat er *das* gesagt?«

»So ähnlich.«

»Klingt irgendwie nach … Angel! Erinnerst du dich? Der Vampir, in den Buffy so verliebt war. Soph, er ist doch kein Vampir, oder? Ich meine, nicht dass ich daran glauben würde, aber was du da erzählst, da kann einem schon unheimlich werden.«

»Also – wir haben gestern bei strahlendem Sonnenschein zusammen im Freien gesessen. Na gut, es war schon Abend, aber das ist mindestens so lächerlich wie das, was *er* mir erzählt. Es gibt keine Vampire, und für einen Untoten ist Jeans Haut auch definitiv zu warm.«

»Na, um das festzustellen, musst du ihm doch schon ein bisschen nähergekommen sein.«

Sophie konnte das Grinsen förmlich hören. »Das war alles vollko…«

»Oh, shit! Ich muss los, Soph. Halt mich auf dem Laufenden, okay?«

Es war genauso gründlich schiefgelaufen, wie er befürchtet hatte. *Verdammt!* Ganz gleich, wie Jean das Thema anschnitt, stets rief es dieselbe feindselige Reaktion hervor. Er lehnte sich auf seinem Stuhl nach vorn und strich dabei mit den Händen über sein Gesicht, als könne er die Enttäuschung fortwischen. Sosehr er die Errungenschaften der Zeit der Aufklärung zu schätzen wusste, manchmal wäre seine Aufgabe leichter gewesen, wenn die Menschen ein etwas weniger materialistisches Weltbild gehabt hätten. Oder zumindest noch halbwegs gottesfürchtig gewesen wären. Mit den sehr Gläubigen hatte er zwar früher oder später andere Probleme, aber immerhin hörten sie ihm erst einmal zu!

Das Knarren der Stiege kündigte Besuch an. Wider besseres Wissen blickte Jean auf und hoffte, Sophie mit versöhnlicher

Miene in der Tür zu sehen, doch es war nur Alexandres bleiches Gesicht, das aus der Dunkelheit auftauchte. »Mein Gott, du siehst so käsig aus, dass einem angst werden kann. Wann warst du das letzte Mal in der Sonne?«

Alex setzte seinen ironischen Blick auf und schlenderte zum Fenster. »Kann es sein, dass hier jemand schlechte Laune hat? Kein Wunder, bei dem Abgang.«

»Lenk nicht ab! Du hast garantiert schon Vitamin-D-Mangel.«

»Und das vom Meister der Ablenkung! Für so was gibt es Pillen. Gegen gebrochene Herzen allerdings nicht.«

»Sie hat mir nicht das Herz gebrochen«, knurrte Jean, ohne sich zu seinem Freund umzudrehen, den er aus dem Augenwinkel am Schreibtisch stehen sah. »Ich hätte sie nur gern davor bewahrt, aus Liebe einen Fehler zu machen.«

»Dann warst du erfolgreich, denn es soll Leute geben, die es für einen Fehler halten, sich aus Liebe mit *dir* einzulassen.«

Jean schoss ihm einen strafenden Blick zu. »Müsstest du nicht im Laden sein, anstatt mir auf die Nerven zu gehen?«

»Nein, Claudine ist gekommen«, feixte Alex und klappte ein Notebook auf. »Ich stehe ganz zu deiner Verfügung.«

»Na wunderbar!«

»Jetzt mach mal halblang, Jean. Vielleicht kommt sie ja wieder, wenn sie sich beruhigt hat.«

»Nachdem sie *dich* gesehen hat? Wohl kaum.«

Alex lachte nervös auf. »Blödmann! Ich kann nichts dafür, dass mir immer gleich der Schweiß ausbricht, wenn eine hübsche Frau in den Laden kommt. Verschaff mir mehr Gelegenheit zum Üben!«

»Wie wär's, wenn du deine Nächte einfach unter Leuten verbringst anstatt bei virtuellen Kaffeekränzchen?« Jean deutete unbestimmt in Richtung des Laptops, dessen Bildschirm beim Hochfahren flackerte.

»Abwarten!«, mahnte sein Freund achselzuckend. »Eines Tages wirst du feststellen, dass deine Dämonen in Wahrheit Viren in der Matrix sind, die uns Penner aufrütteln sollen. Dann wirst du noch froh sein, wenn ich dir ein paar kompetente Hacker und Cyberkrieger vermitteln kann, die uns da rausholen.«

»Ja, danke«, lachte Jean. »Ich komm dann darauf zurück. Bis dahin verlass ich mich lieber auf die bewährten Mittel – und meinen Instinkt.«

»Wirst du sie überwachen?«

»Sophie? Nein. Was soll das bringen? Ich kann nicht zusehen, wie sie sich ins Unglück stürzt, und dann nicht eingreifen. Aber das ist genau das, was sie will.« Es kostete ihn Überwindung, es auszusprechen, doch solange sie ihm nicht glaubte, würde sie die Gefahr in *ihm* sehen, nicht in diesem höllisch gut aussehenden Monster.

»Ist wirklich schade um sie«, befand Alex. »Aber so sind nun einmal die Re…«

Jean gebot ihm mit einer Geste zu schweigen, weil sein Handy klingelte. *Lilyth* verriet das Display. Die Schreibweise war ihm immer noch ein Graus, aber junge Frauen interessierten sich selten für sein Stilempfinden. »Ja?«

Lilyths Stimme klang gehetzt und zu hoch. »Jean? Können wir uns heute noch treffen?«

»Was ist passiert?«

»Ich kann jetzt nicht reden«, wehrte sie ab.

Alex sah ihn fragend an, doch er ignorierte es. »Wo bist du? Auf dem Friedhof?«

»Nein, komm bloß nicht hierher!«, kreischte sie, so leise man kreischen kann. »Wenn uns einer von den andern zusammen sieht, bin ich geliefert.«

Vielleicht erwägt sie dann endlich, aus dem ganzen Mist auszusteigen, dachte Jean und bemühte sich um einen beruhigenden Tonfall. »Alles klar, Lilyth. Wo immer du es für sicher hältst. Sag mir einfach, wo ich hinkommen soll.«

»Die Touri-Brücke am Canal Saint-Martin. Ich warte dort auf dich.« Sie legte auf, bevor er etwas erwidern konnte.

»Steckt die Nachwuchskönigin der Nacht in Schwierigkeiten?«, erkundigte sich Alex.

»Sag mir lieber, welche Brücke am Saint-Martin die größte Touristenattraktion ist!« Jean schnappte sich seinen Mantel, entschied sich jedoch dagegen, ihn bei dieser Hitze überzuziehen. »Lilyth ist zu jung, um *Hôtel du Nord* zu kennen.«

»Das finden wir raus.« Alex wandte sich dem Laptop zu und hackte auf die Tastatur ein.

Jean fragte sich wie so oft, warum jemand, der täglich viele Stunden am Computer verbrachte, keine für Mensch und Material schonendere Tipptechnik entwickelte.

»Hm, es kann aber nur die hier sein.«

Da Alex nicht mehr sagte, beugte sich Jean mit ihm über den Bildschirm, der ein Foto einer geschwungenen, eisernen Fußgängerbrücke zeigte.

»Soll 1938 im Film *Hôtel du Nord* vorgekommen sein, aber die Szene wurde in Wahrheit im Studio gedreht. Quai de Jemmapes.«

»Dann lebe ich nicht so hinterm Mond, wie ich dachte.« Er gab seinem Freund einen dankbaren Klaps auf die Schulter, bevor er die Stiege hinab und an der überraschten Claudine vorbei aus dem Laden stürmte.

Vor der Tür war es, als liefe er gegen eine Wand aus heiß gewaschenen Laken. Die schwüle Hitze legte sich drückend auf seinen Brustkorb, schnürte ihm gleichsam den Atem ab. Auf dem Weg zur Métro beobachtete er die Wolken, die wie Qualm über der Stadt aufquollen. Es wurde höchste Zeit, dass ihnen ein Gewitter etwas Abkühlung verschaffte.

Unweigerlich kehrten seine Gedanken zu Sophie zurück.

Ob sie in denselben Kreisen enden würde wie Lilyth? Er glaubte nicht, dass sie der Typ dafür war, aber wenn sie sich mit einem gefallenen Engel einließ, konnte er so viel Macht über sie erlangen, dass sie irgendwann keinen eigenen Willen mehr besaß. Sie wäre nicht die erste Frau, die aus Liebe einem Dämon hörig wurde. *Noch ist es nicht so weit.* Vielleicht fühlte sie sich nicht mehr zu ihm hingezogen, wenn sie sein wahres Wesen erkannte. *Wenn!* Er wusste nur zu gut, dass Verblendung zu den gefährlichsten Schattenseiten der Liebe zählte.

Ohne es recht zu merken, knurrte er, was ihm befremdete Blicke unter den anderen Fahrgästen eintrug. Er musste aufhören, an Sophie zu denken. Sie interessierte sich nicht für ihn, und es war besser so. *Ich sollte mich lieber darauf konzentrieren, was Lilyth für ein Problem hat.* Wenn sie ihn so dringend sehen wollte, musste es um mehr gehen als die üblichen kleinen Mutproben, mit denen sich diese gelangweilten Großstadtkids ihren Nervenkitzel verschafften. Sie hatte ängstlich geklungen, fast schon verstört. War in ihrem Zirkel die Zeit der harmlosen kleinen Okkultismus-Experimente vorbei, oder ging es um etwas Irdischeres wie Drogen oder Ärger mit der Gendarmerie?

Jean stieg am Place de la République aus der Métro, um sich weiteres Umsteigen zu ersparen, sprintete die Treppen hinauf und hastete die Rue du Faubourg du Temple entlang, bis sie den Canal Saint-Martin kreuzte. Der an dieser Stelle sehr schmale, von gemauerten Kais und Platanen gesäumte Wasserweg strahlte inmitten des hektischen Verkehrs angenehme Ruhe aus. Verglichen mit den Massen im Marais und Quartier Latin verirrten sich nur wenige Touristen hierher und bestaunten die vielen kleinen Brücken und Schleusen. Kinder tobten auf schattigen Spielplätzen, während ihre Mütter misstrauisch Clochards und herumlungernde Jugendliche beäugten. Fast jede der Parkbänke unter den Bäumen war von Leuten besetzt, die plauderten oder gedankenverloren auf das trübe, grünliche Wasser starrten. Die Hitze machte auch die Menschen träge, doch der eine oder andere lenkte einen besorgten Blick zum sich verdüsternden Himmel und warf den Tauben und Enten seine Picknickreste zu.

Kein Wunder, dass der Kanal in dieser Schwüle nach altem Fisch riecht, dachte Jean, als er die umherdümpelnden Abfälle sah. Er ließ die lichten Platanen mit ihren gelben Stämmen hinter sich und tauchte in die dunkleren Schatten der Kastanien ein, die sich zu beiden Seiten der nächsten Schleuse zu einem beeindruckenden Blätterdach verbanden. Jenseits des Schleusentors kam endlich die blaugrün gestrichene Brücke in Sicht, die Lilyth gemeint haben musste. Obwohl nicht annähernd so hoch wie die Bäume, überspannte sie den Kanal dennoch in elegant hohem Bogen und wirkte dabei von Weitem filigran und luftig. Aus der Nähe büßte das stählerne Geländer jedoch viel Flair ein, weil man die großen Öffnungen durch schlichte Gitter gegen Unfälle gesichert hatte.

Jean wischte sich mit dem Ärmel den Schweiß von der Stirn und hielt nach Lilyth Ausschau. In ihrer schwarzen Gewandung hockte sie wie ein aufgeplusterter Rabe auf einer Stufe der Brücke. Samt und Spitze raschelten wie Gefieder, als sie sich erhob und ihm mit kajalumrandeten Augen entgegensah. Springerstiefel lugten unter dem langen Rock hervor, den ein dunkelrotes, seidenes Fransentuch gürtete. Auch das zu einer phantasievollen Frisur geflochtene und aufgesteckte Haar war schwarz gefärbt, doch es wirkte etwas zerzaust. Das einzige Anzeichen einer panischen Flucht?

Der Himmel war endgültig hinter einer grauen Wolkenwand verschwunden. Von einer Minute zur anderen legte sich Dämmerung über die Stadt. Die letzten bislang unbekümmerten Spaziergänger beeilten sich nun doch, vor dem Unwetter Schutz zu suchen, und hasteten davon.

»Lilyth, was gibt's?«, erkundigte sich Jean ein wenig außer Atem.

»O Mann, du hast dir bestimmt Sorgen gemacht.« Beschämt schlug sie die Augen nieder. Die gepiercten Lippen hatte sie schwarz geschminkt, sodass sie sich wie ein Loch in ihrem weißen Gesicht ausnahmen. »Tut mir leid, dass ich so in Panik war, aber als ich vorhin über alles nachgedacht habe, hab ich's echt mit der Angst bekommen. Können wir einfach reden? Ich weiß nicht mehr, auf welcher Seite ich stehe.«

»Klingt für mich nach einem Fortschritt.«

»Ja, danke, würg's mir rein!« Lilyth wandte sich ab und stieg die letzten Stufen hinauf, die bis kurz vor den Scheitelpunkt der Brücke reichten. Als sie Jean mit einer aufgebrachten Geste bedachte, klimperte Silberschmuck an ihrem Handgelenk. »Du kannst doch froh sein, dass ich dich auf dem Laufenden halte.«

Jean schmunzelte über ihre Selbstüberschätzung. Sie war nur eine seiner Quellen und nicht gerade die Informantin aus dem gefährlichsten Umfeld, wenn man es am Blutzoll maß, der in anderen Kreisen gezahlt wurde. Es gab ergiebigere Felder, auf denen sich Dämonen am Unglück der Menschen weiden konnten, als die Spielereien selbsternannter Satanspriester. »Ich bin dir durchaus dankbar dafür«, betonte er dennoch aufrichtig. Mit den Einblicken, die Lilyth ihm gewährte, konnte er bei Abbé Gaillard immer wieder mal einen Gefallen erkaufen.

»Du musst mir glauben!« Sie blieb stehen und drehte sich wieder zu ihm um. »Dieses Mal ist es anders. Früher wollte ich nicht, dass sie mich mit dir sehen, weil sie mich dann rausgeworfen hätten. Aber jetzt …« Ihre Augen weiteten sich. »Ich glaube, Maurice würde mir ernsthaft etwas antun.«

»Hat er dich bedroht?«, wunderte sich Jean. Nach allem, was Lilyth ihm bisher berichtet hatte, war Maurice in seinen Augen nicht mehr als ein selbstverliebter Taugenichts. Ein Berufssohn reicher Eltern, der sich in der Pariser Gothic-Szene herumtrieb und mit dem Nimbus eines echten Teufelsanbeters umgab. Jean kannte Kerle wie ihn. Sie eiferten berühmten Hexenmeistern wie Aleister Crowley nach und hofften auf willige Anhängerinnen, um ihre sadistischen Machtphantasien an ihnen ausleben zu können. Der Satan war ihnen dabei völlig egal. Sie verehrten ihn nicht als eine Art Gott, sondern benutzten ihn als Mittel zum Zweck. Zumindest glaubten sie das.

»Nein«, wehrte Lilyth ab. Es war so dunkel geworden, dass man glauben konnte, es sei Nacht. »Er hat bis jetzt ja keinen Grund, mir zu misstrauen. Aber er hat sich verändert. Es ist kein Spiel mehr für ihn. Er lacht nicht mehr darüber, wenn was schiefläuft. Gestern hatten wir … ein Ritual. Madeleine sollte vom Markt einen schwarzen Hahn besorgen. Mir … war schon klar, dass er sterben sollte. Ich find's nicht toll, aber wir essen die Biester ja auch. Also warum nicht?« Sie sah ihn herausfordernd an.

Jean bemühte sich um eine nonchalante Geste. Er wollte nicht, dass sie über einem Streit den Faden verlor. Wetterleuchten flackerte am Horizont.

»Jedenfalls umklammerte Madeleine den Korb, in dem sie angeblich den Hahn hatte, und als wir mit den Beschwörungen so weit waren, sollte sie das Blutopfer rausholen. Aber in dem Korb war überhaupt nichts drin. Sie hat fast geheult, weil sie den ganzen Tag durch die Stadt gerannt ist und nirgends einen schwarzen Hahn bekommen hat. Da ist Maurice ausgeflippt. Er hat sie gepackt und angeschrien und an eine Säule gestoßen, dass ihr Kopf dagegengeknallt ist. Plötzlich war Blut in ihrem Haar. Die Haut ist richtig aufgeplatzt. Ich glaub, wir waren alle geschockt. Nur Maurice nicht. Der hat das Blut aufgefangen und einfach weitergemacht.«

»Ist sie schwer verletzt?«, erkundigte sich Jean besorgt. Er kannte das Mädchen nicht, es ging ihm mehr um das Ausmaß des Schadens, den Maurice angerichtet hatte. Es war eine Sache, seine kleine Anhängerschar dazu anzustiften, in Mausoleen einzubrechen, um frisch bestatteten Toten Haare und Fingernägel als Zauberingredienzen abzuschneiden, aber eine völlig andere, dem Teufel Menschenblut darzubringen. Maurice hatte die Grenze überschritten, hinter der Jean ihn nicht mehr ignorieren konnte.

»Die Wunde musste genäht werden, und es geht ihr nicht besonders gut, aber es ist nichts Ernstes.«

»Was wirst du jetzt machen?«

Sie warf ihm einen missmutigen Blick zu. Dunkle Tupfen blühten auf dem Brückensteg auf wie Tintenkleckse, als die ersten, dicken Tropfen fielen. »Ich weiß, dass du mich immer gewarnt hast. Keine Ahnung. Das sind meine Freunde. Wir sind richtig gut zusammen. Ich kann die Magie spüren, wenn wir alle fokussiert sind.«

»Lilyth, du hast es selbst gesagt: Das ist kein Spiel mehr! Es wird noch mehr Verletzte geben, und am Ende vielleicht sogar Tote. Du musst mit den anderen reden, sonst werde *ich* euch aufhalten müssen.«

Der Regen wurde stärker. Die Luft kühlte merklich ab.

»Lass meine Freunde in Ruhe!«, fauchte Lilyth. »Das ist alles Maurices Schuld! Seit er diesen Caradec mitgebracht hat, geht es mit unserem Zirkel bergab.« Sie machte auf den klobigen Absätzen kehrt und polterte davon.

Caradec? Jean überlief ein Schauder, der nichts mit dem kalten Guss zu tun hatte. Bedächtig zog er den Mantel über und prüfte den Sitz seiner Waffen. Wenn Caradec in diese Angelegenheit verwickelt war, steckte Lilyth in größeren Schwierigkeiten, als sie ahnte.

10

Du gehst noch aus?«, staunte Madame Guimard, die in Nachthemd und Bademantel auf dem Weg ins Schlafzimmer war, als Sophie vollständig angezogen den Flur betrat.

»Ja, es ist etwas Dringendes.« Sie eilte an der alten Dame vorbei, um jeder Diskussion zuvorzukommen, streifte die Sneaker über und griff nach ihrer Jacke. »Warten Sie nicht auf mich! Es wird spät.«

»Es *ist* spät«, stellte Madame Guimard sachlich fest.

»Ich weiß. Bonne nuit, Madame!«, rief Sophie, während sie die Tür hinter sich zuzog. Erst jetzt nahm sie sich Zeit, die Schuhe zu schnüren. Sie stieß ihre Vermieterin nicht gern vor den Kopf, aber sie wollte ihr auch keine hanebüchene Notlüge auftischen, die sie ohnehin sofort durchschaut hätte. Wahrscheinlich glaubte sie nun, Sophie treffe sich mit einem Mann, und lag damit nicht völlig falsch. Vorausgesetzt, dass sie Rafe wiederfand. Doch das schien nicht mehr so schwierig, seit sie wusste, wo er sich abends herumtrieb.

Vor dem Haus spiegelte sich der Schein der Straßenlaternen auf dem nassen Asphalt. Dampf stieg aus Abluftschächten auf, die in Paris zum Alltag gehörten. Wohnraum war knapp und damit teuer, sodass sogar Appartements im zweiten Untergeschoss angeboten wurden. Sophie konnte sich nicht vorstellen, unter der Erde zu leben. Musste man sich dabei nicht vorkommen wie ein Maulwurf?

Aus Madame Guimards Küchenradio hatte sie erfahren, dass sich das Gewitter westlich der Innenstadt entladen hatte. Nur der Regen und die kältere Luft waren bis ins Quartier Latin vorgedrungen. Sie atmete tief ein. Die Kühle belebte sie und stärkte ihre Entschlossenheit. Weder Jeans absurde Warnungen noch ein verfluchter Stalker würden sie davon abhalten, das Rätsel um Rafe zu lösen. Sie hatte zwar kein Pfefferspray, aber eine Flasche Haarspray in ihre Tasche gesteckt, das in den Augen eines Angreifers sicher ebenso verheerende Wirkung zeigte. Noch waren die Straßen und Gassen um den Place de la Contrescarpe einigermaßen belebt, doch auch für den einsameren Rückweg fühlte sie sich mit ihrer chemischen Keule gerüstet. Wenn es ganz dumm käme, könnte sie immer noch ein Taxi bestellen, obwohl es für die kurze Strecke lächerlich wäre.

In der Bar, die sie schon einmal als Beobachtungsposten gewählt hatte, war an einem späten Mittwochabend nicht viel los. Sie fand sofort einen Tisch mit Blick auf den Platz. Niemand beachtete sie, während sie an ihrer Cola nippte und vorgab, in *Le Monde* zu lesen. *Hinter einer Zeitung getarnt … Ich werde noch Profi-Detektivin,* dachte sie spöttisch.

Auch wenn Jeans Ideen haarsträubend anmuteten, wurmte es sie, dass sie noch keine bessere Erklärung für die seltsamen Vorgänge hatte. Sie musste endlich mit Rafe sprechen und ihn fragen. Seufzend nahm sie einen weiteren Schluck. Waren Jeans Theorien nicht schon deshalb haltlos, weil selbst ein toter Rafe, also ein Geist, Engel oder was auch immer, sich trotzdem noch an sie erinnern musste? Oder hatte er das doch nur vorgetäuscht? Sie merkte, welchen irrationalen Gedanken sie schon wieder nachhing, und versuchte, sich mit einem Artikel über die neuesten Erkenntnisse der Klimaforscher abzulenken, die von Woche zu Woche düsterere Visionen ausmalten.

Ein Paar Scheinwerfer leuchtete in der Straße gegenüber auf. Die Lichter kamen näher, das Auto fuhr auf den Kreisel um Bäume und Springbrunnen. Sophie wollte sich schon wieder abwenden, doch der dunkle Wagen hielt an. Es war eine Limousine, eigentlich zu groß für die engen Straßen dieses Viertels, und sicher teuer.

Eine Hintertür öffnete sich und im Licht, das aus dem Innenraum drang, stieg ein Mann in einem hellen T-Shirt aus. Sophie ließ die Zeitung sinken. Rafe hob die Hand zu einem lässigen Gruß an die im Wagen verbliebenen Gestalten und schlug die Tür zu. Die Dunkelheit verschluckte sein Gesicht, das Auto fuhr davon. Sie sprang auf, zog die Jacke über und schnappte sich ihre Tasche. Wie gut, dass sie dieses Mal gleich bezahlt hatte.

Als sie vor die Tür trat, verließ Rafe bereits den Platz – zügig, ohne sich umzublicken. War er auf dem Weg nach Hause oder zu einer Verabredung? Hastig folgte sie ihm, hatte plötzlich doch wieder Hemmungen, über die Straße nach ihm zu rufen. Zu seltsam hatte er sich bisher benommen. Sie fürchtete, er könne sogar davonlaufen, und dann hätte sie keine Chance, ihn einzuholen. *Meine Güte, das ist albern. Es ist nur Rafe.* Aber ein Teil von ihr widersprach.

Er bog schon an der nächsten Ecke wieder ab, und Sophie beeilte sich, um ihn nicht aus den Augen zu verlieren. Die Straße war leer, aber nicht so erschreckend heruntergekommen wie jene Gasse, in die sie ihm am ersten Abend gefolgt war. Überrascht hielt sie inne, als er stehen blieb, um eine Tür zu öffnen, und in dem dazugehörigen Haus verschwand. Wohnte er hier?

Rasch lief sie zu dem Eingang, der sich wieder geschlossen hatte, und überflog im Dämmerlicht die wüst zusammengewürfelten Namensschildchen. Nicht einmal die Klingeln selbst sahen alle gleich aus. Bei keinem Namen hatte sie den Eindruck, er könne irgendetwas mit Rafael zu tun haben. Mit laut klopfendem Herzen öffnete sie die schwere, verzogene Tür, die über den gefliesten Boden schleifte. Im Treppenhaus herrschte Dunkelheit. *Seltsam.* Hatte Rafe kein Licht angemacht, oder ging es so rasch von selbst aus? Sie lauschte in die Finsternis, doch es erklangen keine Schritte aus den oberen Stockwerken. Auch im Parterre war alles still.

Neben der Tür fand sie einen Schalter an der Wand und drückte darauf. Eine von Schmutz und toten Fliegen milchige Deckenleuchte verbreitete gelbliches Licht, das in der Wand unter der ausgetretenen Holztreppe eine Reihe metallener Briefkästen zum Vorschein brachte. Dahinter zweigte eine Wohnungstür vom schmalen Gang ab, eine andere, solider beschaffene mochte in einen Hinterhof führen.

Sophie betrat den Flur und studierte auf den Briefkästen noch einmal die Namen. Montard, Lapin, Moussa, Ibrahim. Nichts, was ihr einen Hinweis gab, und schon gar nicht der hebräische Name, den Jean ihm angedichtet hatte. *Natürlich nicht! Er ist untergetaucht.* Wie konnte sie so dumm sein zu erwarten, dass er Rafael Wagner an seine Tür schrieb? Oder er hatte wie sie gar keine eigene Wohnung und lebte als Untermieter bei einem Herrn Moussa oder Lapin. Aber wie sollte sie das herausfinden?

Sie setzte sich auf die unterste Treppenstufe und überlegte. Auf keinen Fall konnte sie sich hier die Nacht um die Ohren schlagen und darauf warten, dass Rafe irgendwann aufstand. Es war der letzte Tag vor der Prüfung. Sollte sie an allen Wohnungstüren lauschen, ob noch jemand wach war, und einfach klingeln? Nein, nicht um diese Uhrzeit. Aber sie konnte es sich für morgen Abend vornehmen, sobald sie aus der Sprachschule zurück war. Ja, es war zwar peinlich und würde sie viel Überwindung kosten, aber genau das würde sie tun.

Das Licht brannte immer noch.

Der Duft aus der Küche ließ Sophies Magen knurren. Seit dem Mittagsimbiss mit Tereza und Francesca hatte sie nichts mehr gegessen und hätte einen Bären nicht nur verspeisen, sondern vor Hunger auch mit bloßen Händen erlegen können. Es musste an der Aufregung liegen. Wenn sie in heikle Situationen kam, konnte sie danach stets ungeahnte Mengen vertilgen. Auf dünnen Socken tappte sie zur Küche. Bei dem Lärm, den das Parkett dabei veranstaltete, musste sie keine Sorge haben, Madame Guimard einen Schreck zu versetzen. »Bonsoir, Madame! Riecht das lecker!«

»Na, ich will hoffen, dass es auch so schmeckt.« Madame Guimard hatte sich eine Schürze umgebunden und rührte in einem Topf. Der Küchentisch war für zwei gedeckt. Wasser, Rotwein und ein Korb mit Baguettescheiben standen bereit. »Wie war das Vorstellungsgespräch?«

Sophie seufzte. Der Termin in Madame Cléments Firma war ihr erst eingefallen, als sie nach der Mittagspause wieder im Unterricht saß und die Rede auf Bewerbungsschreiben kam. Es war zu spät gewesen, um vorher nach Hause zu fahren und etwas Passenderes, weniger Legeres anzuziehen. Doch das wollte sie Madame Guimard nicht erzählen, sonst hielt sie sie noch für unzuverlässig und undankbar. Dabei war es für gewöhnlich nicht ihre Art, so wichtige Dinge zu vergessen. Diese Geschichte mit Rafe brachte sie völlig durcheinander. Dass sie den Unterricht wieder früher hatte verlassen müssen, war vom Lehrpersonal sicher auch negativ vermerkt worden. Wenigstens war ein Vorstellungsgespräch eine wirklich gute Entschuldigung. »Ich weiß nicht«, gab sie zu. »Die Dame von der Personalabteilung war sehr freundlich zu mir. Aber ich glaube, sie hat mehr … Begeisterung für Wein und Delikatessen von mir erwartet.«

»Na«, schnappte Madame Guimard. »Du willst mir doch nicht weismachen, du hättest eine Verkostung abgelehnt.« Sie nahm einen der dampfenden Töpfe vom Herd und stellte ihn auf den Tisch.

Sophie lachte unsicher. Das Gesicht der alten Dame war so undeutbar, dass es schwerfiel, ihre Bemerkung als Scherz aufzufassen. »Nein, im Essen bin ich unschlagbar. Ich kam mir nur so unwissend vor, als sie von ihrer Angebotspalette schwärmte. Einige Sachen, die sie aufgezählt hat, kannte ich gar nicht. Wahrscheinlich muss man Gourmet sein, um dort zu arbeiten, oder ausgewiesener Weinkenner.« Dass ihre Gedanken manchmal abgeschweift waren, um die bevorstehende Befragung von Rafes Nachbarn durchzuspielen, erwähnte sie lieber nicht.

»Jetzt setz dich erst mal und iss!«, ordnete Madame Guimard an, als ob Sophie eine andere Idee haben könnte. Sie schöpfte eine cremige Suppe in die tiefen Teller. »Ich kann mir nicht vorstellen, dass Madame Clément von jedem Angestellten im Büro verlangt, Sommelier zu sein.«

Sophie hatte ihre Zweifel, ließ sich aber nur zu gern auf ihrem Stuhl nieder, um sich dem Essen zu widmen.

»Wir finden schon eine Stelle für dich. Morgen ist dein letzter Tag in der Schule, nicht wahr?«

»Ja, dann habe ich mehr Zeit und kann mich ganz auf die Jobsuche konzentrieren.« *Na ja, nicht ganz. Und selbst das ist die Übertreibung des Jahrhunderts.*

»Bonsoir, Monsieur Lapin. Bitte entschuldigen Sie, aber wohnt bei Ihnen vielleicht ein großer, gut aussehender Mann mit dunkelbraunen Haaren?« Sie stellte sich das verblüffte Gesicht eines bierbäuchigen Mittfünfzigers im Feinrippunterhemd vor, der in seiner Tür stand, während im Hintergrund der Fernseher lief. Der Mann würde entweder entgeistert Nein sagen oder irgendeine schmierige Bemerkung darüber machen, dass er sich gern als Ersatz zur Verfügung stellte.

Ich bin unfair. Nur weil das Haus heruntergekommen war, mussten die Bewohner keine Proleten sein. Paris war so teuer, dass man froh sein konnte, überhaupt eine bezahlbare Wohnung zu finden. Vielleicht führte Monsieur Moussa einen der kleinen, fast rund um die Uhr geöffneten Lebensmittelläden, und Madame Montard verkaufte Eintrittskarten im Panthéon, dem nahen Ruhmestempel der französischen Nation, in dessen Krypta herausragende Bürger Frankreichs bestattet lagen. Doch nicht zu wissen, was sie erwartete, machte Sophie kribbelig. Das Schlimmste war die Vorstellung, endlich tatsächlich vor Rafe zu stehen und kein Wort herauszubekommen. Die ganze Rue Descartes entlang suchte sie nach den richtigen Worten, nach etwas, das weder zu vorwurfsvoll noch zu bedingungslos begeistert klang. So wie er sich benommen hatte, wollte sie sich ihm nicht einfach an den Hals werfen. Aber wenn es für sein Verhalten triftige Gründe gab, waren Vorhaltungen auch unangemessen. *Vergiss es!,* sagte sie sich und bog in die Rue Thouin. *Im entscheidenden Moment hab ich eh wieder alles …*

Sie stutzte und prallte zurück, als sei sie gegen eine Wand gelaufen. Rafe, die Halbglatze und der Schmächtige standen vor dem Haus, in dem er am Vorabend verschwunden war. Was sollte sie jetzt tun? Er sah vage in ihre Richtung, war jedoch ins Gespräch vertieft und hatte sie bestimmt noch nicht entdeckt. Einfach umdrehen und abhauen, bis die Luft rein war? Aber woher sollte sie wissen, wann sich die Kerle verzogen hatten, wenn sie sie aus den Augen ließ? Ihre Gedanken rasten. Auf keinen Fall konnte sie so auffällig hier stehen bleiben.

Ohne konkreten Plan überquerte sie erst einmal die Straße und tat, als lese sie ein Plakat, das zu einem jüdischen Konzert in einer ehemaligen Kirche einlud. Doch wenn sie zu lange davor herumlungerte, würde es ebenfalls seltsam wirken. Unschlüssig schlenderte sie wieder auf die Rue Descartes zu, blieb an der Ecke erneut stehen und zögerte. Sollte sie in irgendeinen Laden gehen, wo sie von außen nicht so leicht gesehen wurde, oder sich in ein Café setzen? Aber alle Tische, die Blick auf Rafe geboten hätten, waren besetzt, und in einem Geschäft konnte sie sich nicht ewig aufhalten, ohne etwas zu kaufen.

Verstohlen sah sie über die Schulter. Vor dem Haus stand niemand mehr! Gerade als sie sich umdrehen wollte, um genauer hinzuschauen, ertönte eine vertraute Stimme hinter ihr.

»Bin ich einfach dein Typ, oder bist du aus einem anderen Grund hinter mir her?«

Sie fuhr herum und starrte ihn an. Die Augen, tiefblau wie das Mittelmeer bei Sonnenschein, funkelten belustigt. Sein Lächeln löste eine solche Woge der Wärme und des Glücks in ihr aus, dass sie ihre weichen Knie kaum bemerkte. Sie fühlte sich plötzlich gespalten, als ob ihr Körper und ihre Gefühle nicht mehr ihr gehörten, während der Verstand die Szene misstrauisch beobachtete und darauf hinwies, dass Rafe niemals fließend akzentfrei Französisch gesprochen hatte. *Das ist er nicht.* Doch wenn er es war, wie weit würde er dieses Spielchen treiben? »Ich … ähm … ich bin überhaupt nicht hinter dir her. Wie kommst du darauf?«

»Ach nein?« Er wirkte nur noch amüsierter. »Seltsam. Mir war, als hätte ich dich in letzter Zeit ziemlich oft gesehen.«

»Das … war dann wohl Zufall. Ich hab Freunde hier in der Gegend.«

»Und jetzt gerade warst du auch … auf dem Weg zu deinen Freunden?«

»Ja, mich hat nur das Plakat interessiert«, sagte sie schnell, zu schnell, und hätte sich am liebsten auf die Zunge gebissen. Wenn sie jetzt noch glaubwürdig bleiben wollte, musste sie gehen. Sie wandte sich ab und schlug auf unsicheren Beinen den Weg zum Place de la Contrescarpe ein.

Der Mann, der so unfassbar exakt wie Rafe aussah, hielt mühelos Schritt. »Du hörst dir Konzerte in Kirchen an?«

»Gelegentlich. Warum nicht?« *Welche Freunde präsentiere ich ihm jetzt? Ich kenne hier doch niemanden!*

»Ja, sicher, warum nicht? Ist bestimmt nett. Die alten Gemäuer haben ein gewisses Flair.«

»Ich sehe mir manchmal ganz gern alte Kirchen an.« Sie schielte zu ihm hinüber, lauerte auf eine Reaktion, die verriet, dass er sich erinnerte. »Zum Beispiel die Saint-Étienne du Mont neben dem Panthéon – weil dort der Reliquienschrein der heiligen Geneviève aufbewahrt wird.«

Rafe schmunzelte nur. »Eine Frau, die nur durch die Kraft ihres Gebets Attilas Hunnen aufgehalten haben soll? Bist du so leichtgläubig oder findest du das einfach nur romantisch?«

Sie schoss ihm einen gereizten Blick zu. Wenn er sie zum Narren hielt, würde sie ihn eines Tages dafür büßen lassen. Wenn nicht … Mit wem sprach sie dann? »Von Romantik verstehst *du* jedenfalls nichts.«

»Ich würde es auf einen Versuch ankommen lassen. Und du?«

Sophie schluckte. Dem Blick, mit dem er sie gerade bedacht hatte, war sie nicht gewachsen. Sie hatte nur herausfinden wollen, was vor sich ging. Wer zum Teufel er war! Auf einen Flirt mit einem Fremden war sie nicht vorbereitet. Sie floh förmlich über den Platz auf das *Le Breton* zu. Jean war nirgends zu sehen, was vermutlich ein Glück war, doch Marie schlängelte sich mit einem Stapel Geschirr auf dem Arm zwischen den vollen Tischen hindurch.

»Marie!«, rief Sophie und fragte sich, ob es nur in ihren Ohren wie ein halber Hilfeschrei klang. Gequält lächelnd holte sie Marie ein, die stehen geblieben war, um sich nach dem Ursprung des Rufs umzusehen. »Tu so, als wären wir gute Freundinnen! Bitte!«, flehte sie und beugte sich vor.

Marie reagierte prompt und tauschte flüchtige Wangenküsse mit ihr aus. »Salut, Sophie. Wie geht's?«

»Danke«, seufzte Sophie erleichtert. »Gut. Und selbst?«

»Bestens. Der Laden brummt. Ein Tisch für zwei?«

Sie sah sich unsicher nach Rafe um, der ein paar Schritte zurückgeblieben war. Dem feinen Lächeln, das seine Mundwinkel umspielte, konnte sie nicht entnehmen, ob er ihr Theater durchschaute.

»Ja«, antwortete er, als sie zögerte.

»Na dann.« Marie hob anerkennend eine Augenbraue, und Sophie rang sich ein Grinsen ab.

Der seltsam veränderte Rafe wartete, bis sie an einem kleinen Tisch Platz genommen hatte, um sich dann über Eck neben sie zu setzen statt gegenüber. Einerseits gefiel Sophie, dass sie ihn dadurch nicht permanent ansehen musste, denn sein Anblick erschwerte ihr das vernünftige Denken. Andererseits war er dadurch so nah, dass sich ihre Beine berührten, wenn sie nicht aufpasste – was sie beinahe ebenso verwirrte.

»Du heißt also Sophie«, stellte er fest. »Nach Sophía, der göttlichen Weisheit.« Die Betonung verriet, dass er auch Griechisch sprach. Hatte Rafe bei seinen medizinischen Fachausdrücken jemals erkennen lassen, dass er sich darüber hinaus mit der Sprache befasst hatte? Sie konnte sich nicht daran erinnern.

Bevor sie etwas erwidern konnte, reichte Marie ihnen die Karte. »Wisst ihr schon, was ihr trinken wollt?«

»Erst einmal Wasser«, bat Sophie. Sie musste unbedingt ihre Sinne beisammenhalten.

»Für mich einen Cidre.«

»Kommt sofort.«

Sophie klappte die Karte auf, doch die Buchstaben verschwammen vor ihren Augen. Eigentlich hatte sie gerade reichlich gegessen, aber das *Le Breton* war ein Restaurant. Außerdem rebellierte ihr Magen vor Aufregung. War das nun Rafe, der neben ihr saß? Und selbst wenn er es nicht war, obwohl er ihm rein optisch bis in die kleinsten Details glich, reichte seine simple Nähe, um sie aus der Fassung zu bringen. Sie brauchte mehr Gewissheit, irgendeinen Test, der ihn provozierte. »Nennst du mir jetzt auch einen Namen, oder soll ich es einfach bei Rafe belassen?«

Er zuckte belustigt die Achseln. »Wenn dir Rafe gefällt.«

Konnte er nicht ein einziges Mal wie ein normaler Mensch antworten und sich über den falschen Namen wundern oder sagen: *Nein, ich heiße wie-auch-immer.* »Du heißt aber nicht Rafael, oder?«

Zu ihrer Überraschung sah er sie plötzlich sehr ernst und auch ein wenig verwundert an. »Nein. Nicht mehr.«

»Was …«, setzte Sophie an, als Marie mit den Getränken an den Tisch trat und einschenkte. Bei aller Dankbarkeit hätte sie sie in diesem Moment gern auf den Mond gewünscht.

»So, habt ihr schon gewählt oder soll ich noch mal wiederkommen?«

»Tut mir leid«, sagte Rafe, der noch keinen Blick in die Karte geworfen hatte. »Ich kann nicht lange genug bleiben, um zu essen.«

Sophie wäre am liebsten im Boden versunken. Wenn nicht einmal er etwas bestellte … Aber sie konnte beim besten Willen nicht einmal die Vorstellung eines vollen Tellers ertragen. »Marie, würde es dir etwas ausmachen, mir nur ein Sorbet zu bringen?«, erkundigte sie sich zerknirscht.

»Kein Problem, chérie. Zitrone wie immer?«

»Ja, bitte.« Sie lächelte – verschwörerisch, wie sie hoffte. *Jetzt hat sie mindestens ein Essen bei mir gut.*

»Warum ausgerechnet Zitrone?«, wollte Rafe wissen, während sich Marie entfernte. War das eine Fangfrage, weil er wusste, dass sie in Wirklichkeit Stracciatella vorzog?

»Ich würde sehr viel lieber darüber reden, warum du nicht mehr Rafael heißt.«

Er bedachte sie mit einem undeutbaren Blick. »Ich aber nicht.«

Die unverblümte Weigerung brachte sie aus dem Konzept.

»Sehen wir uns morgen wieder?«, fragte er und beugte sich vor. Sein Gesicht war ihrem zu nah, um einen klaren Gedanken zu fassen.

»Ich … äh.« Sie lehnte sich auf ihrem Stuhl zurück, um ihre Sprache wiederzufinden. »Wann und wo?«, fragte sie auf Deutsch. Ein letzter Versuch, ihn aus der Reserve zu locken.

Für eine Sekunde musterte er sie abschätzend, sah aber nicht im Mindesten verwirrt aus. »Pardon?«

»Quand et où?«, wiederholte sie.

Er lächelte, als hätte es den Moment zuvor nie gegeben. »Um sieben Uhr hier.«

11

Während des schriftlichen Teils der Prüfung schweiften Sophies Gedanken immer wieder ab. Sie sah Rafes Lächeln, hörte ihn fragen: »Sehen wir uns morgen wieder?« Und in ihrer Phantasie malte sie sich aus, was bei diesem neuerlichen Treffen geschehen würde. Sie stellte sich vor, wie er sie küsste, wie er ihr seine Liebe versicherte und alles sein würde, als hätte es die Beerdigung, die Trauer und das Versteckspiel nie gegeben. Es würde so leicht sein, wieder in seinen Armen zu liegen und die Welt zu vergessen.

Erschreckt ertappte sie sich dabei, aus dem Fenster ins Leere zu starren. Um sie herum kratzten Bleistifte hektisch über Papier. Tereza hing mit so rotem Kopf über ihren Blättern, dass man den Rauch förmlich aus ihrem Gehirn aufsteigen sah. *Und ich träume vor mich hin, als hätte das alles nichts mit mir zu tun!*

Mühsam drängte sie die aufgewühlten Gefühle zurück. Es war einfach dumm, sich ablenken zu lassen. Schließlich hatte sie schon die halbe Nacht mit diesen Gedanken wach gelegen, die sich ständig im Kreis drehten. Sie kam sich vor wie besessen.

»*Wenn du dich mit ihm einlässt, bringt er Unheil und Verderben über dich*«, hallte Jeans Warnung in ihr nach.

Kompletter Unsinn! Der Zorn durchschnitt den Nebel, der ihren Verstand umwölkte. Sie würde diese Prüfung nicht verhauen, und wenn sie es nur tat, um Jeans mittelalterlichen Aberglauben zu widerlegen.

Konzentriert arbeitete sie sich durch die Fragen, so schnell sie konnte, doch die Zeit reichte nicht mehr, um die Bögen vollständig durchzugehen. Sie war sich auch längst nicht sicher, ob sie alles richtig beantwortet hatte. Besonders im Handelsrecht merkte sie Lücken. Im mündlichen Teil lief es besser. Vor den Prüfern zu sitzen, war zu aufregend, um sich in Tagträumen zu verlieren. Sie verwickelten sie in eine Debatte über Umgangsformen bei Verhandlungen und fragten damit fast beiläufig ihr Wirtschaftsfranzösisch ab.

In der Mittagspause herrschte aufgekratzte Stimmung, die allmählich in Bedrückung kippte. Abschied lag in der Luft. Sophie tauschte mit Francesca und Tereza Adressen aus, obwohl sie nicht daran glaubte, dass sie in Kontakt bleiben würden. Dann folgte zum Abschluss eine Konversationsrunde, in der jeder erzählen sollte, wie ihm der Kurs gefallen hatte und welche Pläne er mit dem neuen Wissen hegte. Im Grunde war es Beschäftigungstherapie, um die Zeit zu überbrücken, bis die Prüfungsbögen ausgewertet waren. Nicht alle Teilnehmer hatten sich diesem Stress ausgesetzt, aber doch die meisten, und so warteten alle ungeduldig auf die Ergebnisse.

»Im Schriftlichen aber nur gerade noch so«, brummte Monsieur Olivier, als er Sophie ihr Zertifikat überreichte. Es war ihr egal. Die Last des schlechten Gewissens, das sie die ganze Woche geplagt hatte, weil sie so nachlässig gewesen war, fiel von ihr ab. Sie fühlte sich leicht, hüpfte mit der vor Freude überschäumenden Francesca um die lachende Tereza herum. Endlich war sie wieder frei! Keine Verpflichtungen mehr, außer jener gegenüber sich selbst: Bald einen Job zu finden, bevor ihre Ersparnisse aufgebraucht waren.

»Madame Guimard?«, rief sie, als sie nach Hause kam. »Ich hab's geschafft!«

»Oh, das ist ja wunderbar, Sophie«, tönte die Antwort aus dem Badezimmer. Madame Guimard stand vor dem Spiegel und gab ihrer Frisur den letzten Schliff. Sie trug eines ihrer zeitlosen Kostüme und eine cremefarbene Bluse aus einem seidig glänzenden Stoff. »Das willst du sicher angemessen feiern.«

Freitagabend, natürlich! Sie geht ins Le Procope. Wenn Rafe nicht gewesen wäre, hätte sie nichts dagegen gehabt, dort stilvoll mit einem Glas Champagner auf ihren Erfolg anzustoßen. »Ja, das muss wirklich gefeiert werden. Deshalb bin ich um sieben am Place de la Contrescarpe verabredet.«

Falls Madame Guimard enttäuscht war, ließ sie es sich nicht anmerken. »Triffst du Freunde aus deinem Kurs?«

»Nein, ich … habe schon ein paar Pariser kennengelernt, die sehr nett sind.«

»Das freut mich.« Madame Guimard legte Parfum auf. »Die Ausländer werden sicher bald alle abgereist sein, da ist es gut, wenn du einheimische Freunde hast.«

»Madame Cléments Firma hat sich nicht zufällig schon gemeldet?«, erkundigte sich Sophie, um das Thema zu wechseln, bevor Fragen kamen, die sie nicht beantworten wollte.

»Nein, aber mach dir keine Sorgen, chérie.« Die alte Dame warf einen letzten prüfenden Blick in den Spiegel, bevor sie die Lampe darüber ausknipste. »Ich hätte vielleicht ein Angebot für dich, bis du einen richtigen Job gefunden hast.«

Verwundert folgte Sophie ihr aus dem Bad.

»Wir reden morgen darüber.« Madame Guimard deutete auf die große, laut tickende Standuhr. »Jetzt sind wir spät dran.«

Sophie erschrak. Wenn sie sich noch umziehen und frisch machen wollte, musste sie sich ranhalten. Sie hatte nicht vor, wieder in Jeans und Turnschuhen zu erscheinen. Für ein Rendezvous – wie seltsam es auch sein mochte – an einem lauen Sommerabend in Paris war ein Kleid sehr viel passender. Man musste nicht viele Filme gesehen haben, um zumindest das über diese Stadt zu wissen.

Sie rief Madame Guimard noch ein »Bonne soirée!« zu, stürmte zuerst in ihr Zimmer, dann ins Bad und schaffte es, in rekordverdächtigen fünfzehn Minuten fertig zu sein. Die Nachbarn glaubten vermutlich an ein Erdbeben, als sie auf ihren Pumps die Treppe hinunterpolterte. Zuerst lief sie so schnell, dass sie außer Atem geriet, als der Weg anstieg. *Würde bewahren!*, ermahnte sie sich. Wie würde es aussehen, wenn sie abgehetzt auf den Platz stolperte? Nach allem, was Rafe ihr zugemutet hatte, war ein bisschen Verspätung das Mindeste, was ihr zustand.

Sie zwang sich, die Rue Descartes langsamer entlangzugehen, um ihren Puls zu beruhigen. Falls es überhaupt möglich war, hatten sich im Lauf der Woche noch mehr Touristen eingefunden und verstopften die Straße, weil sie vor jedem Lokal stehen blieben, um hineinzuspähen oder die Tafeln mit den Tagesmenüs zu studieren. Aus den vielen umliegenden Fakultäten strömten wie jeden Abend Studenten herbei, und der Lärmpegel erreichte ebenso neue Höchststände wie das Sprachengewirr, dem die Pariser seit Neuestem mit einem Boom von Englischkursen begegneten. Überall in den Gängen und Zügen der Métro hing Werbung aus, die dazu aufforderte, die englische Sprache nicht länger zu malträtieren. Sophie hätte sich gewünscht, die vielen Ausländer hätten sich mehr Mühe gegeben, die Sprache der Einheimischen nicht zu misshandeln. Doch immer wieder hörte sie Leute mit den grausigsten Akzenten Bestellungen aufgeben.

Als sie eine Gruppe Japaner umgehen musste, die verunsichert die Abbildung in ihrem Reiseführer mit der Fassade eines gehobeneren Restaurants verglichen, erregte etwas ihre Aufmerksamkeit. Sie reckte sich und versuchte, einen weiteren Blick zwischen den Menschen hindurch zu erhaschen. Tatsächlich. Weißes T-Shirt, Jeans, wie schon an den Tagen zuvor. Rafe stand an der Ecke zur Rue Thouin und wartete auf sie. Woher wusste er, aus welcher Richtung sie kommen würde? Sie hatte ihm nicht gesagt, wo sie wohnte, und er war schon gegangen, bevor sie ihr Eis gegessen hatte. Ob er es nun erraten hatte oder nicht, er hätte sie jedenfalls verpassen können, wenn sie sich dem Place de la Contrescarpe aus irgendeinem Grund von einer anderen Seite genähert und vergeblich nach ihm Ausschau gehalten hätte. Die Vorstellung dämpfte ihre Freude, ihn früher als erwartet zu sehen.

Als er sie entdeckte, lächelte er, und ihr Ärger verrauchte. »Bonsoir, Sophie.« Er beugte sich vor und streifte ihre Wange in einem angedeuteten Kuss. Eine Geste unter Freunden, doch er ließ sie einen Augenblick zu lang dauern, um unschuldig zu sein. Sein Haar kitzelte ihre Nase, sein warmer Atem strich über ihr Ohr bis zur Halsbeuge hinab. Sehnsüchtig sog sie den Duft seiner Haut ein. Sie erkannte ihn wieder, aber er war viel überwältigender, als sie ihn in Erinnerung hatte.

Als er sich wieder aufrichtete, sah er sie eine Sekunde lang fragend an, dann war der seltsame Ausdruck verschwunden. »Du siehst hinreißend aus«, sagte er, bevor sie sich genug gefangen hatte, um seinen Gruß zu erwidern. »Zu dumm, dass ich schon wieder nicht viel Zeit habe.«

Sophie war schlagartig ernüchtert. Sie verzog das Gesicht. »So viel zu deinem Sinn für Romantik.«

»Ich bedaure es wirklich«, versicherte er ernst. »Den Abend mit dir zu verbringen, wäre sehr viel angenehmer als das, was ich stattdessen tun muss.«

Leute verprügeln? Krumme Geschäfte? »Und das wäre?«

»Ich … bekomme Aufträge, die ich nicht ablehnen kann. Belassen wir es einfach dabei. Ich möchte dir etwas zeigen. Komm!« Mit einer Hand berührte er ihre Schulter, während er mit der anderen in die Verlängerung der Rue Thouin auf der anderen Straßenseite wies. Mechanisch folgte sie seiner Aufforderung. *Kriminelle* Aufträge? Von wem? Wie sehr schadete sie sich, wenn sie von der Polizei mit ihm gesehen wurde? Aber er klang, als würde er ihr nicht mehr sagen, solange sie sein Vertrauen nicht gewonnen hatte. Wieder fragte sie sich, ob er Rafe war oder nicht. Hätte er ihr nicht blind vertrauen müssen?

Seine Hand lag noch eine Weile an ihrer Schulter, als müsse er hinter ihrem Rücken mit seinem Arm eine Barriere bilden, damit sie nicht zurückblieb oder floh. Doch es war eine leichte, angenehme Berührung. Als er die Hand fortnahm und wieder mehr Distanz zwischen ihnen schuf, empfand sie Bedauern. Trotzdem musste sie riskieren, ihn noch weiter von sich zu entfernen. Wenigstens einen Versuch war sie sich noch schuldig. »Was sind das für Aufträge, Rafe?«

Er sah sie nicht einmal an, schüttelte nur den Kopf, als wäre sie ein Kind, über dessen Flausen man hinwegging, ohne zu antworten. Sie erreichten das Ende der Straße, die in die Rue du Cardinal Lemoine mündete. Rafe bog nach rechts ab, wo sich auch von dieser Seite aus bereits der Trubel um den Place de la Contrescarpe bemerkbar machte, und versäumte nicht, sie wiederum mit seiner Hand auf den Weg zu lenken, der ihm vorschwebte. Nachdenklich ließ sie sich von ihm über die

Straße in eine ruhigere Gasse dirigieren. Sollte sie weiter auf die Wahrheit drängen? Doch sie hatte Angst, ihn zu sehr zu verärgern. Wenn er beschloss, sie wieder aus seinem neuen Leben zu verbannen, würde sie nie erfahren, was eigentlich gespielt wurde.

»Du bist Deutsche«, sagte er in die verblüffende Stille der Rue Rollin, die weder Bürgersteige noch die ansonsten allgegenwärtigen Geschäfte und Lokale aufwies. Mit ihrem hellen Pflaster und den durch wenige Öffnungen unterbrochenen Fassaden erinnerte sie Sophie an während der Mittagshitze ausgestorbene Gassen einer mediterranen Stadt. »Warum dann die englische Abkürzung für Raph… meinen früheren Namen?«

Sophie wusste nicht, worüber sie sich mehr wundern sollte, die Frage oder die Feststellung zuvor. »Mein Französisch ist wohl doch nicht so akzentfrei«, sagte sie, um Zeit zu gewinnen. War seine Frage ein Test? Aber was wollte er damit prüfen, wenn er tatsächlich Rafe war? Hatte er doch das Gedächtnis verloren und erinnerte sich nur an Bruchstücke, wie daran, dass sie keine Französin war? Dass er früher Rafael geheißen hatte? Hielt er sich selbst dennoch für einen Franzosen, einen Raphaël?

Er zuckte nur die Achseln. Die Rue Rollin neigte sich ein wenig bergab.

»Du hast mir erzählt, dass mal ein englischer Austauschschüler bei euch zu Gast war, der dich so nannte. Es gefiel dir so gut, endlich eine Abkürzung zu haben, die cooler als Rafi war, dass du seitdem darauf bestanden hast.«

»*Ich* habe dir das erzählt?« Er warf ihr einen undeutbaren Blick zu.

»Natürlich. Wer sonst?«

»Und dieser Rafe, also ich, heißt mit Nachnamen?«

»Wagner.«

»Interessant.«

Sie blieb stehen und starrte ihn an. »Interessant? Rafe, sag mir, was los ist! Du sprichst plötzlich wie ein gebürtiger Pariser, obwohl du das vor ein paar Monaten nicht einmal annähernd konntest. Glaubst du ernsthaft, du seiest Franzose?«

Er erwiderte ihren Blick mit milder Belustigung. »Das käme sehr auf die Perspektive an. Aber bis du mir nahegelegt hast, für dich etwas anderes zu sein, war ich ganz zufrieden damit.«

»Du bist vollkommen verrückt!« Verwirrt und gereizt stapfte sie weiter, entdeckte erst jetzt, dass die Straße ein gutes Stück vor ihr an einer niedrigen Mauer zu enden schien, während sich die Häuserschlucht dahinter fortsetzte. Rote Geranien leuchteten ihr von der Mauer entgegen.

Sie kam keine drei Schritte weit, bevor Rafe ihr den Weg abschnitt. Er musste sie nicht einmal festhalten, hob nur leicht den Arm, um sie abzufangen. Was ihre Füße an den Boden fesselte, waren seine Augen. Sie versuchte, darin zu lesen, während sein Gesicht näher kam, doch die blauen Tiefen blieben unergründlich. Lange Wimpern senkten sich, als er den Blick auf ihre Lippen richtete. Ergeben schloss sie die Lider. Es war ihr gleich, ob er zugab, Rafe zu sein oder nicht. Zu viele Nächte hatte sie sich vor Sehnsucht und Trauer in den Schlaf geweint, um ihn jetzt zurückzustoßen.

Als seine warmen Lippen die ihren berührten, griff sie instinktiv nach ihm, um das Gleichgewicht nicht zu verlieren. Der Kuss währte nur kurz, blieb eine Andeutung dessen, was möglich war. Sie wollte nicht, dass er sich ihr so schnell wieder entzog, doch sie wagte nicht zu fordern – noch nicht. Er hatte nach ihrem Namen fragen müssen. Offenbar wusste er nicht, wer sie war, hatte vielleicht nur eine Ahnung, dass er sie von irgendwoher kannte. Mühsam kämpfte sie darum, wieder kühl und überlegt zu werden. »Du hast das Gedächtnis verloren, nicht wahr?«

»Ja.« Es klang so aufrichtig, dass kein Zweifel möglich war. »Ich habe dir wohl viel bedeutet.«

»Alles.«

Er nickte ernst, dann grinste er plötzlich, nahm ihre Hand und zog sie hinter sich her. »Komm, die Zeit läuft uns davon!«

Die Mauer war doch nicht ganz das Ende der Rue Rollin. Sophie spähte darüber, während Rafe sie auf eine Lücke zwischen Mauer und angrenzendem Haus zuführte, und staunte über den Abgrund, der sich dahinter auftat. Etliche Meter tiefer lag ein kleiner Platz, der an die breite, belebte Rue Monge grenzte. Blumentöpfe mit weiteren Geranien zierten die steinernen Geländer der Treppen, die zu beiden Seiten hinabführten. Sophie konnte sich nicht erinnern, jemals eine Straße gesehen zu haben, die in einem so jähen Absturz endete. Am Fuß der Wand sprudelte Wasser ins Becken eines Springbrunnens. Trotz der hohen Häuser zu beiden Seiten wirkte es fast wie ein Dorfplatz mitten in der Großstadt, und mit etwas Phantasie sogar wie eine felsige Klamm, an deren Grund eine Quelle entsprang.

»Es ist hübsch«, befand sie, als Rafe auf dem Platz innehielt, damit sie sich umsehen konnte.

»Das hier?«, staunte er. »Das ist aber nicht das, was ich dir zeigen wollte.«

»Was denn dann?«

»Es ist nicht mehr weit.«

Sie überquerten die Rue Monge und betraten die gegenüberliegende Seitenstraße. Ein Rumpeln und Zittern unter ihren Füßen verriet, dass die Métro ganz in der Nähe durch den Untergrund brauste. Während rechts mehrstöckige Häuser den Eindruck eines gewöhnlichen Straßenzugs erweckten, schloss sich zur Linken schon nach dem ersten Haus ein Gitterzaun an, hinter dem sich ein Wall aus dunklem, dichtem Gestrüpp erhob, der von mächtigen Bäumen überragt wurde.

Verglichen mit den lichten und gepflegten Parks der Stadt wirkte dieses düstere Dickicht abweisend und verwunschen. Unwillkürlich fragte sich Sophie, welchen geheimnisvollen Ort es verbarg.

Sie folgte Rafe durch ein Tor, hinter dem sich der Weg gabelte. Ein Arm führte zwischen Zaun und Gesträuch entlang, der andere mitten durch den Wall wie eine Schlucht. Die Kronen der Bäume wölbten sich darüber und hüllten ihn in Schatten, doch am anderen Ende schimmerte es hell. Auf einer Bank am Wegrand ließ ein ergrauter Moslem die Perlen einer Gebetsschnur durch die Finger gleiten. Stumm beobachtete er, wie Rafe Sophie an ihm vorüberführte. Sie nickte ihm grüßend zu, doch er zeigte keine Regung, folgte ihr nur mit den Augen.

»Wo sind wir hier?«, wollte sie von Rafe wissen, um die bedrückende Atmosphäre abzustreifen.

»Wirst du gleich sehen«, wich er aus und lächelte verschmitzt.

Der sandige, aber harte Boden knirschte unter ihren Sohlen, und das Gestrüpp wich zu beiden Seiten massivem Mauerwerk. Sophie kam es vor, als laufe sie auf dem Grund eines schmalen, aber tiefen, ausgetrockneten Kanals, der abrupt in ein überraschend weites, rundes Becken mündete. Der blanke, helle Boden blendete im ersten Moment, dann entdeckte sie die steinernen Ränge über der gemauerten Einfassung. Sie stand wie ein Gladiator mitten in einer Arena. Sogar ein paar Zuschauer hatten sich auf die Stufen verirrt, saßen einzeln oder zu zweit herum, lasen oder unterhielten sich – leise, denn die Akustik des gewaltigen Runds ließ selbst kleine Geräusche weithin erschallen.

»*Les Arènes de Lutèce*«, stellte Rafe vor. Die Arenen Lutetias. »Du sagtest, dass du dir manchmal gern alte Gemäuer ansiehst. Älter als die Römerzeit geht es in Paris kaum.«

Sophie lächelte. Wenn sie den Blick nicht zu weit hob, konnte sie die Mietskasernen ausblenden, die auf zwei Seiten so nah an die Ränge heranrückten, dass die Balkone als Logen durchgingen. Auf dem festgestampften Sand, Mauern und dunkle Eingänge im Rücken, fiel es ihr leicht, sich wie eine zum Tode Verurteilte zu fühlen, auf die die Menge herabblickte, um zu jubeln, wenn die hungrigen Löwen aus den Eingeweiden der Arena hervorsprangen. Ein Schauer überlief sie. Diese Stätte war echt. Direkt hier, wo sie stand, konnte vor zweitausend Jahren ein Mensch in seinem Blut gelegen haben, von einem Speer durchbohrt oder einer Pranke niedergerissen. Der Boden mochte nach so langer Zeit nicht mehr derselbe sein – sicher hatten Archäologen hier gegraben und städtische Bautrupps anschließend neuen Sand verteilt. Dennoch *konnte* sie es spüren.

»Es gefällt dir nicht«, stellte Rafe fest, als hätte er sie gerade einem psychologischen Test unterzogen.

»Doch! Ich finde es toll! Vor allem hätte ich das niemals mitten in Paris erwartet, einfach so zwischen den ganz gewöhnlichen Häusern.«

Er lächelte, aber sie konnte sich des Eindrucks nicht erwehren, dass er sich nicht mit ihr, sondern über sie amüsierte. Sie wollte seine Hand loslassen, doch er hielt sie fest, zog sie sogar näher zu sich heran. »Es stört mich nicht, dass du nur die halbe Wahrheit sagst«, behauptete er. »Ich sag dir ja auch nicht alles.« Er küsste sie, bevor sie seine Worte ganz begriffen hatte. Es war ein Abschiedskuss, einer, der mehr versprach. »Morgen Abend musst du mir mehr über diesen Rafe erzählen«, murmelte er an ihrem Ohr. »Ich will wissen, wer ich war.«

Jean spürte sofort, dass mit dem Kerl etwas nicht stimmte. Der Mann im schwarzen Lederblouson bewegte sich mit eingezogenem Kopf zwischen den Regalen wie ein ungeübter Ladendieb, der fürchtete, jeden Moment geschnappt zu werden. Dunkelbraunes Haar umrahmte ein schmales Gesicht, das dennoch etwas schwammig wirkte. Der Blick der ebenfalls dunklen Augen irrte umher, wich Jeans aus und suchte abwechselnd die Buchrücken und die Umgebung ab. Trotzdem wusste Jean, dass der Typ ihn erkannt haben musste. Sie waren sich schon früher begegnet, wenn auch nur flüchtig. Er hatte ihn in der Kirche Abbé Gaillards gesehen, bei dem der Mann Hilfe gesucht hatte, weil er sich für besessen hielt. Doch der Priester war der Ansicht gewesen, dass es sich höchstens um einen milden Fall von Umsessenheit handelte, und hatte dazu geraten, regelmäßig zu beichten und die Messe zu besuchen. Entweder war der Mann dieser Empfehlung nicht gefolgt, oder Abbé Gaillard hatte sich geirrt, denn die Düsternis der Dämonen umschattete ihn für Jean nun so sichtbar wie ein schwarzer Nebelschleier. Was hatte der Kerl vor, das ihn so nervös machte?

Als hätte er nichts bemerkt, blieb Jean auf der Leiter stehen und fuhr fort, einen Stapel antiquarischer Bücher alphabetisch einzusortieren. Er half stets gern im *L'Occultisme* aus, wenn er nichts Besseres zu tun hatte, und Alex' Vater vermittelte ihm im Gegenzug den einen oder anderen Kunden. Durch die Lücken des Esoterikregals, das wie ein Raumteiler in den Gang ragte, behielt er den Besessenen im Auge. Der Mann blieb vor den Werken über Satanismus und Dämonologie stehen, doch seine Füße hielten deshalb längst nicht still. Er nahm ein Buch in die Hand, blätterte fahrig darin, stellte es zurück und griff nach einem anderen. Mehrmals wiederholte er dieses Spiel. Wollte er unauffällig wie ein beliebiger Kunde aussehen, oder suchte er etwas Bestimmtes? So wie er aussah, steuerte er direkt auf einen Anfall zu.

Jean wog seine Möglichkeiten ab. Der Besessene befand sich zwischen ihm und seiner Ausrüstung, die er oben in der Bibliothek zurückgelassen hatte. Er würde nichts als seine Stimme haben und den Glauben an einen Gott, den er verfluchte. Er merkte, wie sich seine Muskeln bereits in der Erwartung spannten, einen Rasenden überwältigen zu müssen, dem die Dämonen übermenschliche Kräfte verliehen.

Der junge Mann hatte ein weiteres Buch aus dem Regal gezogen und schirmte es mit seinem Körper gegen die Blicke anderer Kunden ab. Jean runzelte die Brauen. Sollte er etwa doch nur einen gewöhnlichen Ladendieb vor sich haben? Irgendetwas tat er, aber Jean konnte nicht sehen, was. Dann schob der Fremde den dünnen Band wieder ins Regal und verließ *L'Occultisme* so verhuscht, wie er den Laden betreten hatte.

Misstrauisch stieg Jean von der Leiter. *Was zum Teufel hat er da getrieben?* Er ging hinüber und griff nach dem ungewöhnlich schmalen Hardcoverband, der schon älter und gebraucht aussah. *Das Buch Henoch.* Nachdenklich betrachtete er die apokryphe Schrift, die zwar zur äthiopischen Bibel gehörte, doch nie Einzug in den Kanon der katholischen Kirche gehalten hatte. Für Dämonenbeschwörer, Schwarzmagier und ähnlich verblendete Gestalten war sie eine ebenso ergiebige Quelle wie für Theologen und unabhängige Bibelforscher, die eine bestimmte, seltsam beiläufige Stelle im 1. Buch Moses deuten wollten. Dass jemand, der sich mit Dämonologie beschäftigte, sie früher oder später zur Hand nahm, war zu erwarten. Jean wollte darin blättern, als auch schon ein Spalt aufklaffte. Zwischen den Seiten steckte ein Zettel – leer. Er drehte ihn um, doch auch auf der Rückseite des zerknitterten, vielleicht verstohlen aus dem Ärmel oder der Jackentasche gezerrten Papiers war nichts zu entdecken. Eine verschlüsselte Botschaft? Aber an wen? Sollte er das Buch zurückstellen und beobachten, ob jemand kam und den Zettel abholte? Nein, er musste wissen, was darauf stand.

Er holte seinen Mantel, steckte das Buch ein und machte sich auf den Weg nach Hause. »Alex«, rief er seinem Freund zum Abschied zu, »falls jemand nach dem Buch Henoch fragt, merk dir, wer es war!«

12

Sophie nippte vorsichtig am Café au Lait und tippte nervös mit dem Kugelschreiber auf einer Stellenanzeige herum. Sollte sie sich darauf bewerben oder nicht? Von »technischen Innovationen für den Automotive-Bereich« verstand sie noch weniger als von französischen Delikatessen, aber vor allem hatte sie noch viel weniger Lust, sich auf diesem Gebiet Wissen anzueignen.

Auf den ersten Seiten war sie noch optimistisch und voller Elan gewesen. Sie hatte alles angestrichen, was entfernt infrage kam, vom Praktikum bis zur Vollzeitstelle, von eher lokal agierenden Kleinfirmen bis zu internationalen Konzernen. Mittlerweile hatte sie sich durch drei der Zeitungen gearbeitet, die sie am Morgen gekauft hatte, und konnte sich kaum noch konzentrieren. Wenn sie an den riesigen Stapel Bewerbungen dachte, den sie für diese vielen Jobangebote schreiben musste, grauste ihr schon jetzt. Jede Personalabteilung erwartete, dass sie sich über die jeweilige Firma informierte und dann überzeugend begründete, warum sie ausgerechnet dort arbeiten wollte – obwohl doch beiden Seiten bewusst war, dass sie sich überall bewarb, wo eine Stelle infrage kam. Demonstrativ strich sie die letzte Anzeige durch, anstatt sie einzukreisen, und stieß dabei gereizt die Luft aus.

»Du brauchst eine Pause«, befand Madame Guimard von der anderen Seite des Küchentischs, wo sie in den restlichen Teilen der Zeitungen gelesen hatte. »Komm mal mit!«

Froh über die Unterbrechung, stellte Sophie ihre halb leere Tasse ab und ließ den Stift fallen. Der Tag würde noch anstrengend genug werden, denn sie hatte sich vorgenommen, später in ein Internetcafé zu gehen und sich auch in den Online-Jobbörsen umzusehen. Und danach stand eine weitere Verabredung mit diesem völlig veränderten und dennoch vertrauten Rafe an. Sie fieberte ihr entgegen, aber es war ihr auch ein bisschen unheimlich, wie sie auf ihn reagierte. Er hatte schon immer eine verheerende Wirkung auf ihren Verstand gehabt, aber wie sehr sie gestern Wachs in seinen Händen gewesen war … *Er hätte mir sagen können, dass er mich nach Strich und Faden belügt, und ich blöde Gans wäre immer noch unter seinem Kuss dahingeschmolzen.*

Sie schob den Gedanken beiseite, während sie Madame Guimard über den Flur zu dem Zimmer folgte, in das sie bisher nicht einmal einen Blick geworfen hatte. Neugierig trat sie ein und sah sich um. Sogleich wurde ihr klar, woher sie das surrende Geräusch gekannt hatte. Vor den Fenstern und entlang der Wände standen mehrere Nähmaschinen unterschiedlichen Alters. Einige standen auf Arbeitstischen, die sie sich mit Schnittmustern und Stoffballen teilten, andere besaßen eigene Gestelle mit Fußpedalen. Das älteste Stück war aus Holz und lackiertem Metall gefertigt und musste bereits vor Madame Guimards Geburt in Gebrauch gewesen sein.

Staunend drehte Sophie eine Runde durch den lichtdurchfluteten Raum. Zwischen den Nähmaschinen standen Schneiderpuppen, die Kleidung in unterschiedlichen Stadien der Fertigstellung trugen, und an den Wänden hingen zahlreiche gerahmte Fotos und Ausschnitte aus Zeitschriftenartikeln. Auf einigen Bildern erkannte sie Madame Guimard, jedoch nie allein, sondern stets neben anderen, auffallend gut gekleideten Menschen. Einige Gesichter kamen ihr nur vage bekannt vor, andere konnte sie sofort zuordnen. Cathérine Deneuve, Alain Delon, Romy Schneider, Jean-Paul Belmondo, alles, was in den 60er- und 70er-Jahren im französischen Kino Rang und Namen hatte, war auf den Fotos vertreten.

»Ist das etwa Audrey Hepburn?«, erkundigte sie sich verblüfft und deutete auf ein Bild, das eine grazile Frau mit Rehaugen zeigte.

»Ja, sie war damals zu den Dreharbeiten von *Charade* in Paris«, erklärte Madame Guimard mit einem versonnenen Lächeln. »Ich war zwar nicht an den Kostümen dieser Produktion beteiligt – sie trug damals in ihren Filmen ausschließlich Kleider von Givenchy –, aber sie brauchte dringend ein neues Kleid für einen Empfang, und eine Nebendarstellerin schickte sie zu mir, um sich auf die Schnelle etwas nähen zu lassen.«

»Das waren alles Ihre Kunden?« *Und ich dachte, sie sei nur die Witwe irgendeines wohlhabenden Beamten oder Geschäftsmanns …*

Madame Guimard wiegte den Kopf. »Manche ja, manche nein. Einige kamen auch als Privatkunden zu mir, während ich andere nur für den jeweiligen Film einkleiden durfte. Ich war immer in erster Linie Kostümschneiderin, aber nebenher habe ich mir mit kleinen Aufträgen etwas dazuverdient. Das lief recht gut. Durch Mundpropaganda haben einige Damen – und der eine oder andere Herr – der besseren Gesellschaft zu mir gefunden.«

»So wie Madame Clément«, folgerte Sophie und konnte nicht widerstehen, über einen durchscheinenden, rotbraunen

Seidenstoff zu streichen, der auf einem der Tische ausgerollt lag. Er fühlte sich längst nicht so glatt an, wie die schimmernde Oberfläche versprach, doch dafür wurde er unter ihren Fingern sofort unerwartet warm.

»Ja, Madame Cléments Mutter kam auf Empfehlung von Simone Signoret zu mir.« Madame Guimard wies auf ein Foto über der ältesten Nähmaschine, die ein wenig muffig nach altem Holz und Schmieröl roch.

Sophie fiel auf, dass weder die Kleidung der meisten Schauspieler auf den Bildern noch jene, die unfertig an den Schneiderpuppen hing, der Mode ihrer jeweiligen Zeit entsprach. Fast alle erinnerten sie viel mehr an Fotos oder Filme aus den 20er- und 30er-Jahren, als die Männer noch Hüte wie Indiana Jones getragen hatten und die Frauen nur dann in Hosen geschlüpft waren, wenn sie sich auf abenteuerliche Reisen wagten. Es war nicht von der Hand zu weisen, dass diese Zeit mehr Stil gehabt hatte als die Gegenwart mit ihren ausgebeulten Hosen und dem gammeligen »used look«. *Aber lieber mal gammelig in Jeans und Turnschuhen als jeden Tag im adretten Kleid …* »Und Sie schneidern immer noch?«, erkundigte sich Sophie mit einem Blick auf Madame Guimards sehr schlanke Hände, die die Jahre faltig und fleckig gemacht hatten.

»Ich habe einen kleinen Laden, aber ich nähe nicht alles selbst, was ich dort verkaufe. Meine Nichte hilft mir, und manches kaufe ich zu. Zum Beispiel die Hüte. Es ist sehr schön, wenn die Menschen Freude an den Dingen haben, die sie bei mir finden, deshalb höre ich nicht damit auf. Aber die Treppen machen es mir immer schwerer, mein Geschäft selbst zu führen, und Sandrine kann mir nicht alles abnehmen. Deshalb habe ich mich gefragt, ob du vielleicht als Aushilfe bei mir arbeiten möchtest, bis du eine andere Stelle gefunden hast.«

»Äh, ich … ja, ja, natürlich!«, stammelte Sophie erfreut. »Vielen Dank! Ich hatte mir schon Sorgen gemacht, weil ich bald eine Lücke im Lebenslauf haben könnte. Das macht sich nicht gut, wissen Sie?« Sie konnte es noch nicht ganz glauben und wäre Madame Guimard am liebsten um den Hals gefallen, aber dazu wirkte die alte Dame doch zu unnahbar. Manchmal lösten sich Probleme also doch von selbst.

An der Kreuzung Rue Monge – Rue des Écoles wichen die hohen Häuser etwas zurück und ließen die Weite des Himmels erahnen, der Sophie in Paris seltsamerweise tiefer zum Boden herabzureichen schien als zu Hause. Zugleich wirkte er höher und weiter, als ob die Welt hier aus sehr viel mehr Himmel bestünde. Es ergab eigentlich keinen Sinn, aber der Eindruck war so stark, dass sie sich dadurch manchmal klein und verloren, manchmal aber auch erhaben und freier fühlte als in Deutschland.

Ihr Weg führte leicht bergauf, und es wurde ihr bewusst, dass sie sich am Fuß des Hügels der heiligen Genoveva befand, auch wenn der Hang unter der dichten Bebauung nur zu erahnen war. Ein weiterer kleiner Park, umgeben von einem hohen Gitterzaun, säumte ihre Seite der Kreuzung. Rafe erwartete sie am Eingang. Er lehnte mit der Schulter am Torbogen und schien sich nicht darum zu sorgen, dass sein weißes T-Shirt einen Fleck bekommen könnte. Sophie sah genauer hin. Nein, keine Knitterfalten, keine ausgeleierten Stellen. Es konnte nicht dasselbe Shirt sein wie am Abend zuvor.

»Salut«, grüßte sie, als sie vor ihm stand, und ihre Stimme kam ihr ungewohnt piepsig vor. Er hatte sich vom Tor gelöst, sagte jedoch nichts, sondern sah sie nur – suchend? – fragend? – an. Gegen das strahlende Blau des Himmels waren seine Augen dunkel wie tiefe Seen. Ihr Blick versank darin, verschwamm, als er eine Hand an ihren Hals legte und mit dem

Daumen über ihre Wange strich. Unwillkürlich öffnete sie die Lippen, als er sich vorbeugte, um sie zu küssen. Seine Gegenwart überflutete ihre Sinne und spülte jeden Gedanken davon. Ihre Hände suchten seinen Körper, hielten sich daran fest, denn die Beine drohten, unter ihr nachzugeben.

Der Kuss war fordernder, ließ sie atemlos und mit einem warmen Prickeln im Unterleib zurück. Mit noch immer verschleiertem Blick sah sie zu ihm auf. Überraschung flackerte für den Bruchteil einer Sekunde in seinen Augen. »Ich glaube wirklich, ich könnte dich kennen.«

»Du bist mein Verlobter.« Demonstrativ hob sie die Hand, an der sie noch immer den Ring trug, den er ihr auf dem Turm von Sacré-Cœur geschenkt hatte.

Erst runzelte er die Stirn, dann grinste er. »Was bin ich nur für ein Glückspilz.«

»Schön, dass du es von der fröhlichen Seite sehen kannst«, murrte Sophie. »Ich fand es weniger witzig, dich zu beerdigen.«

»Sehe ich aus wie einem Sarg entstiegen?« Er blickte an sich herab. »Nein, eher nicht.« Als er sah, dass sie mit Wut und Tränen kämpfte, legte er den Arm um ihre Schultern und drückte sie aufmunternd. »Hey, lass uns das vergessen und lieber unser Wiedersehen feiern. Dieses Mal wird es dir ganz sicher gefallen, wo wir hingehen.«

Nein, er war nicht mehr der Rafael, den sie kannte. *Ihr* Rafe hätte sie getröstet und mit ihr über ihre Gefühle gesprochen, anstatt schnell abzulenken. Es war merkwürdig und verunsichernd und sogar ärgerlich, aber dennoch tat es ihr gut, seinen Arm zu spüren, sich anlehnen und ihm die Führung überlassen zu können. Sie hatte ihn wiedergefunden, durch Schicksal, Zufall oder was auch immer. War das nicht unglaublich viel mehr, als jede trauernde Frau erwarten durfte? Wie konnte sie sich da kleinlich darüber beschweren, dass er nicht mehr derselbe war?

Gemeinsam überquerten sie die Kreuzung und folgten weiter der Rue des Écoles, bis sie sich gabelte. Rafe bog in die breite Rue des Fossés Saint-Bernard ab, die von modernen, fast schon industriell wirkenden Gebäuden gesäumt wurde. Nur wenige Menschen begegneten ihnen. Offenbar verlief sich an einem Samstagabend kaum jemand hierher. Nur ein einsamer, dem dunklen Teint und Haar nach zu urteilen vielleicht nordafrikanischer junger Mann hielt am Ende der Straße auf ein hohes, langgezogenes Haus zu, dessen graue Fassade in zahllose Quadrate unterteilt war. Jedes dieser Vierecke enthielt ein komplexes, an orientalische Ornamente erinnerndes Muster.

»Das Institut du Monde Arabe«, erklärte Rafe, der ihrem Blick gefolgt sein musste. »Ein Versuch, die kulturellen Beziehungen zwischen der arabischen Welt und Europa zu verbessern.«

»Sieht irgendwie seltsam aus – als hätte es gar keine Fenster.«

»Die Quadrate *sind* die Fenster. Sie bestehen aus Metallblenden, die den Lichteinfall je nach Sonnenstand automatisch steuern.«

Sophie warf ihm einen verwunderten Seitenblick zu. »Woher weißt du das?«

Er zuckte die Achseln. »Was man halt so aufschnappt.«

Die Beschaffenheit der Jalousien eines Instituts? Sie schüttelte den Kopf. Wo sollte ein Mann, der erst seit ein paar Wochen in Paris war und sich die meiste Zeit mit Verbrechern herumtrieb, so etwas gehört haben?

Die Straße mündete in die Auffahrt einer stark befahrenen Eisenbrücke über die Seine. Jenseits des Wassers ragten die gemauerten Kais der Île Saint-Louis aus den Fluten. Sophie wurde bewusst, dass sich nur ein Stück flussabwärts die Pont de la Tournelle befand, von der sie beinahe gesprungen wäre. Sie schluckte und sah absichtlich nicht nach links.

»Was beunruhigt dich?«, erkundigte er sich ernst, aber sie bildete sich einen fast unhörbaren, gereizten Unterton ein. Andererseits fand sie bemerkenswert, dass er ihre kleine Verstimmung wahrgenommen hatte.

»Nichts«, log sie. »Ich habe dich gefunden. Was kann mir jetzt noch passieren?« Sie hörte selbst, wie falsch es klang.

Er lachte auf und drückte sie kurz an sich. »Wir wissen beide, dass du etwas ganz anderes denkst. Du bist enttäuscht von mir. Wie war ich früher? Was willst du zurückhaben?«

»Du warst … völlig anders. Wirklich komplett«, brach es aus ihr hervor, während sie die Ampel nutzten, um neben der Brücke die Uferstraße zu überqueren. »Ich weiß gar nicht, wo ich da anfangen soll.«

»Und dir gefällt nicht, was du jetzt bekommen hast.« Es war eine Feststellung, keine Frage. Er blieb über der Treppe, die zur Seine hinabführte, stehen und wandte sich ihr zu. Ihr Gesicht war seinem so nah, dass sie seinen Atem auf der Haut spürte. Sie konnte nicht leugnen, dass er in mancher Hinsicht eine Enttäuschung war, aber hatte er nicht sein Gedächtnis verloren? Dafür konnte sie ihm keinen Vorwurf machen, und im Grunde seines Herzens musste es ihn – allem Anschein zum Trotz – zutiefst verunsichern, nicht zu wissen, wer er eigentlich war. Sie wollte ihn nicht verletzen. Und ganz sicher wollte sie, dass er sie wieder küsste.

Sie hob die Hand, um mit der Rückseite ihrer Finger über seine Wange zu streichen, wie sie es früher so gern getan hatte. Die Haut war so glatt wie in ihrer Erinnerung. Nur eine Andeutung von Stoppeln rieb sacht an ihrer Haut. »Du gefällst mir immer noch sehr gut. Aber willst du denn gar nicht in dein altes Leben zurückkehren? Jetzt, da du jemanden hast, der dir davon erzählen kann?«

Er rückte ein kleines Stück von ihr ab. In seinem Gesicht stand plötzlich ein solcher Ernst, dass sie sich in seinem Arm versteifte und ebenfalls zurückwich. »Wie auch immer es ausgesehen haben mag: Das kann ich nicht. Es gibt Dinge, die kann man nicht ungeschehen machen.« Es klang bitter – und unversöhnlich. In seinen Augen loderte etwas auf, das sie sich instinktiv noch weiter zurückziehen ließ. »Wenn du aus Liebe hier bist, solltest du überhaupt nicht hier sein«, knurrte er. »Lauf weg, solange du …« Abrupt verstummte er und verzog das Gesicht, als habe er Schmerzen.

»Warum? Was ist los?« Seine Worte hatten sie ebenso verwirrt wie das jähe Schweigen.

Rafe schüttelte den Kopf. Seine Miene nahm einen zynischen Ausdruck an. »Nichts. Komm!« Er ergriff ihre Hand. »Ich schätze, wir sollten beide das Beste daraus machen.«

»Woraus denn?«, wollte sie wissen, folgte ihm jedoch widerstandslos die Stufen zum Fluss hinab.

»Aus diesem Abend. Und allem, was vielleicht noch folgt.«

Sollte das heißen, dass er noch nicht wusste, ob er sie morgen wiedersehen wollte? *Ich überfordere ihn. Ich will, dass er jemand ist, an den er sich nicht erinnert.* Wer ertrug schon einen Partner, der ständig an einem herumnörgelte? Sie musste ihm die Chance geben, von selbst zu sich zurückzufinden. Bestärkend drückte sie seine Hand, und er lächelte ihr zu.

Wie scheinbar überall in Paris hatte man auch hier das Seine-Ufer durch Mauern befestigt, doch die übliche, erhöhte Uferstraße lag weiter landeinwärts. Sie verschwand gänzlich hinter den Bäumen eines breiten Grünstreifens, der von Wegen und kleinen Plätzen durchzogen war. Radfahrer sausten an Sophie vorüber, unter ihnen auch Polizisten auf Streife, die gelegentlich anhielten, um heruntergekommene Gestalten anzusprechen, denn die Bänke mit Blick auf den Fluss und das gegenüberliegende Ufer luden nicht nur Spaziergänger, sondern auch Obdachlose ein.

Rafe führte sie auf dem gewundenen Weg zwischen Wasser

und Park entlang. Es gefiel ihr, dass das Ufer hier nicht so einförmig aussah. Vereinzelt ragten Bäume direkt am Fluss auf, und es lagen keine Schiffe vertäut, obwohl es einen Steg für die Batobus-Boote gab, die wie eine Buslinie in festem Takt ihre Stationen anliefen. Stattdessen gab es in die Uferbefestigung gebaute halbrunde Plätze, die mit ihren steinernen Rängen der römischen Arena ähnelten, doch nicht annähernd so groß waren. Sie kamen Sophie wie kleine Freilufttheater vor, deren Bühne der Fluss war. Auch ein Publikum schien sich zu sammeln. Einzeln oder in Grüppchen standen und saßen die Leute um einen der gepflasterten Halbkreise, der sich vor ihr auftat, nachdem sie sich mit Rafael unter den Zweigen einer riesigen Trauerweide hindurchgeduckt hatte. Freudige Erwartung lag in der Luft. Ein Mann mit ergrautem Bart beugte sich über einen großen, schwarzen Lautsprecher. Ein anderer hantierte mit Kabeln und einem Mikrofon herum.

»Wird hier etwas aufgeführt?«, fragte Sophie überrascht.

Rafe schmunzelte. »Ja, das könnte man so sehen. Für manche ist es sogar ein Drama. Aber ich glaube, die meisten haben Spaß daran.«

»Du willst es mir also nicht verraten.«

»Nein«, bestätigte er gut gelaunt und zog sie weiter. »Du wirst es sehen, wenn es losgeht.«

Schweigend schlenderten sie bis zum Ende des Parks am Ufer entlang. Die Stille störte Sophie nicht, und sie hätte auch nicht gewusst, worüber sie reden sollte. So kompliziert, wie ihre Gespräche verliefen, war es angenehmer, einfach nur seine Gegenwart zu genießen. Seine Hand zu spüren. Zu wissen, dass sie nicht mehr so einsam auf der Welt war, wie sie sich ohne ihn gefühlt hatte. Solange sie schwiegen, war es fast, als hätte es die Monate der Trauer nie gegeben.

Das Leben – oder Gott – oder das Schicksal – hat ihn mir zurückgegeben. Die Erkenntnis überwältigte sie auf einmal mit solcher Macht, dass ihr Tränen in die Augen stiegen. Tränen der Erlösung, die sie nicht weinen durfte, denn sie ahnte, dass der neue Rafe nicht mit ihnen würde umgehen können.

Nacht hatte sich über die Stadt der Lichter gesenkt. Sophie fand, dass Paris diesen Namen niemals mehr verdient hatte als an diesem Abend. Laternen und erleuchtete Fenster sprenkelten das jenseitige Ufer. Ihr Schein glänzte auf dem dahinströmenden Wasser und verlieh ihm etwas Magisches, das den Blick in Bann zog. Scheinwerfer strahlten historische Gebäude an und wiesen gen Himmel, wo die Sichel des Mondes silbern schimmerte. Von der Musik aus den Lautsprechern übertönt, glitten die letzten Ausflugsboote lautlos durch die Dunkelheit. Ihre Lichter spiegelten sich auf dem Fluss und tanzten auf den Wellen, die sie selbst erzeugten. Schien nicht ganz Paris zu tanzen?

Anfangs war Sophie befangen gewesen. Als Rafe mit ihr zu dem steinernen Halbrund zurückgekehrt war, hatten sich noch mehr Menschen versammelt und die ersten – in ihren Augen mutigen – Paare begonnen, ein paar Tanzschritte zu erproben. Mittlerweile drängte sich die Menge nicht nur in der kleinen Arena, sondern auch auf dem umgebenden Ufer. Von tapsigen Anfängern, die sich ständig gegenseitig auf die Füße traten, bis zu Könnern, die in komplizierten Figuren herumwirbelten, wiegten sich alle im mitreißenden Takt der Samba. Gelegentlich gönnte der hinter den vielen Leuten unsichtbare DJ ihnen eine Pause und legte ein langsameres Stück auf, doch das Motto des Abends war unverkennbar der brasilianische Rhythmus, zu dem sich die Beine wie von selbst bewegten, sobald sich Sophie an die Schritte erinnert hatte. Ihr Tanzkurs war so lange her, dass sie Rafes Zehen einige Male erwischt hatte, doch er war lachend darüber hinweggegangen. Nach einer Weile hatte sie sich entspannt, weil sich andere viel ungeschickter anstellten als sie selbst, und nun konnte sie sogar den herrlichen Blick auf die nächtliche Stadt wahrnehmen, ohne aus dem Takt zu kommen.

Sie war seit der Tanzstunde nie gern auf Veranstaltungen gegangen, bei denen getanzt wurde. Nicht weil ihr das Tanzen selbst zuwider gewesen wäre, sondern weil sie dabei fremden Männern so nahe kam. Sie konnte nicht jede Aufforderung ausschlagen, nur weil es ihr unangenehm war, die Hitze einer unerwünschten Hand an der Taille zu spüren, schwitzige Finger in ihren zu halten oder gar an einen Schmerbauch gedrückt zu werden. Nach einem besonders lästigen Zwischenfall auf einer Hochzeit hatte sie sich sogar geschworen, sich nie wieder auffordern zu lassen. Das war gewesen, bevor sie Rafe kennengelernt hatte, und sie hatte ihm davon erzählt. Hatte sie überhaupt jemals mit ihm getanzt, außer in einer Disco vielleicht? *Ich glaube nicht.*

Umso besser gefiel es ihr jetzt. Sie konnte ihm nicht nah genug sein, wollte seine Wärme und seinen Körper spüren, in seinem Duft schwelgen und vergessen, dass er nicht wusste, wer sie war. Als wieder ein Lied endete, sank sie auf unsicheren Beinen gegen seine Brust und legte die Arme um ihn. Er hielt sie umfangen, eine Hand auf ihrem Rücken, die andere tiefer. Ihr war, als schmelze ihre Hüfte in der Hitze, die von ihm ausging. Sie hob den Kopf und vergaß im selben Moment, ob sie es getan hatte, um geküsst zu werden oder etwas zu sagen, denn sie hielt auf halbem Weg inne, weil ihr Blick auf ein bekanntes Gesicht fiel.

Jean schob sich zwischen den Tänzern und den Bänken an der Menge vorbei, die den Uferweg versperrte. An seiner Seite entdeckte sie eine große, schlanke Frau, eine klassische Schönheit mit blonden, lässig zu einem Pferdeschwanz gebundenen

Locken. Sophie fühlte sich gegen sie sofort klein und unscheinbar und richtete den Blick lieber wieder auf Jean. Er musste sie erkannt haben, denn er stutzte. Auch Rafe schien etwas zu bemerken, denn er wandte den Kopf, ohne sie loszulassen. Sein Körper spannte sich unter ihren Händen. Jeans Miene verfinsterte sich, doch er ging weiter, nickte nicht einmal zum Gruß.

Nur am Rande nahm Sophie wahr, dass die Musik wieder eingesetzt hatte und das bekannte Lied Jubel auslöste. Rafael kam ihr plötzlich fremder vor. Als sie zu ihm aufsah, lag etwas Raubtierhaftes in seinen Zügen, das sie nie zuvor an ihm gesehen hatte. Auf ihren fragenden Blick schüttelte er den Kopf. Seine Augen verloren den grimmigen Ausdruck.

Zu ihrem Entsetzen entschlüpfte ihr ein Gähnen. »Oh, entschuldige! Das liegt wirklich nicht an dir! Ich hab nur den ganzen Tag …«

»Ein letzter Tanz?«, unterbrach er sie belustigt.

Sie nickte. Es war ohnehin seltsam, so starr zwischen den Tanzenden zu stehen. Erneut bewegte sie sich im Einklang mit dem treibenden Rhythmus und dem Mann, dessen schiere Nähe ihre Zweifel zum Schweigen brachte. Doch die verzauberte Stimmung, die sie vor Jeans Auftauchen empfunden hatte, war dahin. Sie konnte sich nicht mehr so gehen lassen wie zuvor, spürte die Müdigkeit nach dem stundenlangen Studium der Stellenanzeigen und die zunehmende Entkräftung ihrer Beine. Als das Lied verklang, fühlte sie sich beinahe erleichtert.

Rafe nahm sie bei der Hand und bahnte ihnen einen Weg durch die Menge. Sobald sie den engeren Kreis verließen, fror sie durch die kühle Nachtluft auf ihrer schweißnassen Haut. Vom Internetcafé war sie direkt zum Treffpunkt mit Rafe geeilt, ohne noch einmal nach Hause zu gehen und ihre Jacke zu holen. Fröstelnd rieb sie gegen die Gänsehaut an. »Gott, ist das kalt«, sagte sie und drängte sich dankbar enger an ihn, als er seinen Arm um ihre Schultern legte.

»Du frierst an einem lauen Sommerabend?«

»Ja! Du hast doch auch geschwitzt. Findest du es etwa warm?«

»Vielleicht mache ich mir genug warme Gedanken.«

Lächelnd stellte sie fest, dass schon die Überlegung, woran er wohl dachte, die Temperatur ihrer Haut steigen ließ. Zumindest fühlte es sich so an.

»Wo soll ich dich hinbringen? Oder willst du noch nicht nach Hause?«

»Doch. Es ist wirklich schön hier«, sagte sie mit Blick auf die beiden Inseln, die mit ihren Bäumen und Bauwerken still und erleuchtet aus dem Fluss ragten. »Ein sehr romantischer Abend, danke!« Sie drehte den Kopf und gab ihm einen Kuss auf die Wange. »Aber ich bin wirklich müde.«

»Dann muss ich dich wohl oder übel ins Bett bringen«, befand er mit gespieltem Bedauern.

Sophie lächelte wieder und legte den Arm um seine Taille, um ihm näher zu sein. Sie hätte absolut nichts dagegen gehabt, ihn mit in ihre Wohnung zu nehmen, wenn sie allein dort gewesen wären. Doch Madame Guimard konnte sie das nicht antun. Die alte Dame würde niemals glauben, dass Rafe tatsächlich ihr Verlobter war, und selbst wenn, hielt sie nächtlichen Herrenbesuch wahrscheinlich immer noch für unschicklich. Ganz zu schweigen von der Peinlichkeit, dass sie etwas hören könnte … Nein, auf keinen Fall würde sie Rafael mit hinaufnehmen.

»Verrätst du mir noch, wo dieses Bett steht, oder soll ich einen von denen von seiner Bank schubsen?«, hakte Rafe amüsiert nach und nickte dabei zu zwei Clochards hinüber, die grummelnd ihr Nachtlager aufschlugen. Von vereinzelten Spaziergängern wie ihnen abgesehen, war das Ufer verlassen, aber auf den Hausbooten, die hier vertäut lagen, saßen noch Leute beisammen oder unter Deck vor dem Fernseher, dessen Flimmern durch die Bullaugen blitzte. Vor ihnen wölbte sich die Pont de la Tournelle in flachem, weitem Bogen über die Seine, und die schlanke Statue Sainte Genevièves deutete wie ein mahnender Zeigefinger zum Himmel empor.

»Rue Jean de Beauvais.« Ausgerechnet Jeans Namen aussprechen zu müssen, verursachte ein ungutes Gefühl in ihrem Magen. *Dafür gibt es keinen Grund!* Diese Brücke war der beste Beweis. Wäre Rafe nicht rechtzeitig aufgetaucht, hätte sie sich umgebracht. So viel zu der Theorie, er brächte ihr Unglück. »Hier habe ich dich zum ersten Mal gesehen, seit ... du weißt schon.«

»Hier?« Rafe folgte ihrem Blick zur Brücke hinauf.

»Ich stand auf der anderen Seite ... am Geländer, als du auf diesem Schiff vorbeifuhrst. Der *Lumière de Lutèce.*«

»Am Geländer«, wiederholte er in einem seltsamen Tonfall, als ahne er, wo sie sich in Wahrheit befunden hatte. Aber woher sollte er das wissen?

Sophie schwieg, und ihre Schritte hallten von den Wänden wider, als sie unter der Brücke hindurchgingen.

»Das ... muss eine ziemliche Überraschung für dich gewesen sein«, vermutete Rafe schließlich und sah noch einmal zum Geländer hinauf.

»Aber eine schöne.« Sie suchte seinen Blick, wollte ein Lächeln, irgendetwas, das ihr bestätigte, dass auch er es als glückliche Fügung empfand.

Doch er zog die Brauen zusammen und sah geradezu düster aus, während er den Kopf schüttelte. »Ich verstehe nicht, womit du das verdient hast.«

»Was?« Entgeistert ließ sie ihn los und blieb stehen. Sein Arm glitt von ihren Schultern. »Du findest mich also so schrecklich, dass du wünschst, ich hätte dich nicht gefunden?«

Wieder verzog er wie vor Schmerz das Gesicht, fand dieses Mal jedoch schneller zu einem sarkastischen Ausdruck. »Ja, sicher, deshalb war ich mit dir tanzen und …« Er zog sie mit einer Heftigkeit an sich, der sie nichts entgegenzusetzen hatte. »Teufel auch! Ich will dich mehr, als du dir vorstellen kannst.«

Doch, das kann ich, dachte sie, als sein leidenschaftlicher Kuss ihre völlige Hingabe forderte. Es war, als senge sich die Hitze seiner Lippen durch ihren Körper, bis sie sie zwischen ihren Beinen spürte.

13

Ich hoffe, du nimmst mir das nicht übel, aber das kann ich Madame Guimard nicht zumuten«, beendete Sophie an der Ecke der Rue Jean de Beauvais ihre weitschweifige Erklärung. Im Grunde war ihr selbst ein Rätsel, wie sie es bis hierher geschafft hatte, ohne ihrem Verlangen nachzugeben. Hätte nicht in nahezu jeder dunklen Nische ein Stadtstreicher rumort, wäre sie womöglich längst schwach geworden.

Rafe lächelte schief. »Du verlangst jetzt nicht von mir, dass ich behaupte, es fiele mir leicht, oder?«

»Nein.«

»Gut! Tut es nämlich nicht. Aber ich wäre ein verdammt schlechter Liebhaber, wenn ich dich das zu sehr merken lassen würde.«

»Genau. Ein guter Liebhaber braucht …« Sie brach ab, als sie die Gestalt vor dem Haus entdeckte. Schreck fuhr ihr in die Glieder. *Der Mann mit der Sonnenbrille!* Er trat aus dem Schatten des Eingangs, sodass Licht auf sein Gesicht fiel, und sie atmete erleichtert auf. Es war Jean. Der dunkle Mantel hing ihm um die Schultern wie ein Umhang. Für einen Augenblick hätte er eine Figur aus einem Mantel-und-Degen-Film sein können, die blankzog, um den Gegner zum Duell zu fordern. Doch er sah ihnen nur abwartend entgegen, die Hände in den Taschen verborgen. Sie erinnerte sich daran, dass er bewaffnet war, und fühlte, wie sich ihre Eingeweide zusammenzogen.

»Ich muss mit Ihnen reden, Sophie«, eröffnete er ihr, noch bevor sie ganz herangekommen waren und ohne ihren Begleiter aus den Augen zu lassen.

Sie schielte rasch in Rafes Richtung. In seinem Gesicht stand eine deutliche Drohung, aber er fragte nicht, wer dieser Kerl war, der sie vor ihrem Zuhause abfing. Kannte er Jean? »Ich … möchte nicht unhöflich sein, aber ich kann mir schon denken, worum es geht. Habe ich nicht deutlich gesagt, was ich davon halte?«

»Sie haben noch nicht alles gehört.« Sein Blick schweifte kurz zu ihr und wurde weicher, bevor er sich wieder auf Rafael heftete. »Es ist wirklich wichtig. Vertrauen Sie mir!«

»Sie hat gesagt, dass sie nicht mit dir reden will, also verschwinde!«, befahl Rafe in einem Ton, der es Sophie eisig über den Rücken rieseln ließ.

»Discede, seductor! Tibi eremus sedes est«, erwiderte Jean ebenso unversöhnlich.

»Vielleicht solltest du dich einer Sprache bedienen, die sie versteht«, schlug Rafe lächelnd vor, doch in seinen Augen funkelte Hass.

Sophie sah, wie Jean ansetzte, eine Hand aus der Tasche zu ziehen, und sprang zitternd zwischen die beiden. »Nein! Schon gut, Jean, ich rede mit Ihnen. Rafe, geh nach Hause! Er wird mir nichts tun, aber dir vielleicht.«

Einen Augenblick lang herrschte Schweigen. Die beiden Männer starrten sich über sie hinweg an.

»Ist das wirklich dein *Wille*?«, vergewisserte sich Rafe.

In Jeans Ausdruck blitzte Triumph auf, doch er behielt seinen Widersacher genau im Blick.

Sie hatte keine Wahl. »Ja, geh!«

Widerwillig drehte er sich um und ging den Weg zurück, den sie gekommen waren. Zweimal sah er über die Schulter, als falle es ihm schwer, sich loszureißen, aber vielleicht wollte er seinem Gegner auch nicht zu leichtfertig den Rücken bieten. Es schmerzte unerwartet heftig, ihn gehen zu sehen. Ihr war, als zerre ein unsichtbares Band ihr Inneres hinter ihm her, doch Haut und Knochen gaben es nicht frei. Die Sekunden, bis er um die Ecke verschwand, vergingen quälend langsam und doch zu schnell.

Jean schwieg, bis sie sich zu ihm umdrehte. Er hatte die Hände aus den Taschen genommen und sah weniger angespannt aus, aber sein Blick war noch immer ernst. »Ich weiß, dass Sie mich nicht anhören wollen, aber nachdem ich Sie mit ihm gesehen hatte, konnte ich nicht einfach so tun, als ginge mich das alles nichts an.«

»Es geht Sie aber nichts an!«, fuhr sie auf. »Halten Sie sich aus meinem Leben raus!« Sie kramte ihren Schlüssel aus der Tasche und öffnete die Haustür.

»Himmelherrgott, ich verstehe ja, dass Sie ihn für Ihren Verlobten halten, den Sie lieben«, versicherte Jean. »Aber *ich* sehe, was er wirklich ist. Sie sehen nur, was Sie sehen wollen!«

Seine Worte brachten eine Saite in ihr zum Klingen. Sie konnte nicht völlig leugnen, dass sie etwas für sich hatten. Die Zweifel, die instinktiven Ängste, die sie verdrängt, die Rafe mit seiner ungestümen Leidenschaft beiseitegefegt hatte, regten sich wieder. Er benahm sich seltsam, daran war nicht zu rütteln, und er tat Dinge, die ganz und gar nicht zu ihm passten. Fragend sah sie Jean an, hoffte, er würde ihr endlich eine Erklärung bieten, die sie akzeptieren konnte.

»Bitte, Sophie«, sagte er sanft. »Ich weiß, Sie glauben mir nicht, aber egal, was Sie tun: Schlafen Sie nicht mit ihm!«

Sie war zu überrascht, um etwas zu erwidern.

»Er wird mit allen Mitteln versuchen, Sie zu verführen. Wenn Sie sich schon nicht von ihm fernhalten können, stellen Sie ihn auf die Probe! Er ist ein gefallener Engel, ein zukünftiger Dämon. Alles, was er will, ist …«

»Jean, das reicht!« *Er ist wirklich ein Irrer. Wahrscheinlich krankhaft eifersüchtig.* »Verschonen Sie mich endlich mit diesem Unsinn und lassen Sie sich nie wieder hier blicken!« Sie schlüpfte ins Treppenhaus und schlug ihm die Tür vor der Nase zu.

»Ich habe es Ihnen aufgeschrieben«, hörte sie es unerwartet ruhig hinter der Tür.

Etwas knisterte zu ihren Füßen. Sie tastete nach dem Lichtschalter und sah nach unten. Ein weißer, gefalteter Zettel steckte unter der Tür.

Als Jean das Licht einschaltete, lagen das Buch und der Zettel darin unverändert auf dem Küchentisch. Resigniert ließ er sich auf einen der alten Holzstühle fallen, der verdächtig knackte. Dieses leere Stück Papier, das zwischen den Seiten hervorlugte, hatte ihn auf die Idee gebracht, Sophie seine Botschaft schriftlich zu geben, denn er hatte geahnt, dass sie ihn auch dieses Mal nicht ausreden lassen würde. Jetzt konnte er nur noch hoffen, dass sie seine Warnung auf diese Art ernster nahm. Eine sehr vage Hoffnung.

Er griff nach der Flasche Rotwein, die nachlässig verkorkt noch vom Abendessen auf dem Tisch stand, und schenkte sich ein Glas ein. Sophie hatte mehr als deutlich gezeigt, dass sie *ihn* für den Gefährlicheren hielt, für verrückt und zudem eifersüchtig. War er das? *Verdammt, ja!* Sie in so inniger Umarmung mit diesem attraktiven Kerl zu sehen, hatte ihn in absolut unprofessionelle Wut versetzt. Wäre Geneviève nicht gewesen, wer weiß, wozu er sich hätte hinreißen lassen!

Er nahm einen kräftigen Schluck und stellte das Glas so heftig ab, dass Wein überschwappte und sich auf das Buch ergoss. »Verdammt!«, entfuhr es ihm. Rasch zog er das Buch aus der roten Pfütze und schnappte sich das Handtuch, das über der Lehne eines anderen Stuhls hing. So hastig er Umschlag und Blätter auch abtrocknete, das Buch war verdorben. Er würde es Monsieur Delamair bezahlen müssen.

Mit einem gemurmelten Fluch legte er es auf eine saubere Ecke des Tischs. Eifersüchtig oder nicht, er hatte guten Grund, in dieser Sache einzugreifen. Zumindest fühlte er sich dazu berechtigt und verpflichtet, solange es sich auch noch vor seinen Augen abspielte. Er wünschte, Sophie würde das endlich verstehen, doch die Liebe machte sie offenbar blinder denn je. Spöttisch verzog er das Gesicht. *Liebe.* Als ob die Gefühle, die ein Dämon bei Frauen auslöste, etwas mit Liebe zu tun hatten. *Sei nicht unfair! Sie glaubt, dass er ihr verschollener Verlobter ist.* In ihrem Fall ging es tatsächlich um Liebe. Zu dumm nur, dass ihr das nicht helfen würde. Im Gegenteil. Ein gefallener Engel, der sich eine Frau nahm …

Von einer plötzlichen Eingebung getrieben, nahm er erneut das Buch zur Hand. Konnte es sein, dass zwischen beiden Vorfällen eine Verbindung bestand? Von allen biblischen Schriften und Apokryphen berichteten die Henoch-Verse am ausführlichsten über das Treiben fehlgeleiteter Engel auf Erden. Zu den schwerwiegendsten Untaten, für die sie schließlich gerichtet worden waren, hatte auch gehört, dass sie sich Frauen unter den Menschen genommen hatten. Es war weiß Gott nicht so, dass Dämonen dies seit biblischen Zeiten nicht immer wieder versucht und auch erreicht hatten, doch es war ein seltsamer

Zufall, dass er ausgerechnet am selben Tag auf das Buch Henoch gestoßen worden und Zeuge eines solchen Verführungsversuchs geworden war. War in dieser Hinsicht etwas Größeres im Gange, als Sophies Geschichte ahnen ließ?

Er klappte das Buch auf, nahm den Zettel heraus und wendete ihn nachdenklich zwischen den Fingern. Nachdem er aus dem *L'Occultisme* heimgekommen war, hatte er schon alle ihm bekannten Mittel ausprobiert, um eine verborgene Nachricht zu entdecken. Hitze, Schwarzlicht, Scanner, nichts hatte ihn weitergebracht. Das Papier war – von seinem zunehmend zerknitterten und leicht angesengten Zustand abgesehen – jungfräulich. Im Grunde blieb nur eine Möglichkeit. Der Überbringer hatte den Zettel ganz bewusst zwischen zwei bestimmten Seiten des Buchs platziert, die die gewünschte Information enthielten. So konnte man ihm auch am wenigsten nachweisen.

Eine weitere Idee keimte in ihm auf. Er zog das Handy aus der Innentasche seines Mantels und wählte Alexandres Nummer. Es klingelte keine dreimal, bevor Alex' Stimme ertönte. »Jean, was gibt's?«

»Nichts Konkretes. Ich habe nur so einen Verdacht. Hat irgendjemand nach dem Buch Henoch gefragt oder eine Ausgabe davon gekauft?«

»Henoch? Nein. Bei mir nicht, und ich war bis Ladenschluss an der Kasse.«

»Gut, danke.« Er unterbrach die Verbindung und steckte das Handy wieder ein. Wenn niemand danach gesucht hatte, konnte es dann sein, dass er gar keine geheime Botschaft unter Dämonenpaktierern abgefangen hatte, sondern eine Nachricht, die von vorneherein für ihn bestimmt war? Die Warnung eines Insiders, der in gefährlicheren Kreisen verkehrte als Lilyth und auf keinen Fall mit ihm in Verbindung gebracht werden wollte?

Beunruhigt überflog er den Text der zwei Seiten, zwischen denen er den Zettel gefunden hatte. Die Prophezeiungen Henochs umfassten über hundert Kapitel, und nur ein Bruchteil handelte von den Legenden um die gefallenen Engel. Der Rest umfasste Parabeln, die die Menschen vom Sündigen abhalten sollten, und Visionen von der Beschaffenheit des Himmels, seiner Heerscharen und des Laufs der Gestirne.

Treffer. Schon auf der ersten aufgeschlagenen Seite stach ihm das Wort Dämon ins Auge. Er las Kapitel 19, Vers 1–2: *Sodann sagte Uriel: Hier sind die Engel, welche Weibern beiwohnten, sich ihre Anführer bestimmend und zahlreich in ihrer Erscheinung, welche Menschen ruchlos machten und sie zu Irrtümern verleiteten, sodass sie Dämonen wie Göttern opferten. Denn an dem großen Tage wird ein Gericht kommen, in welchem sie gerichtet werden sollen, bis sie vernichtet sind, und auch ihre Weiber sollen gerichtet werden, welche von den Engeln des Himmels verführt wurden ohne Widerstand.*

Konnte es im ganzen Buch eine Stelle geben, die besser auf Sophies Fall passte? Wohl kaum. Aber was sollte ihm das sagen? Dass er sie unbedingt davon abhalten wollte, zu einem dieser unglücklichen »Weiber« zu werden, verstand sich von selbst, doch er konnte sie nicht einfach zwingen, wenn sie sich der Wahrheit verschloss. Die Frage war vielmehr, was an ihr oder Gadreel so besorgniserregend war, dass es jemand für nötig hielt, ihm eine Warnung zukommen zu lassen.

Noch einmal las er den Text. Jeder Halbsatz konnte ein Hinweis sein. Ging es um den Beginn einer neuen Form der Dämonenverehrung, die blutige Opfer erforderte? War Gâderêl ein Anführer unter den gefallenen Engeln und damit viel gefährlicher, als er bisher gedacht hatte? Oder glaubte der Überbringer gar, dass der Tag des Gerichts bevorstand?

Nachdenklich kratzte er sich am Kinn, aber auch wenn er noch Stunden hier brütete, würde er keinen Schritt weiterkommen. Er brauchte mehr Hinweise. Mechanisch warf er einen Blick auf die Uhr. Gerade mal kurz nach eins. Die Nacht hatte gerade erst begonnen, und die Intuition, der er über die Jahre zu vertrauen gelernt hatte, drängte ihn hinaus. Irgendetwas war unter den dunklen Mächten der Stadt im Gange.

Sophie wartete hinter der Haustür, bis Jeans Schritte verklungen waren. Erst dann beruhigte sich ihr Herzschlag so weit, dass sie wieder klar denken konnte – nur um sofort wieder in die Höhe zu schnellen. Hoffentlich folgte Jean Rafael nicht! Nach allem, was sie über Rafes neuen Lebenswandel und Jeans Fanatismus wusste, brachten sie sich womöglich gegenseitig um, wenn niemand da war, der sie davon abhielt. Sie musste Rafe warnen! Mit zittrigen Fingern fischte sie ihr Handy aus der Tasche. »Shit!«, zischte sie und biss sich vor Ärger und Sorge auf die Unterlippe. Sie hatte ihn noch nach seiner Nummer fragen wollen, doch dann war Jean aufgetaucht, und sie hatte es völlig vergessen. »Shit! Shit! Shit!«

Als sie sich mit dem Rücken gegen die Tür warf und den Kopf anschlagen ließ, gab es einen dumpfen Laut. Was sollte sie jetzt tun? Hinter den beiden herrennen? Dazu war es zu spät. Rafe war offenbar nicht auf direktem Weg nach Hause gegangen, sonst hätte er eine andere Richtung eingeschlagen. Wo sollte sie also nach ihnen suchen? Im dümmsten Fall lief sie falsch und brachte sich in einer abgelegenen Gasse wieder selbst in Gefahr. Ratlos starrte sie auf das nutzlose Handy. Es zeigte zwei entgangene Anrufe und eine neue Nachricht an. Womöglich Jean. Sie sah nach. *Lara.* Mit ihr hatte sie vor Aufregung am allerwenigsten gerechnet. Dann war wohl auch die SMS von ihr. »Warum hör ich nichts von dir? Wie lief die Prüfung? Was macht der Engelflüsterer?«

Er nervt, hätte sie am liebsten geantwortet, doch das würde bis zum Morgen warten können. Sie wusste ohnehin nicht, was sie Lara erzählen sollte, und sie war nicht in der Stimmung, sich darüber Sorgen zu machen. Hatte sie denn selbst eine Ahnung, was sie denken sollte? In Rafes Gegenwart war es nur zu leicht, alles zu vergessen. Schon die Erinnerung an seine Nähe rief eine neue Woge schmerzhaften Verlangens hervor, das sie fast auf die Straße hinaustrieb. Wieder ließ sie ihren Kopf gegen die Tür fallen. *Autsch.* Dass es wehtat, half ihr, das übermächtige Sehnen zurückzudrängen. Sie konnte jetzt nichts mehr tun und gehörte endlich ins Bett.

Als sie das Handy einsteckte, fiel ihr Blick auf den gefalteten Zettel, der noch immer unter der Tür lag. Seufzend bückte sie sich und hob ihn auf. Sollte sie diesen Schwachsinn überhaupt lesen oder gleich in die Tonne werfen? Doch ihre Neugier siegte. Oder war es jene leise Stimme, die dem neuen Rafe nicht traute? Auf jeden Fall besaß Jean eine leserliche, wenn auch nicht gerade elegante Handschrift. Es war merkwürdig, aber sie konnte seine leise, eindringliche Stimme beim Lesen hören, als spreche er ihr ins Ohr.

»Buch Henoch, Kapitel 7, Vers 10–11: Dann nahmen sie Weiber, ein jeder wählte sie sich; ihnen begannen sie sich zu nahen und ihnen wohnten sie bei (…). Und die Weiber empfingen und gebaren Riesen.«

Riesen?

»Kapitel 15, Vers 8: Doch die Riesen, welche geboren sind von Geist und von Fleisch, werden auf Erden böse Geister genannt werden (…). Böse Geister werden hervorgehen aus ihrem Fleisch (…).«

Geister?

»Ich bitte Sie, Sophie, lassen Sie sich nicht auf ihn ein.«

Mit jeder Minute, die verging, wuchs Jeans dunkle Ahnung. Immer, wenn das Böse unmaskiert in seiner Umgebung wirkte, empfand er diese innere Unruhe, die zugleich Klarheit war. Sie trieb ihn hinaus – jedes Mal aufs Neue. Wie unter Zwang musste er nach der Quelle des Übels suchen. Es war, als würde er in solchen Momenten erneut in seinem Elternhaus erwachen, in die unnatürliche Stille lauschen und *wissen*, dass etwas Schreckliches geschehen war. Er streifte durch die nächtlichen Straßen der Île Saint-Louis, als wandere er noch einmal durch die Räume des Hauses, das den Atem anzuhalten schien.

Die Wasser der Seine flossen lautlos und dunkel unter der Pont Louis Philippe dahin. Wie von einem unsichtbaren Faden gezogen, lief er über die Brücke mit ihrem weißen Steingeländer und den sich nach oben verjüngenden, gusseisernen Laternen. Er nahm die Nachtschwärmer, die Musikfetzen, die Bars und ersten schließenden Lokale kaum wahr, während er den breiten Quai de l'Hôtel de Ville und die schmalere Rue de l'Hôtel überquerte. Als der erste Schrei ertönte, befand er sich mitten auf der Straße. Die ferne, in ihrem enthemmten Grauen unmenschliche Stimme drang ihm unter die Haut, brachte die Haare auf seinen Armen dazu, sich unter Hemd und Mantel aufzurichten. Die wenigen Passanten drehten sich mit entsetzten Gesichtern nach dem Laut um, dem unmittelbar ein weiteres Kreischen folgte. Einige blieben stehen, andere beschleunigten ihre Schritte, sahen zu, dass sie wegkamen.

Jean war es gleich. Sie wären ihm ohnehin keine Hilfe. Er rannte los, auf die Schreie zu. Linker Hand erhoben sich die Türme und Dächer der alten Kirche Saint-Gervais über einen Wall aus Bäumen. Zur Rechten säumten alte Häuser mit vereinzelten bunten Fassaden aus Holz und Glas die kopfsteingepflasterte Gasse. Es ging bergauf, auf ein mit Efeu umranktes

Haus zu, das den Blick in die engere Hälfte der Rue des Barres versperrte. Die Straßenlaternen hingen hier an gebogenen Haltern von den Häusern. Kein Mensch war zu sehen. Jeans Schritte hallten von den Wänden und aus einem säulenflankierten Eingang neben der Kirche wider.

Ein neuerliches Kreischen ging für einen Augenblick in gurgelndes Stöhnen über, dann war es still. Jean hielt inne, lauschte. Kein Geräusch drang mehr aus der Gasse, deren alte Bauwerke eine Vielzahl dunkler Winkel boten. Er zog seine Taschenlampe aus dem Mantel, schaltete sie ein und rückte wachsam vor, leuchtete in jede Nische.

Etwas Rotes glänzte auf dem grauen Pflaster. Es floss unter einem Gitter hervor, das einen Durchgang versperrte. Jean richtete die Lampe auf den Boden dahinter. Blut sammelte sich um einen niedergestreckten Körper. In einer erschlafften Männerhand lag noch das blutige Messer. Er ließ das Licht über den Toten wandern. Tiefe Schnitte klafften in Haut und Kleidung. Vielleicht bildeten sie ein Muster. Er würde es fotografieren müssen, um sie in Ruhe zu studieren. Der Lichtstrahl erreichte das schmale und dennoch ein wenig schwammige Gesicht. Jean nickte ihm einen stummen Gruß zu. *Paktierer kannst du mit leeren Zetteln täuschen. Dämonen nicht.*

Wieder fragte er sich, was der Mann ihm hatte sagen wollen. Was war den dunklen Mächten so wichtig, dass sie einen Verräter so ungewöhnlich schnell, unverstellt und grausam bestraften? Sie mussten befürchtet haben, er werde noch mehr enthüllen, wenn er am Leben blieb.

Während Jean die Lampe einsteckte und die Digitalkamera aus einer weiteren, zusätzlich eingenähten Tasche seines Mantels holte, drang das Geheul der Polizeisirene in sein Bewusstsein. Rasch aktivierte er den Blitz und schoss ein paar Fotos aus verschiedenen Winkeln, so weit das Gitter dies zuließ.

Hastige Schritte näherten sich. Gerade noch rechtzeitig

drehte Jean ihnen den Rücken zu, um ungesehen die Speicherkarte aus der Kamera zu nehmen und in ein unauffälliges Fach seines vermeintlich zerschlissenen Gürtels zu schieben.

»Polizei!«, rief eine aufgeregte Frauenstimme. »Stehen bleiben und langsam umdrehen!«

14

Sophie hatte immer noch keine Idee, was sie Lara erzählen sollte, aber sie konnte sich nicht ewig vor diesem Gespräch drücken. Wenn sie auf die SMS nicht reagierte, würde sich Lara Sorgen machen und so oft klingeln lassen, bis sie den Anruf endlich annahm. Natürlich konnte sie ihr Handy einfach ausschalten, aber dann geriet ihre Freundin wahrscheinlich in Panik und alarmierte ihre Eltern, die daraufhin Madame Guimard anrufen würden. Nein, so wenig es ihr auch gefiel, sie musste sich unbedingt bei ihr melden.

»Hi, Soph! Hattest du wieder vergessen, dein Handy aufzuladen oder so? Ich hab gestern zweimal versucht, dich anzurufen, und dann noch 'ne SMS geschickt!«, sprudelte Lara hervor.

»Ja, hab ich gesehen. Sorry, aber da war's schon so spät, da wollte ich nicht mehr stören.«

»Ist okay. Macht ja nichts, solange es dir gut geht. Dir geht's doch gut, oder?«

»Ja, alles bestens. Kein Grund zur Sorge. Und euch?«

»Oh, prima. Stefan ist gerade unterwegs und organisiert alles für einen Brunch, weil wir so spät aus dem Bett gefallen sind.«

Sophie entschlüpfte ein Seufzen.

»Was?«, empörte sich Lara. »Darf ich ihn jetzt nicht mal mehr erwähnen?«

»Wie? Ach so! Nein, nein, so war das wirklich nicht gemeint. Ich war nur ... furchtbar neidisch, weil ...« *Gott! Ich kann nicht sagen: »Weil Rafe nicht bei mir übernachtet hat.«*

»Oh, läuft es nicht gut mit diesem ... Wie hieß der Typ mit den Engeln noch gleich?«

»Jean.«

»Schöner Name«, befand Lara mit echt klingendem Enthusiasmus.

»Äh, ja, aber leider ist er wirklich irgendwie völlig neben der Spur. Weißt du, es gibt da noch einen anderen, und Jean ...«

»Moment mal! Du triffst dich noch mit einem anderen? Wow! Das ist Paris, schätze ich.«

Trotz allem musste Sophie lachen. »Ja, vielleicht. Ich werde Stefan raten, dich auf jeden Fall von hier fernzuhalten.«

»Du hast bloß Schiss, dass ich dir diesen Jean ausspanne«, feixte Lara. »Und wie heißt Kandidat Nummer zwei?«

»Er ...« Sophie merkte selbst, dass die Pause zu lang wurde. »Raphaël.« Sie sprach es so französisch aus wie möglich, als ob das auch nur eine Sekunde darüber hinwegtäuschen konnte, dass es Rafes Name war.

»Raphaël«, wiederholte Lara tonlos. »Das ... ist irgendwie schräg, oder? Ich meine, so häufig ist der Name ja nicht.«

»Du hast keine Ahnung, *wie* schräg das hier alles ist.«

»Aber du bist dir sicher, dass du nicht nur seines Namens wegen auf ihn abfährst?«

»Absolut sicher.«

»Und wie ist er so?«

»Definitiv ganz anders als Rafe!«

Lara lachte auf. »Okay, das war überzeugend. Wäre ja auch ein bisschen viel Zufall.«

Gut, dass du ihn noch nicht gesehen hast.

»Na ja, also wenn du dich mit beiden verabredest, kann ich mir schon vorstellen, dass Jean Probleme macht. Ich hätte Stefan auch die Meinung gesagt, wenn er sich parallel zu mir mit einer anderen getroffen hätte. Irgendwann muss man sich entscheiden.«

»Ich treffe mich doch gar nicht mit ihm! Aber er hat gestern Abend vor der Tür auf mich und Raf...phaël gewartet und die beiden wären fast aufeinander losgegangen.«

»Shit«, gab Lara zu. »Ist das so einer, der nicht kapiert, wenn er einen Korb bekommt?«

»Ich weiß nicht. Er hat schon von Anfang an schlecht über Raphaël geredet. Er faselt so unglaubliches Zeug, dass er ein gefallener Engel sei, der nur hinter mir her ist, um mit mir so eine Art Höllenkind zu zeugen.«

»Das ist ja total krank!«

»Sag ich doch! Er hat es mir sogar aufgeschrieben. Zitate aus der Bibel.«

»Aus der Bibel.« Laras nüchterner Tonfall unterstrich, wie entgeistert sie war.

»Aus dem Buch Henoch, um genau zu sein. Manchmal könnte man wirklich glauben, er sei Priester. Aber wenn er verrückt ist, denkt er sich das vielleicht alles auch nur aus.«

»Warte, ich schau einfach mal im Internet nach.«

»Warum?«, schnappte Sophie. »Selbst wenn das in der Bibel steht, glaubst du doch so einen Blödsinn nicht!« Sie hörte das Klappern einer Tastatur im Hintergrund.

»Nein, aber dann weißt du wenigstens, ob er sich das aus den Fingern saugt. Vielleicht lässt er dich in Ruhe, wenn du ... Ah, da ist es! Buch Henoch. Das ist kein Teil der Bibel, das ist so eine apokryptische, nee, sorry, apokryphe Schrift, die nie in die Bibel aufgenommen wurde – außer in die äthiopische, steht hier.«

»Ich wusste nicht einmal, dass die Äthiopier eine eigene Bibel haben«, staunte Sophie. »Andererseits wundert mich nicht, dass er sich da auskennt. Anscheinend arbeitet er in einer Buchhandlung, die sich auf Okkultismus, Esoterik und das ganze Zeug spezialisiert hat.«

»Okay, ich seh's ein. Er ist ein Freak«, gab Lara zu, doch sie klang nicht ganz bei der Sache. »Ist ja schon abgefahren genug, wenn jemand wortwörtlich glaubt, was in der Bibel steht, aber … Oh, hier ist ein Link in Sachen gefallene Engel und Riesen.«

»Lara, mich interessiert eigentlich nicht, was sich irgendwelche Verschwörungstheoretiker im Netz daraus zurechtbasteln.«

»Ich bin bei Wikipedia! Seit wann sitzen da die Paranoiden?«

»Also letztendlich weiß man da auch nicht, wer … Nein, ist schon gut. Zu Hause schau ich dort ja auch alles nach.«

»Diese rebellischen Engel werden auch Göttersöhne genannt«, erklärte Lara, als habe sie überhaupt nicht zugehört. »Sie – und ihre Nachkommen – werden auch in der richtigen Bibel erwähnt, an einer Stelle, die sich Genesis 6 nennt.«

»Das heißt dann wohl Kapitel 6.«

»Cool, woher weißt du das?«

»Von Jeans Zettel.«

»Da steht das auch drauf?«

»Nein.« Sophie wollte das Thema eigentlich endlich beenden. Rafe war ein Mann, ein umwerfender zwar, aber es war einfach lächerlich, dass er gestorben und als Diener des Teufels zurückgekehrt sein sollte. Andererseits … Wenn Jeans Unfug auch in der Bibel stand, mussten eigentlich alle Christen daran glauben. Es machte die Sache nicht weniger unsinnig, aber … so ganz sicher, ob es Gott und Jesus und Engel und all das wirklich nicht gab, war sie dann doch nicht. »Also sag schon: Was steht in diesem Kapitel 6?«

»Es begab sich, dass sich die Menschen über die Erde hin zu vermehren begannen und ihnen auch Töchter geboren wurden. Da sahen die Gottessöhne, dass die Töchter der Menschen schön waren, und sie nahmen sie sich zu Frauen, wie es ihnen gefiel«, las Lara vor. »Klingt bis jetzt eher romantisch, findest du nicht? Die armen Engel wollten auch endlich Frauen haben.«

Und wenn sie aussahen wie Rafe, dürften die Frauen nicht abgeneigt gewesen sein. Was dachte sie da nur für ein dummes Zeug? Es war nur eine Legende in einem sehr alten Buch. »Äh, ja. Ist das alles?«

»Nein, da ist so eine Klammer, die sagt, dass etwas ausgespart wurde. Es geht weiter mit: ›In jenen Tagen waren Riesen auf Erden, auch später noch, als die Gottessöhne mit den Töchtern der Menschen verkehrten und diese ihnen Kinder gebaren. Das sind die starken Männer der Vorzeit, die berühmten Namen.‹«

Es stand tatsächlich genauso in der Bibel. Sie rang immer noch mit sich, es deshalb nicht ernster zu nehmen.

»Na ja, ich hoffe, dein Raphaël nimmt's mit Humor. Aber benutz mir ja ein Kondom!«, lachte Lara.

Sophie bemühte sich, einzustimmen, doch ihr war nicht mehr nach Lachen. Sie wollte nur noch, dass Rafe sie in die Arme nahm und ihr sagte, dass alles wieder wie früher sei.

»Also noch mal von vorne, Méric! Was hatten Sie um diese Uhrzeit in der Rue des Barres zu schaffen?«, blaffte Gournay. »Glauben Sie, es macht mir Spaß, meine Zeit mit Ihren verdammten Märchen zu vergeuden?« Das schmale Gesicht des Kommissars mit der Adlernase war schlecht rasiert, und Jean schätzte, dass sie beide ähnlich übernächtigt aussahen. Sie saßen sich nicht zum ersten Mal im unterkühlten, spartanisch möblierten Verhörzimmer gegenüber, das ihre Meinung voneinander so treffend spiegelte. Es war absehbar, dass es auch nicht das letzte Mal sein würde. Eine Aussicht, die Gournay offenbar ebenso ärgerlich fand wie er – wenn auch aus anderen Gründen.

Jean sog an der heruntergebrannten Zigarette und stieß den Rauch wieder aus, während er sie ausdrückte. Schon die Tatsache, dass der Qualm Gournay nervte, war ein guter Grund, nicht ausgerechnet heute mit dem Mist aufzuhören. »Ich würde auch lieber im Bett liegen, anstatt Ihnen hundertmal dieselbe Frage zu beantworten. Sie wissen, dass ich gern nachts spazieren gehe, und die meisten Verbrechen geschehen nun einmal nachts.«

Der Kommissar fasste ihn schärfer ins Auge und deutete – wohl ohne es zu merken – mit dem Zeigefinger auf ihn. Oder sollte es eine mahnende Geste sein? »Das Einzige, was ich weiß, ist, dass Sie mir zu oft an Tatorten gesehen werden, um an Zufall zu glauben. Für wie dumm halten Sie die Gendarmerie eigentlich?«

Nein, mein Freund, in die *Falle tappe ich nicht. Ich kann dich zwar nicht leiden, aber …* »Für dumm halte ich Sie nicht. Höchstens etwas stur. Sie wollen in mir einen Täter sehen, ob das nun den Tatsachen entspricht oder nicht.«

»Woran Sie natürlich vollkommen unschuldig sind«, versetzte Gournay. »Ich will Ihnen mal sagen, was ich denke: Dass Sie so auffällig oft auftauchen, wenn irgendwo Blut fließt, lässt nur zwei Schlüsse zu. Entweder haben Sie im Vorfeld Informationen, die Sie lieber mit uns teilen sollten, um diese Verbrechen zu verhindern. Oder Sie sind – vielleicht sogar nicht nur als Mitwisser – an diesen Taten beteiligt.«

»Wenn ich daran beteiligt wäre, müsste ich ziemlich bescheuert sein, mich ständig erwischen zu lassen.«

Der Kommissar zuckte die Achseln. »Reden Sie mal mit einem von der forensischen Psychiatrie. Selbst die raffiniertesten Täter können unter Zwangsneurosen leiden, die ihnen früher oder später zum Verhängnis werden. Zum Beispiel, ihre Opfer zu fotografieren.«

Jean lachte freudlos auf. »Ich kann mir wirklich schönere Bilder vorstellen, um meine Wohnung zu dekorieren.«

»Heben Sie sich die für Ihre Zelle auf, wenn ich Sie endlich eingebuchtet habe.«

»Das werden Sie nicht, wenn Sie nicht anfangen, Beweise zu fingieren.« Jean wusste im selben Moment, dass er zu weit gegangen war. Gournay noch weiter gegen sich aufzubringen, war nicht besonders klug, auch wenn seine Selbstgerechtigkeit noch so sehr dazu reizte.

»Halten Sie die vorlaute Schnauze, Méric, oder es wird Ihnen leidtun! Ich weiß, dass Sie da ganz tief drinste…« Ein Klopfen an der Tür unterbrach ihn. »Was gibt's?«

Ein jüngerer Polizist öffnete und nickte grüßend in die kleine Runde. »Wir müssen ihn freilassen, Monsieur le Commissaire. Mehrere Zeugenaussagen bestätigen, dass er erst in die Gasse rannte, als bereits Schreie zu hören waren.«

Gournay schoss Jean einen Blick zu, dessen Bedeutung unschwer zu erraten war. Er stand nicht mehr unter Tatverdacht, doch man würde weiter gegen ihn ermitteln, ob er in irgendeiner Form in diesen scheinbaren Selbstmord, den die Polizei aufgrund der Ausführung für Mord hielt, verwickelt war. Hoffentlich trieb der Kommissar niemanden auf, der das Opfer nachmittags im *L'Occultisme* gesehen hatte, sonst würden sie ihn noch einmal zum Verhör holen.

»Eine Frau aus dem Haus gegenüber hat beobachtet, wie er am Tatort ankam, mit einer Taschenlampe hantierte und schließlich Fotos machte«, fuhr der junge Gendarm fort. »Sie hielt ihn für einen Reporter, der zufällig in der Nähe war.«

»Was die Frau glaubt, interessiert mich nicht«, knurrte Gournay. »*Wir* wissen, dass er kein Zeitungsfritze ist. Zur Hölle mit Ihnen und Ihren Bildern, Méric! Verschwinden Sie! Ich hab Ihr Gesicht für heute lang genug gesehen.«

Jean stand auf und folgte schweigend Gournays Kollegen, der ihn verstohlen musterte. Demnach hatten andere ihm schon einiges über den Verrückten erzählt, der sich ständig dort herumtrieb, wo es Ärger gab.

»Brigadier Tiévant erwartet Sie«, eröffnete ihm der Gendarm. »Er wird Ihnen Ihre Sachen zurückgeben und Sie bitten, einige Papiere zu unterschreiben. Sie kennen das ja schon.«

»Ja, danke, ich hatte das Vergnügen bereits.« Warum musste er Polizisten gegenüber eigentlich immer zynisch werden? Im Grunde hatte er nichts gegen sie. Sie leisteten wichtige und gefährliche Arbeit, von der er oft mehr sah als die meisten anderen Pariser. Es lag wohl daran, dass sie *seine* Arbeit nicht sahen – und er sie ihnen auch nicht erklären konnte, ohne Bekanntschaft mit ebenjener Psychiatrie zu machen, auf die Gournay so große Stücke hielt.

Tiévant gehörte zu den wenigen, die erkannten, dass er auf ihrer Seite stand. Der eher kleine, aber kräftig gebaute Gendarm, dessen lebhafte, dunkle Augen dem ansonsten unbewegten Gesicht einen sympathischen Zug verliehen, begrüßte Jean mit einem aufrichtigen Lächeln. »Nimm's Gournay nicht übel. Der macht auch nur seinen Job.«

»Schon klar«, behauptete Jean leichtfertig, aber es gelang ihm nicht, eine heitere Miene aufzusetzen.

»Schlimme Sache, was? Mal wieder zu spät gekommen? Glaub mir, ich weiß, wie das ist.« Tiévant schob ihm das Sammelsurium seiner Sachen über den überfüllten Schreibtisch, so gut es ging.

»Das Schlimmste sind die Leute, die gar nicht wollen, dass man ihnen hilft«, meinte Jean und dachte dabei an Sophie. Seine Habseligkeiten waren vollständig. Er zog die Armbanduhr an, stopfte seine Schlüssel in die Hosentasche und packte den Rest in die Taschen seines Mantels, der über der Lehne eines Stuhls gehangen hatte.

Tiévant grinste. »Mit der Plastikflasche und der Kamera könnte man dich glatt für einen Touristen halten. Aber du bist wahrscheinlich der Einzige in der ganzen Stadt, der ein geschnitztes Holzkreuz mit sich herumschleppt.«

»Man weiß nie, wozu man es mal brauchen kann«, erwiderte Jean und unterschrieb die Papiere, die der Gendarm ihm hinlegte, ohne sie zu lesen. »Man sieht sich, Tiévant!«

»Hoffentlich nicht so bald.«

Madame Guimards Laden war wirklich klein. Er bestand aus zwei Räumen, die zusammen kaum größer waren als so manches Wohnzimmer. Die in der Machart, aber immerhin nicht im Zustand an *L'Occultisme* erinnernde Eingangstür wurde von zwei kleinen Schaufenstern flankiert, durch die an einem wolkenverhangenen Nachmittag wie diesem nicht viel Licht hereinfiel. Ein vergilbtes Schild hinter der Scheibe verkündete so eigenwillige Öffnungszeiten wie »Mittwoch 09.00–10.45 Uhr«, was wohl mehr Kunden abschreckte als einlud. Aber auch die altersdunklen Wände und der muffige Geruch, der ihnen anhaftete, trugen zur trübseligen Atmosphäre bei.

Hier müsste unbedingt neu gestrichen werden, dachte Sophie, als sie den Blick zur Decke richtete. Es hätte schlimmer sein können. Noch blätterte keine Farbe von den Wänden, und es gab weder Stockflecken noch Spinnweben. Und doch konnte sie sich des Eindrucks nicht erwehren, dass sich der Laden anschickte, in die Schatten der Vergangenheit zu entgleiten, deren Mode er über die Jahrzehnte bewahrt hatte. Dass er dabei war, sich zu einem verblassenden Loch in der Zeit aufzulösen, das eines Tages kollabieren und bis dahin den wenigen Kunden, die sich hineinverirrten, ein unbehagliches Gefühl bereiten würde.

Was für ein Gegensatz zu Madame Guimards hellem, freundlichem Nähzimmer! Oder lag es doch nur an der fehlenden Sonne dieses tristen Tags, dass ihr das Geschäft wie eine Höhle vorkam? Unwillkürlich schüttelte sie sich, um die düsteren Gedanken zu vertreiben. Bestimmt war mit dem Laden alles in Ordnung, und sie ließ sich nur von ihrer Sehnsucht die Stimmung verderben. Warum hatte sie auch vergessen, Rafe nach seiner Nummer zu fragen? Nun saß sie schon den ganzen Tag auf glühenden Kohlen, weil sie nicht wusste, wann und wie sie wieder Kontakt mit ihm aufnehmen sollte. *Er hätte sich ja genauso gut nach meiner Nummer erkundigen können.*

»Es ist vielleicht nicht das, was ihr jungen Mädchen heutzutage gewöhnt seid.« Madame Guimard war ihr Gesichtsausdruck offenbar nicht entgangen. »Bei euch muss ja alles laut und bunt und verglast sein.«

»Nein, nein«, beeilte sich Sophie zu versichern. »Ich finde es angenehm, dass es hier so still ist.« *In besonders ruhigen Momenten hört man wahrscheinlich die Holzwürmer knabbern.* »Es müsste nur … etwas mehr Licht herein.«

Die alte Dame blinzelte wie eine Eule, der man gerade eröffnet hatte, dass die Nacht zu dunkel sei.

»Sie haben sich über die Jahre daran gewöhnt, dass der Laden so ist, wie er ist«, versuchte Sophie vorsichtig zu erklären.

»Aber wenn man zum ersten Mal hereinkommt, wirkt er doch ein wenig … wie ein Museum, das man abschattet, um die Ausstellungsstücke nicht zu gefährden. Kennen Sie das?«

Madame Guimard nickte nachdenklich. »Ich glaube, ich verstehe, was du meinst.« Sie sah sich um, als betrachte sie die Einrichtung zum ersten Mal.

Sophie folgte ihrem Blick über die Vitrinen und Regale mit den Hüten und Accessoires. An einer Handvoll Schaufensterpuppen waren Kleider aus dezent gefärbten Stoffen drapiert, die zwar schick aussahen, im Dämmerlicht jedoch kaum zur Geltung kamen. Die Puppen trugen passende Strohhüte und Seidenschals, imitierten perfekt die Outfits der Filmstars auf den Fotos, die zum Vergleich an den Wänden hingen. Obwohl die Bilder angestaubt waren und allmählich verblassten, hatten die Posen und Blicke der Schauspieler noch immer Wirkung. Greta Garbo weckte in Sophie sofort den Wunsch, auch einmal das abgebildete Kleid zu tragen und so stilvoll auszusehen wie sie.

»Schade, dass es dir nicht gefällt. Dann wirst du sicher nicht hier arbeiten wollen.«

»Könnte ich denn nicht …« Sophie zögerte. Wollte sie das wirklich anbieten? Warum eigentlich nicht? Sie hatte keine Lust, den ganzen Tag Bewerbungen zu schreiben und dann auf Antworten warten zu müssen. »Wie wäre es, wenn wir dem Laden einen neuen Anstrich verpassen und ihn etwas aufmöbeln?«

»Aufmöbeln?« Ihrer besorgten Miene nach zu urteilen, sah Madame Guimard schrille Neonschilder und chromblitzende Regale vor sich.

»Nur ein paar Strahler, um die exklusive Kollektion besser in Szene zu setzen«, versuchte Sophie, ihr die Idee schmackhaft zu machen. »Neue Fotos, weil frische Farben lebendiger wirken. Und in den Fenstern muss dringend mal alles gründlich abgewaschen und abgestaubt werden. Ich will damit nicht sagen, dass der Laden heruntergekommen ist«, fügte sie rasch hinzu, als sie Madame Guimards Gesichtsausdruck sah. »Er ist nur nicht so schön, wie er sein könnte.«

Ein zaghaftes Lächeln stahl sich in die Züge der alten Dame und wuchs sich mit jedem Wort mehr zu einer fröhlich entschlossenen Miene aus. »Du hast recht, chérie. Hier fehlt ein bisschen frischer Wind. Ich bin einfach zu alt, um diese Dinge zu sehen, und Sandrine hat so wenig Zeit. Wir sollten gleich anfangen! Hinten habe ich Staubwedel und Putzlappen.« Sie verschwand in das vollgestopfte zweite Zimmer, das als Abstellkammer, Umkleidekabine und Büro zugleich diente.

Grinsend wandte sich Sophie den Schaufenstern zu. Die hatten es wirklich dringend nötig, mal wieder geputzt zu werden. Um an die Scheiben heranzukommen, würde sie zunächst die Dekoration wegräumen müssen. Behutsam griff sie nach einer Taschenuhr, die so stilecht aussah, dass sie nicht sicher war, ob es sich um ein gebrauchtes Original aus der ersten Hälfte des letzten Jahrhunderts oder um eine Replik handelte.

Eine Bewegung auf der Straße lenkte ihre Aufmerksamkeit hinaus. Ein Auto fuhr vorüber, und auf dem gegenüberliegenden Bürgersteig gingen ein Mann und eine Frau vorbei. Die beiden waren sichtlich in ein Gespräch vertieft. Vermutlich nahmen sie nicht einmal das Schaufenster wahr, geschweige denn Sophie, die hinter der Auslage stand. Die blonden Locken der langbeinigen Schönheit umspielten die Schultern wie ihr Kleid die perfekten Formen ihres Körpers. *Meine Güte, warum bist du eifersüchtig auf Rafe, wenn du so eine Frau um dich hast?*, fragte sie sich, denn der Mann, dem diese Göttin gerade ein Lächeln schenkte, war Jean.

Gereizt strich Sophie den letzten Satz und starrte feindselig auf ihre Bewerbung. Mit dieser Formulierung würde sie es nicht einmal zu einem Vorstellungsgespräch bringen, so viel war sicher.

»Oh, là, là«, ließ sich Madame Guimard vom anderen Ende des Tischs vernehmen, wo sie Kartoffeln für das Abendessen schälte. »Wenn ich das Papier wäre, bekäme ich jetzt Angst.«

Sophie rang sich ein schiefes Lächeln ab und versuchte, sich auf ihren Text zu konzentrieren. Doch sie war müde, und zudem gärte es in ihr. Je weiter sich der Tag dem Abend zuneigte, desto mehr ärgerte sie sich über Jean, weil er verhindert hatte, dass sie sich vor der Tür noch mit Rafe verabreden konnte, während er seine Zeit mit einem Model verbrachte. Auch Rafe zürnte sie, weil er sie offenbar noch nicht vermisste – und sie war wütend auf sich selbst, weil sie hier saß und sich nach ihm verzehrte. Vor Sehnsucht wäre sie am liebsten losgezogen, um ihn mit einem Besuch zu überraschen, aber ihr Stolz riet ihr dringend davon ab. Dieser neue Rafe nahm ihre Zuneigung so selbstverständlich, dass sie ihm nicht noch mehr nachlaufen wollte. Während *ihr* Rafael stets so unsicher gewesen war, ob sie ihn wirklich liebte, dass sie ihn mit solchen Gesten hatte glücklich machen können, machte der neue den Eindruck, er könnte sie als Klette empfinden, wenn sie sich nicht zurückhielt.

Das alles war so merkwürdig und anstrengend, und sie hatte keine Ahnung, wo es hinführen sollte. Ließ er sich eigentlich ärztlich behandeln? Zu gern hätte sie mit einem Arzt darüber gesprochen, ob eine Chance bestand, dass die Erinnerungen doch noch zurückkehrten. Aber so, wie er sich gab, und bei den zwielichtigen Gestalten, mit denen er sich traf, konnte sie sich nicht vorstellen, dass er brav im Wartezimmer einer Praxis herumsaß. Am Vorabend hatte er ihr auf dem Weg an der Seine entlang noch ein paar Fragen über ihre Beziehung gestellt. Wie lange sie sich schon kannten. Seit wann sie verlobt waren. Über seine Familie oder seinen Beruf hatte er kein Wort verloren. *Man vermisst nur, woran man sich erinnert.* Und er erinnerte sich auch nicht an *sie*. War es im Grunde nur ein Glücksfall, dass er sie überhaupt attraktiv fand? Ebenso gut hätte er sich bereits in eine andere Frau verliebt haben können, bevor sie ihn wiedergefunden hatte.

»Hast du heute noch etwas vor?«, erkundigte sich Madame Guimard mit einem Blick auf die halb durchsichtige Bluse, die Sophie für den Fall angezogen hatte, dass Rafe vorbeikam und mit ihr ausgehen wollte. Für ein Kleid sah es zu sehr nach Regen aus. Sie hatte sich lieber für Jeans entschieden, auf die auch die Jacke besser passte.

»Ich weiß es noch nicht.« Sie hoffte, ihr Ton würde deutlich machen, dass sie nicht darüber reden wollte.

»Sieht er gut aus, der Mann, mit dem du dich triffst?«, fragte Madame Guimard, ohne von den Kartoffeln aufzusehen.

»Ja, sehr«, sagte sie so nachdrücklich, dass sie darüber errötete.

»Mehr ein Yves Montand oder ein Alain Delon?«

»Hm, also eigentlich mehr …« Sie schnellte vom Stuhl wie von einer Feder, als es an der Haustür klingelte. »Das ist er bestimmt.«

»Na, wir wollen mal sehen«, meinte Madame Guimard und trocknete sich in aller Ruhe die Hände ab, bevor sie aufstand und zur Sprechanlage ging, während Sophie längst im Flur war, um in Windeseile Schuhe anzuziehen.

»Hallo?«

Im Lautsprecher knisterte und knackte es, als brenne ein Lagerfeuer darin. »Bonsoir, Madame. Ist Sophie zu sprechen?«

»Ich glaube schon«, erwiderte Madame Guimard schmunzelnd. Mehr hörte Sophie nicht, weil sie bereits die Stufen hinuntereilte. Sie musste sich mit dem Gedanken bremsen, dass es niemandem nützte, wenn sie die Treppe hinabfiel. Rafe war gekommen, und er würde nicht wieder gehen, selbst wenn Madame Guimard noch irgendetwas Unmögliches sagte. Mit jedem Stockwerk wurde sie langsamer. Wie würde es aussehen, wenn sie völlig außer Puste unten ankam? Ihr Herz raste ohnehin schon.

Sie öffnete die Tür und spürte selbst, wie sie vor Erlösung und Freude strahlte. Rafes Lächeln verwandelte sich schlagartig in einen undeutbaren Blick. Im regentrüben Licht muteten seine Augen schwarz an. Er hob eine Hand, um eine Strähne aus ihrem Gesicht zu streichen, und fuhr mit den Fingern durch ihr Haar. »Manchmal kommt es mir wirklich vor, als würde ich dich von irgendwoher kennen.«

Sophie konnte ihn nur anstarren, während die jäh aufblühende Hoffnung ihre Gedanken und Gefühle durcheinanderwirbelte. Ihre Dämme aus Vorbehalten bekamen Risse. Sie schlang die Arme um seinen Hals und erwiderte seinen Kuss mit zärtlicherer Leidenschaft als zuvor. *Es wird doch noch alles gut.*

Kichernd geflüsterte Bemerkungen riefen ihr nach einer Weile ins Gedächtnis zurück, dass sie auf dem Bürgersteig standen. Drei junge Frauen steckten im Vorübergehen die Köpfe zusammen und lugten dabei doch in Rafes Richtung. Sie kam sich vor wie ein ertappter Teenager und errötete.

»Ist es dir etwa peinlich, mit mir gesehen zu werden?«, neckte Rafe sie.

»Unsinn«, schnappte sie, ohne selbst überzeugt zu sein. »Aber … ein etwas weniger öffentlicher Ort wäre mir trotzdem lieber.«

Ein Anspannen seiner Arme genügte, um ihre Hüfte näher an seine zu ziehen. Sophie wusste nicht, was ihr mehr Hitze durch den Leib trieb, sein durchdringender Blick oder die Hände, deren sanfter Druck sie an ihn drängte.

»Morgen.«

Das Wort hing einen Augenblick lang in der Luft, bedeutungsschwer und doch unergründlich wie der Mond am Nachthimmel. *Morgen?* Er hatte vor, morgen mit ihr zu schlafen, ohne sie nach ihren Wünschen gefragt zu haben? Warum nicht heute oder nächste Woche, und wo überhaupt? Irritiert rückte sie von ihm ab, so weit seine Arme es zuließen – was kaum ein Fingerbreit war.

»Heute muss ich ein paar wichtige Leute treffen«, erklärte er, als sie gerade den Mund zu einer Antwort öffnen wollte. Die Enttäuschung musste ihr deutlich ins Gesicht geschrieben sein.

Er grinste. »Wenn du dich ein bisschen amüsieren willst, kannst du ja mitgehen.«

Die Schlägerei im Hinterhof kam Sophie in den Sinn. Sie ahnte nichts Gutes.

15

»Nette Mieze, die du da hast«, befand der Kerl mit der Halbglatze vom Beifahrersitz aus. »Pass nur mal auf, dass sie dem Patron nicht gefällt.«

Sophie wand sich innerlich. Was fand Rafe nur an diesen Menschen? Wie hielt er es mit ihnen aus? Der Abend hatte so schön begonnen, dass sie umso mehr darunter litt, nun in dieser Limousine zu sitzen, deren Innenraum von dem Schmächtigen mit Zigarettenrauch vernebelt wurde. Rafe war zunächst mit ihr in ein Restaurant am Place Saint-Michel gegangen, wo er sie nicht nur zum Essen eingeladen, sondern auch über ihr Leben, ihren Beruf und ihre Jobsuche ausgefragt hatte. Erst danach waren sie an einem offenbar vorher vereinbarten Treffpunkt in das schwarze Auto gestiegen. Sophie fand es rassistisch, dass der Chauffeur schwarz oder eher schokoladenbraun war, doch es gehörte zum Pariser Alltag. Auch vor den teuren Luxushotels an der Rue Rivoli und der Place Vendôme standen vor allem schwarze Männer in den Uniformen der Bediensteten bereit. Wenigstens eine lächerliche Livree blieb ihrem schweigsamen Fahrer erspart.

Angewidert vom lüsternen Blick der Halbglatze, wie sie den Kerl für sich nannte, sah sie aus dem Fenster und versuchte, nicht zu husten, obwohl ihr der Qualm im Hals kratzte. Sie musste Rafe schon dankbar sein, dass er sich zwischen sie und den Schmächtigen gesetzt hatte, der sich bereits die nächste Zigarette anzündete.

»Zerbrich dir mal nicht meinen Kopf, Antoine«, riet Rafe gelassen. »Es sollte dir mehr zu denken geben, dass der Patron dich zunehmend als Laufburschen schickt, um mich zu holen. Im Grunde würde dafür doch auch ein Fahrer genügen, nicht wahr?«

»Liegt vielleicht daran, dass der Patron dir nicht traut«, gab die Halbglatze hämisch grinsend zurück.

»Wenn das so wäre, traut er dir aber auch nicht übermäßig viel zu, oder warum bräuchten wir sonst noch *le linot*, den Hänfling, als Aufpasser?«

»Der Schönling hat wie immer recht«, behauptete der Schmächtige. »Der Patron schickt mich nur mit, weil du nichts in der Birne hast. Aber denk dir nix! Sie werden dich nicht durch ihn ersetzen. Einen wie den wollen sie weiter oben haben. Da, wo's um die feinen Pinkel geht, solange sie zahlen.«

»Hältst du's für klug, so etwas vor 'nem Mädchen zu sagen, das du nicht kennst?«, warf Rafe ein.

»Du hast sie doch angeschleppt«, ließ sich Antoine wieder vernehmen.

»Sie könnte trotzdem ein Polizeispitzel sein. Ihr kennt sie nicht.«

»Bist 'n Scheißkerl!«, lachte Linot. »Immer zu clever, um sich die Finger schmutzig zu machen. Also schön, ich halt die Klappe. Wir sind eh gleich da.«

Sophie sprang förmlich aus dem Wagen, als sie anhielten. Vom Qualm und dem Gerede der Männer war ihr schlecht geworden. Als sie die frische Luft tief in ihre Lungen sog, schwankte sie ganz leicht, riss sich aber zusammen und unterdrückte den Reflex, haltsuchend nach der Autotür zu greifen. Sie wollte sich vor den Leuten in der langen Schlange, die sich vor dem Eingang eines Clubs gebildet hatte, keine Blöße geben. Rafe legte einen Arm um sie und führte sie auf die wartende Menge zu. Linot und Antoine folgten ihnen wie ein ungleiches Paar Leibwächter.

Sous-soleil wurde in leuchtendem Orange auf die Wand über der Treppe projiziert, die zu einer breiten Kellertür hinabführte. Doch schon oben, wo ein hohes Absperrgitter die Menschen davon abhielt, in den Treppenschacht zu stürzen, wachten Türsteher darüber, wer die Stufen zum eigentlichen Eingang betreten durfte. Gedämpfte Bässe drangen aus der Tiefe nach oben. Sophie spürte die neugierigen und misstrauischen Blicke der Wartenden, als Rafe keine Anstalten machte, sich in die Schlange einzureihen, sondern direkt auf die Türsteher zuging.

»Jaussin hat nach mir geschickt«, eröffnete er ihnen ohne Umschweife, woraufhin sie ihm den Weg freigaben.

Irgendjemand protestierte lautstark, während sie die Treppe hinuntergingen.

»Jaussin gehört der Laden«, erklärte Rafe ihr ungefragt. »Solltest du jemals ohne mich hier reinwollen, sag einfach, dass er dich sehen will.«

Warum sollte ich ohne dich herkommen wollen? Die Frage lag ihr auf der Zunge, doch sie stellte sie nicht. Wenn er sich erst an alles erinnerte, würde er sich nie wieder mit diesen Kriminellen abgeben. Bis dahin musste sie eben gute Miene zum bösen Spiel machen.

Der Club war das reinste Labyrinth. Schwarz gestrichene

Gänge, die nur spärlich von roten LEDs beleuchtet wurden, führten in drei Richtungen und mit rotem Teppich ausgelegte Treppen in zwei weitere. Überall standen Menschen mit Drinks in den Händen oder schoben sich zwischen den anderen hindurch. Ihre Stimmen gingen in der dröhnenden Dancefloor-Musik unter. Auch ohne Rauch war die Luft zum Schneiden dick. Sie roch nach Schweiß und Rasierwasser, Parfums und Spirituosen.

Sophie ließ sich von Rafe durch das Gedränge dirigieren, lächelte unsicher fremden Leuten in gewagten bis schrillen Outfits zu und versuchte, die Orientierung zu behalten. Mehrere Bars und Lounges waren auf verschiedenen Etagen um einen größeren Saal angeordnet, aus dem die lauten, hektischen Beats und wild flackernde Lichteffekte drangen. Im Vorbeigehen erhaschte sie einen Blick auf die zentrale Tanzfläche, auf der um diese Zeit noch nicht ganz so viel Andrang herrschte wie an den Theken, wo sich die Gäste erst einmal warm tranken.

»Setz dich!«, rief Rafe in ihr Ohr, um den Lärm zu übertönen, und deutete auf eine Art Couch, die mit großen Kissen als Rückenlehnen aufwartete. »Was darf ich dir bringen?«

Bring mich nach Hause, hätte sie am liebsten gesagt, aber dafür gab es keine rationale Begründung. Es war nur ein Club wie viele andere. Die meisten Gäste hatten vermutlich keine Ahnung, dass er irgendeinem Verbrecherboss gehörte. »Caipirinha«, bat sie stattdessen und merkte erst jetzt, da sie sich auf den weichen Polstern niederließ, dass der Hänfling und die Halbglatze verschwunden waren. *Was für ein Glück!*

Rafe nickte nur. Sie hätte ohnehin nichts verstanden, wenn er etwas gesagt hätte. Neugierig ließ sie den Blick durch den schummrig beleuchteten Raum schweifen und musterte die Menschentraube, durch die sich Rafe einen Weg zur Bar bahnte. Das Publikum war überwiegend in ihrem Alter oder ging auf die dreißig zu. Von vereinzelten modischen oder kosmetischen Katastrophen abgesehen, gab es wenig Aufregendes zu entdecken. Die wirklich ausgeflippten Nachtschwärmer bevorzugten offenbar andere Etablissements. Sie begann schon, sich zu langweilen, bevor Rafe mit den Drinks zurückkam.

Er setzte sich zu ihr und legte seinen Arm um sie, doch sie konnte sich nicht richtig entspannen. Sie spürte selbst, dass ihre Haltung verkrampft und ihre Miene frostig war. Warum konnte sie den Abend nicht einfach genießen? Man kam schließlich hierher, um Spaß zu haben.

Ihre Versuche, doch so etwas wie ein Gespräch anzufangen, versandeten im Soundbrei. Es war einfach zu anstrengend, sich die ganze Zeit anzuschreien. Nach einer Weile waren ihre Gläser leer, und Rafe erhob sich, um eine zweite Runde zu besorgen. Da es nichts Spannenderes zu tun gab, beobachtete sie ihn dabei, nahm geschmeichelt wahr, wie einige Frauen ihn anstarrten. Das neue, scheinbar unerschütterliche Selbstbewusstsein verlieh ihm unglaubliche Präsenz. Kein Wunder, dass sie kaum noch an etwas anderes denken konnte, wenn sie sich in seiner Nähe befand.

Als sie Antoines glänzenden Hinterkopf entdeckte, der auf Rafe zuhielt, kippte ihre Stimmung. Die beiden Männer wechselten ein paar Worte, aber die Gesten genügten, um zu verstehen, dass Antoine Rafe aufforderte, mit ihm zu kommen. Sie sprang auf, bereit, ihn zu begleiten, selbst wenn es in irgendein verräuchertes Hinterzimmer gehen sollte, wo sich in Filmen stets die bewaffneten Gangster trafen. Rafael suchte quer durch den Raum ihren Blick, schüttelte den Kopf und bedeutete ihr zu bleiben, wo sie war.

Enttäuscht sah sie ihm nach, wie er mit der Halbglatze in einem weiteren Gang verschwand. Sollte sie ihm trotzdem folgen? Nichts deutete darauf hin, dass er in Schwierigkeiten steckte. Vermutlich vermasselte sie ihm nur die Tour, wenn sie in das Gespräch platzte. Dennoch konnte sie sich nicht überwinden, sich einfach wieder zu setzen, also fasste sie sich ein Herz und ging ihm nach.

Schon als sich der Gang in zwei Treppen gabelte, zeigte sich, dass sie Rafes Spur verloren hatte. Sie entdeckte ihn nirgends zwischen den wenigen Leuten, die sich ausgerechnet auf den Stufen über den Weg gelaufen und bei Smalltalk hängen geblieben waren. Sollte sie nun nach unten oder nach oben gehen? Sie entschied sich für oben, wo eine weitere Loungelandschaft aus gepolsterten Sitzgelegenheiten und kantigen Tischchen durch eine gläserne Wand Aussicht auf die Tanzfläche gewährte. Die zuckenden Lichter blendeten sie einen Moment lang, dann gewöhnten sich ihre Augen daran. Während sie sich durch die im Raum verteilten Leute schlängelte, suchte sie die Gesichter nach Rafe oder einem seiner unangenehmen Freunde ab, doch niemand kam ihr auch nur bekannt vor. Als es sie in die Nähe der Scheibe verschlug, blieb sie stehen, um auch in der Menge um die Tanzenden herum nach ihnen Ausschau zu halten. Dank seiner Größe und des unvermeidlichen weißen T-Shirts musste Rafe herausstechen, falls er sich dort befand. Aber sie entdeckte ihn nirgends.

Mutlos setzte sie ihre Odyssee durch den Club fort. *Wohl doch so ein legendär verruchtes Hinterzimmer*, versuchte sie sich aufzuheitern. Ohne Erfolg. Sich zu ihm durchzufragen, hätte nur Misstrauen erregt. Warum war sie bloß mitgekommen? Jetzt blieb ihr nichts anderes übrig, als sich wieder auf ihren ursprünglichen Platz zu setzen, damit wenigstens Rafe *sie* fand, wenn er zurückkehrte.

Mit jeder Minute, die verging, fühlte sie sich einsamer und gelangweilter. Sie kam sich vor, als hätte sie jemand bei einer Verabredung versetzt. Sicher dachten das auch schon die Leute, die sie allein in ihrer Ecke sitzen sahen. Trotzig stand sie wieder auf und schlug sich zur Tanzfläche durch. Sollte Rafe eben nach ihr suchen, wenn er sich irgendwann bequemte, wieder aufzutauchen. Hatte er nicht gesagt, sie solle sich amüsieren?

Die Luft im Saal war noch heißer als auf den Gängen und feucht von Schweiß. Sophie stürzte sich ins zappelnde Gedränge, ignorierte, dass sie gelegentlich einen Fuß auf die Zehen oder einen Ellbogen in die Seite bekam, und spürte, wie auch ihr schon nach wenigen Takten der Schweiß ausbrach. Gesichter erschienen und verschwanden im lodernden Licht. Arme wurden in die Höhe gerissen, Oberkörper gewiegt und Hüften geschwungen. Die schnellen Beats rissen Sophie wie von selbst mit. Auch die von unten beleuchtete Tanzfläche selbst flackerte im Takt. Das Gefühl für oben und unten verschwamm mit den Songs, die der DJ pausenlos ineinander übergehen ließ. Es gab kein Ende, keinen Anfang, nur Bässe, die im Magen vibrierten und die Tänzer antrieben.

Nach einer Weile begann Sophie, sich wieder Sorgen zu machen. Rafe würde irgendwann zu ihrem Platz zurückkommen und womöglich wieder verschwinden, wenn sie nicht dort war. Als sie sich durch die Menge aus dem Saal schob, fühlte sie sich unsicher auf den Beinen. Der Lärm und das unstete Licht schienen ihren Gleichgewichtssinn verwirrt zu haben. Vielleicht lag es aber auch an der schlechten Luft und dem Alkohol. So oder so war sie erleichtert, einen freien Platz in der Nähe ihres alten zu finden und sich setzen zu können. Sie lehnte sich zurück und atmete durch, ohne den Ausgang aus den Augen zu lassen, durch den Rafe Stunden … Waren es tatsächlich schon Stunden? Sie sah auf die Uhr. Er musste so gegen halb elf gegangen sein. Jetzt war es kurz nach Mitternacht. Wieder beschlich sie Unbehagen. Wie lange sollte sie warten? Musste sie sich um seine Sicherheit sorgen, wenn er so lange fortblieb?

Um ihre Finger und Gedanken zu beschäftigen, zerrte sie das Handy aus der Hosentasche. Keine Anrufe, keine Nachrichten. Wie auch? Frustriert sperrte sie die Tastatur und steckte es wieder ein.

Als sie aufsah, entdeckte sie Linot und Antoine, die direkt auf sie zukamen. Keine Spur von Rafe. Rasch stand sie auf.

»Los, Schätzchen!«, brüllte Antoine über den Lärm hinweg in ihr Ohr. »Dein Freund hat gesagt, wir sollen dich nach Hause bringen.«

Was? »Nein«, rief sie zurück. »Ich soll hier auf ihn warten.«

»Der kommt heute Nacht nicht mehr. Der hat Wichtigeres zu tun. Los, komm jetzt!« Er streckte die Hand nach ihr aus, als wolle er sie packen.

Hastig wich Sophie zur Seite aus. »Ich finde den Ausgang allein«, blaffte sie, doch es war fraglich, ob Antoine es auf den Meter Entfernung überhaupt verstand. Falls ja, interessierte es ihn nicht. Er schnappte sie dennoch am Arm, als sie an ihm vorbeimusste. Energisch schüttelte sie im Laufen seine Hand ab, woraufhin er sie auf ihren Rücken legte, um sie von dort aus durch das Labyrinth zum Ausgang zu lenken. Aus dem Augenwinkel nahm Sophie wahr, dass sich Linot an ihre Fersen geheftet hatte. Sollte sie sich von den beiden einfach ins Auto schubsen und wegfahren lassen? Sie zogen einige neugierige Blicke auf sich, aber um Hilfe zu rufen, schien ihr dann doch zu theatralisch. »Und er hat wirklich gesagt, ihr sollt mich heimbringen?«, vergewisserte sie sich vor der Garderobe, wo Linot ihre Jacke abholte.

»Was denn sonst?«, murrte Antoine. »Glaubst du, wir spielen hier immer die Chauffeure für jedermanns Nutte oder was?«

Sie schoss ihm nur einen bösen Blick zu und zog die Jacke über. Dass Rafe sie diesen Widerlingen anvertraute, weckte allmählich ihren Zorn. »Fass mich nicht an!«, fauchte sie, als die Halbglatze sie ungeduldig zum Ausgang schob. An der Position seiner Hand änderte es nichts.

»Hu, hast du was aufgerissen, Antoine?«, spottete einer der Türsteher.

»Den Tag muss er sich im Kalender markieren«, stimmte ein anderer ein.

»Wichser!«, knurrte Antoine, hielt es aber entweder für zu gefährlich oder unter seiner Würde, sich mit ihnen anzulegen. Sie lachten, während er Sophie auf das wartende Auto zudirigierte.

Linot tauchte an Sophies anderer Seite auf. »Hey, Schätzchen, da dein Freund dich im Stich gelassen hat, treibst du's auch mal mit mir?«

Sie zuckte zurück, als er ihr an den Po griff. Ihre Wut wich Panik. Mit einem Ruck versuchte sie, sich aus Antoines Griff zu befreien, doch seine Finger schlossen sich nur noch fester um ihren Arm.

»Es wird nicht abgehauen. Er hat gesagt, liefert sie zu Hause ab, also werden wir genau das tun.« Er beugte sich vor, um die Autotür zu öffnen, während Linot grinsend den Wagen umrundete.

Um keinen Preis würde sie in dieses Auto steigen! »Nein!«, schrie Sophie, wand sich und zerrte an ihrem Arm. »Lass mich los!«

»Rein da jetzt!«, brüllte Antoine und riss sie vor.

»Loslassen, sofort!«, befahl eine dunkle, aber eindeutig weibliche Stimme, die nicht so klang, als wäre sie Widerspruch gewöhnt.

Überrascht wandte sich Sophie zu der Frau um. Sie hatte nicht bemerkt, dass sich ihr jemand genähert hatte, doch die Fremde stand nur zwei Schritte neben ihr. Sie war groß, schien förmlich zum Himmel aufzuragen, und zugleich schlank. Das schöne, ebenmäßige Gesicht blickte streng auf Antoine hinab, dessen Finger sich zögernd lösten. Blonde Locken umrahmten es einer strahlenden Aura gleich. Vor der Autorität, die sie ausstrahlte, fühlte sich Sophie wie ein Schulmädchen – unwissend, klein und schwach. Nur am Rande nahm sie wahr, dass die Frau eine Polizeiuniform trug.

Wie von selbst brachte sie mehr Abstand zwischen sich und Antoine, der die Gendarmin anstarrte wie eine Erscheinung.

»Nimm das Taxi dort!«, wies die Fremde sie an, ohne die Augen von dem überrumpelten Mann vor ihr zu nehmen, und deutete über die Straße, wo tatsächlich gerade eines hielt.

Eilig kam Sophie der Aufforderung nach.

»Du solltest besser aufpassen, mit wem du dich einlässt«, fügte die Stimme so laut und klar hinzu, als spreche sie direkt in ihrem Kopf. Ohne sich erklären zu können, warum, bildete sich Sophie ein, dass die Worte auf Rafe gemünzt waren.

»Ich glaube, so ein Hut steht mir.« Sophie betrachtete sich im Spiegel auf der Theke.

»Das ist ein Trilby«, erklärte Madame Guimard und legte einen Schwung sorgfältig zusammengelegter Seidenschals in einen Karton.

Kess zog Sophie die breite Krempe des Herrenhuts tiefer ins Gesicht, doch nun erinnerte sie der Anblick zu sehr an Gangster wie Al Capone, die das Chicago der Prohibitionszeit unsicher gemacht hatten. Rasch nahm sie den Trilby ab und setzte ihn auf einen Stapel Hüte anderer Größen. Von Kriminellen hatte sie die Nase gestrichen voll. Innerlich begann sie immer noch zu zittern, wenn sie daran dachte, wie die Halbglatze sie in dieses Auto hatte zerren wollen. Nie wieder wollte sie sich von Rafe in eine solche Lage bringen lassen. Sobald er wieder auftauchte, würde sie ein ernstes Wort mit ihm reden. Es wurde Zeit, ihm klar zu sagen, was sie von seinem neuen Lebenswandel hielt.

Mit einer Entschiedenheit, die nichts mit der Renovierung von Madame Guimards Laden zu tun hatte, zog und schob sie ein geleertes Regal von der Wand weg. Rafe hatte sie nun schon zweimal im nächtlichen Paris in Gefahr gebracht. Den ersten Zwischenfall, der ihr dank Jean nur einen Schreck eingejagt hatte, konnte sie ihm nicht ankreiden, da er nicht geahnt hatte, dass es sie überhaupt gab. Doch dieses Mal war er einfach verschwunden und hatte sie diesen Widerlingen überlassen. Das ging zu weit.

Verstohlen wischte sie sich eine Träne aus dem Augenwinkel und floh mit ein paar Hutschachteln vor Madame Guimards forschendem Blick ins Hinterzimmer, wo sie den wackligen Turm in einer Ecke abstellte. Warum konnte sie nicht einfach nur wütend auf ihn sein, ohne gleich wieder zu heulen? *Weil ich einen Moment lang wirklich Angst hatte …* Und weil sie ahnte, dass er die Angelegenheit nicht so schlimm finden würde wie sie. Wo war nur der alte Rafe geblieben, ihr Ritter auf dem weißen Pferd, der sie auf Händen getragen hatte? Stattdessen hatte ihr eine fremde Frau beispringen müssen.

Sie trug einen Stapel Zeitungen in den Verkaufsraum und begann, den Boden vor der Wand damit auszulegen. Den ganzen Vormittag hatte sie Bewerbungen verfasst, an Formulierungen gefeilt und Varianten ihres Lebenslaufs mit Firmenprofilen abgeglichen. Kleinigkeiten konnten entscheidend sein. Doch ständig hatte sie die jäh aus dem Nichts erscheinende Gestalt ihrer Retterin wieder vor sich gesehen, ihre warnende Stimme gehört.

Einerseits schien es abwegig, auch nur zu denken, sie könne sich mit ihren Worten auf Rafe bezogen haben. Andererseits kam Sophie so einiges an ihr seltsam vor. Sie hatte noch nie eine Polizistin allein auf Streife gesehen. Selbst die männlichen Gendarmen traten stets zu zweit oder gar zu dritt oder viert auf, weil es sicherer war. Aber sosehr sie auch ihr Gedächtnis bemühte, sie konnte sich an keine zweite Person in Uniform vor dem Club erinnern.

Noch merkwürdiger war, dass das Bild ihres Gesichts jedes Mal verschwamm, sobald Sophie versuchte, sich darauf zu konzentrieren. Es entglitt ihr wie ein Traum, den man im ersten Moment nach dem Aufwachen noch deutlich vor sich sieht, um sich immer weiter zu entziehen, je mehr man über ihn nachdenkt. Trotzdem hätte sie schwören können, dass es dieselbe Frau war, die sie schon zweimal an Jeans Seite gesehen hatte. Und wenn sie tatsächlich mit Jean in Verbindung stand, war es wiederum nicht mehr so undenkbar, dass sich ihre Mahnung auf Rafe bezogen hatte. Aber wer war sie? Jeans Freundin? Oder war Jean doch ein verdeckter Ermittler, der sie mit diesen Engelsgeschichten zum Narren hielt, und sie »nur« eine Kollegin? Ob die beiden etwas miteinander hatten, konnte ihr ja nun wirklich gleichgültig sein.

Ein Piepsen ihres Handys drang von der Theke herüber, wo sie ihre Tasche abgelegt hatte. Hoffentlich nicht schon wieder einer dieser sinnlosen Willkommensgrüße. War sie mittlerweile nicht lange genug in Paris?

»Ich hole dich gegen 21 Uhr ab. Rafe«

Verwirrt starrte sie auf das Display. Woher hatte er ihre Nummer? Ihr Handy zeigte »Rafe« als Absender an, also musste sie ihn im Telefonbuch gespeichert haben – aber wann? Vielleicht sollte sie ihm erst einmal antworten. Aber was? Es widerstrebte ihr, so zu tun, als sei alles in bester Ordnung. *»Hi, ja, wir müssen reden«*, tippte sie, nur um es sofort wieder zu löschen. Mit diesem tödlichen Satz würde sie den Abend verderben, bevor er begonnen hatte. *»Hi, prima, ich …«* Wieder brach sie ab. Klang das angesichts seines Verhaltens nicht viel zu begeistert? Erneut ließ sie den Cursor zurückwandern, bis nur noch *»Hi«* übrig blieb. Hatte er zwischenzeitlich schon mit seinen feinen Freunden gesprochen? Wusste er, was vorgefallen war? »*Hast du schon …*«, setzte sie an, doch plötzlich erlosch das Display und stellte sich tot. Sie grummelte einen unterdrückten Wutschrei. Warum musste sie auch immer vergessen, den Akku aufzuladen?

16

Sophie blieb hinter der geschlossenen Tür stehen und atmete ein paar Mal bewusst langsam durch, um sich zu sammeln. Sie sah es kommen. Wenn Rafe wieder etwas Romantisches sagte oder ihr so intensiv in die Augen blickte, als gäbe es nichts anderes auf der Welt, würde sie alle guten Vorsätze vergessen und über die vergangene Nacht schweigen. *Darauf legt er es doch an. Reiß dich zusammen, Soph!*

Entschlossen griff sie nach der wuchtigen, altertümlichen Klinke und öffnete die Tür. »Hi, Rafe.« Sie sah ihn nur flüchtig an, wandte sich sofort wieder ab, um hinter sich zuzuziehen.

»Hi, Sophie«, ging er auf ihren nüchternen Ton ein, doch seine Linke spielte bereits wieder mit Strähnen ihres Haars. »Schönes Kleid.« Seine Finger strichen ihren Hals hinab und die Schulter entlang, die der schmale Träger eher betonte denn verdeckte, und hinterließen eine seltsam heißkalte Spur.

Sophie schauderte, doch es war ein wohliges, kribbelndes Gefühl.

Zusammenreißen!, ermahnte sie sich und straffte die Schultern. Endlich schaffte sie es, ihm in die dunklen Augen zu sehen. »Ich ... ähm ... kann so nicht weitermachen, Rafe.«

Er erwiderte nur ihren Blick, während seine Hand fortfuhr, mit leichten Berührungen ihrer Halsbeuge ihren ganzen Körper in Aufruhr zu versetzen.

»Gestern Abend ist etwas vorgefallen, das mir ...«

»Ich weiß«, fiel er ihr so ernst ins Wort, dass sie sogleich verstummte. »Es wird nicht wieder vorkommen.« Er klang so sachlich und düster zugleich, dass sie unwillkürlich Bilder aus Mafiafilmen vor sich sah, in denen eigenmächtige Handlanger beiläufig abgeknallt wurden.

Sie hatte alles erwartet, halbherzige Entschuldigungen, Ausreden, Herunterspielen, hatte insgeheim doch auf eine liebevolle Reaktion gehofft, doch dieses unverblümte Eingeständnis und das unterkühlte Versprechen trafen sie völlig unvorbereitet. »Das, äh ...« Was genau hatten seine Worte eigentlich für ihre Zukunft zu bedeuten? Dass er sie nicht mehr mitnehmen würde oder dass er sie nicht mehr mit Linot und Antoine allein ließ? Im Grunde wurde dadurch nichts besser, solange *er* sich mit solchen Leuten traf. Ein sehr verliebter Teil von ihr schrie protestierend auf, dass sie nichts ruinieren sollte, aber die Worte waren schon heraus: »Das reicht mir nicht.«

Zu ihrer Überraschung grinste Rafe. »Mir auch nicht«, sagte er, fasste dabei in ihr Haar und hob es an, um ihren Hals zu küssen.

Einen Moment lang hielt sie still. Sie *wollte* seinen Atem und seine Lippen auf ihrer Haut spüren. Doch er tat genau das, was sie von Anfang an befürchtet hatte. Widerstrebend wich sie zurück. »Du nimmst überhaupt nicht ernst, was ich sage.«

Er richtete sich auf und sah ihr in die Augen. »Ich nehme dich viel ernster, als du glaubst. Selbst wenn ich wollte, könnte ich nicht mehr von dir lassen.«

Hätte er nicht einfach sagen können, dass er mich liebt?, fragte sie sich, bevor sein Kuss jeden klaren Gedanken ebenso vertrieb wie die Zweifel. Sie löste sich erst wieder von ihm, als sie dringend mehr Luft brauchte.

»Gehen wir«, forderte er und nahm ihre Hand.

Nach den Andeutungen, die er am Vortag gemacht hatte, folgte sie ihm in der Erwartung, er werde sie mit zu sich nach Hause nehmen. Wie es wohl in seiner Wohnung aussah? Sie war neugierig, aber auch ein bisschen nervös. Seltsame Vorstellung, dass er sich nicht mehr an ihre gemeinsame Zeit erinnerte. Wenn er mit ihr ins Bett gehen wollte, würde es eine Art erstes Mal sein. *Was heißt hier »wenn«? Er hat keinen Hehl daraus gemacht, dass er genau das will.*

Doch an der nächsten Kreuzung schlug er nicht die Richtung zur Rue Thouin ein, sondern bog nach rechts ab. Er führte sie die Rue des Écoles hinunter auf die Rue Saint-Jacques zu, vorbei an den baumbeschatteten Treppen und Bänken des schmalen Grünstreifens vor dem Collège de France.

»Wo gehen wir hin?«, wollte sie verwundert wissen, zögerte jedoch nicht, ihm zu folgen.

»An einen magischen Ort«, antwortete er lächelnd und streichelte mit dem Daumen ihre Hand.

Sophie grinste. Allmählich hätte sie wissen können, dass er sich gern geheimnisvoll gab. Sie beschloss, ihm noch einmal zu vertrauen und den lauen Abend einfach zu genießen. Die Wolken des Vortags waren über Nacht abgezogen, ohne Regen zu bringen, und hatten der Stadt einen weiteren heißen Sommertag gegönnt. Der Asphalt und die hohen Häuser gaben noch die gespeicherte Hitze ab, während die Sonne bereits versank. Für den Fall, dass es später kühl werden würde, hatte sich Sophie eine dünne Strickjacke um die Taille gebunden.

An der Ampel über die Rue Saint-Jacques mussten sie nicht lange warten. Der Verkehr hatte sich so weit beruhigt, dass sie nach Pariser Art schon bei Rot die Straße überqueren konnten. Auf der gegenüberliegenden Seite, wo tagsüber ein Wachmann vor einer eher unscheinbaren Tür stand, spazierten sie an der Rückseite der Sorbonne entlang, bis sie die Rue Soufflot erreichten. Hier fanden sich Touristen, Studenten und Einheimische in zahlreichen Restaurants, Cafés und Fast-Food-Imbissen zusammen, bevor sie wieder ihrer Wege gingen. Linker Hand bot die breite Straße den besten Blick auf das mächtige, säulengestützte Portal des Panthéons, das einem antiken Tempel glich, doch dahinter wie ein Dom von einem mit einer Kuppel gekrönten Turm überragt wurde. Zur Rechten führte sie auf fernes Grün zu, das den Jardin du Luxembourg ankündigte, den weitläufigen Park des gleichnamigen Palais', in dem der französische Senat tagte.

Rafe bog nach rechts ab. »Hast du schon gegessen?«, erkundigte er sich, als ihnen die Gerüche aus den vielen Lokalen in die Nase stiegen. Auch hier wucherten die Tische und Stühle auf die Bürgersteige hinaus, konkurrierten mit den parkenden Autos, Motor- und Fahrrädern und vor allem dem Strom der Passanten um Platz.

»Ja, Madame Guimard sorgt gut für mich«, lachte Sophie. »Und sie ist tödlich beleidigt, wenn ich ihr Geld dafür geben will. Dafür streiche ich jetzt eben ihren Laden.«

»Du hast Spaß daran«, stellte er schmunzelnd fest.

»Irgendwie schon.« Es wunderte sie selbst, denn sie hatte sich nie darum geschlagen, ihren Eltern beim Renovieren zu helfen. »Vielleicht liegt es daran, dass Madame Guimard mir freie Hand lässt. Ich muss es nicht nur machen, sondern bin auch dafür verantwortlich, was alles verändert werden soll. Es liegt allein bei mir, ob es schön wird. Sonst bin ich immer nur der Handlanger gewesen, verstehst du?«

»Eine sehr hübsche Handlanger*in*«, korrigierte er.

Errötend warf sie ihm einen dankbaren Blick zu. »Manchmal glaube ich, dass genau das ein Problem sein kann. Meine alte Firma hat mich immer gern auf Messen mitgeschickt. Um den Stand zu betreuen, wie sie das nannten. Anfangs fand ich das spannend. Ich dachte, ich müsste Gespräche mit Kunden führen, aber in Wahrheit hatte ich nichts anderes zu tun, als herumzustehen und die Leute anzulächeln. Ab und zu Kaffee kochen, Kekse auffüllen. Wenn ich jemandem auf Französisch die Auskunft geben durfte, sein gewünschter Gesprächspartner stehe gerade nicht zur Verfügung, war das die intellektuelle Herausforderung des Tages!«

»Äußerst anspruchsvoll«, feixte Rafe. »Sie waren wohl rührend darauf bedacht, dich nicht zu überfordern.«

»Nur auf Messen«, betonte sie. »Im Büro war ich für die schwierigsten Übersetzungen immer gut genug. Vor allem, wenn sie dringend nach Feierabend anstanden.«

»Es ist gut, dass du gekündigt hast und hergekommen bist.« Er ließ ihre Hand los, um ihr stattdessen den Arm um die Schultern zu legen. »Sonst wärst du jetzt nicht hier bei mir.«

Sie musste sich rückwärts neigen, damit er sie küssen konnte, was im Gehen nicht einfach war, doch sein Arm bewahrte sie davor, das Gleichgewicht zu verlieren. Insgeheim gab sie ihm recht. Nirgendwo auf der Welt hätte sie lieber sein wollen.

Schließlich kreuzte die Rue Soufflot den Boulevard Saint-Michel und mündete in einen kleinen Platz, hinter dem sich bereits der Gitterzaun und die haushohen Bäume des Jardin du Luxembourg erhoben. Rafe hielt direkt auf das Tor zu.

»Du willst in den Park? Wird er nicht bald geschlossen?«, wunderte sich Sophie angesichts des Wachpersonals, das man in seinen Uniformen leicht für Polizisten halten konnte.

»Gut erkannt«, meinte er nur und ging unbeirrt weiter.

Jogger drehten schnaufend ihre Runden entlang des Zauns. Spaziergänger jeden Alters und aller Hautfarben begegneten ihnen auf den Wegen unter den Platanen, Buchen und Kastanien, räumten widerstrebend allmählich die Bänke und Stühle, die im ganzen Park verteilt standen.

Gegen die Weite des zentralen Platzes wirkte selbst die dreiflügelige Front des Palais' mit ihren Säulen und Statuen unbedeutend. Blühende Oleanderbüsche in fast mannshohen, mit hell gestrichenem Holz ummantelten Kübeln und steinerne weiße Balustraden säumten weitläufige Terrassen, die den Platz umgaben. Von dort überblickte man vereinzelte Palmen und einen Ring aus üppigen, in Weiß, Gelb und Pastellblau bepflanzten Blumenbeeten, in deren Mitte die Menschen um einen Springbrunnen schlenderten, dessen Becken schon fast an die Ausmaße eines kleinen Sees herankam. Enten und Modellsegelschiffe schwammen darauf, und Fische schossen an die Oberfläche, um den Enten die Brotkrumen streitig zu machen.

Jenseits des Brunnens führten Stufen auf eine weitere Terrasse, hinter der sich zahlreiche Wege in den dunkler werdenden Schatten der Bäume verloren. Statuen weiblicher Würdenträgerinnen standen hier mit Blick auf den Platz verteilt. Es war unübersehbar, dass sich die Öffnungszeit ihrem Ende zuneigte. Die Ponys und Esel, auf denen die Kinder durch den Park schaukeln durften, wurden davongeführt, die Modellschiffe aus dem Wasser gefischt und in einem kleinen Verschlag verstaut. Die meisten Leute strebten langsam den Ausgängen zu.

Sophie rätselte immer noch, was Rafe ausgerechnet jetzt in den Jardin du Luxembourg trieb. Er hatte sie wieder bei der Hand genommen und ging mit einer Selbstverständlichkeit voran, die sogar die Wächter zu verwirren schien, die ihm irritiert nachblickten, aber nichts sagten.

»So wie's aussieht, werden sie uns gleich rauswerfen«, gab sie gerade zu bedenken, als sich Rafe zu ihrer Überraschung hastig umsah.

»Nicht, wenn du dich duckst«, behauptete er und zog sie zwischen die Sträucher, die einen Spielplatz umgaben.

»Rafe!«, protestierte sie halbherzig, während sie mit ihm in die dichten Büsche eintauchte. Zweige und Blätter kratzten ihre Haut und zerrten an ihrem Kleid, dann war sie hindurch und fand sich am Boden liegend in einem Hohlraum wieder, den die Äste bildeten. »Du bist ja verrückt«, wisperte sie auf ihre Ellbogen gestützt. Nicht auszudenken, wie peinlich es werden würde, wenn sie doch jemand gesehen hatte!

»Der Luco ist der einzige Ort in ganz Paris, den du nachts garantiert nicht mit Clochards teilen musst«, flüsterte Rafe.

Sophie verdrehte die Augen. »Von Wohnungen vielleicht abgesehen?«

Er grinste. »Ich sagte doch, ich will einen magischen Ort.«

Zweifelnd sah sie ihn an. »Sich unter einer Hecke zu verstecken, hat für mich wenig Bezauberndes an sich.«

»Findest du das etwa kein bisschen romantisch?«

»Eigentlich nicht«, erwiderte sie, doch die Frage verlor an Bedeutung, weil ihr mit jedem Augenblick bewusster wurde, wie nah sie neben ihm lag.

»Na, wie gut, dass ich nicht die Hecke meinte. Wir müssen nur warten, bis die Tore geschlossen sind und es richtig dunkel wird.« Er hatte es sich auf der Seite bequem gemacht und stützte den Kopf auf den angewinkelten Arm, um sie ansehen zu können.

Auf dem Bauch liegend, fühlte sie sich immer mehr wie ein Soldat im Schützengraben. Das war doch alles Irrsinn. »Du willst nachts hier herumlaufen? Ist das nicht gefährlich wegen der Flics, die den Senat bewachen?«

Die Finger seiner freien Hand strichen beinahe unmerklich ihren Rücken hinab und wieder herauf. »Lass das meine Sorge sein. Wenn du endlich still bist, wird uns kein Mensch entdecken.«

Ach, ich plappere also. Sie schoss ihm einen bösen Blick zu und merkte, wie das Licht unter dem Gesträuch bereits schwand.

»Sophie?«

»Was?«

Er küsste ihre vom Aufstützen spitze Schulter. »Dreh dich um.«

Sie schüttelte nur den Kopf. Sich wie ein Igel unter Büschen zu verstecken, war nicht das, was sie sich erhofft hatte.

»Wir hätten uns auch in den Brunnen legen und nur die Nasen herausschauen lassen können«, meinte Rafe leise. »Oder soll ich ein Bettlaken um dich drapieren und dich als antike Statue zu den anderen stellen?«

Die Vorstellung, wie sie auf einem Podest stand und mit einer Hand ein Laken vor der Brust zusammenraffte, während sie mit der anderen eine dramatische Geste vollführte, war zu komisch. Prustend unterdrückte sie ein Lachen, bis ihr auffiel, dass Rafe auf einen unausgesprochenen Gedanken geantwortet hatte. »Woher …«

»Schsch!« Rasch legte er ihr eine Hand auf den Mund und nahm sie mit einem Streicheln wieder fort.

Erschrocken hörte sie den Grund. Ganz in der Nähe knirschten Schritte auf dem sandigen Weg.

»Hast du das eben auch gehört, Lavall?«, fragte jemand.

»Könnte sein, aber hier ist doch weit und breit niemand«, gab eine weibliche Stimme zurück. »Vielleicht kam's von der Straße rüber.«

»Nein, das kam von hier.« Die Schritte kamen noch näher.

Sophie spähte in die Richtung und wand sich innerlich. Durch die Zweige konnte sie das helle Uniformhemd leuchten sehen. Musste dann nicht umgekehrt auch Rafes T-Shirt zu erkennen sein? Was sollte sie den Wachleuten nur sagen? Ihr Blick suchte Rafes, doch er hatte die Augen geschlossen. Verwirrt sah sie ihn an. Wie konnte er so ruhig sein? Unnatürlich ruhig. Seine Hand lag reglos auf ihrem Rücken. Wenn sie es nicht besser gewusst hätte, hätte sie geschworen, dass er aufgehört hatte zu atmen. Eine Stille ging von ihm aus, die sich über sie legte wie fallender Schnee. Die Welt um sie herum verstummte – das Zwitschern der Vögel, das ferne Brausen des Verkehrs, das Rascheln des Laubs, selbst ihr eigener Atem, der ihr einen Augenblick zuvor noch verräterisch laut wie ein Blasebalg vorgekommen war … Alles kam zum Erliegen. Die Dunkelheit unter dem Gesträuch verdichtete sich. Lag es am Schatten des Wachmanns, der vor den Büschen stand und sich aufmerksam umsah?

»Hm, hier ist wirklich nichts«, brummte er. »Aber ich könnte schwören, dass ich Stimmen gehört habe.«

»Es kam bestimmt doch von der Straße«, erwiderte seine Kollegin Lavall. »Die Bäume werfen den Schall manchmal zurück wie ein Echo.«

Schritte entfernten sich langsam. »Ist dir das auch schon aufgefallen? Würde mich mal interessieren, woran das liegt. So ein Baum ist schließlich …«

Sophie hörte nicht länger zu. Obwohl sie in der Finsternis kaum noch etwas von seinem Gesicht erkennen konnte, starrte sie Rafe an, der die Augen öffnete. »Wer bist du?«, flüsterte sie.

»Der, den du liebst.«

Verzaubert von der allumfassenden Stille, die noch immer ihr Inneres ausfüllte, liebte sie ihn mehr als je zuvor. Seine Lippen fanden die ihren und verführten sie dazu, sich auf die Seite zu drehen. Auf einen Arm gestützt erwiderte sie den Kuss, doch auch das erwies sich als zu unbequem, bis sie sich halb auf den Rücken rollen ließ. Endlich konnte sie ihn umfangen, berauschte sich an seiner Nähe, seiner Wärme, dem Duft seines Haars und seiner Haut, den festen Armen, die sie hielten. Instinktiv drängte sie sich enger an ihn, als er sich über sie lehnte, hieß das Gewicht seines Körpers auf ihrem mit einem sehnsüchtigen Seufzen willkommen. Ihre Hüfte schien unter der seinen zu zerfließen. Wie von selbst öffneten sich ihre Beine seinem drängenden Oberschenkel. Sie schob die Hände unter sein T-Shirt, wollte beseitigen, was sie noch trennte.

Verwundert merkte sie, wie sich Rafe zurücknahm.

»Es ist zu früh«, flüsterte er an ihrem Ohr. »Weder die richtige Zeit noch der richtige Ort.«

»Was?« Sollte das ein schlechter Scherz sein? Sie verlangte mit jeder Faser nach ihm, und er stieß sie zurück? Ihr war, als hätte sich ein kalter Schauer über sie ergossen.

Rafe gab sie frei, stützte sich auf einen angewinkelten Arm und sah auf sie herab. Seine andere Hand fuhr spielerisch den Schwung ihrer Taille und Hüfte nach. Hier im Park war die Nacht noch schwärzer. »Warst du nicht selbst der Meinung, dass es unter deiner Würde sei, mit mir unter dieser Hecke zu liegen?«

»Aber …«

Er schloss ihre Lippen mit einem Kuss. »Ich bin froh, dass du es genauso willst wie ich, aber es soll um Mitternacht am Brunnen der Medici sein. Dann erst ist die Zeit für uns gekommen.«

Mitternacht am Brunnen der Medici. Besänftigt schmiegte sie sich an ihn, als er sich auf den Rücken sinken ließ und sie an sich zog. *Mitternacht – am Brunnen der Medici.* Tief in seinem Herzen musste er doch unsäglich romantisch sein.

Auf den menschenleeren Wegen durch den nächtlichen Park zu streifen, hatte eine unwirkliche Note. Fledermäuse flatterten Geistern gleich ebenso lautlos wie schnell vorüber. Ab und zu raschelte etwas im Gebüsch. Hoch oben rauschte es leise in den Baumkronen, doch am Boden war es so still, dass Sophie glaubte, jedes einzelne Steinchen unter ihren Schuhsohlen mahlen zu hören. Sie erschrak, als irgendwo über ihr ein großer Vogel mit den Flügeln schlug.

Rafe drückte ihre Hand, als wolle er ihr sagen, dass sie keine Angst haben müsse. Doch sie *war* besorgt, und daran konnte er mit einer bloßen Geste nichts ändern. Nur weil es ihnen gelungen war, sich unter dieser Hecke zu verstecken, hieß das noch lange nicht, dass sie unbemerkt den ganzen Jardin du Luxembourg durchqueren konnten. Ängstlich hielt sie nach den Wächtern Ausschau, die sicher auch nachts von Zeit zu Zeit ihre Runden drehten. Noch schwerer wog jedoch, dass der Brunnen der Medici direkt neben dem Vorgarten des Palais' des Senats lag. Schon tagsüber stand dort für jeden sichtbar auf mehreren Posten Sicherheitspersonal verteilt. Bestimmt verzichteten sie nicht ausgerechnet nachts auf angemessene Schutzmaßnahmen.

Hoffentlich wusste Rafe, was er tat. Ihr blieb nichts anderes übrig, als ihm zu vertrauen, denn es war zu spät, um einen Rückzieher zu machen. Sie hatte sich mit ihm einsperren lassen, also musste sie darum beten, bis zum Morgen unentdeckt zu bleiben, wenn sie sich keinen Ärger einhandeln wollte. Hatte sie sich nicht geschworen, sich nicht mehr von ihm in Schwierigkeiten bringen zu lassen? *So viel zu guten Vorsätzen.*

»Wir sind gleich da«, wisperte Rafe, während sie am geschlossenen Getränkehäuschen vorbeischlichen.

Erneut stutzte sie. Hatte er auf ihre Gedanken geantwortet, oder war es Zufall? Was er gesagt hatte, lag schließlich nahe. Schon ragte der dunkle Umriss des Renaissancemonuments vor ihr auf. Im Schatten hoher, alter Platanen, deren Stämme so dick waren, dass Sophie sie nicht hätte umfassen können, plätscherte Wasser. Es wunderte sie, denn sie hatte erwartet, dass die Brunnen nur tagsüber in Betrieb waren. Hatte sie die

Fontäne des anderen gehört? Sie konnte sich an nichts dergleichen erinnern.

Am Fuß des Bauwerks floss das Wasser über breite, schwarze Stufen in ein rechteckiges Becken hinab, wo es in der Dunkelheit zu spiegelndem Obsidian gerann. Zu beiden Seiten flankierten Stühle und davor ein mit vasenförmigen Blumenkübeln gespicktes Geländer diesen unergründlich tief anmutenden Teich. Es roch nach Erde, Geranien und nassem Gestein. Lebensgroße Statuen blickten sich aus den überwölbten Nischen des Monuments an, als habe die Umgebung nichts mit ihnen zu tun. Vom Treiben der Menschen im Park entrückt, lebten sie in ihrem eigenen neptunischen Reich, dessen Wände und Säulen mit einem an Flechtenbärte und Wasserpflanzen erinnernden Relief versehen waren – wie Felsen in einem verwunschenen Wald, über die beständig Wasser herabrieselte.

»Der Brunnen ist einem antiken Quellheiligtum nachempfunden«, flüsterte Rafe, der sie so nah an die schwarzen Stufen geführt hatte, wie es das Geländer zuließ. Er legte den Arm um ihre Taille und zog sie enger an seine Seite. »Es ist den Flussgöttern der Seine und der Rhône geweiht.« Mit der freien Hand deutete er zu den Nymphen hinauf. »Aber diese hier …« Er wies auf ein nacktes Liebespaar aus hellem Stein, das sich deutlich von den dunklen Stufen abhob. »… erinnern mich an uns: Akis und Galatheia.«

Abermals wunderte sich Sophie, woher ein angeblich erst seit ein paar Wochen in Paris lebender, seine Zeit mit Verbrechern verbringender Amnesie-Patient solches Wissen haben konnte. Und dann diese seltsame Stille, als sie beinahe entdeckt worden wären. Irgendetwas stimmte mit ihm nicht.

»Galatheia war eine Meerschaumgeborene«, fuhr Rafe fort, »und Akis ihr Geliebter. Sie hätten sehr glücklich miteinander werden können, wenn …«

Sie ahnte seinen Blick mehr, als dass sie ihn sah, und folgte ihm nach oben zu der wuchtigen, bärtigen Gestalt mit flatterndem Umhang, die sich wie ein Ungeheuer über die Grotte der beiden Liebenden beugte. Der Riese hielt etwas in der Hand, das einer Schlange ähnelte, doch im Dunkeln konnte sie es nicht erkennen.

»Wenn der Zyklop Polyphem sie nicht in rasender Eifersucht verfolgt und Akis mit einem Felsen erschlagen hätte.«

Sophie hörte den Zorn in den geflüsterten Worten, spürte ihn in der Anspannung, die Rafes Körper ergriff. Seine Hand packte sie fester, während er sich ihr zuwandte. Sein Kuss war hart und hätte ihre Lippen verletzt, wenn sie nicht geistesgegenwärtig nachgegeben hätte, als sei sie tatsächlich aus Meerschaum erschaffen.

»Aber Akis ist nicht einfach tot.« Rafes Augen funkelten. »Er wurde in einen Fluss verwandelt und wird immer da sein.«

Sie sah vor sich, wie die schöne Galatheia nackt in die Fluten stieg, die einst ihr Liebhaber waren, und schauderte. Er antwortete darauf, indem er ihre Hüften enger an seine zog. Die andere Hand glitt über ihre Brust, streifte einen Träger des Kleids über ihre Schulter. Willig überließ sie sich ihm, spürte die Lust zurückkehren.

Doch ein Winkel ihres Verstands widersetzte sich dem Strudel der Gefühle, raunte ihr beunruhigende Gedankenfetzen zu. Sprach Rafe davon, dass er wie Akis gestorben und auf andere Art zurückgekehrt war? Auf wen war er wütend, wenn er sich doch gar nicht an ihre frühere Liebe erinnerte? Warum hatte er ihr seine Wohnung noch nicht gezeigt, und wo war seine Nachricht hergekommen, wenn sie ihm nie ihre Handynummer gegeben hatte?

Es ist mir gleich, gleich, gleich!, schrie sie stumm auf. Sie wollte nichts mehr hören, nicht mehr zweifeln, nur noch seine warmen Lippen auf ihren Brüsten spüren. Schlug irgendwo eine Turmuhr Mitternacht, oder bildete sie sich das ein? *Geisterstunde,* wisperte die mahnende Stimme in ihrem Kopf. *Und die Medici waren nie eine sonderlich nette Familie.*

»Hör auf zu denken, chérie«, murmelte Rafe an ihrem Ohr und küsste es. Sein Körper drängte sie gegen die Wand des Monuments. Das harte Relief drückte sich in ihren Rücken, doch seine entblößte Haut unter ihren Fingern lenkte sie ab.

Die Stille. Erinnere dich an die Stille! Mit einem Mal hatte sie ein Bild vor Augen. Sie saß mit ihrer Großmutter in deren Esszimmer. Die ganze Familie war um den Tisch versammelt, um irgendeinen Geburtstag zu feiern. Es ging hoch her, doch plötzlich waren alle zugleich verstummt, als hätte jemand lauthals um Ruhe gebeten. Einen Augenblick lang herrschte Schweigen. Sophie sah verwundert ihre Großmutter an. Die alte Frau lächelte. *»Ein Engel ist durch den Raum gegangen.«*

Sophie schnappte nach Luft, als wäre sie aus großer Tiefe aufgetaucht. Instinktiv wehrte sie Rafe ab, während sie noch verzweifelt ihre aufgewühlten Gefühle und Gedanken sortierte. »Wer bist du?«, rief sie. »Oder was?«

»Leise! Du hetzt uns noch die Wächter auf den Hals«, mahnte Rafe und versuchte, sie erneut zu küssen, anstatt ihre Frage zu beantworten.

Aufgebracht stieß sie ihn zurück. »Hör auf damit! Ich will endlich wissen, was du mir verschweigst!« Mit einer Hand fischte sie nach den Trägern von Kleid und BH, mit der anderen schlug sie Rafes Arm zur Seite, als er nach ihr greifen wollte.

Wut blitzte in seinen Zügen auf, bevor er sich sofort wieder unter Kontrolle hatte. »Du redest Unsinn, Sophie. Das hat dir dieser Idiot eingeredet, der nicht das Geringste …«

Sie hörte nicht mehr zu. Lichtschein flackerte durch die Bäume und Sträucher. *Wir sind entdeckt!* Hastig zerrte sie ihr Kleid zurecht, während sie kopflos davonlief.

»Zum Ausgang!«, herrschte Rafe sie an, überholte sie, packte ihre Hand und zog sie mit sich.

Es war nicht weit zum Tor, selbst mit rufenden Verfolgern im Nacken. Doch Sophie fragte sich panisch, was das bringen sollte, wenn alles verschlossen war. Hinter den doppelt mannshohen Gittern wartete das gewöhnliche nächtliche Paris mit seinen Lichtern und Zechern. Rafe hielt direkt darauf zu. Sie würden gegen die Stangen prallen und in der Falle sitzen. Sophie schrie auf, stemmte im gleichen Augenblick die Füße in den Boden, da sich das Tor vor ihnen auftat. Die Flügel sprangen auseinander, als gäbe es kein Schloss, keinen Riegel.

Rafe schob sie durch den Spalt hinaus. »Lauf! Ich lenke sie ab.«

17

Der Engel des Herrn tat in der Nacht die Türen des Gefängnisses auf.«

Apostelgeschichte, Kapitel 5, Vers 19, notierte Sophie und starrte dann nachdenklich auf den Bildschirm, ohne ihn wahrzunehmen. Sie hatte einen Schwung Bewerbungen über das Internet verschickt, wie von den betreffenden Firmen gewünscht, und hatte anschließend nicht widerstehen können, einige Suchmaschinen mit dem Begriff »Engel« zu füttern. Die Zahl der Treffer hatte sie schier erschlagen. Es war ihr ein Rätsel gewesen, wie sie in diesem Datenwust jemals eine sinnvolle Information finden sollte – falls es so etwas wie Fakten über Engel überhaupt gab. Mühsam hatte sie sich durchgebissen, gefühlte tausend Esoterikseiten zu den Engeln als hilfreiche Feen des Alltags weggeklickt, und fast genauso viele Forenbeiträge von Menschen, denen angeblich Engel erschienen waren und die nahende Apokalypse oder die Geheimnisse des Universums verkündet hatten.

Nur wenige Seiten widmeten sich der sachlichen Auseinandersetzung mit dem Thema, doch mittlerweile war Sophie zu erschöpft, um sich auf anspruchsvolle Texte zu konzentrieren. *Vielleicht sollte ich einfach Jean fragen.* Sie war sicher, dass er ihr nur zu gern alles erzählen würde, was er über Engel wusste, und einen Stapel theologischer Schriften bekäme sie vermutlich gratis dazu. Aber damit würde sie zugeben, dass er recht hatte.

Sie musste sich eingestehen, dass es ihr bei Tag, in einem Internetcafé vor einem Rechner sitzend, wieder sehr viel leichter fiel, alles für Unsinn zu halten, was ihr in der Nacht so einleuchtend erschienen war. Rafe hatte einfach nur romantisch sein wollen, und den Rest musste sie sich eingebildet haben. Nur das Tor irritierte sie. Sie hatte deutlich gesehen, dass es aufgesprungen war, einfach so, noch bevor Rafe es berührt hatte. Konnte es dafür eine rationale Erklärung geben? Natürlich war es möglich, dass jemand das Tor nachlässig geschlossen hatte, sodass es beim geringsten Anlass aufgegangen war. Aber das wäre erneut ein gewaltiger Zufall, und in ihren gesamten Theorien, die sie sich rund um Rafe zurechtgelegt hatte, wimmelte es bereits dermaßen von Zufällen, dass daran allmählich schwerer zu glauben war als an alle religiösen Dogmen von Jungfrauengeburt und Wiederauferstehung zusammen.

So ging es nicht weiter. Sie konnte Rafe nicht wieder treffen – vorausgesetzt, dass er das nach diesem Desaster noch wollte –, solange sie nicht wusste, was sie von all dem halten sollte. Er benahm sich manchmal sehr merkwürdig, daran gab es keinen Zweifel. Die Umstände seiner Wiederkehr in ihr Leben waren mehr als mysteriös, und er verschwieg ihr hartnäckig, was wirklich vor sich ging. Das hatte er selbst zugegeben.

Wenn sie ehrlich war, beunruhigte sie auch die mythische Geschichte über dieses Liebespaar im Brunnen. Dass sich Rafe mit dem getöteten Akis verglichen hatte, der in verwandelter Form zu seiner Geliebten zurückgekehrt war, bereitete ihr jetzt noch eine Gänsehaut. War das nicht ein Geständnis? Ein kaum verhohlener Hinweis darauf, dass er gestorben und als *etwas anderes* zurückgekommen war? Aber warum sagte er ihr das dann nicht einfach?

Ja, klar, er stellt sich hin und eröffnet mir, dass er ein Engel ist. Ein gefallener Engel, wohlgemerkt. Er konnte sich leicht ausrechnen, dass sie ebenso schreiend vor ihm davonlaufen würde wie vor Jean, als er davon angefangen hatte.

Abgesehen davon … Wenn er eine Art Dämon war, der ihr nach Jeans Ansicht übelwollte, warum sollte er sie darauf hinweisen?

Ihr Bedürfnis, mit jemandem über diese Dinge zu sprechen, wuchs mit jeder Minute. Sollte sie sich vielleicht doch bei Jean entschuldigen und versuchen, sich vorurteilsfrei anzuhören, was er zu sagen hatte? Wenn es ihr nicht dabei half, aus der Geschichte schlau zu werden, konnte sie ihn immer noch zum Teufel jagen. *Ausgerechnet zum Teufel!* Schmunzelnd packte sie ihre Sachen zusammen und verließ das Café, doch auf der Straße sank ihr Mut wieder. Konnte sie ihn einfach anrufen und um ein Treffen bitten, nachdem sie ihm solche Beleidigungen an den Kopf geworfen hatte? Wohl kaum. Eine Entschuldigung war fällig, aber am Telefon kam ihr das zu billig, zu unpersönlich vor. Sie mochte es nicht, wenn jemand bei ihr anrief, um sie um Verzeihung zu bitten. Ohne die Augen ihres Gegenübers zu sehen, hinterließ es bei ihr immer ein schales Gefühl. Wie sollte sie so wissen, ob es aufrichtig gemeint war?

Sie beschloss, zum nahe gelegenen Place de la Contrescarpe zu gehen. Es war ohnehin Zeit fürs Abendessen, sie schuldete Marie noch etwas, und vielleicht traf sie dort zufällig auch Jean. Er schien immerhin Stammgast zu sein. Der Plan gefiel ihr, obgleich ein Teil von ihr spöttisch anmerkte, dass sie damit nur vor sich herschob, was ihr unangenehm war.

Ihre Uhr zeigte schon fast halb acht, was das Loch in ihrem Bauch erklärte. Wie es die Franzosen aushielten, so spät zu essen, blieb ihr auch nach über zwei Wochen in Paris ein Rätsel. Essen. War das nicht etwas, das gegen die Theorie sprach, Rafe sei ein überirdisches Wesen? Sie hatte gesehen, wie er Nahrung zu sich genommen hatte, und ein Engel brauchte doch sicher keine Kalorien. *Aber er könnte sich auch gleich ein Schild mit der Aufschrift »Monster« umhängen, wenn er nichts essen würde.* Solange sie davon ausgehen musste, dass er den Anschein von Normalität wahren wollte, brachten sie solche Überlegungen nicht weiter. Sinnvoller war, sich auf das Ungewöhnliche und Auffällige zu konzentrieren. Doch wo sollte sie angesichts seiner Vorgeschichte und seiner überwältigenden Wirkung auf sie damit anfangen?

Als sie beim *Le Breton* ankam, waren die meisten Plätze noch leer. Marie verteilte gerade neue Windlichter auf den Tischen und lächelte, als sie sie sah. »Salut, Sophie!«

»Salut, Marie, wie geht's?«

»Danke, gut. Heute ganz allein, oder kommt dieses unglaubliche Phänomen noch, mit dem du neulich hier warst? Und damit meine ich nicht Jean – obwohl der auch ein Phänomen ist.«

Sophie erwiderte ihr Grinsen. »Nein, ich fürchte, heute bin's nur ich. Aber dafür umso hungriger!«

»Sehr gut«, lachte Marie. »Setz dich doch her!« Sie deutete auf einen Tisch für zwei, da es keine kleineren gab. »Weißt du schon, was du trinkst?«

»Ja, Orangina, bitte.« Sophie nahm Platz und nahm die Karte entgegen, doch trotz ihres Appetits las sie sie nicht sehr aufmerksam. »Sag mal«, begann sie, als Marie mit einem Glas und einer kleinen Flasche zurückkam, »wie hast du das gemeint, dass … dass Jean ein Phänomen ist? Ich werde irgendwie nicht schlau aus ihm.«

»Warte mal, ich geb meinem Mann nur rasch deine Bestellung, sonst heißt es morgen, mir verhungern die Gäste am Tisch.«

»Gute Idee«, gab Sophie zu. Der Geruch aus der Küche hatte das Loch in ihrem Magen schon erheblich vergrößert, und Fakten über Jean würden es nicht stopfen. Sie wählte einen Pfannkuchen mit gebratenen Putenbruststreifen und Salat.

»Soll ich ehrlich sein?«, fragte Marie mit schelmischem Blick, als sie sich zu Sophie an den Tisch gesetzt hatte. »Aus Jean wird niemand schlau. Ich jedenfalls auch nicht. Nicht mal die Gendarmerie, wenn man Tiévant glauben darf.«

Sophie ignorierte, dass sie nicht wusste, wer dieser Tiévant war. Bemerkenswerter schien ihr, dass Jean demnach wirklich nicht für die Polizei oder die Justiz arbeitete. »Hat er Ärger mit dem Gesetz?«

»Was man so hört, wurde er schon ein paar Mal verhaftet, aber ich weiß nicht …« Marie zuckte die Achseln. »Uns hat er hier schon öfter geholfen. Ich kann nichts Schlechtes über ihn sagen. Klar, er läuft ein bisschen seltsam herum, immer dunkel gekleidet, sogar im Sommer immer den Mantel dabei. Aber wer hat schon keine Macke? Ich pfleg meine ja auch«, lachte sie.

»Ja, er … ist sehr hilfsbereit. Das habe ich auch schon gemerkt. Ich dachte erst, er sei ein Flic oder so etwas.«

»Jean? Nein. Dann hätten sie ihn wohl nicht so auf'm Kieker. Aber vielleicht wäre er ein guter Flic geworden. Wir Gastwirte mögen ihn, weil er ein Händchen dafür hat, Besoffene zu besänftigen. Hat uns schon einige Randale erspart.«

»Tatsächlich?«

»Ja, das kann er richtig gut. Du, entschuldige, da sind neue

Gäste gekommen.« Marie stand rasch auf, um die Familie zu bedienen, die sich an einem großen Tisch niederließ.

»Schon gut«, rief Sophie ihr nach, verwirrter als zuvor.

Das ist total dämlich. Ruf ihn an und frag! Doch je länger sie zögerte, desto größer wurden ihre Hemmungen. Marie hatte nichts Interessantes mehr über Jean zu erzählen gehabt und kannte auch seine Adresse nicht. Rückwirkend betrachtet schien sie auch nicht mehr über ihn zu wissen, nur dass sie andere seiner Facetten kannte.

Vielleicht treibt er sich im L'Occultisme *herum,* überlegte Sophie und schlug die Richtung der Buchhandlung ein. Im Grunde war ihr bewusst, dass ein so kleiner Laden um diese Uhrzeit wahrscheinlich nicht mehr geöffnet hatte, aber es war ein Handel, den sie mit sich selbst schloss. Sollte sich auch das als Reinfall erweisen, würde sie in den sauren Apfel beißen und anrufen. Ganz gleich, ob er sie dann beschimpfte, einfach auflegte oder gar nicht erst abnahm. Sie sagte sich, dass er nichts dergleichen tun würde, weil es nicht zu ihm passte. Doch sicher sein konnte sie nicht. Schließlich hatte sie ihm die Tür vor der Nase zugeschlagen und eindeutig Rafes Partei ergriffen. *Was er auf den Einfluss des Dämons schieben wird.* Wahrscheinlich war sie für ihn eine reuige Sünderin, die es willkommen zu heißen galt. Der Gedanke streifte sie, dass er womöglich Priester war. Nun ja, kein Pfarrer, wie sie ihn aus der Kirche in Hedelfingen kannte, aber vielleicht ein Seelsorger für die Obdachlosen und andere Gestrandete, die nachts Beistand brauchten. Unwillkürlich schüttelte sie den Kopf. Nein, wie ein Beichtvater hatte er nicht gewirkt. Dafür, dass sie dann seine Schutzbefohlenen waren, hatte er auch zu wenig Interesse an den Clochards gezeigt.

L'Occultisme hatte geschlossen. Durch die matten Scheiben sah sie hinter der Auslage nur Dunkelheit. Doch im ersten Stock, wo sie die Bibliothek wusste, brannte noch Licht. Saß Jean dort oben und las? Sie hatte wenig Hoffnung, dass man es eine Etage höher hören würde, aber sie klopfte dennoch an die Tür. Im selben Moment entdeckte sie die runde, mindestens fünfzig Jahre alte Klingel daneben und läutete. Es dauerte nicht lange, bis in der Tiefe des Ladens Licht aufleuchtete, vor dem sich die Regale schwarz abhoben. Der blasse junge Mann, den sie schon bei ihrem ersten Besuch hier angetroffen hatte, öffnete. Offenbar hatte er zu einer mürrischen Bemerkung angesetzt, die er herunterschluckte, als er sie erkannte. »Ach, du, äh …«, war alles, was er herausbrachte, bevor Sophie ihm ins Wort fiel.

»Bonsoir! Tut mir leid, dass ich noch störe, aber ist Jean zufällig da?«

»Äh, nein, der ist heute gar nicht hier gewesen.«

»Können Sie mir vielleicht sagen, wo er wohnt? Ich muss ihn unbedingt sprechen.«

»Ja, also, ich weiß nicht, ob …«

… ihm das recht ist, ergänzte Sophie in Gedanken. Natürlich. Sie würde auch nicht jedem einfach so Laras Adresse geben.

»Einen Moment«, bat der Buchhändler, schloss die Tür und ging an die Theke.

Sophie beobachtete, wie er ein Handy aus der Hosentasche zog und ans Ohr hob. *Na toll! Wie peinlich ist das denn?* Schamrot wartete sie auf den Stufen, bis er wieder an die Tür kam.

»Geht in Ordnung«, sagte er und hielt ihr einen Zettel mit einem Straßennamen unter die Nase, den sie noch nie gehört hatte.

»Rue Saint-Louis en l'Île? Wo ist das?«, erkundigte sie sich, während sie ihm den Zettel abnahm.

Ihr Gegenüber sah sie an, als hätte sie gefragt, in welcher Stadt sie sich befand. »Île Saint-Louis natürlich.«

Jean wohnt auf der Île Saint-Louis?, wunderte sie sich, während sie durch die von Touristen wimmelnden Gassen des abendlichen Quartier Latin dem Seineufer zustrebte. Hatte sie ihn so falsch eingeschätzt? Oder verbarg sich eine kompliziertere Geschichte dahinter? So oder so hatte sie nicht erwartet, dass er ausgerechnet in einer der teuersten Ecken von Paris lebte. Wovon bezahlte er die astronomisch hohe Miete?

Sie überquerte die kleine Pont au Double, deren Verlängerung direkt auf den Vorplatz der Notre-Dame mündete, doch Sophie bog vorher rechts ab, um den Weg durch den Park zu nehmen, der sich längs der Kathedrale und oberhalb des gemauerten Ufers erstreckte. Von hier aus hatte sie Blick auf die Restaurantschiffe, die am gegenüberliegenden Kai vertäut waren. Es kam ihr vor, als läge ihre Suche nach der *Lumière de Lutèce* schon eine halbe Ewigkeit zurück. So viel war geschehen, dass sie kaum Zeit gehabt hatte, über die Ereignisse nachzudenken. Was war aus ihrem Verfolger mit der Sonnenbrille geworden? Nervös sah sie sich um, doch keiner der anderen Spaziergänger kam ihr bekannt vor. Nachdem er sogar herausgefunden hatte, wo sie wohnte, hatte sie das Schlimmste befürchtet. Stattdessen war er seitdem verschwunden. *Hoffentlich bleibt es dabei!*

Hinter dem von filigranen Stützstreben und Bögen wie von Zuckerwerk umsponnenen Chor der Kathedrale weitete sich der Park. Bänke standen unter Maulbeerbäumen verteilt, die nach den Regeln französischer Gartenarchitektur streng geometrisch angeordnet waren, bevor die Grünanlagen von einer Straße durchschnitten wurden. Sophie folgte ihr zur unscheinbaren, eisernen Pont Saint-Louis, die die Inseln miteinander verband.

Wie jedes Mal, wenn sie die Île Saint-Louis betrat, war sie

verblüfft, wie viel ruhiger es hier war, obwohl wie überall Touristen die Quais entlangschlenderten und etliche geparkte Autos auf ein gewisses Maß an Verkehr hindeuteten. Doch die Menschen wirkten entspannter, saßen in den kleinen Cafés und löffelten das sündhaft teure Eis von Berthillon, das angeblich beste der Stadt. Klein waren auf der Insel anscheinend alle Läden, obwohl die alten Häuser so hoch aufragten, dass Sophie das Gefühl hatte, am Grund einer Schlucht zu wandern. Sie kam an Designerboutiquen vorbei, die nur aus einem einzigen, nicht eben großen Raum zu bestehen schienen, und an einem Käsegeschäft, in dessen kleinem Schaufenster sich eine unfassbar große Auswahl an unterschiedlichen Laiben häufte. Auf der anderen Straßenseite prangte das Schild der Firma Berthillon selbst. Allmählich hätte sie auch ein Dessert vertragen, aber sie besaß nicht die Nerven, sich jetzt ein Eis zu kaufen. Zuerst musste sie ihren Gang nach Canossa hinter sich bringen und Jean um Verzeihung bitten wie einst König Heinrich der Vierte den erbosten Papst.

Endlich fand sie das richtige Haus, nachdem sie es zunächst übersehen hatte, weil die Nummer so unauffällig angebracht war. Ein altes, abweisendes Tor schien der einzige Eingang. Sophie drückte die Klinke herunter und erwartete halb, das Tor verschlossen zu finden. Doch es gab nach. Der hölzerne Flügel war schwer, sodass sie Kraft aufwenden musste, um ihn aufzudrücken, aber weder gellte eine Alarmanlage, noch stürmte ein besorgter Concierge heran, der sie zur Rede stellte. Entweder waren die Bewohner dieses Hauses doch nicht so reich, wie die Immobilienpreise der Insel suggerierten, oder sie rechneten nicht mit unerwünschten Eindringlingen.

Das Tor führte in einen überraschend lichten, grünen Hinterhof, der jedoch nur kurz vom verfallenden Zustand des Hauses ablenken konnte. Taubendreck verunzierte einige Simse der klassizistischen Fassade. Risse im Putz und Unkraut, das aus Ritzen spross, verliehen dem Anwesen eine malerisch heruntergekommene Atmosphäre.

Gerade entdeckte Sophie, dass es mehrere Türen gab, als sich eine davon öffnete und eine hochgewachsene, blonde Frau heraustrat. Sie hatte das lockige Haar zu einem Pferdeschwanz gebunden und trug ein Kleid anstatt der Polizeiuniform, doch Sophie war sicher, das Gesicht wiederzuerkennen. Die schöne Fremde kam flotten Schritts über den Hof und ging mit einem höflichen, kleinen Lächeln an ihr vorbei, das nicht verriet, ob sie sich an sie erinnerte. Unnahbar und zielstrebig verließ sie den Hof, bevor sich Sophie von ihrer Überraschung erholt hatte. War sie tatsächlich Jeans Frau oder Freundin?

Sophie merkte, dass sie wie eine Salzsäule herumstand, und ging zu dem Eingang hinüber, aus dem die Unbekannte gekommen war. Rasch hielt sie die Tür auf, die sich durch einen Mechanismus wie in Zeitlupe schloss, um nicht krachend zuzufallen. Sieben Schilder neben den Klingeln wiesen die Namen der Hausbewohner aus. Auf dem zweiten von oben wurde sie fündig: Méric. *Sechster Stock also.* Wozu musste dieser Mann noch trainieren?

Sie betrat das Treppenhaus, das nach Bohnerwachs und altem Holz roch. Ein blass gefärbtes Blumenmosaik war in den Boden eingelassen, und auch die gläserne Lampe an der ergrauten, bröckelnden Stuckdecke ähnelte einer Blüte. Blätter und Ranken setzten sich im schmiedeeisernen Geländer fort, das sich mit den Stufen um einen altertümlichen Fahrstuhl wand. »Außer Betrieb« stand auf einem vergilbten Zettel, der offensichtlich schon länger an diesem Lift hing. Zwei mit bunten Glaseinsätzen versehene Türen führten zu beiden Seiten in Büroräume, wie die Aufschriften der Messingschilder an den Wänden daneben verrieten. *Jugendstil*, fiel Sophie endlich ein, wie man diese Mode vom Anfang des letzten Jahrhunderts nannte. In ganz Paris fanden sich die Zeugnisse jener Zeit, vom kompletten Bauwerk bis zum Schriftzug der Métro.

Die vier Etagen, die es bei Madame Guimard zu überwinden galt, empfand Sophie schon als Zumutung, doch sechs Stockwerke schaffte sie nicht einmal, ohne zwischendurch kurz zu verschnaufen. Je höher sie kam, desto stickiger und wärmer wurde die Luft. Anstrengung und Hitze trieben ihr Schweiß auf die Haut. Schon klebte ihr die eigentlich sommerlich leichte Bluse am Körper, und bestimmt hatte sie einen hochroten Kopf. Sie blieb vor Jeans Tür stehen, um erst wieder zu Atem zu kommen. Bei seiner Statur joggte er wahrscheinlich die Stufen hinauf und lachte über unsportliche Menschen wie sie.

Seine Tür verriet nicht viel über ihn. Während andere Bewohner des Hauses mit mehr oder weniger geschmackvollen Fußmatten, verschiedensten Namensschildern oder ausgesperrten Schuhen Akzente setzten, fand sich vor seinem Eingang kein einziges Accessoire und seine Klingel war unauffällig beschriftet. Sophie läutete. Aus der Wohnung drang ein gedämpftes Schrillen wie von einem alten Wecker, das sofort verstummte, als sie den Finger vom Knopf nahm. Schritte näherten sich der Tür, durch deren farbige Glasscheiben im oberen Drittel sie einen Schemen herankommen sah. Was hatte sie doch gleich sagen wollen? Plötzlich war ihre Kehle trocken.

Jean öffnete die Tür so weit, wie man es niemals tat, wenn man nicht wusste, wer davor stand. »Bonsoir, Sophie.« Seine Wangen sahen unter dem Stoppelbart etwas eingefallener aus, oder bildete sie sich das ein? Ansonsten wirkte er unverändert: dasselbe kurze Haar, dessen Farbe irgendwo zwischen dunkelblond und braun changierte, die übliche, ein wenig zu weite dunkle Kleidung mit den Knitterfalten. Sie versuchte, aus seinem Blick zu lesen, doch die sonst so freundlichen Augen verrieten nichts. »Alex hat Sie schon angekündigt. Kommen Sie doch rein«, bot er mit einer einladenden Geste an.

»Offenbar hätte ich auch keine Minute früher kommen dürfen.« *Gott! Noch vor der Begrüßung!* Sie wäre am liebsten im Boden versunken. Das hier war schließlich kein romantisches Date.

Irritiert zog er die Brauen zusammen, bis ihm offenbar eine Erklärung einfiel. »Wegen Geneviève?«

Sophies Wangen brannten vor Scham. »Nein, nein, vergiss das! Lass uns noch mal von vorne anfangen! Ich bin hier, weil ich mich bei dir entschuldigen muss.« *Na prima!* Jetzt hatte sie ihn vor Aufregung auch noch geduzt.

Wenigstens grinste er nun und sah nicht mehr so aus, als würde er die Tür gleich wieder zuwerfen. »Du musst das trotzdem nicht im Treppenhaus machen.«

»Äh, ja, danke«, stammelte sie und ging an ihm vorbei in den langen, schmalen Flur, dessen abgenutztes Parkett unter ebenso abgetretenen, dunkel gemusterten Orientteppichen hervorlugte. »Ich …«

Jean schloss die Tür hinter ihr und deutete auf den ersten Durchgang zur Linken. »Dort entlang.« Seine Miene war schon wieder ernster geworden.

»Ich muss dich wirklich um Verzeihung bitten«, begann Sophie noch einmal. »Du wolltest mir helfen, und ich habe diese ganzen unhöflichen Dinge gesagt. Es tut mir ehrlich leid.«

»Es war nichts dabei, was ich nicht schon öfter gehört hätte«, meinte Jean ungerührt. »Darf ich dir etwas zu trinken anbieten?«

Dass er so schnell darüber hinwegging, verwirrte sie. War er kein bisschen wütend auf sie? »Äh, ja, schon. Nur nichts Hochprozentiges, sonst liege ich gleich unterm Tisch.«

Er nickte und verschwand aus dem Raum, dessen bodentiefe Fenster Sophie sofort magisch angezogen hatten. Jenseits des verschnörkelten Gittergeländers boten sie eine wunderbare Aussicht. Die Stadt war nah, das hektische Treiben jedoch weit weg. Zwischen den Zweigen der Pappeln blinkte das Wasser der Seine, auf der gerade eines der gläsernen Ausflugsboote vorüberfuhr. Über die Bäume hinweg eröffnete sich der Blick auf das gegenüberliegende Ufer, wo Dächer und Fenster im Licht der untergehenden Sonne glänzten. Er reichte von den Türmen der Kirche Saint-Gervais und des mittelalterlichen Hôtel de Ville, des alten Rathauses, bis zu den seltsamen, riesigen Röhren auf dem Dach des Kulturzentrums Georges Pompidou. Vielleicht hätte sie noch mehr entdeckt, wenn Jean nicht mit zwei Gläsern und einer Flasche Rotwein zurückgekommen wäre.

»Schöne Aussicht«, lobte sie und riss sich widerstrebend davon los.

Er lächelte. »Ja, nicht wahr? Ich würdige es viel zu selten.«

Ihr lag auf der Zunge zu fragen, wie er sich diese Wohnung leisten konnte, doch ein Fauxpas war für den Abend dann doch genug. Dankend nahm sie ein volles Glas entgegen und sah sich erst jetzt bewusst im Zimmer um. Die alten, beinahe schwarzen Kolonialstilmöbel und weißen Wände empfand sie als kühl und karg. Auch die dunkelroten Vorhänge, die farblich zu den beiden antiken Sesseln und der Couch passten, änderten daran nichts. Der Raum wirkte … unbewohnt. Es gab keine Fotos, keine herumliegenden, angelesenen Bücher, keine Chipskrümel auf dem Tisch, nichts, was darauf hingedeutet hätte, dass sich Jean jemals hier aufhielt. Was hätte er in diesem Zimmer auch tun sollen? Sie entdeckte keinen Fernseher, keinen CD-Player und auch kein anderes technisches Gerät.

»Setzen wir uns und vergessen einfach, wie unsere letzte Begegnung verlaufen ist«, schlug Jean vor. »Du scheinst deine Meinung geändert zu haben. Was führt dich her?«

Sophie setzte sich auf einen der Sessel, während er sich auf dem Sofa niederließ. Womit sollte sie anfangen? Sie stellte das Glas auf dem Tisch ab und bemerkte eine dünne, bis zu diesem Zeitpunkt ungestörte Staubschicht darauf. »Ich … bin mir nicht mehr so sicher, was ich von der ganzen Sache halten soll.«

Er sagte nichts, sah sie nur fragend an.

»Es gibt da ein paar Dinge, die mir komisch vorkamen, und ich glaube, ich bin hier, weil du vielleicht stimmigere Erklärungen dafür hast als ich. Also versteh mich nicht falsch, ich … ich weiß noch nicht, ob ich am Ende wieder schreiend davonlaufe.« Sie lächelte schief.

Jean schmunzelte. »Irgendwelche Wünsche, wo ich anfangen soll?«

»Du hast gesagt, dass mein Verlobter tot und als Engel zurückgekehrt sei. Wie sicher bist du dir und warum?«

»Für solche Informationen habe ich sehr zuverlässige Quellen«, behauptete er. »Aber es gibt auch Indizien, die du selbst nachprüfen kannst. Warum zum Beispiel geht er in einem Haus ein und aus, als ob er dort lebt, obwohl er keine Wohnung gemietet hat? Nicht mal ein Zimmer. Welchen Namen hat er dir genannt? Frag nach ihm! Wenn du nachforschst, wirst du feststellen, dass er kein Telefon hat, keine Post bekommt und nirgends registriert ist. Offiziell existiert er gar nicht.«

»Das reicht mir nicht. Es könnte auch daran liegen, dass er sein Gedächtnis verloren hat und illegal eingereist ist.«

»Du meinst, er lebt wie ein Clochard auf der Straße?«

Sie zuckte die Achseln, aber sie konnte es selbst nicht recht glauben. Um nicht zu verwahrlosen, hätte er jeden Tag irgendwo duschen und außerdem neue T-Shirts stehlen müssen. »Schön, nehmen wir an, du hast recht. Wenn er nur eine Art Geist, ein Engel ist, wie kann er dann leibhaftig vor mir stehen, atmen, essen …« Seine Küsse kamen ihr in den Sinn, die sie nicht vor Jean ausbreiten wollte. »Ich meine, du hast selbst mit ihm gesprochen. Er ist keine Erscheinung, die ich mir nur einbilde.«

»Aus einer bestimmten Perspektive betrachtet, *ist* er nur eine Erscheinung«, erwiderte Jean lächelnd. »Aber deine Beobachtung ist trotzdem richtig. Engel besitzen die Fähigkeit, vorübergehend einen materiellen Körper anzunehmen. Auf diese Art haben sie schon in der Bibel unerkannt mit Lot gespeist und Tobias mehrere Tage durch die Wüste begleitet. Was ihnen fehlt, ist die innige Verbindung, die wir mit unserem Körper haben, weil wir hineingeboren werden und die Welt durch ihn wahrnehmen, während ein Engel keine Sinnesorgane braucht. Er ist ein Geistwesen und *weiß* einfach um die Natur der Dinge.«

Sophie merkte auf. »Heißt das, dass sie auch Gedanken lesen können?«

»Ja, wenn sie ihre Aufmerksamkeit auf ihn richten, wissen sie, was in einem Menschen vorgeht. Aber solange sie sich nicht verraten wollen, bemühen sie sich darum, es dich nicht merken zu lassen.«

»Dann …« Eine unbestimmte Angst packte sie. »Dann könnte er wissen, dass ich jetzt hier sitze und mit dir über ihn spreche?«

»Er könnte sogar hier bei uns im Zimmer sitzen, ohne dass du es merkst.«

Mühsam unterdrückte Sophie den Impuls, sich furchtsam umzublicken. *Es ist nur abergläubischer Unsinn. Woher will er das alles wissen?* Außerdem war es nicht logisch. Wenn ein Engel im Raum war … »Müsste es hier dann nicht unnatürlich still sein?«

»Weshalb?«, staunte Jean. »Kannst du in seiner Gegenwart nicht reden?«

»Äh, doch schon, aber …« Sie erwog, ihm von ihrem Erlebnis im Jardin du Luxembourg zu erzählen, verwarf die Idee jedoch. Wenn er Fragen dazu stellte, kamen vielleicht zu viele Details zusammen, und sie wollte auf keinen Fall, dass er erfuhr, was zwischen Rafe und ihr im nächtlichen Park vorgefallen war. »Heißt es nicht immer, ein Engel sei durchs Zimmer gegangen, wenn eine unerklärliche Stille eintritt?«

»Ach, *das* meinst du.« Jean nickte. »Die sinnvollste Theorie dazu besagt, dass dieser Effekt kein Automatismus ist, sondern vom Engel bewusst hervorgerufen wird. Er vermittelt den betreffenden Menschen eine *Ahnung* seiner Gegenwart, um damit etwas zu erreichen. Denkbar wäre zum Beispiel, dass er auf diese Art einen Streit unterbricht, bevor er eskalieren kann.«

»Er hat ein Händchen dafür, Besoffene zu besänftigen. Hat uns schon einige Randale erspart«, hörte Sophie Marie noch einmal sagen. Sollte Jean etwa … Ihre Gedanken hetzten so schnell durch ihre bisherigen Begegnungen, dass sie abgehängt zurückblieb.

»Was ist?«, fragte er beunruhigt. »Warum starrst du mich auf einmal so an?«

»Ich, ähm, tut mir leid, ich hatte nur gerade … ach, nichts.«

Er sah sie nur skeptisch und forschend an. Sie konnte beinahe körperlich spüren, dass er sich auf sie konzentrierte, aber er blieb stumm.

»Wirklich, es war nichts. Nur eine alberne Idee von mir. Könntest du aufhören, mich so anzusehen?« Ein paar Sekunden lang glaubte sie, er habe sie nicht gehört oder sei ernsthaft böse auf sie, dann entspannte sich seine Miene.

»Du hast mich zuerst komisch angesehen, wenn ich das mal festhalten darf.«

Was soll's? Er hält mich bestimmt ohnehin schon für verblödet. »Das lag nur daran, dass ich mich für einen Moment gefragt habe, ob *du* ein Engel bist.«

»Ich?« Er lachte so natürlich, dass es nicht gespielt sein konnte.

Sophie verkroch sich hinter ihrem Weinglas. »Ich sagte doch, dass es albern war.«

»Verzeih mir«, bat er und bemühte sich sichtlich, seine Erheiterung wieder in den Griff zu bekommen. »Ich wollte nicht über dich lachen. Es kam mir nur so witzig vor, dass mich jemand für einen Engel halten könnte. Aber du kennst mich ja kaum.«

»Und ich kann es immer noch nicht richtig fassen, dass ich hier sitze und allen Ernstes mit dir über Engel spreche.« *Es ist einfach nur bizarr.*

»Du hast mir noch nicht verraten, was denn nun deinen Meinungswandel bewirkt hat«, stellte Jean fest.

»Das …« Ein Piepsen ihres Handys drang aus der Tasche. Froh über die Unterbrechung, kramte sie es hervor. Erst das leuchtende Display machte ihr bewusst, wie dunkel es geworden war. Rasch fragte sie die Nachricht ab. *»Wo bist du? Ich wollte dich abholen, aber du warst nicht zu Hause. Sei um 22.30 Uhr am Place Saint-Michel. Rafe«* Sie fühlte sich schlagartig elend, weil sie ihn verpasst hatte. Nach ihrem Rückzieher der vergangenen Nacht hätte er sich bestimmt nicht mehr gemeldet, wenn ihm nicht aufrichtig etwas an ihr läge. Andererseits hätte er ruhig einmal »Bitte« sagen können. War sie etwa ein Hündchen, das zu springen hatte, wenn er pfiff?

»Ist das von ihm?«, erkundigte sich Jean.

»Ja, woher …«

»Dein Gesichtsausdruck spricht Bände.«

Sie steckte das Handy wieder weg. »Er will sich in einer halben Stunde mit mir treffen.«

»Wirst du hingehen?«

Nachdenklich sah sie ihn an, wartete auf die eindringlichen Warnungen vor Rafes üblen Absichten, doch er erwiderte nur unbewegt ihren Blick. »Nein. Heute nicht.«

Er nickte. »Soll ich Licht anmachen, oder fällt es dir so leichter zu sprechen?«

Unsicher lächelte sie. »Vielleicht … sollten wir es wirklich auslassen.« Die Lichter von Paris sandten genug Helligkeit durch die Fenster, um sich noch gegenseitig zu erkennen.

»Dann lass uns auf die Frage zurückkommen, warum du hier bist«, rief er ihr ins Gedächtnis.

Noch immer zögerte sie, wählte ihre Worte mit Bedacht. »Es gab ein paar Dinge, die mir seltsam vorkamen. Zum Beispiel kann ich mich nicht daran erinnern, ihm meine Handynummer gegeben zu haben.«

»Die braucht er nicht. Er könnte dir die Nachricht auch in flammenden Lettern auf eine Hauswand schreiben, aber das wäre zu auffällig.«

War da ein neckender Unterton gewesen? »Was du nicht sagst. Ja, das könnte selbst mich verblendetes Weib misstrauisch machen.«

Er lachte nur leise.

»Du kannst viel behaupten, Jean, aber das überzeugt mich nicht. Ich brauche Beweise. Etwas, das sich nicht anders erklären lässt. So wie das Tor am Place Edmond Rostand, das vor ihm aufsprang, obwohl es nachts verschlossen ist.«

»*Das* hat er dich sehen lassen?«

»Es war eine Art Notfall. Die Wachleute waren hinter uns her.«

Sie konnte ihm seine Gedanken im Gesicht ablesen. *Ja, ich war nachts mit ihm im Luco. Jetzt weißt du es doch.*

»Sophie, du sagst, dass du dich heute nicht mehr mit ihm treffen wirst«, begann er mit neuem Ernst in der Stimme. »Aber du hast vor, es wieder zu tun, nicht wahr?«

Ihr wurde klar, dass sie bis zu diesem Augenblick nicht daran gezweifelt hatte. »Ja, ich liebe ihn, und ich will ihm helfen, zu seinem alten Leben zurückzufinden.«

»Sophie.« Er beugte sich vor und sah sie beinahe so intensiv an wie Rafe. »Rafael Wagner ist tot. Er kommt nicht wieder zurück, sosehr du das auch willst.«

»Er *ist* zurückgekommen, und das muss einen Sinn haben«, beharrte sie und wollte aufstehen, doch Jean erhob sich schneller.

»Warte!«, forderte er mit einer energischen Geste, die sie auf dem Sessel hielt. »Du willst handfestere Beweise? Dann zeige ich sie dir. Aber ich warne dich. Das ist kein schöner Anblick.« Rasch verließ er den Raum.

Sie war zu verblüfft, um sich zu rühren. Wovon redete er? Dieses Mal konnte er keine Bibelzitate meinen. Gespannt lauschte sie auf seine Schritte. Er kam zurück ins Zimmer gestürmt, knipste eine antike Stehlampe an und reichte Sophie ein steifes Blatt Papier. Geblendet blinzelte sie das Bild an, das ein Farbausdruck eines Fotos zu sein schien. Ein junger Mann war darauf zu sehen, dunkelhaarig, in einer schwarzen Lederjacke. Seine Augen starrten weit aufgerissen ins Nichts. Obwohl die Abbildung nur klein war, ließ der Blick ihre Kehle eng werden. Hinter Rissen oder Schnitten in seinen Kleidern klafften tiefe Wunden. Blut glänzte darin und im Stoff seines Hemds, das sich vollgesogen haben musste.

»Wer ist das?«, brachte sie würgend heraus, ohne aufzusehen.

»Das ist der Mann, der versucht hat, mich davor zu warnen, dass irgendetwas sehr Übles vor sich geht. Ob es dir gefällt oder nicht: Ich habe Grund anzunehmen, dass es mit dem vermeintlichen Rafael und dir zu tun hat.« Er nahm ihr das Bild weg, als merke er, dass sie den Blick sonst nicht davon lösen konnte.

Entsetzt sah sie zu ihm auf. »Willst du damit sagen, Rafe habe …« Die Vorstellung raubte ihr die Sprache.

»Nein, nicht direkt. Der Mann hat sich selbst so zugerichtet, aber irgendjemand muss ihn dazu gebracht haben, und ich versuche herauszufinden, wer und warum.«

»Dann bist du doch von der Gendarmerie?«

Jean schüttelte ungerührt den Kopf. »Nein. Die verstehen nicht viel von Dämonen.«

Dämonen. Bilder von Klauen, die das Fleisch des Fremden aufschlitzten, bedrängten sie. Hastig wehrte sie sie ab, bevor sich der Würgreiz wieder verstärken konnte. Erneut mischte sich ihr Verstand ein, pochte darauf, dass es solche Wesen nicht gab und alles ein Irrtum sein musste. Irgendein Psychopath hatte den armen Mann umgebracht und dafür gesorgt, dass es wie Selbstmord aussah. In Fernsehkrimis geschah so etwas andauernd. »Jean, es tut mir leid. Das ist ein schreckliches Verbrechen, aber ich *kann* einfach nicht an Dämonen glauben. Dieses Foto ist kein Beweis, dass es sie gibt.«

Er warf das Bild auf den Tisch und ging zu einem der Fenster hinüber, um in die Nacht zu starren. Sophie seufzte. So kamen sie nicht weiter.

»Es ist die Natur der Dämonen, dass sie die Menschen zum Narren halten – dass sie ihre wahre Gestalt vor ihnen verbergen, sie täuschen und durch die Macht der Beeinflussung wirken«, sagte Jean leise. »Sie töten ihre Opfer nicht selbst. Sie sorgen dafür, dass andere, dass Menschen es für sie tun. Und wenn es das Opfer selbst ist – wie in diesem Fall. Deshalb wirst du niemals den Beweis finden, den du suchst. Du wirst erst merken, dass er dich benutzt, wenn es zu spät ist.«

»Wenn man sie nicht erkennen kann, woher weißt *du* dann, dass er ein gefallener Engel ist? Er könnte auch irgendein Krimineller sein, oder nicht?«

»Geneviève hat mir bestätigt, dass er gefallen ist. Es muss hier in Paris passiert sein.«

»Ach, und wenn diese Geneviève das sagt, dann muss es stimmen? Was ist sie? Eine Wahrsagerin?«

Er wandte sich ihr wieder zu und schmunzelte. »Nein, sie ist ein Engel.«

Sophie verzog schmollend das Gesicht. »Wenn du anfängst,

mich auf den Arm zu nehmen, kann ich auch gehen.« Doch sie stand nicht auf. Als Geneviève sie vor Antoine gerettet hatte, *war* ihr das Wort Racheengel durch den Kopf gegangen. Sie hatte so groß, so beeindruckend gewirkt, so schrecklich und doch ätherisch schön, dass es unmöglich schien, sich ihr zu widersetzen. Wenn sie es genauer bedachte, war ihr sogar, als hätte sie eine helle Aura um sie gesehen, aber das hatte sie auf den Schreck, die Angst und spiegelndes Licht geschoben. »Du ... du willst mir doch nicht weismachen, dass sie der Geist der heiligen Geneviève ist, nach der hier Kirchen und Straßen benannt sind?«

Das Schmunzeln weitete sich zu einem nachsichtigen Lächeln. »Nein, sie trägt diesen Namen, weil sie dieselbe Funktion erfüllt. Ob gefallen oder nicht, Engel erhalten ihren Namen nach ihrer Aufgabe. Geneviève ist der Schutzengel von Paris. Deshalb sorgt sie sich ebenso wie ich darum, was hier gespielt wird.«

»Das weiß sie nicht? Ist Gott denn nicht allwissend?« Sie konnte sich einen etwas spöttischen Unterton nicht verkneifen, obwohl sie nicht mehr sicher war, was sie glaubte und was nicht.

Jean zuckte die Achseln. Das Lächeln war ihm vergangen. »Mag sein, dass er das ist. Sollte dem so sein, teilt er sein Wissen jedenfalls nicht mit mir – und leider auch nicht immer mit Geneviève. Wir sind darauf angewiesen, die Dämonen oder ihre Diener zum Reden zu bringen. Ich will nur, dass du weißt, worauf du dich aus gut gemeinter Liebe einlässt.«

Sophie atmete tief durch und nahm noch einen Schluck Wein in der Hoffnung, ihre Nerven zu beruhigen. Sie wollte ihm ja gern glauben. Nein, noch lieber wollte sie Gewissheit haben, dass er im Unrecht, dass Rafe nur ein verstörter Mann mit Gedächtnisverlust war und sie sich das andere nur eingebildet hatte. Solange sie weder das eine noch das andere sicher wusste, würde sie keinen Frieden finden. »Gibt es keine Möglichkeit, wie ich überprüfen kann, ob du die Wahrheit über Rafe sagst?«

»Frag ihn nach seinem wahren Namen.«

»Hast du nicht selbst gesagt, dass sie Meister darin sind, Menschen hinters Licht zu führen? Warum sollte er mich dann nicht einfach anlügen?«

»Das kann er nicht, wenn du es richtig machst.«

»Und wie soll das gehen?«

»Ich werde es dir zeigen.«

18

Weiße Farbe tropfte von der zotteligen Rolle und prasselte auf die ausgelegten Zeitungen. Seufzend strich sich Sophie mit dem Unterarm ein paar Strähnen aus der verschwitzten Stirn. *Heute ist einfach nicht mein Tag.* Es war viel zu heiß, um zu arbeiten. Die Luft, die durch die offene Tür hereinwehte, glich einem Wind aus der Sahara, doch bei geschlossener Tür wurde es so stickig, dass sie glaubte, in den Farbdämpfen umzukommen. Außerdem fand sie nie das richtige Maß zwischen dem Abstreifen der überflüssigen und dem Belassen von genug Wandfarbe für einen deckenden Anstrich.

Das Elend hatte damit angefangen, dass sie in der Post die ersten beiden Absagen gefunden hatte. Oder war es doch schon nach dem Aufstehen gewesen, als sie sich an der heißen Kaffeekanne verbrannt hatte? So oder so war auch Madame Guimard ihre schlechte Laune aufgefallen. Lustlos hatte sie einen neuen Schwung Bewerbungen auf den Weg gebracht, während ihre Gedanken darum gekreist waren, ob Rafe sehr sauer war, weil sie ihn versetzt hatte. Auch das Gespräch mit Jean hatte sie mehr beschäftigt, als ihr lieb gewesen war, und tat es noch. Sollte sie wirklich durchziehen, was sie sich vorgenommen hatte? Sie hatte Angst davor, sich lächerlich zu machen, fürchtete Rafes Reaktion und ihn endgültig zu verlieren. Aber sie wusste auch, dass sie so nicht weitermachen konnte.

Gereizt hängte sie die Rolle in den Farbeimer und ging zum Tresen hinüber, auf dem sie ihre Tasche abgestellt hatte. Es hatte keinen Sinn, die Sache weiter vor sich herzuschieben. Sie holte das Handy heraus, um im Telefonbuch nach Rafes Nummer zu suchen. Oma, Papa, Patrick, Rebecca, Stefan … *Moment mal!* Sie manövrierte sich im Alphabet wieder zurück und ging die Einträge noch einmal durch. Es änderte nichts. Rafes Schwester war der einzige Name, der mit »R« begann. Verwirrt rief sie seine letzte Nachricht auf. Wie konnte das Handy als Absender »Rafe« anzeigen, wenn er nicht im Verzeichnis gespeichert war? Sie versuchte, die Nummer zu finden, indem sie die Rückruffunktion wählte, doch es erschien lediglich sein Name. War das normal? Sie überprüfte es anhand einer SMS von Lara. Anstelle des Namens wurde die Nummer angezeigt. Ihre Hand begann zu zittern.

Das ist noch kein Beweis, sagte sie sich und schüttelte die plötzliche Beklemmung ab. Bestimmt hatte es mit einer ganz gewöhnlichen Möglichkeit zu tun, die eigene Nummer zu unterdrücken, wenn man irgendwo anrief. Doch es hatte sie so nervös gemacht, dass sie sich nicht mehr traute, mit ihm zu sprechen. Ihre Stimme würde dünn und unsicher klingen, und was sollte sie ihm sagen, wo sie gestern Abend gewesen war? Nachdem sie sich im Streit getrennt hatten, konnte sie ihm nicht ausgerechnet am Telefon erzählen, dass sie die halbe Nacht bei dem Mann verbracht hatte, der schon einmal vor ihrer Tür gewartet und ihnen eine Szene gemacht hatte.

Sie entschied sich, lieber eine Nachricht zu tippen: »*Tut mir leid, dass ich dich versetzt habe. Ich musste nachdenken. Können wir uns heute treffen? Sophie«* Das Handy murrte nicht. Offenbar hatte es die SMS irgendwo hingeschickt, auch wenn sie nicht erfuhr, wie und an welche Nummer. Jetzt blieb ihr nichts anderes übrig, als abzuwarten.

Sie wollte gerade die Rolle wieder ansetzen, als es hinter ihr piepste. Vor Hast rutschte ihr die Rolle fast in die Farbe. Die Rettung in letzter Sekunde bescherte ihr zwei weiße Fingerspitzen, die sie rasch an dem alten Kittel abwischte, den Madame Guimard ihr zum Streichen überlassen hatte. Die Nachricht würde nicht weglaufen, doch sie konnte nicht anders, als sie sofort zu lesen.

»Heute Abend habe ich zu tun. Komm doch jetzt in die Rue Thouin. Bin noch unterwegs, aber gleich bei dir. Rafe«

Sie entschied, dass die Wand noch bis zum Abend Zeit hatte, aber sie hätte lügen müssen, um zu behaupten, dass sie sich auf die Begegnung freute.

Er hatte keine Hausnummer genannt, doch Sophie sagte sich, dass sie am besten vor jener Tür wartete, durch die er schon einmal verschwunden war. Beim Anblick der Klingelschilder, die verglichen mit jenen an Jeans Eingang so schäbig und bunt zusammengewürfelt wirkten, erinnerte sie sich daran, wie sie vorgehabt hatte, sich zu Rafe durchzufragen. Was für ein Glück, dass ihr diese peinliche Aktion erspart geblieben war! Doch etwas an den Schildern erregte ihre Aufmerksamkeit. Sie sah genauer hin. Das oberste war neu, zu sauber und zu weiß, um älter als ein paar Tage zu sein. Jemand hatte per Hand einen Namen darauf geschrieben, aber der schwarze Filzstift war zu dick gewesen, sodass die Buchstaben eher einer Aneinanderreihung von Klecksen glichen. Dennoch versuchte sie, das Wort zu entziffern.

»Schön, dich zu sehen.«

Sie zuckte zusammen, als hätte er sie bei etwas Verbotenem ertappt, und wandte sich zu ihm um. »Hi! Da bist du ja schon.«

Seine Augen funkelten auf ihre unwiderstehliche Weise, als er lächelte. Im grellen Sonnenlicht hatten sie die Farbe eines leuchtend blauen Himmels. »Ich hatte Angst, dass du mir wieder davonläufst, wenn ich dich zu lange warten lasse.«

Wie von selbst reckte sie sich seinem Kuss entgegen, doch sie gab sich ihren Gefühlen nicht mehr völlig hin. Dieses Mal würde sie sich weder von Schmeicheleien noch von Ausflüchten daran hindern lassen, mit ihm über seine Identität und ihre Zukunft zu reden.

»Lass uns raufgehen«, schlug Rafe vor.

Sie sah ihn überrascht an. »Du hast eine Wohnung?« Nach der Nacht im Jardin du Luxembourg und dem Gespräch mit Jean hatte sie nicht mehr daran geglaubt. Aber warum zeigte er sie ihr ausgerechnet jetzt, nachdem Jean behauptet hatte, er habe keine?

»So was Ähnliches«, unterbrach er ihre Gedanken und nahm ihre Hand, um sie ins Haus und die Treppe hinauf zu führen.

Ihre Schritte polterten hohl auf den knarrenden Stufen, die schon länger niemand mehr gebohnert oder gar lackiert hatte. Für die Größe des Hauses zweigten erstaunlich viele Türen vom Treppenhaus ab. Kochdunst und Kinderlärmen, Zigarettenqualm und Radiomusik drangen durch die Ritzen. Ein Fenster zur Straße stand weit offen, doch es kam nur noch mehr Gluthitze herein. Hatte Sophie geglaubt, in Jeans Haus sei es mit jedem Stockwerk heißer und stickiger geworden, so musste sie jetzt einsehen, dass die Luft dort noch angenehm frisch gewesen war. Als sie mit Rafe vor einer Tür unterm Dach ankam, hatte sie Schwierigkeiten zu atmen.

Er ließ ihr den Vortritt in ein großes Zimmer, das zur Hälfte aus einer Schräge bestand. Ein aufgespanntes Handtuch diente notdürftig als Jalousie vor dem einzigen Dachfenster. Es gab ein Waschbecken, das vor der ausgebleichten, geblümten Tapete kaum auffiel, aber keine Tür, die in einen weiteren Raum hätte führen können. Ein Doppelbett, ein Wäscheschrank, ein Klapptisch samt Stuhl und ein Kühlschrank, auf dem eine einzelne Herdplatte stand, stellten die gesamte Einrichtung dar.

Rafe musterte sie amüsiert. »Du musst nicht sagen, dass es dir gefällt.«

»Keine Sorge, werde ich nicht«, erwiderte sie, obwohl sie sich um einen Tonfall bemühte, der ihn nicht verletzte. In Paris konnten sich viele nur kleine Appartements leisten, und sie hatte schon davon gehört, dass sich gerade in alten Häusern manchmal noch ganze Etagen eine Toilette teilten. Es tatsächlich bestätigt zu sehen, versetzte ihr jedoch einen Stich. Sie fühlte sich undankbar, weil sie offensichtlich im Luxus lebte und es die meiste Zeit nicht einmal merkte. Wenn seine Familie wüsste, wie er hier hauste! Seine Mutter würde die Hände über dem Kopf zusammenschlagen. *Und meine?* Sie würde wahrscheinlich triumphierend behaupten, sie habe schon immer gewusst, dass Rafe ein Blender sei, dessen Fassade irgendwann bröckeln musste.

»Ich habe dich gestern vermisst.« Er hatte die Tür geschlossen und war hinter sie getreten, um die Arme um sie zu legen.

Sie spürte seinen Atem im Haar, als er ihr Ohr und ihre Schläfe küsste. Es fiel ihr noch schwerer, Luft zu holen. Der Raum schien eher mit Kleister denn mit Sauerstoff gefüllt. Die zusätzliche Wärme seiner Berührung war kaum erträglich, was es ihr erleichterte, ihn zurückzuweisen. »Hör auf damit!«, bat sie und löste sich von ihm. »Gib mir nicht das Gefühl, dass es dir nur darum geht, mich zu verführen.«

»Wenn es so wäre, würdest du es nicht wissen wollen?«, zog er sie auf.

Sie lächelte nur halbherzig. »Mach lieber keine Witze darüber. Ich bin nicht in der Stimmung, die Dinge leicht zu nehmen.« Die Hitze trieb ihr den Schweiß aus allen Poren und laugte sie aus. Selbst das Denken fiel ihr zunehmend schwer. Von Minute zu Minute kam sie sich schlaffer und kraftloser vor – wie eine welkende Pflanze. »Hast du vielleicht ein Glas Wasser für mich?«

»Natürlich. Entschuldige! Ich bin ein schlechter Gastgeber«, gestand er, holte ein Glas aus einem Fach des Wäscheschranks und schenkte ihr aus einer Plastikflasche ein.

Sophie ließ sich auf dem einzigen Stuhl nieder. Das kalte Wasser bescherte ihr einen neuerlichen Schweißausbruch, doch sie glaubte förmlich zu spüren, wie ihre Zellen die Flüssigkeit aufsogen. Sogleich fühlte sie sich besser. Ihr Verstand gewann Klarheit zurück. »Ich habe über uns nachgedacht, und mir ist klar geworden, dass ich mehr Ehrlichkeit von dir will.«

»Hast du nicht eben noch darum gebeten, dir im Zweifelsfall etwas vorzumachen?«, fragte er verschmitzt und trank direkt aus der Flasche.

Sophie verdrehte die Augen. »Ich war davon ausgegangen, dass du mir nur unwissentlich einen falschen Eindruck vermittelst, während es in Wahrheit auch noch etwas anderes als Sex für dich gibt. Korrigiere mich, wenn ich mich irre! Das wüsste ich nämlich wirklich gern.«

»Zu einfach gefragt, chérie«, behauptete er belustigt. »Es *gibt* noch andere Dinge als Sex für mich. Dafür muss ich nicht einmal flunkern.«

Mit mäßigem Erfolg unterdrückte sie ein Stöhnen. *Warum musst du es mir so schwer machen?* »Rafe, das ist kein Spaß mehr. Ich meine es ernst. Hast du wirklich dein Gedächtnis verloren? Wie weit reicht deine Erinnerung zurück?«

Er stellte die Flasche ab und schien endlich bei der Sache zu sein. »Nur bis Mitte April.«

Niemals würde sie Gewissheit haben, wenn er ihr bei einer Lüge so direkt in die Augen blicken konnte. Aber war es denn sicher, dass er sie anschwindelte? Warum hatte sie Jean nicht gefragt, ob sich Engel an das Leben vor ihrem Tod erinnern konnten? »Du … weißt also nicht, wie du hierhergekommen bist?«

Seine vage Geste deutete an, dass es das nicht ganz traf. »Sagen wir mal, dass ich nicht weiß, was vor Mitte April geschah und das hier zurückgelassen hat.« Er zog das T-Shirt hoch und entblößte zwei rötliche Narben auf seinem Bauch. »Wenn mich nicht alles täuscht, kamen die Kugeln hinten wieder raus«, fügte er hinzu und drehte sich kurz um, damit sie die verheilten Austrittslöcher sehen konnte.

Ergriffen streckte sie die Hand aus, um die Narben zu berühren. Das Gewebe fühlte sich weicher, verletzlicher an als die umgebende Haut.

»Es gibt noch mehr davon, aber wenn ich mich ausziehe, unterstellst du mir wieder, dass ich dich nur ins Bett kriegen will.«

Der Witz blieb ohne Wirkung. Sie sah nur die Zeugnisse seines Todes. *Kein Mensch kann das überleben.* Tränen sammelten sich in ihren Augen. Sie bekam nicht mehr als ein Flüstern heraus. »Wer bist du?«

»Das siehst du doch gerade.« Er ließ das T-Shirt los, während sie zu ihm aufblickte. Der Stoff fiel über ihre Hand, die sie rasch zurückzog.

»Ich will es von *dir* hören. Wer bist du?«

Wenn seine Augen nur nicht so unergründlich gewesen wären … »Ich bin Rafe – der Mann, den du liebst.«

Sie spürte etwas Warmes über ihre Wange laufen. »Sag, dass du Rafael Wagner und niemals gestorben bist.« Seine Hand näherte sich ihrem Gesicht, doch sie wich zurück.

»Ich bin nicht tot, und auch wenn ich es nicht mehr weiß, wird mein Name wohl Rafael Wagner sein.«

»Du windest dich raus.« Es war genau so, wie Jean es vorausgesagt hatte. Sie stand auf und wich noch weiter zurück, während sie in ihre Tasche griff.

»Das bildest du dir nur ein. Ich habe doch …«

»Bleib zurück!«, fuhr sie ihn an, als er ihr folgen wollte. Sie zog das handgroße, hölzerne Kreuz hervor, das ihr Jean überlassen hatte, und hielt es ihm entgegen wie einen Schutzschild.

»Das ist jetzt nicht dein Ernst.« Sein Ausdruck schwankte zwischen Spott und Besorgnis.

Ich mache alles kaputt. Er muss mich für eine Irre halten. Ihre Hand zitterte. Jetzt war es zu spät. Wenn nicht alles umsonst gewesen sein sollte, musste sie weitermachen. »Nenne deinen wahren Namen!«

»Sophie, leg das Kreuz weg. Das ist lächerlich, und das weißt du auch.«

»Im Namen dessen, der am Kreuz gelitten hat, befehle ich dir: Nenne deinen wahren Namen!«

Ärger blitzte in seinen Augen auf. »Hör mit dem Unsinn auf, Sophie! Wenn dir die Hitze nicht bekommt, sollten wir besser zum Arzt gehen.«

»Er weiß genau, wo er dich packen muss«, hatte Jean prophezeit. *»Er wird säuseln und flehen und drohen und schreien.«* Sie hatte sich trotzdem nicht vorstellen können, was es bedeutete. Der Schmerz, ihn ein zweites Mal zu verlieren, zerriss ihr das Herz. Weitere Tränen rannen über ihr Gesicht. »Praecipio tibi, quicumque es, spiritus immunde!«

Täuschte sie der Tränenschleier oder flackerte es in seinem Gesicht?

»Hör auf!«, herrschte er sie an.

»Dicas mihi nomen tuum …«

Er griff nach ihr. Sie zuckte zurück, prallte mit dem Rücken gegen die Wand, stieß die letzten Worte heraus: »… cum aliquo signo!«

Haut platzte auf, als blutige Krallen aus seinen Fingern schossen.

Jean drückte die Zigarette in der weiten Schale aus, die für diesen Zweck über dem Mülleimer vor dem Klinikeingang angebracht worden war. *Schon die dritte heute …* Wenn es mit Sophie so weiterging, würde er in die Ein-Päckchen-pro-Tag-Ära zurückfallen, obwohl ihm dazu das Geld fehlte. *Nein*, sagte er sich, während er das klimatisierte Krankenhaus betrat, *es ist nicht fair, Sophie dafür verantwortlich zu machen.* Mit seinen Schwächen musste er schon selbst fertig werden, auch wenn er ihretwegen nervös war. Er hatte ihr angeboten, sie zu begleiten, und sie hatte abgelehnt. Welche Frau hätte ihn schon mit zu einem Rendezvous mit ihrem Liebhaber genommen, solange sie hoffte, dass alles nur ein Irrtum war? In ihrer Vorstellung war es wohl schon schrecklich genug, die Blamage vor dem Verdächtigen zu erleiden, sollte sich seine Unschuld herausstellen. Schließlich wusste sie nicht, was sie erwartete, wenn die Formel Wirkung zeigte.

Gemeinsam mit anderen Besuchern betrat er einen der Fahrstühle und stellte fest, dass bereits jemand für das richtige Stockwerk gedrückt hatte. Hämatologie. Unglaublich, welche Spezialabteilungen es in modernen Kliniken gab. Das war zumindest mal eine, mit der er noch nie zu tun gehabt hatte, denn Platzwunden und Knochenbrüche behandelte man dort nicht. Ob Sophie …

Merde! Er musste endlich aufhören, sich Sorgen um sie zu machen. Ihr würde schon nichts Schlimmes passieren. Es war gut, dass Lilyth ihn angerufen und gebeten hatte, zu ihr ins Krankenhaus zu kommen. Dass sie dort gelandet war, *darüber* sollte er sich allmählich Gedanken machen. Sophie wäre ohnehin nur sauer geworden, wenn sie gemerkt hätte, dass er sie beschattet hatte, seit sie aus seiner Tür spaziert war.

Die Tür des Fahrstuhls glitt zur Seite, und Jean zwängte sich durch die gedrängt stehenden Leute hinaus, weil er gegenüber einen Kaffeeautomaten entdeckt hatte. Das Zeug schmeckte vermutlich nach Spülwasser, aber er brauchte dringend Koffein. Nach fünfundzwanzig Stunden ohne Schlaf war ihm egal, wo er es herbekam. Die dunkelbraune Brühe, die spritzend aus dem Kasten schoss, war immerhin heiß genug, um ihm durch den Pappbecher hindurch die Finger zu verbrennen, wenn er ihn nicht am obersten Rand hielt. Was wiederum der Stabilität nicht zuträglich war. Gereizt stellte er ihn auf einem Fensterbrett ab, um zu warten, bis er etwas abgekühlt war. Sollte er den Aufschub nutzen, um Sophie anzurufen und zu fragen, ob alles in Ordnung war? An seinem Spiegelbild auf der Fensterscheibe sah er, wie er das Gesicht verzog. Das hatte ihr sicher gerade noch gefehlt, dass er stündlich nachbohrte, ob sie es schon durchgezogen hatte.

Ein paar Minuten lang beobachtete er das Kommen und Gehen auf dem Parkplatz vor dem Hauptgebäude, bis er merkte, dass er drohte, im Stehen einzudösen. Rasch nahm er einen Schluck, der eher nach irgendeinem bitteren Medikament als nach Kaffee schmeckte, und entschied, einen neuen Anlauf in den Lift zu wagen.

Zwei Etagen darüber fand er sich auf der richtigen Station wieder und machte sich auf die Suche nach der Zimmernummer, die Lilyth ihm genannt hatte. Sohlen quietschten auf PVC-Boden, und der typische Geruch nach Desinfektionsmittel hing in der Luft. Schwestern und Pfleger eilten geschäftig den langen Flur entlang, schoben leere Betten oder trugen

Infusionsbeutel und steril verpacktes Material herum. Einige musterten Jean fragend, andere lächelten freundlich. Eine ältere Besucherin neigte sogar ehrerbietig den Kopf. Offenbar hielten sie ihn für einen Geistlichen, weil niemand sonst bei dieser Hitze auf die Idee gekommen wäre, Schwarz zu tragen. Dass er die Ärmel aufgekrempelt hatte, ließ man ihm wohl als menschlich durchgehen, aber wegen des Mantels, den er mit sich herumschleppte, hielten sie ihn sicher für exzentrisch.

Als er die richtige Tür gefunden hatte, klopfte er an und wartete, bis ein leises »Ja« durch das dicke Sperrholz drang. Das Zimmer dahinter hätte drei Betten fassen können, doch es standen nur zwei darin, beide belegt. Im vorderen saß eine magere Frau in Jeans Alter, die sich kurz nach seinem Eintreten wieder einem aufgeschlagenen Buch zuwandte. Lilyth lag in dem Bett neben dem Fenster und sah auch ohne Schminke leichenblass aus. Das dunkle Haar, das sie sonst so ausgefallen frisierte, hing in Strähnen. Noch ungewohnter war jedoch, dass sie anstelle ihrer schwarzen Gothic-Kluft einen dezent karierten Kurzarm-Pyjama trug.

»Salut, Lilyth«, grüßte er im Bewusstsein, dass die Fremde im Nachbarbett im Gegensatz zu ihm wahrscheinlich ihren echten Namen kannte und sich jetzt wunderte. Er legte seinen Mantel über die Lehne eines Stuhls, bevor er sich der Kranken näherte.

»Salut, Jean«, antwortete Lilyth mit schwacher Stimme. Auch ihre Finger waren kraftlos, als sie seinen Händedruck erwiderte. In der anderen Hand steckte eine Kanüle, die sie über einen durchsichtigen Schlauch mit einer kopfüber aufgehängten Flasche verband. Beide Unterarme waren bis zu den Ellbogen mit Mullbinden umwickelt. Die Blutvergiftung, von der sie am Telefon gesprochen hatte, musste eine üblere Erkrankung sein, als ihm bewusst gewesen war. Er hatte sich aus irgendwelchen Romanen vage daran erinnert, dass in früheren

Zeiten Menschen aufgrund der unhygienischen Verhältnisse daran gestorben waren, aber heutzutage …

»Du machst einen ziemlich schwachen Eindruck. Wie schlimm ist es?«

»Keine Ahnung. Dieses ganze Ärztelatein kapiert doch kein Mensch.« Sie sah ihn so vorwurfsvoll an, als sei es seine Schuld. »Ich hab eine Sepsis, Blutvergiftung haben sie es genannt, ums mir zu erklären. Meine Eltern waren voll in Panik, weil es lebensgefährlich sein soll. Deshalb war ich zuerst auch auf der Intensivstation, aber es war wohl doch nicht so übel, wie alle dachten. Sie konnten es eindämmen oder so.«

»Und wie bekommt man eine Blutvergiftung? Habt ihr wieder mit Leichen …« Er dämpfte seine Stimme, obwohl es vermutlich nichts nutzte. »… hantiert oder was?« Den verärgerten Ton konnte er nicht unterdrücken.

Matt schüttelte sie den Kopf. »Nein, das hab ich selbst geschafft.« Sie hob die Arme gerade genug an, um seine Aufmerksamkeit auf die Verbände zu richten.

»Was ist passiert?«

Er konnte sehen, dass es sie Überwindung kostete, darüber zu sprechen. »Ich … schneide mich selbst, weißt du? Das ist so ein Tick. Kannst du im Internet nachlesen. Machen echt viele. Einfach so, mit 'ner Rasierklinge.«

»Aha.« Mehr fiel ihm dazu nicht ein. Konnte sein, dass er schon einmal von diesem Phänomen gelesen hatte, das vor allem Mädchen und junge Frauen betraf, denn es kam ihm nicht ganz unbekannt vor. Doch ein paar oberflächliche Zeilen darüber zu lesen, war sehr viel abstrakter, als von einer Bekannten zu hören, dass sie es wirklich tat.

»Find ich echt gut, dass du nicht so 'ne große Sache daraus machst. Meine Eltern sind total ausgeflippt. Wenn die Ärztin nicht gesagt hätte, dass ich geschont werden muss, ich glaub, dann hätten sie mich sofort in irgendeine Anstalt geschickt.«

Eine Therapie ist das Mindeste, schätzte er, aber das sollten ihr andere sagen. »Als Raucher bin ich nicht unbedingt in der Position, anderen Leuten vorzuschreiben, wie sie mit ihrem Körper umgehen sollten. Das heißt aber nicht, dass ich es in Ordnung finde, wenn du dich selbst verletzt.« Er fuhr fort, bevor sie zu einer Verteidigung ansetzen konnte. »Die Blutvergiftung kommt also daher?«

»Ja, ich hab die Wunden wohl nicht richtig versorgt. Immer nur gut eingepackt, damit sie keiner sieht. Heißt es nicht, dass sich glatte Schnitte nicht entzünden, weil das Blut den Dreck rauswäscht? Hat wohl nicht genug geblutet. Jedenfalls hat was angefangen zu gammeln, und ich hab mich nicht zum Arzt getraut.«

Jean stürzte den Rest des scheußlichen Kaffees hinunter. Das war alles schön und gut, oder besser gesagt schlecht, doch er fragte sich allmählich, was er hier zu suchen hatte. Hielt Lilyth ihn etwa für ihren persönlichen Beichtvater? Oder hatte die Ärmste keine Freunde, mit denen sie über ihre Probleme reden konnte? Er warf den leeren Becher in den Mülleimer, während er nach Worten suchte, die sie nicht verletzen würden. »Versteh mich nicht falsch! Es tut mir leid, dass es dir schlecht geht, und ich hoffe sehr, dass du bald auch die psychologische Unterstützung bekommst, die du brauchst, um mit dieser Sache fertig zu werden. Aber was hat das alles mit mir zu tun?«

Wieder zögerte sie. »Anfangs da … da hab ich es nur manchmal gemacht. Es war alles cool. Das klingt jetzt vielleicht schräg, aber ich hab mich echt gut dabei gefühlt. Meistens war der letzte Schnitt schon verheilt, bis ich wieder Lust darauf hatte.« Sie warf einen nervösen Blick zum Nachbarbett.

Jean sah über die Schulter. Die Frau las zwar in ihrem dicken Taschenbuch, aber sie hörte zweifellos jedes Wort mit. So unauffällig wie möglich zuckte er mit den Schultern, um Lilyth zu signalisieren, dass er ihr Problem verstand, aber nichts daran ändern konnte. Sie war zu schwach, um mit ihm auf den Flur hinauszugehen, und selbst dort hielten sich so viele Leute auf, dass es sich kaum vermeiden ließ, belauscht zu werden. Sie musste ihre Worte mit Bedacht wählen oder sie aufschreiben. Er tat, als kritzele er mit einem imaginären Stift auf seine Handfläche, und hob fragend die Brauen.

»Gute Idee«, befand Lilyth, »aber ich hab nichts zum Schreiben hier. Hast du keinen Stift einstecken?«

»Leider nicht.«

»Brauchen Sie auch Papier?«, ließ sich ihre Bettnachbarin vernehmen. Als sich Jean umdrehte, zog sie bereits einen Block aus einem Stapel Zeitschriften auf einer Ablage. Ein Kugelschreiber lag neben ihrem Telefon. Sie reichte ihm beides.

»Das ist sehr freundlich von Ihnen. Vielen Dank.«

»Ach«, wehrte sie mit einer wegwerfenden Geste ab, »wenn man länger hier ist, sammelt sich so einiges an.«

Er schenkte ihr ein Lächeln, bevor er sich wieder abwandte, um die Schreibutensilien an Lilyth weiterzugeben. Als er sich einen Stuhl an ihr Bett gezogen hatte, hielt sie ihm den Block bereits wieder hin. *»Ich glaube, ich bin besessen«* stand in verschnörkelter Mädchenschrift darauf zu lesen.

Wollte sie sich nur wichtig machen? Die Verantwortung für ihr Verhalten auf etwas schieben, wofür sie nichts konnte? Oder ängstigte sie sich so sehr davor, dass sie tatsächlich an eine paranormale Ursache glaubte? Er musste diese Möglichkeiten für sich ausschließen können, bevor er ernsthaft Besessenheit als Grund in Erwägung zog. Nur weil sie zu einer Risikogruppe gehörte, würde er nicht leichtfertig etwas unterstellen und Lilyth in noch größere Furcht versetzen. »Warum glaubst du das? Du hast doch gesagt, dass du dieses – nennt man es nicht Ritzen? – schon länger machst.«

Wieder hob sie die verbandumwickelten Arme an, dieses Mal mit einem vorwurfsvollen Blick. »Aber doch nicht so! Ich hab's nur gemacht, wenn der Druck einfach zu groß war. Das … das war eine Erleichterung, auch wenn's wehgetan hat. Ich hab mich erst mal besser gefühlt. Aber jetzt … konnte ich gar nicht mehr aufhören! Ich hab's vor mir gesehen, immer wieder. So oft, dass ich's einfach nachmachen *musste*. Wie so'n Zwang, verstehst du? Das ist doch nicht normal. Ich wusste doch, dass das zu viel war, aber ich konnte echt nicht aufhören.« Ihre Stimme drohte zu brechen. In ihren Augen schimmerten Tränen.

»Okay, okay«, versuchte er, sie zu beschwichtigen. »Ich glaube dir ja. Das war sicher sehr beängstigend für dich.« Und es klang unangenehm nach dem Toten aus der Rue des Barres. »Ich werde dich nicht damit allein lassen, okay?«

Sie nickte und sah ein wenig beruhigt aus. »Okay.«

»Lass mich einen Moment nachdenken.« Es schien plausibel, dass dämonische Kräfte in diesem Fall zumindest beteiligt waren. Die vorhandenen Schwächen eines Menschen auszunutzen, war die denkbar einfachste Methode, um Macht über ihn zu gewinnen.

»Ich finde, dass sie dringend eine Psychotherapie braucht«, mischte sich die Fremde ein. »Beten hilft da nicht mehr.«

»Ich bin sicher, die Ärzte werden das veranlassen«, erwiderte Jean, ohne sich umzudrehen.

»Na ja, ein bisschen geistlicher Beistand kann ja auch nicht schaden«, gab die Frau grummelnd nach.

Er hoffte nur, dass sie jetzt die Klappe halten würde, und ging seine Optionen durch. Oft spürte er, wenn ein Dämon auf einen Menschen einwirkte – besonders in so massiven, blutigen Fällen wie neulich nachts, bei denen das Opfer völlig den Verstand verlor. Doch falls Lilyth besessen sein sollte, hatte sich der Dämon nun weit zurückgezogen, um nicht entdeckt zu werden und sein Spiel weiterzutreiben, sobald sie wieder in einer weniger überwachten Umgebung war. Möglicherweise war das Selbstverletzen auch nur ein unbedeutender Nebeneffekt, der davon ablenkte, was die dunklen Mächte eigentlich mit dem Mädchen vorhatten. Gewissheit würde ihm höchstens ein stiller Probeexorzismus verschaffen, der den Dämon zwang, sich in irgendeiner Weise bemerkbar zu machen, ohne dass Lilyth erfuhr, was los war. Zeigte sich keine Reaktion, konnte er recht sicher sein, dass keine Besessenheit vorlag. Aber was sollte er tun, wenn es zu einer heftigen Manifestation kam? Er rieb sich das nun schon viertagebärtige Kinn. Nein, das Risiko war zu groß. Medizinische Geräte konnten verrückt spielen, oder die neugierige Fremde Dinge sehen, die nicht für unwissende Augen bestimmt waren.

»Habt ihr …« Er brach ab und griff nach Papier und Stift. *»Könnte es mit etwas zusammenhängen, das Maurice und Caradec mit euch gemacht haben?«*

Lilyth sah ihn einen Augenblick ängstlich an, dann schrieb sie: *»Maurice hat neue Rituale eingeführt und will uns bestimmten ›Wächtern‹ weihen. Er prahlt damit, dass er in Caradecs Zirkel aufgenommen wurde. Da laufen angeblich die richtig großen Sachen.«*

»Welche Sachen?«

»Weiß nicht. Er will, dass wir da mitmachen. Deshalb die Weihe. Wenn wir da einsteigen, werden wir alle reich und mächtig, sagt er.«

»Na, wer würde das nicht wollen.« Es war ihm herausgerutscht. Eigentlich wollte er ihr gegenüber in ihrem Zustand nicht so zynisch sein, aber vielleicht lernte sie nur so etwas daraus. »Wie lange wirst du noch hier bleiben müssen?«

»Keine Ahnung, aber ich kann fragen.«

»Gut, dann gib mir Bescheid. Trotzdem werde ich schon mal mit Abbé Gaillard darüber sprechen, was …«

»Wer ist das?«, fragte Lilyth besorgt.

»Jemand, der vielleicht dafür sorgen kann, dass wir nicht warten müssen, bis du hier rauskommst.«

Eingeklemmt zwischen Tisch und Stuhl, die Wand im Rücken, spürte Sophie das Blut in ihr Gesicht spritzen. Sie schrie auf und ließ das Kreuz fallen, um sich hinter ihre schützend gehobenen Arme zu kauern. Klappernd fiel es auf den Dielenboden. Einen Augenblick lang geschah nichts. Ihr Herz schlug wie rasend, und sie hörte nichts als ihren eigenen Atem.

»Bist du jetzt zufrieden?«, fragte das Wesen, das sie für Rafe gehalten hatte.

Misstrauisch spähte sie hinter ihren Armen hervor. Er sah wieder aus wie zuvor. Keine Klauen, kein zorniges Glimmen in den Augen, kein Gesicht, das sich entstellend verzog.

»Steh auf!«, befahl er und streckte eine Hand aus, um ihr aufzuhelfen. Kein bisschen Blut klebte mehr an Haut und Nägeln, obwohl sie es deutlich gesehen hatte.

Auf bebenden Beinen schob sie sich an der Wand empor, sorgsam darauf bedacht, ihn nicht zu berühren. Er zuckte die Achseln und ging die drei Schritte vor den Schrank, um ihn erneut zu öffnen. Der Weg um den Tisch zur Tür war frei. Sophie schnellte vor, schoss um die Ecke und auf die Tür zu. Im Schloss klickte etwas. »Nein!« Ungläubig rüttelte sie am Knauf. Als *er* neben ihr auftauchte, erstarrte sie.

»Vielleicht solltest du erst einmal dein Gesicht abwischen, bevor du wieder unter Menschen gehst«, riet er und hielt ihr ein frisches Geschirrhandtuch hin.

Hastig nahm sie es ihm ab und ging sofort wieder auf Distanz. Ohne ihn aus den Augen zu lassen, trocknete sie ihre Wangen. Rötliche Flecken blieben auf dem Stoff zurück. Sie hatte sich das Blut nicht eingebildet. Nichts hatte sie sich eingebildet. »Lass mich hier raus!«

»Du verzichtest also darauf, den Namen zu hören, den dir dein neuer Freund ohnehin schon genannt hat?«

»Ja. Lass mich einfach gehen. Ich habe nichts mehr mit dir zu schaffen.«

»Du weißt, dass das nicht stimmt.«

Wut mischte sich in ihre Furcht. »Glaubst du etwa, du könntest weiterhin so tun, als seiest du Rafe? Nachdem ich *das* gesehen habe?«

Er lächelte. »Die menschliche Psyche ist das seltsamste Wesen von allen, chérie. Jetzt bist du aufgebracht und willst unbedingt weg. Aber in ein paar Stunden wirst du dich fragen, ob das alles so passiert ist. In einigen Tagen werden die Eindrücke so verblasst sein, dass du sie bei meinem Anblick nicht mehr glauben kannst. Deine Liebe dagegen …« Er tat nichts Sichtbares, und doch hatte sie plötzlich Rafes Duft in der Nase, spürte eine zarte Berührung im Nacken, einen warmen Hauch auf ihrer Haut. »Wenn ich lange genug werbe, verzehrst du dich wieder nach dem Mann, der diese Gefühle in dir weckt.«

Sie zitterte, weil sie ahnte, dass er die Wahrheit sagte. »Hör auf!«, schrie sie, empört über ihre eigenen verräterischen Gefühle. »Was willst du von mir?«

»Daraus habe ich nie einen Hehl gemacht.«

»Niemals!« Und wenn sie Paris verlassen und bis ans Ende der Welt vor ihm fliehen musste. »Eher springe ich doch noch von der Pont de la Tournelle!«

Überrascht hörte sie erneut das Schloss klicken und griff rasch nach dem Knauf. Ebenso schnell blockierte er die Tür noch einmal mit Schulter und Fuß. Sie versuchte, seinem Blick auszuweichen, doch es gelang ihr nicht.

»Ist dir schon mal der Gedanke gekommen, dass ich vielleicht nicht freiwillig so bin?«

19

Schweißgebadet stand Sophie auf der Leiter, obwohl sie gerade erst angefangen hatte zu streichen. Dieser Kittel würde sie in der Hitze noch umbringen. Was tat sie hier eigentlich? Sie ließ die Rolle sinken und starrte auf die glänzenden weißen Sprenkel an der Wand, wo ihr schon wieder die Farbe ausgegangen war. *Das hat doch alles keinen Sinn.* Nichts *hat mehr einen Sinn.*

Als sie unter der sengenden Sonne aus der Rue Thouin geflohen war, hatte es noch wie eine gute Idee gewirkt, sich mit Arbeit davon abzulenken, was geschehen war. Niemanden sehen, mit niemandem reden, nur weg, sich verkriechen, nicht mehr daran denken. Doch Letzteres klappte am wenigsten von allem.

Auf noch immer zittrigen Beinen balancierte sie die Leiter hinunter, die Rolle in der einen, den Henkel des schweren Farbeimers in der anderen Hand. *Bloß nicht fallen!* Das hätte ihr gerade noch gefehlt. Stark bleiben, bis die drängendste Pflicht erfüllt war. Sie streifte die Rolle an einem Gitter ab, wickelte sie gegen das Austrocknen in Plastikfolie und drückte den Deckel auf den Eimer. Jetzt nur noch den furchtbaren Kittel ausziehen. *Das war's. Ende. Finito.* Das Märchen vom wiedergefundenen Rafe war ausgeträumt.

Den Rücken an die Theke gelehnt, sank sie auf den von der Glut unbeeindruckt kalten Steinboden. Was hatte sie geglaubt? Warum sollte es ihr besser ergehen als anderen Frauen, deren Verlobter starb? Ihre Augen füllten sich erneut mit Tränen. Deshalb hatte sie noch lange keine solche Strafe verdient! Gab es etwas Grausameres, als den Toten wieder lebendig vor der Nase zu haben und ihn doch nicht lieben zu dürfen?

Er ist es nicht. Sie musste das endlich kapieren. Auch wenn er tausendmal so aussah, so klang, so roch, sogar die Narben der Wunden trug, die sich am Leichnam nie geschlossen hatten: Er war nicht Rafe. Er kannte sie nicht einmal, wollte nur ihre Gefühle ausnutzen. Warum durfte dieses Monster mit *seinem* Körper herumlaufen? Das war nicht fair!

»Ist dir schon mal der Gedanke gekommen, dass ich vielleicht nicht freiwillig so bin?«, hörte sie seine letzten Worte, bevor er sie durch die Tür gelassen hatte. War das so? Er konnte ihr viel erzählen, um sie zurückzugewinnen. Aber sie hatte gesehen, *was* er war. Die Fratze, die hinter dem geliebten Gesicht darauf wartete, hervorzubrechen. Die gefährlichen Klauen, die sich unter makellosen Männerhänden verbargen. Und am Grund der meerblauen Augen lauerte die alles verschlingende Schwärze der Tiefsee, die sie hinabzog. Wie konnte er glauben, dass sie das vergaß?

Vielleicht ist er ein Romantiker und hat zu oft »Die Schöne und das Biest« gesehen. Sie lachte gequält auf. Was er wirklich wollte, hatte Lara ihr am Telefon vorgelesen. Abtrünnige Engel, die Gefallen an Menschenfrauen fanden und mit ihnen noch mehr Monster zeugten … Wenn sie es nicht selbst gesehen hätte, würde sie es immer noch nicht glauben. Jean hatte ihr sogar eine Ausgabe des Buchs Henoch mitgegeben, damit sie es selbst nachlesen konnte. Ob darin auch beschrieben stand, dass es zum Ritual gehörte, die Frau um Mitternacht an einem Brunnen zu verführen? Sie griff nach oben und zog ihre Tasche vom Verkaufstisch. Da sie sie nicht ausgeräumt hatte, musste das Buch noch darin zu finden sein.

Es war nur ein dünner Band, fast ein Heftchen, wenn es keinen festen Einband besessen hätte. Warum war diese Schrift nicht in die Bibel aufgenommen worden, obwohl es diese gefallenen Engel tatsächlich gab? Entweder hatten die Kirchenväter nichts davon geahnt, oder die Entscheidung gehörte zu den Mysterien der frühen Christenheit, deren wahre Gründe über die Jahrhunderte verloren gegangen waren. Sophie blinzelte die letzten Tränen weg, schlug das Buch auf und begann zu lesen.

Zuerst glaubte sie, den falschen Text erwischt zu haben. Es ging um Auserwählte und eine Art Jüngstes Gericht, die üblichen Ermahnungen, den Zorn Gottes nicht herauszufordern, der die Sünder strafen und die Welt vernichten würde. Im Groben verstand sie die Botschaft, doch im Detail begriff sie selten, wovon die Rede war. Wer waren die Wächter? Und was hatte es mit den vierzehn Bäumen auf sich, die einige Winter lang ihr Laub nicht abwarfen? Schon bald überflog sie nur noch die Zeilen, bis ihr das Wort »Engel« ins Auge stach.

Der Übergang von der apokalyptischen Prophezeiung zu einer Erzählung aus der Vergangenheit erfolgte abrupt und ohne Erklärung: »*Kapitel 7: Nachdem die Menschen sich gemehrt hatten, geschah es in jenen Tagen, dass ihnen herrliche und schöne Töchter geboren wurden. Und als die Engel, die Söhne des Himmels, ihrer ansichtig wurden, entbrannten sie in Liebe zu ihnen und sprachen zueinander: Kommt, lasst uns unter den Nachkommen der Menschen Weiber für uns wählen und lasst uns Kinder zeugen.*«

Sophie hielt verwundert inne. Wie im ersten Buch Moses klang die Geschichte bis jetzt eher romantisch. Offenbar männliche Engel hatten sich in die schönen Menschenfrauen verliebt. Sie wurden weder als hässliche Dämonen noch als bösartig beschrieben. Sie las weiter. Ein Samjaza, der ihr Anführer war, fürchtete, sie könnten vor der Durchführung dieses schweren Verbrechens zurückscheuen. *Ihnen war also bewusst, dass sie etwas Verbotenes taten.* Aber *warum* war es nicht erlaubt? Der Text gab dafür keine Erklärung. Die aufsässigen Engel schworen sich gegenseitig, ihr Vorhaben durchzuziehen. Es hatte etwas von »Alle für einen, einer für alle«. Zweihundert sollten es gewesen sein, die schließlich auf einen Berg herabstiegen. Es folgte eine Aufzählung ihrer weiteren Anführer, siebzehn an der Zahl.

»Dann wählten sie sich Weiber, ein jeder von ihnen; sie begannen, sich ihnen zu nahen und wohnten ihnen bei, lehrten sie Zauberei, Beschwören und die Teilung von Wurzeln und Bäumen. Und die Weiber empfingen und gebaren Riesen …«

Die Riesen richteten allerlei Unheil an, während die Engel die Menschen auf verschiedensten Gebieten unterrichteten. Sie brachten ihnen die Schmiedekunst und die Herstellung von Schmuck ebenso bei wie Astronomie, das Deuten von Orakeln und das Schminken. Die Zusammenstellung kam Sophie seltsam vor, und zugleich erinnerte es sie an heidnische Sagen, nach denen Götter und Halbgötter die Menschen so manches Handwerk gelehrt hatten. Es hätte ein Goldenes Zeitalter sein können, wären nicht die menschenfressenden Riesen gewesen. Das Unheil kam den Erzengeln zu Ohren, die es Gott vortrugen, dem sie vorwarfen, nichts zu unternehmen. *Das wird ja immer merkwürdiger.* Erst auf dieses Drängen hin ordnete Gott nun an, die Welt von dieser Verderbnis zu reinigen und die Abtrünnigen zu bestrafen. Sie wurden gebunden und bis zum Tag des Gerichts weggesperrt.

Wieder begann sie, den Text nur zu überfliegen, weil sich nur Prophezeiungen einer Art neuen Paradieses auf Erden anschlossen. Sollte das alles gewesen sein? Nein. Überrascht las sie erneut genauer, denn Henoch selbst, der angebliche Verfasser der Schrift, wurde von Gott zu den gefallenen Engeln gesandt, denen er verkündete: »*Denn sie werden sich ihrer Nachkommenschaft nicht freuen, sondern die Ermordung ihrer Geliebten schauen …*« Waren damit etwa die Frauen gemeint, die doch nicht gewusst hatten, worauf sie sich einließen? Immerhin klärte sich hier auf, dass mit den Wächtern die gefallenen Engel gemeint waren. Sie ließen von Henoch eine Bittschrift aufsetzen, um von Gott unter Tränen Vergebung zu erflehen. Doch sie wurde ihnen nicht gewährt.

»Gnade gegenüber ungehorsamen Engeln gehört nicht gerade zu seinen Stärken.«

Sophie sprang vor Schreck so heftig auf, dass sie haltsuchend nach dem Tresen greifen musste. Das Buch flog in einem Bogen zur Seite und klatschte auf die Fliesen. Wie auch immer sie ihn eigentlich nennen sollte, aus Gewohnheit war es für sie noch Rafe, der mit verschränkten Armen im Türrahmen lehnte. Instinktiv hielt sie nach einer Waffe Ausschau, doch das Kreuz hatte sie auf dem Boden seines Zimmers vergessen, und alles andere erschien ihr gegen einen Dämon unzureichend weltlich. »Was willst du hier? Wir haben keine Verabredung.«

Er grinste spöttisch. »Habe ich behauptet, dich in Ruhe zu lassen? Das habe ich anders in Erinnerung.«

Langsam schob sie sich um den Tresen, um irgendetwas zwischen ihn und sich zu bringen. Er hatte so verdammt recht. Es *war* schwierig, seinen menschlichen Anblick mit der kurzen Vision des Ungeheuers in Zusammenhang zu bringen. Was sollte sie jetzt tun? Darauf hoffen, dass Jean oder gar die geheimnisvolle Geneviève auftauchte, um ihr beizustehen?

»Übrigens ist es übertrieben, mich bereits als Dämon zu bezeichnen. So weit bin ich noch nicht.«

»Wie meinst du das?«

»Es ist ein langsamer Prozess. Was du gesehen hast, war zum Teil noch Zukunftsmusik. Selbst wenn ich dir einen Eindruck meiner wahren Gestalt gewähren würde, die nur ein Bild ist, das sich dein Gehirn von einem Geistwesen macht, wären kaum mehr als spitze Fingernägel und ein diabolisches Augenfunkeln drin. Je nach Phantasie vielleicht noch zerfledderte graue Flügel, denen die Federn ausgehen.«

Wollte er sich über sie lustig machen? Sie öffnete den Mund zu einer Erwiderung, doch er fiel ihr bereits ins erste Wort.

»Nein, ich meine das vollkommen ernst. Zugegeben, das mit den Flügeln amüsiert mich immer, aber die Leute sehen das, wenn man sie lässt.«

»Wenn du glaubst, du könntest mir weismachen, dass du gar nicht gefährlich bist, hast du dich getäuscht. Jean hat mir gezeigt, wozu deinesgleichen fähig ist. Das Foto hat mir heute Nacht Albträume bereitet!«

Er runzelte die Stirn. »Zeig mir das Bild!«

»Kann ich nicht. Es liegt …«

»Dann erinnere dich daran!«

Es hatte sie solche Mühe gekostet, den grausigen Anblick zu verdrängen, dass sie ihn nicht wieder sehen wollte. Doch er sprang sie an, als habe er nur auf sein Stichwort gewartet.

Rafe schüttelte den Kopf. »Wer der Kerl auch gewesen sein mag, auf mein Konto geht er nicht.«

»Das heißt nicht, dass du harmlos bist«, beharrte sie, aber es erleichterte sie dennoch. *Wenn man ihm überhaupt glauben kann …*

»Ob du es glaubst oder nicht«, antwortete er mit einem vielsagenden Blick, »aber verglichen mit denen, die schon ein paar Jahrtausende in der Verdammnis leben, *bin* ich harmlos.«

»Ich fürchte, ich kann dir gerade nicht ganz folgen. Jean sagte, du seiest Gadreel oder so ähnlich, einer der Anführer jener Wächter, von denen bei diesem Henoch die Rede ist.« Sie deutete vage auf den Boden vor der Theke, wo das Buch liegen musste. »Demnach müsstest du doch …«

»Quasi vorsintflutlich alt sein.« Wieder lächelte er spöttisch. »Hat er dir nicht auch gesagt, dass die Namen der Engel nach ihren Aufgaben vergeben werden?«

Sophie schluckte. War das nur geraten, oder hatte er tatsächlich ihr gesamtes Gespräch verfolgt? Sein Lächeln verriet nichts.

»Das bedeutet, dass sie weder exklusiv noch übermäßig individuell sind. Oder anders ausgedrückt: Ich bin nur einer von vielen, die diesen Namen tragen.«

»Das ist mir eigentlich egal«, behauptete sie abwesend. Sehr viel bedeutsamer kam ihr vor, dass sie einige falsche Schlüsse gezogen hatte – wenn er die Wahrheit sagte. Davon war sie allerdings längst nicht überzeugt. Plötzlich wurde ihr bewusst, dass er geduldig beobachtete, wie sie in Gedanken versunken herumstand. »Dann, ähm, gehörst du also nicht zu diesen Verschwörern, die …«

»Für ihre Ehen mit sterblichen Frauen verdammt wurden? Nein. Die wurden gebunden und sehr weit weggesperrt, wie du gelesen hast.«

»Aber wer … Ich meine, alle gefallenen Engel waren vorher gute Engel, oder?«

»Sonst könnten sie nicht fallen«, bestätigte er.

»Du also auch.«

Er nickte. »Wobei wir über das ›gut‹ noch mal diskutieren sollten.«

Sie wischte den Einwand beiseite, der drohte, sie von dem einen Gedanken abzulenken, der ihr auf der Seele brannte. »Und bevor du *gefallen* bist, hattest du einen anderen Namen?«

»Ja.«

»Du erinnerst dich nicht weiter zurück als April. War dein … dein Sturz davor oder danach?«

»Danach.«

»Und wie lautete dein Name?«

»Rafael.«

Er war gegangen. Sie hatte ihn nur einmal darum bitten müssen, hatte gesagt, dass sie nachdenken wolle, und er war widerspruchslos zur Tür hinaus verschwunden. *Wahrscheinlich, weil er ganz genau weiß, wie es in mir aussieht.* Kopflos war sie nach Hause geeilt, hatte Madame Guimard brüsk auf dem Flur stehen lassen und sich in ihrem Zimmer eingeschlossen. Die alte Dame war nun sicher beleidigt, doch Sophie war es recht. So musste sie nicht befürchten, dass besorgt an ihre Tür geklopft wurde.

Sie schleuderte ihre Schuhe in eine Ecke und die Tasche in eine andere, bevor sie sich aufs Bett fallen ließ. In ihrem Kopf herrschten Leere und Durcheinander zugleich. Sie wusste nicht mehr, was sie denken oder fühlen sollte. Als sie aus der Rue Thouin geflüchtet war, hatte sie dem Monster noch dafür gezürnt, dass es Rafes Körper gestohlen hatte, ihn benutzte, wie der sprichwörtliche Wolf den Schafspelz überzog. Die Welt war schwarz und weiß gewesen, er der Böse, sie das Opfer, das er umgarnt und belogen hatte. Doch jetzt?

Das Handy klingelte. Mit einem gequälten Stöhnen raffte sie sich auf. Wenn *er* anrief, würde sie ihm sagen, dass er sich unterstehen sollte, in dieser Wohnung aufzutauchen. Sie wollte Madame Guimard aus der Angelegenheit heraushalten – schlimm genug, dass er in ihrem Laden aufgetaucht war.

Es war Jean. Einen Moment lang zögerte sie, dann schaltete

sie das Handy ab. Sie wollte jetzt mit niemandem sprechen, und schon gar nicht mit jemandem, der versuchen würde, sie zu beeinflussen. Jean war voreingenommen. Er hatte von Anfang an nur das Monster gesehen. Sie nahm es ihm nicht übel, war ihm sogar dankbar für seine Warnungen und seine Hilfe. Aber bevor sie ihm wieder gegenübertrat, musste sie herausfinden, wo sie stand. Oder sollte sie ihn nach einer Möglichkeit fragen, wie sie prüfen konnte, ob Rafe die Wahrheit sagte? *Dabei wird er nicht mitspielen.* Für ihn blieb ein gefallener Engel ein gefallener Engel, eine Bedrohung, die es zu bekämpfen galt. Und für sie?

Wenn es stimmte, was er sagte, dann *war* er Rafe. Auf eine Art zwar, die sich ihrem Verständnis entzog, aber irgendwie *war* nach Rafes Tod ein Engel gleichsam geboren worden, der seinen Namen trug und bei Bedarf über sein Aussehen verfügte. Das bewies im Grunde nichts. Wie so oft hätte sie es als dummen Zufall verbuchen können. Doch daran glaubte sie nicht mehr. Auch dass er sich an kein Erdenleben als Mensch erinnern konnte, war keine Basis für zwingende Schlussfolgerungen. Was wusste sie schon über Engel? Ein paar Schnipsel aus Filmen und Büchern waren hängen geblieben, die ihr weder weiterhalfen noch vertrauenswürdiger waren als das, was Jean oder Rafe erzählten.

Wie sie es auch drehte und wendete, blieb es ihr überlassen, was sie glauben wollte und was nicht. *Angenommen, dass er so etwas wie die Seele von Rafe ist, was bedeutet es für mich?* War sie ihm dadurch verpflichtet, weil sie seine Verlobte war? Verpflichtet wozu? Sicher erwartete niemand von ihr, deshalb zur Geliebten eines Dämons zu werden. Schon bei der Vorstellung schauderte sie. Wie knapp sie davor gewesen war, sich ihm hinzugeben! Und er würde es weiterhin darauf anlegen. Aber wenn er ausgerechnet *sie* so unbedingt wollte und ein gewissenloser Diener des Bösen war, warum hatte er sie dann nicht einfach mit Gewalt genommen, als er Gelegenheit dazu hatte? Ihr wurde jetzt noch kalt, wenn sie daran dachte, wie er auf unerklärliche Weise die Tür verschlossen und sie berührt hatte, ohne seine Hand zu gebrauchen. Was hielt ihn bei so viel Macht davon ab, ihr seinen Willen aufzuzwingen?

Oder galt eher etwas Umgekehrtes? Fühlte er sich wirklich zu ihr hingezogen, weil sich irgendein unterbewusster Teil von ihm doch noch an sie erinnerte? *Das sollte ich nicht einmal denken.* Ihm so romantische Beweggründe zu unterstellen, machte sie nur empfänglicher für seine Verführungsversuche. Sie durfte sich jetzt keine Schwäche mehr erlauben, bis sie sicher war, was der richtige Weg war, mit dem Problem umzugehen. *Herr des Himmels!* Konnte es daran eigentlich irgendeinen Zweifel geben? Es lag auf der Hand, dass sie sich von ihm fernhalten, jeden Kontakt verweigern und ihn so lange abblitzen lassen musste, bis er aufgab.

Andererseits war er auf seltsame Weise immer noch Rafe, der Mann, den sie liebte. Und sie hatte ihn gegen jede Wahrscheinlichkeit wiedergefunden. Musste das nicht auch einen Sinn haben?

»Dein Wunsch wäre mir natürlich Befehl – wenn ich Zeit hätte. Wir sehen uns morgen.«

Sophie las noch einmal die Nachricht, die Rafe ihr am Abend zuvor als Antwort geschickt hatte. Sie wusste immer noch nicht, ob sie beleidigt sein sollte, weil er ihr großzügiges Angebot eines klärenden Gesprächs so salopp abgeschmettert hatte. Aber was sollte man von einem selbstgefälligen Dämon auch anderes erwarten? *Na toll, jetzt fange ich auch schon an, ihn zu entschuldigen. Ist ja nicht so, als hätte er eine schwere Kindheit gehabt.* Sollte er doch zur Hölle fahren!

Missmutig öffnete sie eine SMS von Jean, die irgendwann im Lauf der Nacht angekommen sein musste, ohne sie zu wecken. »*Geht es dir gut? Ich mache mir Sorgen, weil du dich nicht gemeldet hast.*«

Es war lieb von ihm, obwohl sie nicht vereinbart hatten, dass sie ihm sofort Bericht erstatten würde. Doch es klang schon fast wie ihre Mutter, was sie daran erinnerte, möglichst bald ein Lebenszeichen nach Hedelfingen zu senden, bevor ihre Eltern wieder anriefen. Ein Gespräch über Matz Katz war das Letzte, was sie jetzt brauchte. Am besten schickte sie ihnen heute noch eine Postkarte und schrieb ein paar Sätze über ihre Jobsuche. Und was sollte sie Jean sagen? Sie konnte ihm verheimlichen, dass sie seine Exorzistenformel bereits angewandt hatte, aber war es nötig?

»*Habe vor Schreck dein Kreuz verloren. Tut mir sehr leid! Trotzdem geht's mir gut. Vielen Dank! Sophie*«, tippte sie schließlich. Falls er anrief, um Genaueres zu erfahren, konnte sie ihn immer noch auf später vertrösten, um Zeit zu gewinnen, sich über alles klar zu werden.

Das Läuten des netten Nachbarn, der Madame Guimard manchmal Croissants vom Bäcker mitbrachte, hatte Sophie geweckt, sodass sie der Duft des frischen Gebäcks im Flur nicht überraschte. Vermischt mit dem Aroma des Kaffees war er unheimlich verlockend. Beim Anblick der alten Dame am Küchentisch überkam sie sofort das schlechte Gewissen. Sie wusste nicht mehr genau, was sie gebrummt hatte, aber sie hatte sich auf jeden Fall grob benommen, wo Madame Guimard doch so viel Wert auf Höflichkeit legte. »Guten Morgen, Madame«, grüßte sie und bemerkte, dass trotz ihres Verhaltens ein Gedeck für sie vorgesehen war. Eine perfekte Gastgeberin gab sich keine Blöße, um zu schmollen.

»Guten Morgen.« Die Stimme klang dagegen etwas unterkühlt.

»Ich muss mich dafür entschuldigen, wie ich mich gestern aufgeführt habe. Bitte verzeihen Sie mir. Es war ein … schwieriger Tag für mich.«

»Das ist kein Grund, andere Leute so zu behandeln«, tadelte Madame Guimard. »Setz dich! Der Kaffee wird sonst kalt.«

»Es wird nicht wieder vorkommen«, versprach Sophie und nahm auf ihrem Stuhl Platz. »Die Hitze hat mich einfach fertig gemacht. Konnten Sie auch so schlecht schlafen?« Ein Themenwechsel konnte jetzt nicht schaden.

»Ja, das Wetter ist schrecklich. Und sie sagen so schnell keine Abkühlung voraus.« Madame Guimard zeigte auf das alte Radio, aus dem leise ein französischer Chanson erklang. »Bist du mit dem Streichen gut vorangekommen?«

Sophie spürte, wie sie rot wurde. »Nein, leider nicht. Es war viel zu heiß. Ich werde heute gleich anfangen, bevor es wieder so unerträglich wird.«

»Gut, aber man soll es bei diesen Temperaturen wirklich nicht übertreiben. Nicht, dass du mir einen Hitzschlag bekommst. Vielleicht ging es dir gestern ja deshalb so schlecht.«

Wieder meldete sich ihr Gewissen. »Nein, oder … wer weiß, ja.« Es lag ihr auf der Zunge, etwas über Streit mit ihrem Freund oder Liebeskummer zu sagen, doch das provozierte nur Fragen, die zu weiteren Lügen führten. Rafe hatte durch seine reine Existenz schon einen schlechten Einfluss auf sie. Ständig musste sie die Leute, die es gut mit ihr meinten, an der Nase herumführen. So konnte es nicht ewig weitergehen. »Jedenfalls werde ich heute bestimmt mit der ersten Wand fertig.«

»Vergiss nicht, im Laden zu sein, wenn Monsieur Bruno kommt, um die Decke zu weißen! Es ist gar nicht so einfach, ausgerechnet jetzt einen Handwerker aufzutreiben. Die sind alle an der See oder schon längst ausgebucht.«

Das hatte ich schon wieder völlig vergessen! Was war in letzter

Zeit nur mit ihrem Gedächtnis los? Madame Guimard hatte extra den Maler bestellt, weil sie fand, dass es für eine Frau wie Sophie eine zu anstrengende Arbeit sei, die Decke zu streichen, und sie hätte den Mann am Ende vor verschlossener Tür stehen lassen. »Keine Sorge, falls ich schon fertig bin, warte ich auf ihn.« *Guter Witz.* So mühselig, wie sie vorankam, würde der Profi ihr die Rolle aus der Hand reißen und die Wand selbst anlegen.

»Du musst dich nicht hetzen, Kind«, befand Madame Guimard milder gestimmt. »Ich fahre am Wochenende ohnehin für eine Weile zu meiner Familie aufs Land und werde den Laden erst nach den großen Ferien wieder eröffnen. Bis dahin hast du Zeit, mir zu zeigen, was du unter einem ansprechenden Geschäft verstehst.«

Sie verreiste? Alles, was Sophie einfiel, war, dass sie dann kein Argument mehr hatte, Rafe von dieser Wohnung fernzuhalten.

Ein anerkennender Pfiff hallte von den Wänden des leeren Raums wider. Sophie zuckte vor Schreck zusammen, streckte die Hand aus, um nicht von der Leiter zu stürzen, und patschte auf frische Farbe.

»Pardon, Mademoiselle!«, rief eine junge Männerstimme. »Alles okay da oben?«

»Nein, meine Hand ist weiß«, erwiderte Sophie gereizt und hielt dem Unbekannten die Handfläche hin, als sie sich zu ihm umwandte. Sein Blick machte ihr bewusst, dass Shorts und Top als Unterbekleidung aus dem Kittel eine Art Minikleid machten, wie man es höchstens in anzüglichen Fernsehsketchen über Krankenschwestern sah. Darum der Pfiff.

»Ach, das bisschen Farbe.« Der Bursche, den sie auf achtzehn oder neunzehn Jahre schätzte, winkte ab. »Hab ich ständig an mir.«

»Das sehe ich«, bestätigte sie und überlegte, ob sie doch hinuntersteigen sollte. »Sind Sie Monsieur Bruno?«

Sein fröhliches Lachen war so ansteckend, dass sie zumindest lächeln musste. In seiner mit Farbe gesprenkelten und bekleckerten Arbeitskleidung ähnelte er ein wenig einem Clown. »Nee, so alt bin ich noch nicht. Ich bin bloß der Schüler vom großen Meister. Pascal«, stellte er sich vor und reichte ihr die Hand.

»Sophie.«

»Der Meister hat dich aber auch deutlich älter beschrieben.«

Prustend musste sie sich an der Leiter festhalten. »Ich bin ja auch nicht Madame Guimard, sondern nur die Aushilfe.«

»Ha! Dann haben wir schon etwas gemeinsam. Und du machst dich da oben bestimmt sehr viel besser als die alte Dame.« Vielsagend schielte er ihre Beine hinauf.

»Du bekommst gleich noch ein paar Flecken mehr«, drohte Sophie und wedelte mit der Farbrolle.

»Warte, bis du gesehen hast, womit ich zurückschlagen kann!« Grinsend marschierte er aus dem Laden, und sie sah durch das Fenster, wie er einen parkenden Kastenwagen öffnete, auf dem in bunten Lettern für Henri Brunos Malerbetrieb geworben wurde. Warum konnte sie nicht einen fröhlichen, unkomplizierten Freund wie Pascal haben? Stattdessen ärgerte sie sich mit einem Dämon und seinem Jäger herum. *Unsinn! Jean will überhaupt nichts von mir. Es geht ihm nur darum, eine Seele zu retten oder so etwas. Und das ist auch nicht weiter schlimm, denn ich liebe ja Rafe.* Was schon genug Probleme mit sich brachte.

Pascal trug eine große, ebenfalls farbübersäte Plastikplane herein, mit der er den Boden auslegte, dann schleppte er einen eigenen Eimer Farbe und eine Rolle auf einem Teleskopstiel an. »Na, immer noch so angriffslustig?« Demonstrativ zog er die Stange zu ihrer vollen Länge aus, sodass sie bis zur hohen Decke reichte.

»Pah, typisch Mann! Mich schüchterst du nicht ein«, prahlte Sophie und schnickte mit der Rolle in seine Richtung. Farbtropfen regneten auf die Plane herab.

Pascal riss schützend einen Arm vor das Gesicht, doch er grinste dabei und schwenkte den Teleskopstiel. »Das wirst du bereuen!«

Lachend wich sie seiner Rolle aus, obwohl nicht einmal Farbe daran war. »Mehr hast du nicht zu bieten?« Wieder ließ sie weiße Geschosse niederprasseln, auch wenn es dieses Mal deutlich weniger waren.

»Ich hoffe, ich störe nicht«, erklang Rafes Stimme von der Tür.

Sophie hätte es im Gelächter beinahe nicht gehört, doch der aggressive Unterton drang zu ihr durch. Verlegen hängte sie rasch die Rolle an den Rand des Eimers. »Hi, Rafe.«

Pascal sah skeptisch zwischen ihr und dem Neuankömmling hin und her. Gegen Rafe wirkte er plötzlich kleiner, schmächtiger und sehr jung. »Ist das dein Freund?«

Fieberhaft überlegte sie, während sie eilig von der Leiter stieg. »Ähm, ja«, rang sie sich ab, bevor das Schweigen zu peinlich wurde. »Fang ruhig schon mal an! Ich komme gleich wieder.« *Ich rede mal wieder dummes Zeug. Als ob er nicht ohne mich seine Arbeit machen könnte.*

Rafe starrte Pascal so lange finster an, bis sich jener ab- und seinem Farbeimer zuwandte. Sophie warf ihm einen strafenden Blick zu. Als sie sich an ihm vorbei durch die Tür schlängelte, wollte er nach ihr greifen, doch sie duckte sich und entkam. »Wag nicht, mich anzufassen!«, zischte sie. »Du hast kein Recht mehr, hier so aufzutreten.«

»Ich teile nicht gern«, beschied er ihr düster.

Sie entfernte sich einige Schritte von der offenen Tür, bevor sie sagte: »Es gibt nichts zu teilen! Du bist immer noch ein Dämon.«

»Streng genommen bin ich immer noch *kein* Dämon, jedenfalls was die Optik betrifft«, korrigierte er sie. »Und als deinem Freund steht mir zumindest ein Kuss zu.«

Sie wich seinem Blick aus, in den sich wieder ein belustigtes Funkeln geschlichen hatte. »Du wirst mich nicht anrühren, oder wir wechseln nie wieder ein Wort!«

Er zuckte die Achseln. »Ich fand ohnehin, dass wir ohne Worte immer am besten waren.«

Schweigend hob sie die Hand vors Gesicht und rieb sich mit Daumen und Zeigefinger die Augen. Wie sollte sie jemals ein ernsthaftes Gespräch mit ihm führen, wenn er es darauf anlegte, sie in den Wahnsinn zu treiben? »Ich sag dir was«, verkündete sie und sah ihn ernst an. »Das hier ist deine letzte Chance. Ich habe noch ein paar Fragen an dich, weil ich den Mann geliebt habe, der du warst. Wenn du sie mir jetzt nicht beantwortest, will ich dich nie wiedersehen, und ich bin sicher, dass Jean Möglichkeiten kennt, wie man sich vor Wesen wie dir schützen kann.«

»Da wäre ich mir an deiner Stelle nicht so sicher.« Seine Miene verriet nicht, ob es eine Drohung oder nur ein spöttischer Hinweis war. »Aber wenn du dieses … Ding ausziehst, können wir spazieren gehen und darüber reden, was du wissen willst.«

Himmel, ja! Sie hatte immer noch den scheußlichen Kittel an. Hastig knöpfte sie ihn auf und streifte ihn ab, während sie in den Laden zurückging, um ihn dort abzulegen. Pascal sah sie neugierig an, doch sie ging nicht darauf ein. In Gedanken ging sie noch einmal durch, was sie sich in der Nacht überlegt hatte. Es kam ihr vor, als habe sie vor Aufregung schon wieder die Hälfte vergessen. Rafe wartete, von der prallen Sonne offenbar unbeeindruckt, vor dem Nachbarhaus auf sie und schien jeden Zentimeter nackter Haut zu mustern, den das Top seinem Blick darbot.

»Schau nicht so! Ich will, dass du auf Distanz bleibst.«

»Ganz wie du willst. Du warst es, die vor Vergnügen geseufzt hat, wenn ich …«

»Rafe!« Er hatte es tatsächlich geschafft, dass sie sich für einen Sekundenbruchteil nach seiner Berührung gesehnt hatte.

»Das war alles, was ich wissen wollte«, meinte er grinsend. »Du bist dran.«

Sie konnte nur den Kopf schütteln und schlug wie von selbst die Richtung zur Seine ein. Am Wasser würde vielleicht noch am ehesten eine kühlende Brise wehen. Rafe ging schweigend neben ihr her, und sie nutzte den Aufschub, um sich zu beruhigen und ihre Gedanken zu sortieren. Es war nicht weit bis zum Ufer, nur die abschüssige Rue des Carmes hinab, über den von hohen Bäumen beschatteten Place Maubert und die Rue Frédéric Sauton entlang. Was den Verkehr anging, war es zwar ruhiger geworden, da immer mehr Pariser in die Ferien verschwanden, doch dafür wanderten umso mehr Touristen die Uferstraßen und Kais auf und ab.

»How far is it to the Eiffel tower?«, erkundigte sich eine dem Akzent nach osteuropäische Frau mit ausladendem Sonnenhut, um den Sophie sie beneidete. Sie erklärte der entsetzten Touristin, dass sie noch etwa eine Stunde Fußmarsch vor sich habe, und riet ihr, am Place Maubert die Métro zu nehmen. Unter tausend Dankesbezeugungen zog die Fremde davon.

»Wie ist das als gefallener Engel?«, wollte Sophie wissen, während sie die Stufen zur Seine hinabstiegen. »Hättest du ihr jetzt aus purer Bosheit einen falschen Weg beschrieben?« Sie erwartete eine flapsige Antwort, doch Rafes Lächeln sah eher gequält aus.

»Zuallererst einmal hätte sie mich nie zu Gesicht bekommen, wenn ich nicht deinetwegen so … präsent wäre.«

»Präsent« hielt sie für eine Untertreibung. Selbst die deutlich ältere Touristin hatte kaum die Augen von ihm abwenden können.

»Nachdem sie aber gefragt hat, hätte ich ihr eine falsche Antwort geben *müssen*«, betonte er. »Ihr zu helfen, wäre eine gute Tat, und die sind meinesgleichen verwehrt.«

»Verwehrt? Soll das heißen, du könntest nicht einmal etwas Gutes tun, wenn du es wolltest?«

»Das Wollen vergeht einem schon mit der Zeit, wenn man so viel Schlechtigkeit sieht und merkt, wie leicht sich die Menschen zu noch Böserem verleiten lassen.«

Über die Restaurantschiffe, das Wasser und die Bäume hinweg wurde Sophies Blick von den Türmen der Notre-Dame angezogen, die in den blassblauen Himmel ragten. Auf diese Entfernung waren die dämonischen Wasserspeier nicht zu erkennen, doch sie wusste aus dem Urlaub mit Rafe, dass sie dort waren und der Fassade ein schaurig mittelalterliches Gepräge gaben. Damals hatte sie sich gefragt, was die Phantasie der Bildhauer beflügelt haben mochte, solche Skulpturen zu schaffen. Im grellen Sonnenlicht schien es absurder denn je, dass sie direkt neben einem solchen Höllenwesen stehen sollte.

»Ich versuche, mir das vorzustellen«, sagte sie und folgte ihm, ohne nachzudenken, als er den Weg nach rechts, fort von der Kathedrale und dem schlimmsten Touristentrubel einschlug. »Wie das sein muss, wenn man nicht tun kann, was man eigentlich will, was man für richtig hält.«

»Es ist die Hölle«, meinte er zynisch. »Man gewöhnt sich daran und findet Gefallen an dem, was man tut. Oder man wird wahnsinnig – was am Ende auf dasselbe hinausläuft. Warum nicht die Macht genießen, wenn man sonst nichts mehr zu lachen hat?«

»Das ist nicht witzig! Du redest von Menschen, die leiden.«

»Hab ich gesagt, dass ich es witzig finde? Die meiste Zeit widert es mich an. Das unterscheidet mich noch vom Dämon. Aber glaub mir, niemand hält das lange durch. Anpassen oder untergehen. Es gibt keine echte Wahl. Jeden Tag muss ich mir das hirnlose Geseire dieser Idioten anhören, ihnen bei ihren Verbrechen zusehen und sie zu noch schlimmeren Taten anstacheln. Zwietracht und Misstrauen säen, Gewalt provozieren … Irgendwann habe ich mich beim ersten zynischen Gedanken ertappt. Von da an geht es Schritt für Schritt bergab.«

Sophie schwieg beklommen. Sie unterquerten eine Brücke, hinter der sich steinerne Bänke unter silbrig schimmernden Bäumen fanden. Die meisten waren bereits besetzt, doch sie hatten Glück, dass eine Frau mit drei Kindern gerade weiterzog.

»Ich fürchte, ich verstehe das immer noch nicht ganz. Wer befiehlt dir, dass du diese Dinge tun sollst?«, fragte Sophie, nachdem sie sich in den Schatten gesetzt hatten. »Der Teufel?« Wenn sie jetzt auch noch anfangen sollte, an einen allwissenden Höllenfürsten zu glauben, der die Strippen des Übels in der ganzen Welt zog, würde sie wieder schreiend davonrennen. Aber musste nicht irgendjemand dafür verantwortlich sein, wenn Rafe die Entscheidungen nicht selbst traf?

»Es ist eine Festlegung. Im einen Moment bist du noch ein Engel mit der Freiheit zu wählen, dann tust du etwas, das du nicht hättest tun dürfen, und schon ist es damit vorbei. Die ewige Verdammnis für ein einziges Vergehen.«

Sophie starrte ihn entgeistert an, doch sein Blick war auf den Fluss gerichtet. »Willst du damit sagen, es sei Gottes Wille, dass du die Menschen dazu bringst, sich gegenseitig furchtbare Dinge anzutun?«

»Wenn es dir leichter fällt, könntest du mich auch als Handlanger des Karmas bezeichnen, der dafür sorgt, dass die Leute bekommen, was sie verdient haben. Niemand zwingt sie, auf mich zu hören. Es ist allein ihre Entscheidung. Das war es doch, was du mich letzte Nacht fragen wolltest, oder nicht? Ich kann dich zu nichts zwingen. Meine Waffen sind Verlockung, Verhöhnung, Einflüsterungen, das richtige Wort, der richtige Gedanke im falschen Moment. Selbst indem ich dir das alles erzähle, mache ich dich nur geneigter, mir nachzugeben. Ich kann es sogar gestehen, weil es nichts daran ändert, wie du gestrickt bist. Und das Dumme ist, dass ich es nicht einmal bedauern kann.« Erst jetzt wandte er sich ihr zu und lächelte traurig. »Ich könnte dich nicht aufgeben.«

Ihr Herz zog sich schmerzhaft zusammen, doch sie widerstand der Versuchung, ihn zu berühren. Rasch wandte sie den Blick ab, um sich wieder zu fassen. Bis zu diesem Augenblick hatte sie nicht begriffen, was das Wort »Verführer« bedeutete. Und warum man ihn lieben konnte, obwohl man wusste, dass er einer war.

»Wie ist es passiert?«, fragte sie in das Schweigen hinein. »Ich meine, warum …«

»Welches verdammungswürdige Vergehen ich begangen habe?« Der Sarkasmus in seiner Stimme war unüberhörbar. »Ich habe Gott gespielt.«

Was soll das nun wieder heißen?

»Es heißt, dass ich ihm ins Handwerk gepfuscht habe. Das Urteil über diesen Kerl war gefällt. Er sollte sterben. Auch wenn du das nicht glauben willst: Engel sind nicht nur dazu da, um Menschen aus der Not zu retten oder ihnen Botschaften zu überbringen. Wirf einen Blick in die Bibel! Dort kannst du es nachlesen, wenn du mir nicht traust. Engel sind auch das Schwert Gottes. Sie üben in seinem Namen gerechte Rache. Zumindest ist es so vorgesehen. Ich fand, dass der Kerl den Tod nicht verdient hatte.«

»Wer sollte sterben? *Wofür?*«

»Du kennst ihn nicht. Ein kleiner Fisch, Drogendealer, hier in Paris. Er hatte Ärger mit seinen ›Vorgesetzten‹. Schuldete ihnen Geld, weil er es selbst verprasste. Ein paar Schläger lauerten ihm nachts in der Métro auf, um ihm eine Lektion zu erteilen. Aber sein Schicksal war schon besiegelt. Er sollte auf den Gleisen landen, bevor der letzte Zug kam. Ich habe es verhindert. Anstatt dafür zu sorgen, dass sie ihn im richtigen Moment schubsen, habe ich ihm dazu verholfen, sich losreißen und fliehen zu können. Nicht, dass du jetzt glaubst, er hätte das verdient, weil er so nett war. Er lügt und betrügt, wo er kann. Und wenn er sich's erlauben kann, schlägt er auch zu, um an Geld zu kommen. Ich bin kein Held, der ein unschuldiges Opfer gerettet hat.«

»Ja, aber … Das war alles? Du hast dich geweigert, bei einem Mord zu helfen?«

Wieder lächelte er zynisch. »Falsche Anklage. Ich habe Gottes Ratschluss infrage gestellt. Das ist Hochmut. Und der kommt bekanntlich vor dem Fall. Ich bin dafür bestraft worden, dass ich meine eigene Moral höher gestellt habe als jene, die über jede Kritik erhaben ist.«

»War dir das denn in jenem Augenblick bewusst?«

»Ja, einem Engel ist das in einem ganz anderen Ausmaß bewusst als einem Menschen. Wir wissen, dass wir nicht ein einziges Mal fehlgehen dürfen.«

»Und du hast es trotzdem getan.«

»Ich konnte nicht gegen meine tiefste Überzeugung handeln.«

Sie musste unwillkürlich lächeln. »Weißt du was? Rafael Wagner hätte genau dasselbe getan.«

20

Am späten Nachmittag wäre Sophie froh gewesen, wenn sie immer noch nur eine weiße Handfläche gehabt hätte. Mittlerweile sprenkelten feine Farbspritzer nicht nur ihre Beine und Arme, sondern auch Haare und Gesicht. Hinzu kam ein großer Klecks, wo der Kittel den Po bedeckte, den ein Klaps mit Pascals Rolle hinterlassen hatte. Die Vergeltung für eine schnippische Antwort, wie er behauptete. Sophie hatte seine Frage, warum sie sich mit so einem alten Griesgram abgab, mindestens ebenso frech gefunden. Was für ein Glück, dass er nicht auch ihre Gedanken lesen konnte. Hätte er gewusst, was ihr gerade durch den Kopf ging, wäre ein neuer Flirtversuch unvermeidlich gewesen, obwohl sie in blauen Füßlingen aus Plastikfolie sicher nicht sexy aussah. Aber Pascal gehörte wohl zu jenen Männern, die mit jeder Frau schäkern mussten.

Diese Überzieher hatten sie auf eine Idee gebracht. Wenn sie nur deshalb nicht mit Rafe zusammen sein durfte, weil die Gefahr der Zeugung bösartiger Wesen bestand, konnten dann nicht Verhütungsmittel Abhilfe schaffen? Sie schüttelte den

Kopf über sich selbst. Wie dämlich – oder verliebt – musste man sein, um das auch nur in Erwägung zu ziehen? *Klar, ich vertraue einem Dämon, dass er rechtzeitig ein Kondom überzieht.* Beinahe hätte sie aufgelacht. Doch von der Tatsache abgesehen, dass ihr keine Verhütungsmethode einfiel, die als hundertprozentig sicher galt, ahnte sie auch, dass die Dinge in diesem Fall nicht so einfach lagen. Eine Vereinigung von Mensch und Engel – sei er nun gefallen oder nicht – erfolgte vermutlich nicht nach rein biologischen Gesetzen.

Sie führte die Rolle ein letztes Mal über eine der unteren Ecken der Wand und betrachtete das Ergebnis. Es sah aus, als gebe es keine trockenen Flecken mehr. »Ha! Ich bin fertig«, entfuhr es ihr. Gegen den Widerstand ihrer Beine richtete sie sich triumphierend auf. Sie hatte gar nicht gemerkt, wie lange sie in der Hocke herumgekrabbelt war.

»Ähm, toll!«, lobte Pascal ironisch. Er hatte die Hitze zum Vorwand genommen, so lange in die Mittagspause zu verschwinden, dass er noch mit der Decke beschäftigt war. »Ich will dir ja nicht den Spaß verderben, aber das war Wand eins von vier. Glaubst du nicht, dass Madame Guimard mich noch ein paar Tage länger engagieren sollte, damit ich dir helfen kann? Oder habt ihr noch eine andere Decke?« Er warf einen forschenden Blick in das vollgestopfte Hinterzimmer.

»Deine *Hilfsbereitschaft* in Ehren, aber …«

Sie unterbrach sich, weil es hinter ihr klopfte. Da Rafe bislang auf solche Höflichkeiten verzichtet hatte, erwartete sie eine verwunderte Kundin zu sehen, doch es war Jean.

»Salut! Ich kam gerade zufällig vorbei und habe gesehen, dass du hier bist.«

»Ist das auch dein Freund?«, erkundigte sich Pascal.

»Nein«, wehrte Sophie irritiert ab.

»Schade«, meinte er. »Ich hatte gerade angefangen, mir doch noch Hoffnungen zu machen.«

»Na, wie gut, dass wir das geklärt haben.« Sie verdrehte die Augen, während Jean den Jüngeren mit einem ebenso finsteren Blick bedachte, wie es Rafe am Morgen getan hatte. »Ich wollte dich später noch anrufen«, wandte sie sich an ihn und lud ihn mit einer Geste ein, ihr hinauszufolgen.

Draußen war es immer noch brütend heiß, obwohl das Haus mittlerweile einen Schatten auf den Bürgersteig warf. Nachdem die Sonne hinter der Häuserzeile verschwunden war, ging die Hitze nun vom Asphalt, den Steinen und den parkenden Autos aus.

»Ist wirklich alles in Ordnung mit dir?«, vergewisserte sich Jean.

»Ja, ja, alles bestens. Sag mal, kommst du in den dunklen Sachen nicht um?«

»Sophie, wenn du nicht mit mir darüber sprechen willst, was passiert ist, dann sag es mir einfach!« Er setzte dazu an, sich umzudrehen.

»Tut mir leid!« Sie hatte die Hand ausgestreckt und seinen Arm berührt, bevor es ihr bewusst wurde, und zog sie rasch zurück. Aber es bewirkte, dass er sie wieder ansah. »Ich … bin noch etwas durcheinander. Du verstehst das vielleicht. Das ist alles neu für mich. Ich weiß noch nicht, was ich davon halten soll, dass es Engel und Dämonen gibt. Oder dass ich einen von ihnen dazu zwingen kann, sich zu erkennen zu geben. Das … war schon ein ziemlich heftiger Moment.«

»Du musst seinen Ablenkungsmanövern widerstanden haben, um ihn zu bezwingen. Das ist ein gutes Zeichen«, behauptete er lächelnd. »So skeptisch, wie du warst, habe ich ehrlich gesagt befürchtet, dass er dich damit aufhalten würde, deinen Verstand infrage zu stellen. Und das hat er sicher.«

Trotz allem musste sie bei der Erinnerung schmunzeln. »Ja, das hat er. Bei der Drohung mit dem Arzt wäre ich sicher eingeknickt, wenn du mich nicht davor gewarnt hättest.«

»Ich wäre ja mit dir gegangen und hätte es gemacht …«

»Nein, das ist eine Sache zwischen ihm und mir. Ich muss das allein auf die Reihe kriegen.« Dass sie sein Angebot auch deshalb abgelehnt hatte, weil ihr angst vor Rafes Reaktion gewesen war, erwähnte sie lieber nicht. Auch wenn er ihr jetzt erzählt hatte, er könne sie zu nichts zwingen, hieß das nicht, dass er Jean nichts antun konnte, wenn er sich angegriffen fühlte.

»Und? Schaffst du das?«

»Ich denke schon.«

»Noch mal zur Erinnerung: Ich bin kein Idiot. Mir ist klar, dass er so schnell nicht lockerlassen wird, weil er deine Gefühle für deinen Verlobten gespürt hat. Sie wissen genau, an welchen Schwachpunkten sie bei uns ansetzen müssen.«

»Das sagtest du bereits«, erwiderte Sophie kühler, als sie beabsichtigt hatte. Sie wollte ihm nicht wehtun, aber er sollte aufhören, in ihrer Wunde zu bohren. Oder wollte sie nur nicht hören, dass Rafe ihr etwas vorspielen könnte?

»Sophie!« Er packte sie bei den Schultern und zwang sie, ihm in die Augen zu sehen. »Eine Bekannte von mir liegt im Krankenhaus, weil ein Dämon sie dazu gebracht hat, sich die Arme zu massakrieren! Du darfst ihm nicht vertrauen!«

Gereizt befreite sie sich aus seinem Griff. »Das weiß ich!«

Er stieß einen Fluch aus, den sie nicht kannte, und atmete tief durch. »Dann kann ich nur hoffen, dass du dich danach richtest. Wenn du dabei Hilfe brauchst, ruf mich an!«

Ein Gedanke beschäftigte sie so, dass sie kaum zuhörte. »Jean?«, rief sie ihm nach, als sie merkte, dass er sich abgewandt hatte und davonging.

Noch einmal drehte er sich um.

»Wie? Ich meine, wie hat sie sich die Arme so übel zugerichtet?«

»Sie hat sich geschnitten – mit einer Rasierklinge.«

Sophie sah das Brotmesser in ihr Fleisch schneiden, und ihr wurde schlecht.

»Mon Dieu! Was ist passiert? Du siehst furchtbar aus!« Madame Guimard klang, als würde sie die Hände über dem Kopf zusammenschlagen, doch stattdessen hatte Sophie eher den Eindruck, als flattere sie wie ein aufgescheuchtes Huhn um sie und Pascal herum, was für ihr Alter eine erstaunliche Leistung war.

»Sie ist plötzlich ganz blass gewesen, und dann musste sie sich übergeben«, berichtete Pascal, der sie nach Hause gebracht und ihr die Treppen hinaufgeholfen hatte. Selbst jetzt stützte er sie noch, und der Geste haftete nichts Frivoles an. Sie schätzte, dass ihm das Flirten vergangen war, als sie in den fast leeren Farbeimer erbrochen hatte. »Ich hab gedacht, sie klappt mir jeden Moment zusammen.«

»Bestimmt die Hitze«, vermutete Madame Guimard und dirigierte Pascal und sie zu ihrem Zimmer. »Und dann noch die Farbdämpfe! Ich hätte dich bei diesem Wetter niemals so schwer arbeiten lassen dürfen!«

»Es geht mir schon wieder besser.« Sophie löste sich von Pascal und wankte auf unsicheren Beinen weiter.

»Ja, so siehst du aus«, widersprach er und wollte wieder nach ihrem Ellbogen greifen, aber Madame Guimard schob sich dazwischen.

»In ihr Bett schafft sie es noch allein, junger Mann. Wer bist du überhaupt?«

»Pascal Roussel, der Lehrling von Meister Bruno.«

»Aha. Es war sehr freundlich von dir, Pascal, dass du Sophie nach Hause gebracht hast. Wir sind dir sehr dankbar und werden uns erkenntlich zeigen, aber jetzt solltest du gehen, damit ich mich um sie kümmern kann.«

»Aber meine ganzen Sachen sind noch im Laden, und der ist jetzt abgeschlossen.«

Die Stimmen entfernten sich, während Sophie auf ihr Bett sank. Den Kittel hatte sie schon im Geschäft ausgezogen; jetzt musste sie nur noch die Schuhe von den Füßen streifen.

»Hier hast du einen Schlüssel. Wirf ihn mir einfach in den Briefkasten, wenn du mit allem fertig bist. Au revoir, Pascal.«

»Au revoir, Madame. Au revoir, Sophie!«, rief er noch, bevor sie schon die Tür zufallen hörte. Madame Guimard machte wirklich kurzen Prozess mit Herrenbesuch.

Sophie streckte sich auf dem Bett aus. Eigentlich war es zu warm, um unter die Decke zu kriechen, doch innerlich war ihr so kalt, dass sie es dennoch tat. Hatte sie vielleicht so etwas wie Schüttelfrost ohne Schütteln? *Das passiert bei einem Schock*, erinnerte sie sich. Sie empfand den Raum als stickig, aber wenn sie das Fenster öffnete, würde nur noch heißere Luft hereinkommen.

»Hast du denn genug getrunken, Kind?«, erkundigte sich Madame Guimard und stellte ein Glas und eine Karaffe mit Wasser auf dem Nachttisch ab.

Sophie fiel auf, dass sie außer einem Fläschchen Wasser zum Mittagessen überhaupt nichts getrunken hatte. »Für diese Hitze wohl nicht.«

»Dann musst du ordentlich nachholen. Wie fühlst du dich? Soll ich einen Arzt rufen?«

»Nein, es geht mir wirklich schon besser. Trinken und schlafen – ich glaube, das ist alles, was ich jetzt brauche.«

»Bist du ganz sicher?«

»Ja, ganz sicher.« Sie versuchte sich an einem aufmunternden Lächeln.

»Na gut. Ruf mich, wenn du etwas brauchst! Ich werde

nachher noch einmal nach dir sehen.« Sichtlich widerstrebend verließ Madame Guimard das Zimmer und lehnte die Tür an.

Es tat gut, das kühle Wasser durch die ausgetrocknete Kehle rinnen zu lassen und endlich allein zu sein. Was für ein Glück, dass Jean nicht mehr gesehen hatte, wie sie in den Laden getorkelt war. Oder sollte sie ihm besser von der Sache mit dem Brotmesser erzählen? Befand sie sich in Gefahr, im Krankenhaus oder gar als Leiche in der Gosse zu landen wie der Mann auf dem Foto? Beide Male hatten sich die Opfer selbst die Schnitte zugefügt – behauptete zumindest Jean. Musste sie sich deshalb von Rafe fernhalten? Was hatten diese Vorfälle mit ihm zu tun? Durfte sie ihm abnehmen, dass er nicht darin verwickelt war, nur weil es glaubwürdig geklungen hatte? Wenn es nach Jean ging, konnte sie ihm gar nichts glauben, aber das fiel ihr schwer. Was er ihr heute am Fluss erzählt hatte … Es hatte sich so aufrichtig angehört, aufrichtig, schlüssig und tragisch. Die perfekte Lüge, um eine Frau auf seine Seite zu ziehen. Wenn es eine Lüge war …

Stöhnend warf sie sich auf die andere Seite. *Diese Ungewissheit macht mich noch verrückt!* Kaum hatte sie Antworten auf ein paar Fragen gefunden, warfen sie neue auf. Sollte das ewig so weitergehen? Doch das Schlimmste war, dass sie wieder hin- und hergerissen war, was Rafe anging – nachdem er ihr im Grunde seine Liebe gestanden hatte. Oder sollte sie es besser als Besessenheit oder Besitzanspruch auffassen? Jedenfalls fühlte er sich zu ihr hingezogen und wollte sie nicht aufgeben. Konnte ein Dämon Traurigkeit vortäuschen, um sie zu beeinflussen? Wahrscheinlich. Leider. Es gab keine Möglichkeit, in diesem Punkt die Wahrheit herauszufinden.

Und wie stand es um die anderen Dinge, die er behauptet hatte? Die verwirrten sie mindestens ebenso sehr. Dass er irgendetwas Verbotenes getan haben musste, um dafür bestraft zu werden, bezweifelte sie nicht, aber hatte er die Geschichte mit dem Drogendealer nur erfunden oder nicht? Sie konnte auch nah an der Wahrheit sein, und er hatte sie nur dort verbogen, wo es für ihn vorteilhafter aussah. Konnte es sein, dass er Gott – wenn es ihn denn gab – absichtlich in einem schlechten Licht erscheinen lassen wollte? *Was für eine blöde Frage!* Hatte der Teufel in der Bibel nicht sogar Jesus vom Glauben abbringen wollen? An so viel konnte sie sich aus dem Reli-Unterricht gerade noch erinnern.

Doch Rafe hatte sich auch auf die Bibel bezogen. Er hatte gesagt, sie könne dort nachlesen, dass auch die »guten« Engel Menschen Leid zufügten, wenn ihr Herr es befahl. War Gott denn nicht der »liebe Gott«, von dem man ihr so viel erzählt hatte? Ein gütiger Vater mit weißem Bart, der seinen sündigen Schäfchen alles vergab, weil sich sein Sohn für sie geopfert hatte? Das hatte allerdings noch nie zu den Geschichten über die Hölle und die ewige Verdammnis gepasst, mit denen ihr Großvater ihr manchmal gedroht hatte. Sie erinnerte sich, dass er ein strenger Mann gewesen war, der jeden Sonntag die Messe besucht und regelmäßig gebeichtet hatte, um einst in den Himmel aufgenommen zu werden. Hatte der Pfarrer *ihm* nie erklärt, dass der Herr ein Gott der Liebe und Barmherzigkeit war? Aber wie konnte er das sein, wenn er einen Menschen für kleine ungebeichtete Vergehen in die Hölle schickte, wie ihr Opa geglaubt hatte?

Opa Joseph hat auch an den Teufel geglaubt. Eigentlich hatten ihr als Kind *alle* erzählt, dass das Böse von Satan ausgehe und alles Gute von Gott. So ganz hatte sie nie verstanden, warum Gott den Teufel nicht einfach beseitigte, damit die Welt schöner und sicherer wurde. Warum er zuließ, dass Unschuldigen Leid geschah. Ihre Religionslehrerin hatte behauptet, das liege daran, dass die Menschen die freie Wahl zwischen Gut und Böse haben sollten, um sich zu bewähren. Doch was war mit Kindern, die an Krebs starben? Unter wessen falscher Wahl litten *sie*? Es hatte für Sophie keinen Sinn ergeben, weshalb sie vor Jahren aufgehört hatte, sich mit Gott zu beschäftigen. Aber nun drängten sich ihr die alten Fragen wieder auf, und neue traten hinzu.

War Rafe ein Bote des Teufels, der sie ins Verderben locken sollte, oder sprach er die Wahrheit – oder traf auf eine schwer zu begreifende Weise beides zu? Ging das Böse wirklich von einem Wesen namens Satan aus, wenn es doch Gott war, der die gefallenen Engel dazu zwang, nur noch schändliche Dinge zu tun? Stimmte wenigstens das, oder war es eine Lüge, um sie vom Glauben an den »lieben Gott« abzubringen? Sie musste jemanden fragen, der sich in solchen Fragen wirklich auskannte.

Jean. Er scheint das alles gründlich studiert zu haben. Sie griff bereits nach dem Handy, um sich für den nächsten Tag mit ihm zu verabreden, doch dann kamen ihr Zweifel. Jean würde sofort wissen, wer ihr diese Ideen in den Kopf gesetzt hatte, und für ihn stand bereits fest, dass Rafe als Dämon nur Lug und Trug im Sinn hatte. Konnte sie da eine neutrale Antwort von ihm erwarten? Wohl kaum.

Sie legte sich zurück ins Bett. Wenn sie fundierten theologischen Rat brauchte, musste sie wohl einen Priester fragen. In der Mittagspause hatte sie in der Nähe des Ladens eine Kirche gesehen. Sie würde morgen einfach dort hingehen und um ein Gespräch mit dem Pfarrer bitten. Der Gedanke hatte etwas Tröstliches.

Die Kapelle der Klinik war tatsächlich menschenleer. Die wenigen Bänke ließen sich auf Anhieb überblicken. Jemand hatte Blumen auf den modernen, nüchternen Altar gestellt, und vor einer Marienfigur brannten Opferkerzen auf einem schwarzen Eisengestell. Offenbar kam doch gelegentlich ein Gläubiger, um für seine Genesung oder die eines Angehörigen zu beten.

»Gegrüßet seiest du, Maria«, murmelte Jean und dachte an das fleckige, abgegriffene Bild der Mutter Gottes, das er in einer Innentasche seines Mantels aufbewahrte. Es hatte weder seiner Schwester noch seinen Eltern etwas genutzt, aber es war das Erste gewesen, worauf sein Blick inmitten des Blutes gefallen war. *Voll der Gnade.* Maria mochte gnädig sein, Gott war es nicht.

Verblüfft bemerkte er, dass sich Lilyth in ihrem Rollstuhl bekreuzigte. Sie hätte laufen können, doch die Krankenschwester hatte rasch den Rollstuhl gebracht und darauf bestanden, dass sie sich noch schonte.

»Glotz nicht so! Ich hab was gutzumachen.« In ihrem Bademantel sah sie noch jünger und ein wenig unförmig aus. »Ich will auch so 'ne Kerze anstecken. Sie sollen wissen, dass ich's ernst meine.«

Jean zuckte die Achseln. »Kostet nur einen Euro.«

»Sag mal, auf welcher Seite stehst du eigentlich?« Sie sah ihn empört an. »Sollte ich nicht hierherkommen, um Schutz vor dem Dämon zu erbitten?«

»Ich bin auf *deiner* Seite. Wenn das bedeutet, dass ich dir eine Kerze kaufen muss, bitte schön.« Er zog sein Portemonnaie hervor und holte einen Euro heraus, um ihn ihr in die Hand zu drücken. »Aber so ein bisschen Wachs und Beten wird in deinem Fall nicht mehr genügen. Ich habe dich hier heruntergebracht, damit wir offen reden können. Abbé Gaillard hat angeboten, herzukommen und einen Exorzismus durchzuführen, falls sich mein Verdacht bestätigt.«

Lilyths Augen weiteten sich. »Ich … nein, ich weiß nicht. Das muss doch nicht sein, oder? Vielleicht bin ich dafür noch viel zu schwach. Und müssen meine Eltern nicht mit so etwas einverstanden sein?«

Kann man es einem Mädchen, das »Der Exorzist« gesehen hat, verdenken, dass es Angst hat? »Willst du deinen Eltern denn erzählen, was du mit deinen Freunden so getrieben hast?«

»Nein, spinnst du? Die lassen mich nie wieder aus dem Haus! Quatsch, die sperren mich dann tatsächlich in die Klapse!«

Jean nahm an, dass sie damit nicht ganz falsch lag. Es gab geschlossene psychiatrische Anstalten für Jugendliche mit selbstzerstörerischen Tendenzen. Alex hatte ihm die Informationen im Internet besorgt, weil er sich keinen eigenen Anschluss leisten konnte. Wenn Lilyths Eltern erfuhren, dass ihre Tochter nicht nur ein harmloser Gothic-Fan war, sondern in einem Zirkel ernsthaft mit schwarzer Magie experimentiert hatte, würden sie wahrscheinlich geneigter sein, zu einem drastischeren Mittel als wöchentlichen Therapiesitzungen zu greifen. »Dann solltest du froh sein, dass Gaillard bereit ist, über die Vorschriften hinwegzusehen. Er geht damit auch ein Risiko ein. Ist dir das klar?«

»Warum kannst du das nicht machen? Ich weiß, dass du's schon getan hast.«

»Weil es sicherer für alle ist, wenn mehr Leute daran beteiligt sind. Du kannst dem Abbé vertrauen. Er hat viel Erfahrung darin.«

»Aber ich kenne den Mann nicht!«

Er beschloss sicherzugehen, bevor er sich auf weitere Diskussionen einließ, und steckte erst einmal seine Brieftasche wieder ein. »Würdest du mir einen Gefallen tun?«

»Wenn ich jetzt Ja sage, willst du, dass ich diesen Abbé machen lasse. Ich bin doch nicht blöd!«

Dazu sage ich jetzt lieber nichts. »Lilyth, mein Ehrenwort, dass es um etwas anderes geht.« Er hielt ihrem skeptischen Blick stand.

»Okay, was soll ich machen?«

»Nichts Großartiges«, wiegelte er ab, legte seinen Mantel über die Lehne einer Bank, setzte sich und holte ein Heiligenbild hervor, das er am Morgen zu diesem Zweck eingesteckt hatte. »Ich möchte, dass du eine Weile still betest und dabei dieses Bild ansiehst. Es ist der heilige Michael, der Erzengel, der den Teufel besiegt hat.«

»Ist das ein Geschenk, das mich beschützen soll?« Sie schien zwischen Dankbarkeit und Unglauben zu schwanken.

»Ja.« *Das kann man so sehen,* fügte er insgeheim hinzu.

»Danke«, sagte sie und nahm das Bild zögernd an sich. Er sah genau hin, entdeckte jedoch nichts Auffälliges. Das Widerstreben konnte viele Ursachen haben. Sie war schließlich keine gläubige Katholikin mehr. »Und was wirst du solange tun?«

»Dasselbe.«

»Na gut. Dann fang ich mal an.« Achselzuckend setzte sie sich im Rollstuhl zurecht, nahm das Bild auf ihrem Schoß in beide Hände und betrachtete es.

So weit, so gut. Jean verschränkte die Arme und richtete den Blick ebenfalls nach unten, um Lilyth so unauffällig wie möglich aus dem Augenwinkel beobachten zu können. In Gedanken malte er drei Kreuze auf ihre Stirn, Mund und Brust, bevor er begann, aus dem Markusevangelium zu rezitieren:

»In illo tempore: Dixit Jesus discipulis suis: Euntes in mundum universum, praedicate Evangelium omni creaturae … Jesus sagte zu ihnen: Geht in die ganze Welt hinaus und verkündet allen Geschöpfen das Evangelium! Wer glaubt und sich taufen lässt, wird gerettet; aber wer nicht glaubt, wird verdammt werden. Und durch die, die zum Glauben gefunden haben, werden die folgenden Zeichen geschehen: In meinem Namen werden sie Dämonen austreiben – in nomine meo daemonia eiicient.« Na, was sagst du dazu? Ich weiß, dass du da bist, du Feigling. Sich

hinter einem Mädchen zu verstecken, das nicht weiß, wie ihm geschieht, sieht euch feigem Pack ähnlich. Komm raus und zeig dich, wenn du dich traust!

Ein zweites Mal sprach er im Stillen die Verse aus der Bibel. Lilyths Finger begannen, nervös mit dem Bild zu spielen, doch das konnte auch Langeweile oder Unsicherheit sein, weil sie dem Gott ihrer Kindheit gegenüber ein schlechtes Gewissen hatte.

Findest du es nicht unfassbar dreist von mir, dass ich dich dermaßen verhöhne? Ich bin nicht einmal geweihter Priester und fordere dich heraus. Ich verfluche Gott wahrscheinlich öfter als du. Müsstest du da nicht leichtes Spiel mit mir haben? Bring mich doch zum Schweigen, wenn du kannst!

Wieder begann er, das Markusevangelium zu zitieren. Er liebte diese Stelle, weil er sie jenen kirchlich autorisierten Exorzisten um die Ohren hauen konnte, die ihm mit dem Kirchenrecht kamen, das Laien verbot, Dämonen auszutreiben. Es stand dort schwarz auf weiß: Jesus hatte gesagt, dass jeder Getaufte in der Lage sei, es zu tun. Sollten sie an den Paragraphen ihres kanonischen Rechts ersticken! Er würde diesem Dämon zusetzen, bis er vor Zorn explodierte.

Lilyths Faust schloss sich um das knisternde Bild. »O mein Gott! Das wollte ich nicht! Ehrlich, Jean! Ich …« Verzweifelt versuchte sie, das dicke, steife Papier wieder zu glätten.

»Schon gut, Lilyth! Ich glaube dir. Ich habe sogar damit gerechnet, dass so etwas passieren würde.«

»Was?«

»Ich wollte dir keine Angst machen, aber du hast ohnehin schon befürchtet, besessen zu sein, also habe ich ein wenig … probiert.«

Ihr Blick sprang zwischen ihm und dem Heiligenbild hin und her. »Das ist ein Beweis?«

»Ein *Hinweis*, kein Beweis, aber ich rate dir dringend, Abbé Gaillard seine Arbeit machen zu lassen. Ich werde ja dabei sein.«

Sie wurde noch bleicher. »Nein, ich will das nicht! Er ist ein richtiger Priester. Er wird mich hassen, weil ich für ihn nur irgendeine Satanshexe bin, die Gott lästert und Scheiße baut!«

»Lilyth, stell dich nicht so an! Willst du, dass man dir hilft oder nicht?«

»Nein, dann nicht.«

»Was ist mit …« Gerade wollte er auf ihre noch immer in Verbänden steckenden Arme zeigen, unterbrach sich jedoch, als die Tür der Kapelle aufging und eine ältere Dame an Krücken hereinkam. Höflich nickte er ihr zu.

»Das war's dann wohl«, meinte Lilyth leise. »Schieb mich wieder zum Fahrstuhl und hau ab!«

»Nachdem du dich schon fast umgebracht hast?« Er holte das zweite Bild heraus, das er für sie eingesteckt hatte. »Ich will nicht, dass du endest wie der hier.«

Entgeistert sah sie auf das Foto des Toten, doch Jean wusste, dass es nicht genügen würde. Sie hatte zu viele Krimis und Horrorfilme gesehen, um es auf sich zu beziehen. Aber es gab eine Verbindung, die sie nicht ignorieren konnte.

»Dieser Mann gehörte zu Caradecs Zirkel.«

Dass am Vortag nur eine einzige Einladung zu einem Vorstellungsgespräch in der Post gewesen war, beunruhigte Sophie, doch Madame Guimard tröstete sie damit, dass während der *grandes vacances*, der großen Ferien, in Paris nun einmal die Räder still standen. Trotzdem musste sie unbedingt später dem Internetcafé wieder einen Besuch abstatten, falls in ihrem

Postfach Reaktionen auf sie warteten. Es fiel so leicht, das Internet zu vergessen, wenn man in einer Wohnung lebte, in der nicht einmal ein Computer vorhanden war. Und man so viele andere Dinge um die Ohren hatte. Eine weitere Wand zu streichen, hatte Madame Guimard ihr zwar verboten, weil es heute noch heißer und dazu schwül werden sollte, doch der Gang in die Kirche war unvermeidlich.

Ausstaffiert mit einem eleganten 20er-Jahre-Strohhut, der sie vor der Sonne schützen sollte und erstaunlich gut zu ihrem modernen Sommerkleid passte, suchte sie die Seitenstraßen der Rue des Écoles ab. Sie hatte das Portal der kleinen Kirche vor Augen, erinnerte sich an eine schlichte Fassade mit klassizistischen Elementen und einen kleinen Baum davor, aber nicht an den genauen Ort. Es war an einer Kreuzung gewesen, Rue Monge Ecke Rue des Bernardins, wie sich schließlich herausstellte. Das Tor unter dem schattenspendenden Bogen war verschlossen und mit Aushängen zum Gemeindeleben gepflastert. Ein Schild forderte Touristen auf, die Kirche nur mit angemessener Kleidung zu betreten, die Schultern und Beine verbarg, und Frauen hatten während des Gottesdiensts auch ihren Kopf zu bedecken. Offenbar ging es in Saint-Nicolas-du-Chardonnet strenger und sittsamer zu als in anderen Kirchen der Stadt, denn Sophie hatte nie zuvor eine solche Ermahnung gelesen. Verunsichert sah sie an sich herab. Mit dem Hut wäre sie sogar für eine Messe gerüstet, doch wie stand es um das Kleid? Konnte ein konservativer Priester es zu gewagt finden? Immerhin reichte es bis über die Knie, wenn auch nicht bis zum Boden. Und die Ärmel waren zwar kurz, verhüllten jedoch die Schultern.

»Wenn sich alle jungen Dinger so viele Gedanken darüber machen würden wie Sie, wäre schon viel gewonnen«, befand eine gebeugte ältere Dame, die hinter ihr herangekommen war. »Gehen Sie nur hinein! Der *curé* wird Sie nicht gleich fressen.« Sie ging auf eine der beiden Türen zu, die zur Linken und Rechten das Tor flankierten, und Sophie beeilte sich, ihr sie aufzuhalten. »Merci, Mademoiselle.«

Im Innern der Kirche herrschte angenehme Kühle, obwohl die Luft auch hier etwas stickig war. *Liegt vielleicht am Weihrauch.* Außer ihr selbst verteilten sich nur drei oder vier Menschen in dem lichten, dreischiffigen Bauwerk. Saint-Nicolas-du-Chardonnet wirkte nicht so alt wie Notre-Dame, aber auch keineswegs modern, doch sie hatte keine Muße, Fliesen aus Marmor, Wandgemälde und Skulpturen zu bestaunen. Ihre Gedanken weilten bereits bei den Fragen, die sie stellen wollte. Jetzt musste sie nur noch einen Priester finden.

Hinter dem Chor gab es einen Säulengang, sodass Besucher den Altarraum umrunden konnten. Sie wandelte dort entlang und hielt nach einem Mann Ausschau, der wie ein Geistlicher aussah. Wenn sie Pech hatte, würde sie sich im Mittelschiff auf eine der Bänke setzen und warten müssen, bis jemand aus der Sakristei auftauchte.

Am hinteren Ende des Chorumgangs stand eine Art Baugestell mit Plattform, zu der eine Leiter hinaufführte. Neugierig legte Sophie den Kopf in den Nacken, um nachzusehen, was renoviert wurde, und entdeckte überrascht einen jungen Mann in schwarzer Soutane, der Glühbirnen an einem Leuchter auswechselte. Sie hatte einen Maler oder einen anderen Handwerker dort oben erwartet, aber gewiss keinen Priester. Der junge Mann hatte dunkles Haar und trug einen kurzen Vollbart, doch seine Haut war eher blass. Das lange, weite Gewand behinderte ihn, als er mit einer Schachtel Glühbirnen in der Hand die Leiter hinunterkletterte, wickelte sich um Füße, Knöchel und Sprossen. Dennoch kam er wohlbehalten auf dem Boden an, schüttelte mit der freien Hand die Soutane glatt und wollte davongehen, ohne Sophie zu beachten.

»Monsieur?«, sprach sie ihn an, bevor er durch eine Tür verschwinden konnte. »Bitte verzeihen Sie! Ich sehe, dass Sie beschäftigt sind, aber ich brauche geistlichen Rat.«

Er warf ihr einen verblüfften Blick zu und musterte sie ungläubig. Sicher hatte er sie für eine Touristin gehalten, die sich nur zufällig in diese Kirche verirrt hatte. »Möchten Sie zur Beichte? Die ist …«

»Nein, nein, nein«, unterbrach sie ihn rasch. Auf keinen Fall wollte sie in einem Beichtstuhl landen. Das erste und letzte Mal hatte sie vor ihrer Erstkommunion in einem solchen Kasten gesessen und war sich darin sehr gefangen vorgekommen. »Es ist … eher eine dringende Glaubensfrage, die mir keine Ruhe lässt.«

Strenge, aber auch Unsicherheit lagen in den dunklen Augen. »Dann … äh … schicke ich Ihnen jemanden, der Ihnen sicher weiterhelfen kann. Einen Moment, bitte!« Mit flatternder Soutane fegte er nun doch durch die Tür, die wohl zur Sakristei führte.

Wieso kann er *das nicht?*, wunderte sich Sophie und schüttelte den Kopf. Vielleicht war er nur der Diakon oder Kaplan oder wie diese Ämter hießen, die dem eigentlichen Pfarrer unterstanden. Sie stellte fest, dass sie sich in der Kirchenhierarchie kaum auskannte. Es gab wohl die Bischöfe als Vorgesetzte der anderen Priester, und einige davon waren Kardinäle, aber welche Funktion ein Kardinal hatte, wusste sie nicht. Und gab es noch etwas darüber, oder kam dann gleich der Papst? *Der* würde zumindest ganz sicher nicht erscheinen, um mit ihr zu sprechen. Die Vorstellung, eine Audienz beim Oberhaupt der Kirche zu verlangen, damit sie Antworten von höchster Stelle erhielt, zwang sie, ein albernes Kichern zu unterdrücken. Warum Rafe nicht gleich mitnehmen? Dann konnte er selbst mit dem Papst darüber diskutieren.

Ginge das? War es gefallenen Engeln möglich, eine Kirche zu betreten? *Das spielt nun wirklich keine Rolle. Es sei denn …*

Plötzlich hatte sie eine Vision von sich selbst in einer Nonnentracht. Was, wenn geweihter Boden ihre einzige Rettung vor ihm war und sie den Rest ihres Lebens in einem Kloster verbringen musste, um nicht schwach zu werden? Mit einem Mal war ihr nicht mehr danach zu kichern.

Die Tür schwang auf, und ein älterer Herr mit schütterem gelblichem Haar, das einst rot gewesen sein mochte, kam herein. Eine gerade, große Nase und buschige Brauen prägten sein Gesicht, doch sein Blick wirkte freundlich. Unter dem dunkelgrauen Anzug trug er ein schwarzes Hemd mit Stehkragen, das ihn als Geistlichen auswies. »Bonjour, Mademoiselle. Ich bin Abbé Richet. Wie kann ich Ihnen helfen?«

»Bonjour, Monsieur.« Sie spürte sich vor Nervosität erröten. Wie sollte sie nur anfangen? »Mein … Name ist Sophie. Ich … Jemand hat mir etwas erzählt, das mich verwirrt hat, und ich möchte gern die Position der Kirche dazu hören.«

»Ach?« Der Priester musterte sie etwas distanzierter. »Geht es um die Frage, ob der Gottesdienst auf Französisch oder auf Latein gehalten werden sollte?«

»Was? Nein. Wie kommen Sie darauf?«

Er machte eine beschwichtigende Geste und sah wieder freundlicher aus. »Nur so eine Annahme, weil das Thema hier öfter aufkommt. Wollen wir uns nicht setzen?« Einladend wies er auf die Kirchenbänke.

Sie ging hinüber und nahm Platz. Es kam ihr seltsam vor, sich für ein Gespräch dort niederzulassen. Bislang hatte sie stets nur in Kirchen gesessen, um an Gottesdiensten teilzunehmen.

Der Abbé setzte sich neben sie. »Nun, Mademoiselle, erzählen Sie mir einfach, was Sie bedrückt.«

»Es … geht um die Frage, ob … Wie soll ich das erklären? Er sagte, dass Gott das Böse nicht nur zulässt, sondern manchmal sogar befiehlt.«

Abbé Richet wölbte überrascht die buschigen Brauen. »Wer hat Ihnen denn so einen Unsinn erzählt?«

»Äh, ein … junger Mann, der … nicht gerade ein tugendhaftes Leben führt«, versuchte sie, das Unsagbare zu umschreiben. Wenn sie dem Priester gestand, dass sie in Kontakt zu einem Dämon stand, rief er entweder nach einem Arzt oder einem Exorzisten.

»Wie Sie selbst schon bemerken, ist das kein guter Umgang für Sie. Dieser Mann sucht wohl nur nach einem Vorwand, um seinen schlechten Lebenswandel zu rechtfertigen. Sie sollten seinen Worten keine Bedeutung beimessen.«

»Aber er hat behauptet, es gebe in der Bibel Beweise dafür. Deshalb weiß ich nicht, was ich davon halten soll.«

»Glauben Sie mir, Mademoiselle, die schlimmsten Teufel sind jene, die Gottes Wort verdrehen, um sich daraus eine Entschuldigung für ihre Sünden zu zimmern. Alles Schlechte in dieser Welt geht von Satan aus, der danach trachtet, uns das Falsche glauben zu lassen. Auch Ihren Bekannten. Sie müssen den Blick fest auf Gott und Jesus Christus richten, dann folgen Sie dem richtigen Pfad.« Der Abbé deutete nach vorn zum Altar.

»Dann gibt es solche Stellen also gar nicht? Oder hat er sie nur falsch interpretiert?«

»Sehen Sie, wenn Gott weise und gerecht und die Liebe ist – und daran kann es doch keinen Zweifel geben, nach allem, was er für uns getan hat –, dann kann nichts, was von Gott ausgeht, böse oder schlecht sein, nicht wahr? Alles, was ER in seiner Weisheit entscheidet, ist richtig und gut. Uns Menschen steht nicht zu, darüber zu urteilen, weil nur ER allwissend ist, während wir stets nur einen kleinen Teil erkennen.«

»Ja, aber …« Sie hatte Schwierigkeiten, ihren Faden wiederzufinden. »Heißt das dann, dass ich auch jede Strafe, die er über einen Sünder verhängt – egal, wie grausam sie ist –, als gut und gerecht hinnehmen muss?«

Der Priester fasste sie schärfer ins Auge. »Ich weiß nicht, worauf Sie sich jetzt beziehen, aber die Antwort kann nur ein Ja sein. Gottes Ratschluss infrage zu stellen, ist Hochmut, eine der sieben Todsünden.«

»Das kann aber manchmal sehr hart sein«, wagte sie einzuwenden. »Wenn ein Kind an einer unheilbaren Krankheit stirbt, dann kann es doch gar nichts verbrochen haben, was diese Strafe rechtfertigt.«

»Sicher haben wir es dann nicht mit einer Strafe zu tun, sondern mit einem üblen Werk des Satans.«

»Aber Gott lässt es zu.«

»Darüber verzweifeln viele junge Eltern. Haben Sie auch ein Kind verloren?«, erkundigte sich Abbé Richet milder.

»Nein, die Frage beschäftigt mich nur schon seit langer Zeit.«

»Das spricht für Ihr mitfühlendes Herz, aber lassen Sie sich nicht von Bitterkeit verleiten, Gottes Entscheidungen infrage zu stellen. Manchmal erlegt er uns Prüfungen auf, deren Sinn wir nicht begreifen. Doch nur weil wir seine Gründe nicht kennen, dürfen wir nicht daran zweifeln, dass er es gut mit uns meint.«

Sophie seufzte unwillkürlich. Rafe als Prüfung zu begreifen, deren Sinn sich ihr verschloss, war eine verlockend einfache Sicht der Dinge.

»Beten Sie, Mademoiselle! Gott wird Ihnen die Duldsamkeit schenken, jedes Schicksal zu ertragen, wenn Sie nur darum bitten.«

»Ja, vielen Dank, Abbé.«

»Dann sind Ihre Fragen damit geklärt?« Er stand auf, und Sophie musste den Kopf höher heben als gewöhnlich, um ihn unter der Hutkrempe noch ansehen zu können.

»Oh, eine hätte ich noch. Warum sollen Frauen eigentlich während der Messe ihren Kopf bedecken? Steht das auch in der Bibel?«

»Ja, lesen Sie den ersten Korintherbrief! Paulus fordert darin, dass betende Frauen einen Schleier tragen.«

»Ja, aber warum?«

»Der Engel wegen, Mademoiselle. Paulus sagt: ›Der Engel wegen.‹«

21

Als sie die Kirchentür öffnete, war Sophie, als schlage ihr die Hitze eines Backofens entgegen. Die Sonne gleißte am Himmel und hatte noch nicht einmal den Zenit erreicht, doch Sophie fühlte sich bereits so ausgelaugt, dass sie etwas zu trinken brauchte. In einem Tante-Emma-Laden, hinter dessen Kasse ein ergrauter Asiate saß, kaufte sie ein Fläschchen Wasser und nahm gleich auf der Straße ein paar Schlucke daraus.

Wegen der Engel. Was hatte das nun wieder zu bedeuten? Es konnte kein Zufall sein, dass sie auf ihre Frage prompt wieder auf eine Bibelstelle mit Engeln verwiesen worden war. Oder war die Heilige Schrift so voll davon, dass man immer auf sie stieß? Das hatte sie aus ihrer Kindheit anders in Erinnerung.

Das Wasser belebte sie, doch es füllte das Loch in ihrem Bauch nur unzureichend. Sie musste etwas essen, aber in der Hitze schien ihr weder die Aussicht auf ein allem Belag zum Trotz eher trockenes Baguette noch auf ein warmes Gericht sonderlich verlockend. Für das Mittagessen war es streng genommen ohnehin zu früh. Auf der anderen Straßenseite entdeckte sie eine Touristenfamilie, deren Kinder an schmelzenden Eiskugeln schleckten. Eis! Das war es. Wann wäre je ein Eis passender gewesen als bei fünfunddreißig Grad im Schatten? Und die Berthillon-Anbieter auf der Île Saint-Louis waren nur einen Katzensprung entfernt.

Sie schlenderte die schmale, ruhige Rue des Bernardins zur Seine hinab, wo linker Hand die Zwillingstürme der Notre-Dame am gegenüberliegenden Ufer aufragten. Die Straße führte über eine Brücke auf die Île de la Cité hinüber und zwischen dem Park hinter der Kathedrale und dem begrünten Ostzipfel der Insel hindurch. Schon hier war die Ruhe der nahen Île Saint-Louis spürbar. Von der Pont Saint-Louis aus entdeckte Sophie ein junges Paar, das am Fuß des hohen gemauerten Quai d'Orléans saß und die Füße ins Wasser baumeln ließ. Bestimmt war die Seine erfrischend, doch auf den Steinblöcken der Uferbefestigung konnte man wahrscheinlich Spiegeleier braten. Sophie beschloss, sich lieber ein schattigeres Plätzchen zu suchen, sobald sie ihr Eis hatte.

Das kann dauern, stellte sie fest, als sie die Schlange vor der ersten Eisdiele sah. Sie ging eine Runde um den Block, um einige andere Cafés mit Straßenverkauf abzuklappern, doch es bot sich überall das gleiche Bild. Wer eine Erfrischung wollte, hatte nur die Wahl, sich anzustellen oder sich an einen der wenigen freien Tische zu setzen, wo das teure Eis noch mehr kostete. Da sie noch keine Aussicht auf einen Job hatte, reihte sie sich in eine Schlange ein, wo sie wenigstens im Schatten stand.

Wenn sie es genauer bedachte, war der Priester nicht auf ihre Einwände eingegangen. Im Grunde hatte er ihr nur geraten, nicht weiter zu zweifeln, sondern einfach zu glauben. *Gott hat immer recht, weil nicht sein kann, was nicht sein darf.* Ob Rafes Argumente stichhaltig waren oder nicht, spielte dafür keine Rolle, weil er kein Pfarrer mit der Lizenz zur Bibelauslegung, sondern nur irgendein Sünder war. Das half ihr eigentlich nicht weiter, aber was hatte sie von einem Priester anderes erwartet? Es war seine Aufgabe, den Menschen die Botschaft der Kirche zu predigen. Hätte er Rafe nicht trotzdem anhand von irgendetwas widerlegen können, das weniger schwammig war? Ein Pauschalurteil hätte sie auch von Jean haben können. Nun war ihr erst recht, als sitze sie zwischen zwei Stühlen, und beide wackelten, weil ihnen ein Bein fehlte. Abbé Richet sagte, das Böse gehe vom Teufel aus, während Rafe behauptete, es sei von Gott angeordnet. Das eine behagte Sophie so wenig wie das andere. War es da ein Wunder, dass sich so viele rational denkende Menschen vom Glauben abwandten? Doch nachdem sie den Dämon *gesehen* hatte, konnte sie diesen Fragen nicht mehr so leicht den Rücken zuwenden.

»Et vous?«, fragte eine Stimme ungeduldig.

Oh! Ich bin dran. Überrumpelt kaufte sie je ein Bällchen Stracciatella und Erdbeersorbet. Das Eis schmeckte köstlich, aber es schmolz höllisch schnell. Sie beeilte sich mit dem Schlecken und lief dabei gedankenverloren die Straße entlang, bis ihr auffiel, dass sie schon fast vor Jeans Haus stand. Sollte sie nicht doch mit ihm darüber sprechen? Er mochte dieselben, wenn nicht schlimmere Vorbehalte gegenüber einem gefallenen Engel hegen wie der Priester, aber mit ihm konnte sie wenigstens offen reden. Außerdem hatte sie bei ihm nicht den Eindruck, dass er sie um des Glaubens willen bekehren wollte, sondern nur darum bat, die Gefahr ernst zu nehmen.

Kurz entschlossen spülte sie die letzten Waffelkrümel mit Wasser hinunter, drückte das schwere Tor auf, überquerte den Hof und stieg die Stufen in den sechsten Stock hinauf. Wenigstens hatte jemand mehrere Fenster geöffnet, sodass im Treppenhaus Durchzug herrschte. Die Luft war zwar warm, aber die Brise kühlte Sophies verschwitzte Haut. Dennoch musste sie den Hut abnehmen und fächelte sich Wind zu. Mit der anderen Hand versuchte sie, die feuchten, platt gedrückten Haare zu lockern. Sie sah sicher furchtbar aus und schnaufte wie eine Dampflok. Musste man nur lang genug in Paris leben, um fit genug für die vielen Treppen zu werden, oder kam man ums Joggen nicht herum?

Wieder wartete sie, bis sich Puls und Atmung halbwegs beruhigt hatten, bevor sie klingelte. Nichts rührte sich. Ihr fiel auf, dass sie keine Ahnung hatte, ob Jean für gewöhnlich um diese Zeit zu Hause war, da sie nicht einmal wusste, womit er Geld verdiente. Sie sah auf die Uhr. Zehn nach elf. Er konnte überall sein, bei der Arbeit, einkaufen oder trainieren. Eher verzweifelt als hoffnungsvoll läutete sie noch einmal. Sie konnte sich nicht überwinden, wieder zu gehen, ohne es ein zweites Mal versucht zu haben.

Gerade als sie sich abwenden wollte, sah sie den Schemen hinter den bunten Glasscheiben herankommen. Das Schloss knackte, und die Tür öffnete sich einen Spalt. Jean blinzelte sie mit verschlafenen Augen an. »Sophie?« Tür und Lider wurden weiter aufgerissen. Er trug nur eine offenbar hastig übergestreifte Jogginghose, da er nicht einmal Socken an den Füßen hatte.

Sophie ertappte sich dabei, dass ihr Blick an seinem drahtigen Oberkörper hängen blieb, und sah ihm rasch wieder ins Gesicht. »Tut mir leid, dass ich dich geweckt habe. Ich hätte mir denken sollen …«

»Schon gut. Komm rein!« Er trat zur Seite und fuhr sich mit der Hand durch das ungekämmte Haar. »Ist ohnehin Zeit zum Aufstehen.«

»Soll ich dir einen Kaffee machen?«, fragte sie, weil sie sich schuldig fühlte. Normalerweise wäre ihr im Traum nicht eingefallen, in einer fremden Küche das Kommando zu übernehmen.

»Äh, ja, danke, gern.« Er überwand seine Überraschung, schmunzelte und schloss die Tür. »Du darfst dir auch gern eine Tasse abzweigen.«

»Sehr großzügig, aber mein Herz rast jetzt noch von der Treppe.« Zumindest hoffte sie das. Ihre Beziehung zu Rafe war schon kompliziert genug.

»Gut, dann … zweite Tür rechts. Geh schon vor! Ich … sollte mir wohl erst mal etwas anziehen.«

»Ja«, bestätigte sie zögernd. »Solltest du.« *Und wenn es nur ist, damit ich nicht ständig auf diese Muskeln starren muss.* »Apropos anziehen«, begann sie und wedelte mit ihrem Sonnenhut. »Wusstest du, dass Frauen in der Kirche einen Schleier tragen sollten, weil es die Engel so wollen?«

»Nein«, erwiderte er grinsend. »Aber wenn der Papst mal wieder etwas bräuchte, um die Feministinnen gegen sich aufzubringen, würde ich ihm den Spruch empfehlen.«

»Das ist kein Spruch«, empörte sich Sophie. Wenn er sich über jemanden lustig machen wollte, dann über den Abbé. »Das hat mir gerade ein Priester erzählt.«

Jeans Miene verdüsterte sich. »Du hast mit einem Priester gesprochen?«

»Ja, warum nicht? Ich dachte, du würdest das gutheißen.«

»Das habe ich nie gesagt! Bei wem warst du?«

Sophie wusste nicht, was der größere Fehler gewesen war: zu einem Priester zu gehen oder danach zu Jean. Einen Kaffee brauchte er jedenfalls nicht mehr. »Ich war in dieser Kirche in der Rue des Bernardins. Ein Abbé Richet hat mit mir gesprochen.«

»Wie viel hast du ihm erzählt?«

»Gar nichts. Ich wollte nur seine Meinung zu ein paar Dingen hören, die Rafe mir gesagt hat.«

»Warum …« Er unterbrach sich selbst. »Okay, ich habe das Studium abgebrochen. Vielleicht hältst du mich nicht für kompetent. Aber du musst wirklich vorsichtig sein, was du einem Geistlichen erzählst, hörst du? Viele glauben selbst nicht mehr an Dämonen und schicken dich zum nächsten Psychiater.«

»Ich wusste gar nicht, dass du Theologie studiert hast. Du sagst mir ja nichts über dich!«

»Das habe ich nicht erwähnt?«

»Nein.«

»Gut, mein Fehler«, gab er zu. »Lass uns gleich noch mal in Ruhe darüber reden.«

Sie erhaschte einen Blick in das geräumige Bad, bevor er darin verschwand, und ging in die Küche. Der letzte Anstrich der Tapete lag nicht so lange zurück, aber ansonsten ähnelte die Einrichtung jener bei Madame Guimard. Die Unordnung auf dem Tisch und das benutzte Geschirr rund um die Spüle hätte die alte Dame jedoch keinen Tag geduldet. Nachdem sie das Wohnzimmer so unbenutzt und – vom Staub abgesehen – geradezu steril in Erinnerung hatte, fand Sophie das Durcheinander eher beruhigend. Er war wohl doch weder ein Engel noch ein zwanghafter Aufräumer. Auch das Kaffeepulver musste sie gar nicht erst im Schrank suchen, da es neben der Maschine stand. *Soll ich noch mal losziehen und Croissants oder pain au chocolat kaufen?*, überlegte sie, während sie Kaffee aufsetzte. Doch beim Gedanken an die sechs auf dem Rückweg zu überwindenden Stockwerke endete ihre Opferbereitschaft.

Sie sah aus dem Fenster, während die Maschine blubberte und sich der Kaffeeduft ausbreitete. Außer dem Hof tief unten, weiteren Fenstern und dem Himmel über dem mit Kaminen und Mansardenfenstern gesprenkelten Dach gab es nicht viel zu entdecken. Irgendwann stürmte Jean an der Tür vorbei und war wieder außer Sicht, bis sich Sophie umgedreht hatte. Warum war er so sauer geworden? Hielt er sie wirklich für so dumm, einem Fremden von ihrem Erlebnis mit Rafe zu erzählen? Hatte sie ihn damit verletzt, dass sie nicht zu ihm gekommen war, oder hegte er nur eine Abneigung gegen die Kirche? Es musste schließlich einen Grund geben, warum er das Studium nicht abgeschlossen hatte und selbst Pfarrer geworden war. Ausgerechnet Theologie studierte man wohl kaum aus reiner Neugier auf das Fach.

»Warum hast du abgebrochen?«, erkundigte sie sich, als er in die Küche kam. Er trug Laufschuhe, Shorts und ein an ihm völlig ungewohnt helles T-Shirt. Dass er auf ihre Frage als Erstes ein Päckchen Zigaretten aus dem Chaos auf dem Tisch fischte und sich eine anzündete, passte zu diesem Outfit wie ein Frack oder Zylinder.

Demonstrativ öffnete Sophie das Fenster. In seiner eigenen Wohnung konnte sie ihm das Rauchen schlecht verbieten, doch sie wollte in dieser Hitze nicht auch noch Qualm atmen.

»Wenn du nicht willst, dass ich rauche, solltest du nicht so inquisitorische Fragen stellen«, riet er, kam zu ihr herüber und blies den Rauch hinaus.

Ihr fiel auf, dass er es immer so machen musste, sonst hätte die Wohnung anders gerochen. »Ich wusste nicht, dass es eine so heikle Frage ist.«

»Du hast wahrscheinlich nie gegen die Konventionen verstoßen. Oder etwas getan, was Außenstehende als Versagen deuten könnten.«

O Mist, wieder voll ins Fettnäpfchen getappt. Hätte sie sich nicht denken können, dass Leute deshalb auf ihm herumhackten? Seine Eltern, Studienkollegen, Professoren, Geistliche … »Ich, ähm …« Nein, spontan fiel ihr nichts ein, wofür alle Welt sie verurteilte.

»Hältst du es denn für Versagen, wenn jemand eine Ausbildung abbricht?« Sein Blick verriet, dass er ihre Verlegenheit genoss.

Sie konnte ihm nicht verdenken, dass es ihm gefiel, den Spieß einmal umzudrehen, aber dann musste er auch mit einer ehrlichen Antwort leben. »Kommt auf die Gründe an.«

Er nickte und nahm einen weiteren Zug an der Zigarette. »Es gab mehrere. Zum Beispiel das Zölibat.«

Sophie merkte, wie ihr das Blut in die Wangen stieg, obwohl es doch das Natürlichste der Welt war, dass ein junger Mann Lust auf Sex verspürte. Rasch ging sie hinüber zur Kaffeemaschine und öffnete auf der Suche nach Tassen den erstbesten Schrank, damit er es nicht sah.

»Eine Tür daneben«, wies Jean sie ein. »Ursprünglich wollte ich wirklich Priester werden, also habe ich mir schon ab dem ersten Semester vorgenommen, die Finger von Frauen zu lassen. Schon der Wunsch nach Sex ist für die Kirche ja bekanntlich eine Sünde, die gebeichtet werden muss.« Er schnaubte und zog erneut an seiner Zigarette. »Weißt du, was strenge gedankliche Keuschheit mit einem Menschen anstellen kann?«

Sie schüttelte den Kopf, während sie die Tassen füllte, die sie gefunden hatte. »Nein, was?«

»Sie treibt dich in den Wahnsinn. Hast du schon mal versucht, bewusst nicht an etwas zu denken, das du unbedingt haben wolltest?«

Sofort kam ihr Rafe in den Sinn. »Ja. Es funktioniert überhaupt nicht.«

Er musterte sie neugierig, aber darauf wollte sie ihm gegenüber gewiss nicht eingehen.

»Trinkst du deinen …«

»Milchkaffee, Sophie! In welchem Land sind wir denn?«, zog er sie auf.

»Bei diesem ganzen Gerede über das Zölibat könnte man es für den Vatikanstaat halten«, gab sie grinsend zurück.

»Höchstens der an Renegaten verlorene Außenposten.« Er ging zum Kühlschrank und klopfte im Vorübergehen die Zigarette am Rand eines Aschenbechers auf dem Tisch ab. Sophie kam ein Spruch aus ihrer Schulzeit in den Sinn. Ob es wirklich nach Asche schmeckte, wenn man einen Raucher küsste? *Hallo? Erde ruft Sophie! Was ist nur los mit mir?*

Jean holte eine angebrochene Plastikflasche Milch hervor und reichte sie ihr, nachdem er seinen Kaffee zu einem hellen Beige verdünnt hatte. Sie ahmte es nach, bevor sie ihm zurück zum Fenster folgte.

»Weißt du«, nahm er den verlorenen Faden wieder auf, »ich glaube, dass es zu psychischen Problemen führt, wenn man körperliche Bedürfnisse so massiv unterdrückt. Viele wollen das nicht wahrhaben, weil sie meinen, der Geist müsse den Körper beherrschen. Das kann er auch. Aber wenn daraus ein ewiger Kampf wird, nimmt es krankhafte Züge an. Wie bei einer Essstörung, verstehst du?«

Sie nickte. »Je mehr die Mädchen abnehmen wollen, desto mehr drehen sich ihre Gedanken um das Thema Essen.«

»Und wenn die Psyche erst einmal so viel Schaden genommen hat, haben auch Dämonen leichtes Spiel und machen alles noch schlimmer. Als ich das erkannt hatte, wusste ich, dass ich das Risiko nicht eingehen wollte.«

»Dann bist du nur deshalb kein Pfarrer geworden, weil du Angst hattest, pervers zu werden?« So etwas hatte sie noch nie gehört.

Er schüttelte den Kopf und nahm einen besonders langen Zug an der Zigarette. »Nein, da gab es schon mehr Gründe. Die katholische Kirche ist in vielerlei Hinsicht gespalten. Ich … bin mit gewissen Erfahrungen in dieses Studium gegangen und hatte gehofft, ich würde dort Gleichgesinnte finden, aber …« Wieder ein Zug. »Was den Glauben an Dämonen angeht, gibt es nur zwei Gruppen. Die einen sind so modern und aufgeklärt, dass sie es für Unsinn halten. Die anderen, die praktizierenden Exorzisten, sehen den Teufel überall. Für die ist Harry Potter eine Anleitung zur Hexerei und Rockmusik ein Freifahrtschein in die Hölle. Highway to hell.« Freudlos lachte er auf. »Beide Seiten sind auf ihre Art fanatisch – und wollen nur sehen, was in ihr Bild passt. Aber wahrscheinlich wollen wir das alle.« Er ging erneut zum Tisch und drückte die Zigarette aus. »Genug davon.« Zur Abwechslung nippte er an seinem Kaffee. »Du wolltest mir von deinem Gespräch mit diesem Abbé Richet erzählen?«

»Na ja, eigentlich bin ich hier, weil ich nach seinen Antworten auch nicht schlauer war«, gab sie zu.

Jean grinste. »Kein Wunder, wenn er dir weisgemacht hat, die Engel verlangten, dass du Schleier trägst.«

»Ja, zieh mich noch ein bisschen auf, wenn's dir Spaß macht. Was hat er denn sonst damit gemeint?«

»Er bezieht sich auf eine Stelle aus dem ersten Brief an die Korinther. Wie Paulus sie gemeint hat, wird wohl für immer ein Rätsel bleiben, aber es gibt verschiedene Lesarten. Manche sind der Ansicht, dass Paulus – wie die meisten Männer seiner Zeit – wenig dafür übrig hatte, dass Frauen in der Gemeinde gleichberechtigt sein sollten. Diese Leute unterstellen, dass er nur deshalb predigt, unverschleierte Frauen im Gottesdienst seien unzüchtig. Es stellt sich allerdings die Frage, warum er sein Gebot mit dem Zusatz ›wegen der Engel‹ begründet. Da gäbe es ja auch eine Menge anderer, nahe liegenderer Argumente, die man sich aus den Fingern saugen kann. Zum Beispiel, dass die armen Männer dann vom Beten abgelenkt werden könnten.«

Sophie stellte sich Pascal in der Kirche vor und musste schmunzeln. Einer wie er konnte sich bestimmt nicht auf das Evangelium konzentrieren, wenn eine schöne Frau auf der Bank vor ihm saß. *Mich würde ein Mann wie Rafe allerdings auch mehr interessieren als die Predigt …*

»Aus diesem Grund gibt es Exegeten, die darauf hinweisen,

dass in der Urkirche auch die Priester und Bischöfe manchmal mit diesem Ausdruck bezeichnet wurden. Dann wäre der Schleier also nötig, um den Pfarrer während des Gottesdienstes nicht zu unkeuschen Gedanken zu verleiten. Was ohnehin nicht funktioniert, wie wir wissen.«

»Tut es nicht?«

»Ein verpacktes Geschenk regt nur dazu an, darüber nachzudenken, was wohl darin sein mag. Erotik findet im Kopf statt, Sophie.« Sein Lächeln erreichte beinahe Rafes Intensität.

»Das … habe ich gelegentlich schon bemerkt«, erwiderte sie bemüht kühl.

»Nun, jedenfalls bezieht sich Paulus explizit auf betende und prophezeiende Frauen, Frauen also, die gerade Kontakt mit höheren Mächten aufnehmen. Wenn man dann noch davon ausgeht, dass ihm das Buch Henoch und ähnliche Schriften bekannt waren, die davon berichten, wie Engel der Schönheit irdischer Frauen erlegen sind, dann kann man ebenso gut behaupten, er habe Engel vor den Verlockungen der Weiblichkeit schützen wollen.«

»Als ob sie willenlose Wesen wären, die dem nichts entgegenzusetzen hätten.«

»Wie alle Männer«, meinte er grinsend. »Vermutlich hat er nur von sich selbst auf andere geschlossen.«

»Wie gut, dass ich nie zur Messe gehe. Dann kann ich auch keine Engel in Versuchung führen«, spottete sie, doch ihr Lächeln blieb halbherzig. Selbst wenn die Dinge so einfach lägen, würde ihr ein Schleier in Bezug auf Rafe nichts nützen.

Jean sah sie mitfühlend an. »Muss dir wie Hohn vorkommen. Es ist schwer, einem gefallenen Engel zu widerstehen. Ich nehme an, er lässt nicht locker?«

Sie schüttelte nur den Kopf. *Er lässt nicht locker, aber ich bin es, die ihn immer noch liebt.* Doch das würde sie Jean nicht gestehen. »Er … hat ein paar Dinge zu mir gesagt, die mich nachdenklich gemacht haben. Ich nahm an, ein Priester sei am besten geeignet, um sie zu widerlegen, aber … Es war nicht überzeugend.«

»Und jetzt soll ich mich daran versuchen«, stellte er fest. Nur ein Zucken des Mundwinkels verriet, dass er darüber auch ein wenig amüsiert war.

»Wenn es dir nichts ausmacht.«

Sein Blick wurde noch ernster. »Ich betrachte das nicht als Spiel, Sophie. Er versucht, dich auf seine Seite zu ziehen, und dafür ist ihm jedes Mittel recht. Wenn er dazu Lügen benutzt, wird es mir eine Freude sein, sie auseinanderzunehmen. Aber was machst du, wenn er die Wahrheit sagt? Das Problem sind nicht seine Argumente, sondern deine Gefühle für den Mann, den du in ihm siehst.«

»Was, wenn noch ein Rest von ihm in ihm steckt?« Sie wusste, dass es ein Fehler war, es vor ihm auszusprechen, doch es war ihr herausgerutscht.

»Ja, was dann, Sophie? Ist er deshalb kein Dämon mehr? Gibst du dich ihm dann hin?« Er ging zum Spülbecken, kippte den Rest Kaffee hinein und knallte die Tasse so hart auf die Arbeitsplatte, dass Sophie glaubte, das Porzellan müsse springen.

Schweigend sah sie ihm nach, als er hinausging. Er hatte recht, aber sie wusste nicht, was sie tun sollte. Alles war denkbar und undenkbar zugleich. Die Entscheidung lag bei ihr, nicht bei ihm, und sie würde sie erst treffen können, wenn es ihr gelungen war, sich ein umfassendes Bild zu machen – ihre Gefühle und ihre Möglichkeiten in alle Richtungen auszuloten.

Sie stellte ihre Tasse behutsamer ab und folgte ihm bis zur Tür des Wohnzimmers, das ebenso unbenutzt aussah wie bei ihrem ersten Besuch. Er stand an einem der Fenster und starrte hinaus.

»Ich weiß noch nicht, was daraus werden soll«, gab sie zu.

»Aber ich bitte dich darum, mir zu helfen, die Dinge klarer zu sehen.«

Stumm schüttelte er den Kopf, bevor er doch antwortete. »Ich verstehe nicht, was du mehr wissen musst, als dass er ein gottverdammter Dämon ist.«

»Er sagt, dass er das nicht freiwillig ist.«

Jean schnaubte, ohne sich zu ihr umzudrehen. »Wenn jemand wissentlich gegen das Gesetz verstößt, landet er deshalb natürlich nicht freiwillig im Knast. Aber die Wahl, die ihn dort hinführte, hat er schon selbst getroffen, oder siehst du das anders?«

»Erzählst du das auch den chinesischen Regimekritikern, die inhaftiert werden, weil sie gegen despotische Gesetze verstoßen?«

»Ich rechtfertige nicht die Gesetze, sondern stelle nur richtig, dass bewusst, also freiwillig gegen sie verstoßen wurde. Das ist ein Unterschied. Du wolltest doch, dass ich ihn widerlege.« Er hatte sich umgedreht und sah sie herausfordernd an.

»Touché. Wenn es stimmt, was er sagt, hat er sich bewusst dafür entschieden, gegen Gott aufzubegehren.« Es kam ihr immer noch albern vor, sich einen alten Mann mit Bart vorzustellen, der Rafe einen Befehl gab. Die Wahrheit musste irgendwie anders aussehen. »Aber«, fuhr sie fort, »es bedeutet nicht, dass er gern ein gefallener Engel ist und Freude daran hat, Unheil zu stiften.«

»Ach? Das hat er gesagt?« Jean klang halb belustigt, halb interessiert.

»Er gibt zu, dass er sich daran gewöhnt und zynisch wird, aber er wäre lieber wieder Herr seiner selbst.«

»Zweifellos. Wer würde das nicht?«

»Würdest du bitte versuchen, ernsthaft darüber nachzudenken, anstatt hämisch zu werden? Ich will wissen, ob er mich belügt oder ob etwas Wahres daran sein kann.«

»Hm«, machte er und rieb sich die stoppelbärtige Wange. »Das ist sehr schwer zu sagen. Die offizielle Lehrmeinung der Kirche, wie sie im Katechismus festgehalten ist, besagt, dass gefallene Engel keine Reue empfinden. Sie haben sich bewusst für die Rebellion gegen Gott entschieden, und diese Wahl ist endgültig.«

»Von Reue hat er auch nichts gesagt«, bestätigte sie. »Er würde wieder so handeln, wie er es getan hat, weil es ihm richtig erscheint.«

»Ich fürchte, ich habe das Problem nicht verstanden. Keine Reue, keine Gnade. Was erwartet er denn?«

»Nach allem, was ich in diesem Buch Henoch gelesen habe, hätte er auch keine Vergebung zu erwarten, wenn er darum bitten würde«, merkte Sophie an.

»Ein Priester würde dir entgegenhalten, dass es sich nicht um eine kanonische Schrift handelt. Ich bin da weniger kleinlich, weil ich diese Zuweisungen für willkürlich halte, aber das würde jetzt zu weit führen. Halten wir uns an den konkreten Fall! Gadreel bereut nicht, was zu seinem Sturz führte. Jetzt ist er ein Dämon und verabscheut sich dafür, Schlechtes zu tun. Warum lässt er es nicht einfach bleiben?«

»Er behauptet, dass er das nicht kann. Es sei ihm nicht möglich, gute Taten zu vollbringen, und er sei gezwungen, Böses zu tun.« Sie zögerte, weil sie glaubte, seine Reaktion bereits zu kennen.

»Darüber wird in den biblischen Schriften nichts gesagt. Die Kirchenväter und später die Theologen gingen stets davon aus, dass Dämonen in ihrem Hass auf Gott aus freien Stücken die Welt ins Verderben stürzen wollen. Woher sie das wissen wollen …« Jean zuckte die Achseln.

»Rafe sagt, es sei eine Entwicklung. Er spürt ihre Anfänge, und mit der Zeit wird er zu einem Dämon werden.«

»Exorzisten berichten, dass Dämonen gelegentlich nicht

kooperieren, weil sie angeblich von mächtigeren Wesenheiten gezwungen und bedroht werden. Natürlich können auch das Lügen sein, um die Priester zu verwirren. Es tut mir leid, Sophie, aber wir haben keine Möglichkeit, das zu überprüfen.«

Dann musste sie eben doch die Frage stellen, die sie am meisten verstörte und von der sie annahm, dass sie ihn genauso aufbringen würde wie Abbé Richet. »Glaubst du … könnte es sein, dass alles Böse in der Welt letztendlich auch von Gott ausgeht? Dass selbst gute Engel manchmal schlimme Dinge tun müssen?« Unwillkürlich zog sie den Kopf ein.

»Ja, das glaube ich.«

Überrascht starrte sie ihn an.

»Was siehst du mich denn jetzt so entgeistert an? Wolltest du lieber etwas anderes hören?«

Im Grunde meines Herzens … »Ja, ich fürchte, mir wäre lieber, du hättest gesagt, dass Rafe mich nur täuschen wollte.« *Dann hätte er mich über die Gründe für seinen Sturz belogen, und ich hätte seine Worte nie wieder für bare Münze genommen.*

Jean hatte das Zimmer durchquert und stand vor ihr. Mitgefühl lag in seinem Blick, als er mit der Hand ihre Wange berührte. »Du musst mir ebenso wenig glauben wie ihm. Wir sind nur verbitterte Männer – jeder auf seine Weise.«

Rasch schlug sie den Blick nieder und wandte sich ab, bevor etwas geschehen konnte, das sie später bereuen würde. Er ließ die Hand sinken. Sie räusperte sich, um ihrer Stimme neue Festigkeit zu verleihen, doch es blieb ein Kratzen zurück. »Ich will wissen, wie du darauf kommst.« Sie fand den Mut, ihn wieder anzusehen und sich entschlossen zu geben. »Erklär mir, wie du es begründest.«

Falls er enttäuscht war, verbarg er es gut. »Gut, dann komm mit!« Er ging den Flur entlang. »Vielleicht willst du manches selbst nachlesen.«

Sie folgte ihm in einen Raum, der offenbar viel eher seinen Lebensmittelpunkt darstellte als das kahle Wohnzimmer. Die Wände waren weitgehend hinter vollgestopften Bücherregalen verschwunden, doch die großen Fenster sorgten dennoch für Licht. Schwarz-Weiß-Fotos und historische Stadtpläne von Paris besetzten jene Flecken, wo sich keine Regale ausgebreitet hatten, während eine aktuelle Karte einen Großteil des Couchtischs – und dessen, was sich noch darauf befand – verdeckte. Ein Glas mit eingetrockneten Rotweinresten und eine halbleere Schale Erdnüsse standen auf dem ansonsten mit Zetteln, Zeitschriften und Büchern übersäten Schreibtisch. Farbe und Beschaffenheit der Couch blieben unter einem afrikanisch anmutenden Überwurf und zerknautschten Kissen verborgen. Es roch nach alten Büchern, einer Prise Tabak und dem Duschgel, dessen Duft ihn trotz des Zigarettenrauchs noch umgab. Nachdem sie so lange gestanden hatte, zog es sie auf das Sofa, doch sie achtete darauf, etwas Abstand zu Jean zu wahren, der sich ebenfalls setzte. Sie beobachtete, wie er mechanisch nach der Brusttasche eines Hemds griff, obwohl er keines trug, und über seine eigene Geste die Stirn runzelte. Doch er stand nicht auf, um sich die Zigaretten zu holen. »Hast du diese Frage auch dem Abbé gestellt?«, erkundigte er sich stattdessen.

»Ja, aber für ihn war einfach alles gut und richtig, was von Gott kommt, weil es nicht böse oder falsch sein kann. Meine Religionslehrerin hat immer gesagt, dass Gott das Böse in der Welt zulässt, damit wir wählen können. Aber das hat mich nicht überzeugt, weil sich nicht jedes schlimme Geschehen auf die Wahl eines Menschen zurückführen lässt. Vieles natürlich schon. Wenn mich jemand überfällt, hat er sich vorher entschieden, etwas Schlechtes zu tun. Aber wenn ich zum Beispiel Krebs bekomme, obwohl ich mich um eine gesunde Lebensführung bemüht habe? Da fällt es schon leichter, an naturwissenschaftlich erklärbaren Zufall zu glauben, als es mit einem Gott oder Teufel begründen zu wollen.«

Jean fand zu einem verschmitzten Lächeln zurück. »Dann weiß ich gar nicht, warum wir hier sitzen. Die Menschen sind schlecht und das Leben voll von gemeinen Zufällen. Damit ist alles erklärt.«

Sophie lächelte ein wenig gezwungen. »Ich war lange ganz zufrieden damit zu glauben, dass ich die Welt so sehe. Aber in letzter Zeit habe ich gemerkt, dass ich insgeheim doch immer dachte, dass es einen lieben Gott geben muss, der am Ende alles wieder geradebiegt. Jetzt komme ich mir dämlich und naiv vor. Ich meine, Rafe … also, dass ich einen gefallenen Engel enttarnt habe, beweist ja die Existenz höherer Mächte. Aber dadurch ist nichts einfacher geworden – im Gegenteil.«

»Hm, das Bild, das die Kirche zeichnet, ist eigentlich simpel. Alles Böse geht vom Teufel aus, der die Menschen damit peinigt und sie zur Sünde verführt. Gott ist dagegen per Definition das Gute, und wer sich an seine Gebote hält, wird spätestens im Himmel dafür belohnt.«

Sophie warf ihm einen verwirrten Blick zu. Das klang sehr viel schlüssiger als die Argumentation des Priesters, der einen Ausgleich im Jenseits nicht erwähnt hatte. »Ja, aber wenn es so einfach ist, warum glaubst *du* es dann nicht?«

»Ich kann mich der Meinung nicht anschließen, dass Gott und sein Wirken grundsätzlich gut sind. Nur weil ich jemandem hinterher ein Bonbon schenke, macht es die Ohrfeige, die ich ihm vorher verabreicht habe, nicht zu einer guten Tat.«

Nun musste sie doch grinsen. »Gott verteilt Bonbons und Ohrfeigen?«

»Und zwar ziemlich willkürlich, wenn man die Bibel dazu befragt.«

»Abbé Richet sagte, dass wir eben daran glauben müssen,

dass Gott gute Gründe hat, warum er uns Prüfungen auferlegt. Auch wenn wir sie nicht erkennen.«

»Ein biblisches Beispiel gefällig, bei dem der Grund ausführlich erklärt wird?«

»Äh, ja, warum nicht?«

»Weil es dir nicht gefallen wird. Zu den wirklich interessanten Aspekten dieser Geschichte gehört, dass der Teufel damals bei Gott offenbar noch ein und aus ging, obwohl er nach späteren Überlieferungen längst in der Hölle schmoren sollte, weil er das Knie nicht vor Adam beugen wollte. Aber das führt jetzt zu weit. Ich komme später darauf zurück, weil es darauf hindeutet, dass dein … Dämon nicht ganz unrecht hat. Auf deine Frage nach den Gründen für die Prüfung Unschuldiger durch Leid, das nicht auf die böse Tat eines anderen zurückzuführen ist, gibt es nämlich im Buch Hiob eine Antwort. Hiob war ein sehr gläubiger und sehr wohlhabender Mann, und es steht geschrieben, Gott habe vor dem Teufel förmlich damit angegeben, was für ein frommer Mensch dieser Hiob sei. Der Satan soll erwidert haben, dass es kein Wunder sei, denn es gehe dem Mann blendend. Wer reich ist, gesunde Kinder hat und sich in allem gesegnet fühlen kann, der hat keinen Anlass, Gott infrage zu stellen. Aber was würde wohl passieren, wenn man Hiob ein paar Schicksalsschläge verabreichte? Diese Frage fand wohl auch Gott spannend.«

»*Das* steht in der Bibel? Dass sich Gott vom Teufel zu einer Wette überreden lässt, ob der arme Mann auch gläubig bleibt, wenn ihm etwas zustößt?«

Jean zuckte die Achseln. »Soll ich dir die Stelle zeigen? Mich erinnert sie immer an einen Kerl, der seinen Hund schlägt, um zu testen, ob er ihm dann immer noch treu ergeben ist.«

»Das ist widerlich! Wie rechtfertigt die Kirche das?«

»Im Allgemeinen wird da wenig Rechtfertigungsbedarf gesehen. Hiob ist das Vorbild, dem es nachzueifern gilt – am besten ohne den Umweg über die Beschwerden, die er Gott vorgetragen hat. Denn am Ende unterwirft er sich Gottes Allmacht und betet ihn an, ohne je einen Grund für sein Leid erfahren zu haben. Die wirklich spannende Frage wäre, was er getan hätte, wenn man ihm verraten hätte, dass es nur ein Test war. Seine Kinder und Knechte blieben schließlich tot.«

»Gott hat zugelassen, dass seine Kinder getötet wurden, nur um zu sehen, wie er reagiert? Das ist doch unfassbar!«

»Man kann sich immer darauf hinausreden, dass es nur eine Art Gleichnis sei, das erläutern soll, wie der wahre Gläubige mit persönlichem Unglück umzugehen hat.«

»Überzeugender wäre, wenn man ein Beispiel gefunden hätte, bei dem Gott wirklich einen guten Grund dafür hat, Hiobs Leid nicht zu verhindern.«

»Worauf es für deine Frage letztendlich ankommt, ist die Tatsache, dass er den Teufel ganz offiziell damit beauftragt, Unglück über Hiob zu bringen. Und zwar gut dosiert. Zuerst sind es *nur* seine Besitztümer und Angehörigen, die ihm genommen werden. Als das nicht zieht, darf Satan nachlegen und ihn mit einer Krankheit plagen.«

»Dann hätte Rafe wirklich recht. Nicht nur das Gute, sondern *alles* geschieht nach Gottes Willen.«

»Du musst nicht daran glauben«, wandte Jean ein. »Es gibt in anderen Religionen andere Erklärungen für die Existenz des Leids. Aber wenn wir uns innerhalb des Christentums bewegen wollen, solltest du wissen, dass der Teufel Satan heißt, was auf Hebräisch eigentlich ›Widersacher‹ im Sinne von ›Ankläger‹ bedeutet. In der Hiob-Geschichte ist er eindeutig von Gott beauftragt, die Menschen zu prüfen und in Versuchung zu führen und über ihr Tun zu berichten. Erst im Neuen Testament wird er mit dem Bösen schlechthin gleichgesetzt.«

»Gibt es noch mehr Beispiele dafür, dass Engel oder Dämonen im Auftrag Gottes Unheil über Menschen gebracht haben?«

»Nun ja, so betrachtet ist das ganze Alte Testament gespickt mit solchen Geschichten. Nimm nur die Sintflut als Beispiel. Oder die Auslöschung von Sodom und Gomorrha. Man kann trefflich darüber streiten, ob solche Massentötungen als gerechte Strafe für sündhaftes Leben angemessen sind. Das führt zu der Frage, wie man generell zur Todesstrafe steht. Aber um beim Thema zu bleiben …« Er stand auf, ging zum Regal neben dem Schreibtisch hinüber und zog ein Buch heraus, um suchend darin zu blättern. »Da hätten wir das zweite Buch Samuel, Kapitel 24: Der Engel des Herrn bringt die Pest über Jerusalem, um König David zu bestrafen. Man könnte auch Makkabäer 2, Kapitel 3 gelten lassen: Heliodor wird von zwei Engeln ausgepeitscht, weil er für den syrischen König die Tempelschätze abholen will. Oder auch das zweite Buch der Könige bzw. Jesaja, wo von einem Engel des Herrn berichtet wird, der im Heerlager der Assyrer über Nacht 185 000 Mann erschlagen haben soll. Dagegen ist die humorige Geschichte um Bileam eher harmlos, der …«

»Danke, Jean, das reicht mir wirklich«, fiel Sophie ihm ins Wort. »Ich verstehe überhaupt nicht, wie man das alles unter den Tisch fallen lassen und vom lieben Gott reden kann. Da erscheint mir viel ehrlicher, wie mein Opa Gott immer gefürchtet hat.«

»Dann verstehst du jetzt vielleicht besser, warum ich kein Priester geworden bin.« Er klappte das Buch zu und legte es aufs Regal. »Die Bibel und die Lehre der Kirche sind eine Ansammlung von Widersprüchen, die mithilfe von Dogmen zwar nicht aufgelöst, aber zum Geheimnis erklärt werden. An diese Mysterien muss man dann einfach glauben – oder eben nicht. Ich gebe zu, ich tue es nicht. Trotzdem kann ich nicht leugnen, was ich erlebt habe … Ich weiß nicht, wer oder was sich wirklich hinter dem versteckt, was wir Gott nennen. Aber wenn es einen Satz in der Bibel gibt, der der Wahrheit nahe kommt, würde ich sagen, dass es Jesaja, Kapitel 45, Vers 7 ist: ›Ich bilde das Licht und die Finsternis. Ich wirke das Heil und das Unheil. Ich, der Herr, bin es, der alles bewirkt.‹«

22

In der Kapelle herrschte Zwielicht, da sie kaum Fenster besaß und das bunte Glas nur wenig Sonne hereinließ. Hinzu kamen die Schatten der hohen Klinikgebäude, die den kleinen Anbau umgaben wie Felswände aus Beton und Glas. Dennoch weigerte sich Abbé Gaillard, am helllichten Nachmittag Kunstlicht zu benutzen. Er schien eine geradezu abergläubische Abneigung gegen Glühbirnen zu hegen, als hätte das Elend der aufgeklärten Moderne mit der Entdeckung der Elektrizität begonnen. Jean hatte sich schon lange mit den Macken des alten Priesters abgefunden und beobachtete von der letzten Bank aus aufmerksam die Vorbereitungen für den Exorzismus. Gaillards Helfer entzündeten Kerzen auf dem Altar, während der Abbé den Raum mit Weihrauch abschritt und Weihwasser versprengte, um ihn zu segnen.

In den dunklen Klamotten könnte man uns glatt für Vater und Sohn halten, dachte Jean spöttisch, denn er wusste, wie sehr es den Priester ärgern würde, darauf hingewiesen zu werden. Es hätte ihm nur bewusster gemacht, was er für sein Versagen hielt, seit es ihm nicht gelungen war, den jungen Studenten auf die Seite der Exorzisten, der konservativsten Kreise unter den Geistlichen, zu ziehen. Die Ähnlichkeit war trotzdem unübersehbar. Auch Gaillard war groß und sehr schlank, doch er hatte kaum noch Haare auf dem Kopf und rasierte sich täglich. Jeans Dreitagebart hatte er schon öfter als Zeichen der Verwahrlosung bezeichnet. Beide besaßen sie hagere Wangen und im Gegensatz dazu stehende volle Lippen, obwohl jene des Abbés über die Jahre dünner geworden waren.

Den etwas kleineren, aber sehr kräftig gebauten Mann, den Gaillard mitgebracht hatte, kannte Jean noch nicht. Nach den feindseligen Blicken zu urteilen, mit denen der Fremde ihn bedachte, musste der Abbé wenig Schmeichelhaftes über ihn erzählt haben. Vielleicht störte er sich aber auch nur an der Anwesenheit eines ungläubigen Verräters bei einem heiligen Ritual. *Sei's drum.* Solange ihn der Kerl nicht anpöbelte, was in diesem andächtigen Moment nicht zu erwarten war, sollte er glotzen, so viel er wollte.

Die ältere Frau, die als Anstandsdame mitgekommen war, weil die Kirche dies empfahl, war ihm dagegen von früheren Exorzismen in Erinnerung. Ihm gegenüber wahrte sie zwar stets Zurückhaltung, doch sie wirkte eher um sein Seelenheil und das Wohl der Besessenen besorgt als unfreundlich. Er hoffte, dass ihre stille, besonnene Gegenwart es auch für Lilyth einfacher machen würde, sich diesen Fremden anzuvertrauen.

»Sie können das Mädchen jetzt hereinholen, Méric«, gestattete Gaillard, während er das Räuchergefäß seinem Helfer übergab.

Jean stand auf und ging hinaus. Einen Augenblick lang fürchtete er, Lilyth könne es sich anders überlegt haben, bevor er sie hinter einer Schautafel mit Informationen über kirchliche Aktivitäten im Krankenhaus entdeckte.

»In Nachthemd und Bademantel komme ich mir total bescheuert vor«, beschwerte sie sich. Zusammengekauert und mit misstrauischem Blick hing sie in dem Rollstuhl, den sie noch immer brauchte, weil sie Schweißausbrüche bekam, wenn sie längere Zeit auf den Beinen war.

»Du bist krank, und alle wissen das. Niemand wird dich deshalb komisch ansehen.«

»Nee, klar«, höhnte sie. »Zum Anglotzen reicht schon, dass ich'n Freak bin, der sich die Arme aufschneidet.«

»Lilyth, wenn hier jemand ein Freak ist, dann ich, weil ich nachts durch Paris renne und Dämonen nachjage, die es angeblich nicht gibt. Und ein Priester, der Marilyn Manson für eine Inkarnation des Teufels hält, steht in der Öffentlichkeit auch nicht gerade gut da.«

»Echt? Marilyn Manson ist der Satan?« Sie schien so verunsichert, dass sie bereit war, alles zu glauben.

Jean grinste. »Jedenfalls würde ich meine Hand nicht dafür ins Feuer legen, dass er es nicht ist.«

»Du verarschst mich. Das ist nicht fair!«

»Wir sollten jetzt reingehen, Lilyth. Selbst ein Abbé kann nicht durchsetzen, dass wir dich hier unten Nachtschichten einlegen lassen.« Er wollte um den Rollstuhl herum gehen, doch sie hielt ihn am Arm fest.

»Mir kann doch nichts passieren, oder?« Ihre dunklen Augen waren so geweitet, dass es ihm vorkam, als könne er durch sie in fremde Welten stürzen.

Behutsam löste er sich aus ihrem klammernden Griff und drückte bestärkend ihre Hand. »Ich werde die ganze Zeit direkt neben dir bleiben, wenn du das willst.«

»Kannst du …« Sie wurde so leise, dass er sie kaum verstand. »… auch meine Hand halten?«

Er ließ sie los und strich ihr kurz übers Haar. »Das würde ein bisschen seltsam aussehen, Hand in Hand vor einem Priester. Meinst du nicht?«

Es nötigte ihr ein kleines Lächeln ab, doch sie sah immer noch ängstlich aus. *Da muss sie durch*, dachte er und schob endlich den Rollstuhl zur Tür der Kapelle hinüber. Er würde ihr die Furcht nicht nehmen können, ganz gleich, was er tat. Die ältere Dame öffnete bereits – wohl um nachzusehen, wo sie blieben. Sie hielt den Schlüssel und das Schild mit der Aufschrift »*Bitte nicht stören! Private Andacht*« bereit, damit niemand in das Ritual hineinplatzte.

Jean beobachtete, wie sie Lilyth mütterlich zulächelte, und hätte gern gewusst, ob es Wirkung zeigte, doch von hinten konnte er ihr Gesicht nicht sehen. Abbé Gaillard hatte sich eine violette Stola umgelegt und stand wartend vor dem Altar, den Helfer mit dem Weihwasser an seiner Seite. Während er hinter sich hörte, wie die Tür abgeschlossen wurde, fuhr Jean Lilyth den kurzen Mittelgang entlang. Der Priester, der sie schon vor den Vorbereitungen begrüßt und sich vergewissert hatte, dass sie den Exorzismus tatsächlich wünschte, nickte ihnen nun nur noch ernst zu. Wie er es versprochen hatte, setzte sich Jean direkt neben Lilyth an den Rand der ersten Bank. Das Ritual mochte er Gaillard überlassen haben, doch die Verantwortung konnte er nicht so leicht abstreifen.

Der Abbé reichte Lilyth ein hölzernes Kruzifix. »Sehet das Kreuz des Herrn! Fliehet, ihr feindlichen Mächte!«

Das Mädchen nahm das Kreuz entgegen und warf Jean einen ratlosen Blick zu.

»Einfach nur festhalten und beten«, flüsterte er.

Gaillard nickte bestätigend, dann machte er mit feierlicher Geste das Kreuzzeichen über Lilyth, sich selbst und alle Anwesenden, bevor er das Aspergill aus dem silbern schimmernden Eimerchen nahm, das sein Helfer ihm hinhielt, und sie mit Weihwasser besprengte. Als Lilyth unter den kalten Tropfen zusammenzuckte, konnte sich Jean ein Schmunzeln nicht verkneifen. Mancher hätte es als erste Abwehrreaktion des Dämons gewertet, doch er glaubte nicht, dass dieser es ihnen so leicht machen würde.

Der Abbé kniete nieder und begann auf Lateinisch zu beten: »Kyrie eleison – Herr, erbarme dich.«

Die ältere Dame, die auf Lilyths anderer Seite Platz genommen hatte, und der kräftige Mann antworteten: »Christe eleison – Christus, erbarme dich.«

»Kyrie eleison. Christe audi nos.«

Jean stimmte nicht in die Antworten mit ein, obwohl er sie auswendig kannte. Diese Zeiten waren vorbei. Nie wieder würde er den Gott anflehen, der weder seine Schwester noch seine Eltern gerettet hatte, als sie ihr Heil bei ihm suchten. Er war allein in seinem Kampf, wusste Gott oft genug nicht an seiner Seite und würde dennoch weitermachen.

Im Wechselgesang zwischen dem Priester und seiner kleinen Gemeinde schweiften Jeans Gedanken ab. Was würde Sophie mit den Dingen anfangen, die er ihr erzählt hatte? *Ich hätte meine Meinung für mich behalten sollen! Warum hab ich ihr nicht einfach gesagt, Richet habe recht und ihr Dämon sei ein verdammter Lügner?* Sie hätte es geschluckt, oder nicht? Aber nein, er war ja der aufrechte Idiot, der niemals seine wahre Meinung verleugnete. Hatte er sie damit endgültig in die Arme des Verführers getrieben? Die Vorstellung ließ ihn mit den Zähnen knirschen.

»Pater noster, qui es in caelis – Vater unser im Himmel«, beteten Gaillard und seine Helfer.

Jean hoffte, dass niemand seinen unterdrückten Zorn gehört hatte. Wenn er sie gegen sich aufbrachte, würde es nur das Ritual stören. Es war seine eigene Dummheit, eine Frau zu begehren, die einen anderen liebte. Und ausgerechnet gegen die Ausstrahlung eines gefallenen Engels kam kein Mann der Welt an. Nur zu gut erinnerte er sich daran, was Naamahs verheißungsvolle Blicke in ihm ausgelöst hatten, als … *Das gehört jetzt wirklich nicht hierher!*, ermahnte er sich scharf und richtete seine Aufmerksamkeit wieder auf Gaillard.

»Domine sancte – heiliger Herr, allmächtiger Vater, ewiger Gott, Vater unseres Herrn Jesus Christus: Du hast den widerspenstigen und abtrünnigen Geist dem Feuer der Hölle übergeben und deinen eingeborenen Sohn in die Welt gesandt, um den brüllenden Löwen zu zerschmettern. Wende dich rasch uns zu, errette diesen Menschen, den du zu deinem Abbild erschaffen hast, aus seinem Unglück und vor dem Dämon, der am Mittag wütet …«

Allmählich kommen wir der Sache näher. Ob dem Dämon schon etwas ungemütlich wurde? Von jetzt an musste er Lilyth im Auge behalten. Es gab keine Garantie für einen Erfolg. Manchmal geschah während eines Exorzismus überhaupt nichts, weil die Zeichen falsch gedeutet worden waren oder der Dämon einfach widerstand. Doch es galt, schon geringe Veränderungen an Lilyth wahrzunehmen, damit ihnen nichts Wichtiges entging.

»Praecipio tibi – ich befehle dir, wer immer du bist, unreiner Geist, dir und deinem ganzen Gefolge, die ihr diese Dienerin Gottes in eurer Gewalt habt …«

Dienerin Gottes. Jean war froh, dass Lilyth die lateinischen Worte nicht verstand, denn es musste ihr – allerdings auch dem Dämon – wie Hohn erscheinen, als Dienerin Gottes bezeichnet zu werden. Sie hatte sich bei einer schwarzen Messe freiwillig den Wächtern geweiht. Eine deutlichere Einladung konnte ein Mensch einem Dämon nicht aussprechen.

»Nenne mir deinen Namen, tue den Tag und die Stunde deiner Ausfahrt mit irgendeinem Zeichen kund!«

Der Priester wartete. Nichts geschah. »Gehorche mir, Gottes unwürdigem Diener, in allem! Füge diesem Geschöpf Gottes, den Umstehenden oder ihren Habseligkeiten keinen Schaden zu!«

Lilyth sah unsicher von Gaillard zu Jean. Offenbar war sie nicht sicher, ob der Abbé irgendetwas von ihr wollte, obwohl sie doch kein Latein verstand. Jean schüttelte sacht den Kopf und machte eine beruhigende Geste.

»Nenne deinen Namen! Gehorche mir im Namen des Herrn des Weltgerichts, das über dich und die deinen kommen wird!«, befahl Gaillard schärfer.

Jean bemerkte, dass Lilyths Finger zitterten. Krampfhaft schlossen sie sich um das Kruzifix.

»Dicas mihi nomen tuum! Wer bist du, der diese Dienerin Gottes quält?«

Ein Lachen platzte aus ihrem Mund, doch ihr erschrockener Blick verriet selbst jenen, die ihre Stimme nicht kannten, dass es nicht ihr eigenes war. Sie ließ das Kreuz fahren und presste die Hände auf ihre Lippen.

»Nein, lass ihn reden!«, zischte Jean, während Gaillard hektisch mit dem erhobenen Zeigefinger wedelte. Es war unnötig. Lilyths verbundene Arme fielen plötzlich schlaff in ihren Schoß zurück. Lediglich ihre Finger zuckten.

»Sie gehört Sammael«, tönte es rau aus ihrem Mund.

Sammael, das Gift Gottes. Jean wechselte einen erstaunten Blick mit Gaillard. Sammael war einer jener *Wächter*, die sich irdische Frauen genommen hatten, doch einige Schriften der Kabbala behaupteten, er sei der oberste Herrscher des Bösen – gemeinsam mit der Dämonenkönigin Lilith.

»Sammael wurde vom Engel des Herrn gebunden und bis auf den Tag des Gerichts von dieser Welt verbannt«, erwiderte der Priester. »Wer bist du, dass du uns weismachen willst, in seinem Namen zu sprechen?«

Lilyth setzte zu einer Erklärung an, als sich ihr Gesicht zu einer hässlichen Grimasse verzerrte. Angst und Wut kämpften darin um die Vorherrschaft. Ein Fauchen entrang sich ihrer Kehle, das in einem Wimmern verging.

Jean konnte ihren furchtsamen Blick kaum ertragen, doch Gaillard setzte dem Dämon weiter zu. »Per eum, qui habet potestatem mittendi te in gehennam – bei dem, der die Macht besitzt, dich in die Hölle zu werfen: Nenne deinen Namen!«

»Kezef«, zischte es aus Lilyths Mund.

Zorn? Er konnte sich nicht erinnern, jemals von einem Dämon dieses Namens gehört zu haben. *Obwohl …* Gab es in der jüdischen Überlieferung nicht einen Todesengel, der …

Etwas blitzte auf, als Lilyths rechte Hand plötzlich in die Höhe fuhr.

»Hi, Soph!«, tönte Laras fröhliche Stimme aus dem Handy. »Deine SMS war irgendwie komisch. Alles in Ordnung bei dir?«

Nein, und ich habe nicht den blassesten Schimmer, wie ich dir das erklären soll.

»Sophie? Bist du noch dran?«

»Doch, doch, ja, aber der Lärm auf der Straße ist hier so laut. Ich verstehe dich kaum.« Das war wenigstens nicht gelogen.

»Ja, ich hör's im Hintergrund«, rief Lara, um das Gewirr aus Motorgeräuschen und Menschenstimmen zu übertönen. »Ist wohl gerade ungünstig.«

»Ja«, bestätigte Sophie erleichtert, dass ihre Freundin so schnell aufgab. »Ich rufe dich später zurück, okay?«

»Kann aber sein, dass ich dann nichts mitkriege«, warnte Lara. »Wir gehen heute ins Kino.«

Meine Güte, es muss Ewigkeiten her sein, dass ich zuletzt im Kino war. Wahrscheinlich, als Rafe noch lebte … Sophie wusste nicht einmal, welche Filme zurzeit liefen. »Macht nichts, ich erwisch dich schon irgendwann. Viel Spaß heute Abend!«

»Danke! Ciao!«

Wann auch immer ich mich aufraffen werde, dir von Engeln und Dämonen zu erzählen. Vielleicht konnte sie das ganze Thema Männer umschiffen, indem sie mehr von ihren Bewerbungen und der geringen Resonanz berichtete. Madame Guimard schien recht damit zu haben, dass sich vor dem Ende der Sommerferien in französischen Firmen nicht allzu viel tat. Auch im Internet hatte sie nur drei Antworten bekommen: eine Absage, eine Einladung zu einem Vorstellungsgespräch in der kommenden Woche und eine Eingangsbestätigung, in der man sie auf später vertröstete.

Ursprünglich hatte sie nach ihrem Abstecher ins Internetcafé dem Laden einen Besuch abstatten wollen, um für Madame Guimard nach dem Rechten zu sehen. Pascal hatte den Auftrag bekommen, ohne sie weiterzustreichen, bis die Hitzewelle vorüber war, doch gerade seine Flirtversuche hätte sie jetzt nicht ertragen. Sie wollte nur noch nach Hause, sich einfach in ihrem Zimmer einigeln und in Ruhe darüber nachdenken, was es für sie bedeutete, dass Jean derselben Ansicht war wie Rafe.

Wie vorausgesagt war die Luft feuchter geworden. Der Himmel über der Stadt hatte das strahlende Blau der letzten Tage verloren, die Sonne sich mit feinem Dunst verschleiert. *Ob ich mir jetzt doch einen Brautschleier zulegen sollte? Vielleicht hält es Rafe ja tatsächlich ab.* Und wenn nicht, hatte sie schon das erste Kleidungsstück für ihre Vermählung mit dem Teufel. Rafe war sicher der Meinung, dass sie nicht mehr dafür brauchte. *Himmel!* Wurde sie wirklich schon so zynisch wie er?

Als sie die Wohnungstür aufschloss, war sie verschwitzt und außer Puste, aber keinen Schritt weiter. Vom Knirschen und Quietschen des Parketts unter ihren Schritten abgesehen, war es sehr still. Kein quäkendes Radio aus der Küche, keine leise kratzende Klassik-Platte aus dem Salon. Im Vorübergehen warf sie einen Blick durch die offenen Türen. »Madame Guimard?«

Alles blieb ruhig.

»Madame Guimard, sind Sie zu Hause?« Unruhe erfasste Sophie. Bei einer älteren Dame konnte man nie wissen. Systematisch lief sie noch einmal alle Zimmer ab, vergewisserte sich, dass Madame Guimard nicht an einer schlecht einsehbaren Stelle hilflos am Boden lag. Einerseits war sie erleichtert, sie nicht zu finden. Andererseits fühlte sie sich ein wenig verlassen. Seit sie eingezogen war, hatte sie nie in eine leere Wohnung heimkommen müssen.

Freu dich lieber, dass du in Ruhe nachdenken kannst, sagte sie sich und ging in die Küche, um etwas zu trinken. Erst jetzt entdeckte sie den Zettel auf dem Tisch. *»Bin im Laden.«* Die Neugier hatte Madame Guimard also doch aus dem Haus getrieben. Oder die Sorge darüber, was ein junger Hallodri wie Pascal allein in ihrem Geschäft anstellen mochte.

Sophie trat zum Schrank hinüber, um sich ein Glas herauszuholen, als ihr Blick auf den Brotkorb auf der Anrichte fiel. Ein angeschnittenes Baguette lag darin – und das Messer. Sofort wurde ihr der Hals eng. Sie wich zurück, als könne die gezähnte Klinge sie anspringen. Rückwärts verließ sie den Raum, brachte es nicht über sich, dem Messer den Rücken zuzuwenden. Undenkbar, an den Schrank zurückzukehren. Lieber ging sie ins Bad und trank aus ihrem Zahnputzbecher. Das Wasser schmeckte kaum anders als das aus den Plastikflaschen im Kühlschrank.

Ein Blick in den Spiegel offenbarte ihr, dass sie leichenblass geworden war. *Es ist nur ein Messer.* Gestern früh hatte sie es noch benutzt, ohne sich etwas dabei zu denken. *Verdammt, Jean! Warum musstest du mir dieses Foto zeigen?* Gab es wirklich eine Verbindung zwischen ihr, dem Toten und Jeans Bekannter, die im Krankenhaus lag? Hätte sie ihm von ihrem nächtlichen Erlebnis erzählen sollen? Das war doch alles nur Einbildung! Eine einmalige Sache, vielleicht eine Art Albtraum, weil sie nicht richtig wach gewesen war. Und ganz gewiss hatte Rafe nichts damit zu tun.

Sie trank aus, ging in ihr Zimmer hinüber und trat ans Fenster. Es mochte zu viel Hitze hereinkommen, doch sie brauchte frischere Luft. Eine Reflexion auf dem Glas ließ sie herumfahren.

»Ich habe gehört, deine Anstandsdame sei ausgeflogen.«

Kerzenlicht spiegelte sich auf einer Rasierklinge. Jean schnellte auf die Beine, packte bereits im Sprung nach Lilyths Arm. Mit ganzer Kraft stemmte er sich gegen die Macht des Dämons, der ihre Hand führte. Gaillards Helfer tauchte neben ihm auf, zerrte mit ihm gegen diese Stärke an, die jedes Maß überstieg. Die Schneide blitzte gefährlich nah an Lilyths Hals. Blut tropfte zwischen ihren Fingern hervor. Ihre Augen starrten verdreht ins Leere. Das Kruzifix war von ihrem Schoß gefallen.

»Omnipotens Domine, Verbum Dei Patris, Christe Iesu ...«, hörte Jean die Stimme des Priesters im Ohr. *Es wird alles gut,* beschwor er Lilyth stumm. *Verpiss dich, du verdammter Hurensohn! Ich fürchte deinen drei mal verfluchten Meister nicht! Fahr zu ihm in die Hölle!*

»Voll Furcht und Zittern rufe ich deinen heiligen Namen und bitte dich, gewähre mir, deinem unwürdigen Diener, Verzeihung all meiner Sünden, festen Glauben und die Macht, durch die Kraft deines heiligen Arms diesen grausamen Dämon unverzagt und furchtlos anzugreifen«, flehte Gaillard.

Ich wünschte, du würdest es endlich tun, alter Mann! Jean wagte nicht, seine Kraft auf ausgesprochene Worte zu verschwenden. Lilyth wand sich auf ihrem Stuhl wie eine Schlange, versuchte, ihm ihr Handgelenk zu entziehen. Er hielt fest, spürte, wie ihm der Schweiß ausbrach. Das Gesicht seines Helfers sah vor Anstrengung beinahe so verzerrt aus wie Lilyths.

»Amen«, ertönte es aus Gaillards Mund und dem der alten Frau. Aus dem Augenwinkel nahm Jean wahr, dass sich der Priester bekreuzigte. Der Abbé drängte sich zwischen ihn und seinen Helfer, schlug rasch das Kreuzzeichen über Lilyth, legte ein Ende der Stola an ihren Hals und hob die Rechte über ihren Scheitel. »Seht das Kreuz des Herrn! Fliehet, ihr feindlichen Mächte!«

Nur die hohe, dünne Stimme der älteren Dame antwortete ihm: »Gesiegt hat der Löwe vom Stamme Juda, der Spross Davids.«

Die Klinge zuckte gen Hals. Instinktiv ließ Jean Lilyths Arm mit der Linken fahren und griff über die Schneide, schirmte sie ab. Es dauerte eine kleine Ewigkeit, doch dann spürte er ein Brennen, wo das Metall seine Haut durchdrungen hatte. Sein Blut mischte sich mit Lilyths, verschmolz mit ihm zu gemeinsamen Flecken auf hellem Stoff.

Wieder ertönte ein Amen. »Exorcizo te – ich beschwöre dich!«, rief Gaillard mit fester Stimme. »Unreiner Geist, alle feindlichen Mächte, alle Gespenster, alle Dämonen, im Namen unseres Herrn Jesus …« Erneut malte er das Zeichen des Kreuzes in die Luft. »… Christus, reißt euch los und lasst ab von diesem Geschöpf Gottes!« Ein zweites Kreuzzeichen folgte. »Er selbst befiehlt es dir, dessen Wort dich aus dem Himmel in die Niederungen gestürzt hat. Er selbst befiehlt dir, der dem Meer, den Winden und Stürmen befahl. Höre also und fürchte dich, Satan, du Glaubensfeind, du Widersacher des Menschengeschlechts, du Mörder, du Räuber des Lebens, du …«

Jean spürte, wie der Widerstand nachließ. Seine Arme bebten ebenso wie Lilyths. Noch immer tropfte Blut herab. Die warme Flüssigkeit quoll unter seiner Hand hervor. *Weiche, du Dreckskerl! Mich bringst du mit diesem Spielzeug nicht um.* Lilyths Arm wand sich, trieb die Klinge tiefer in sein Fleisch. *Das ist alles, was du kannst?* Er biss die Zähne zu einem grimmigen Lächeln zusammen. *Du bist erbärmlich gegen deinen Herrn.*

»Warum verweilst du und widerstehst, obwohl du weißt, dass Christus, der Herr, deine Wege ins Nichts lenkt?«

Lilyth blinzelte. Ihr steifer Körper verlor an Spannung. Jean fühlte es in ihrem Arm, sah es an ihrer Haltung, doch es konnte eine Finte sein. Wenn er losließ, musste die Hand nur vorzucken, um die Schlagader zu treffen.

»Recede ergo – weiche also, im Namen des Vaters, des Sohnes und des Heiligen Geistes.« Zu jedem Namen zeichnete der Priester ein Kreuz auf ihre Stirn. »Mach Platz dem Heiligen Geist durch das Zeichen des heiligen Kreuzes …« Ein weiteres Kreuz auf ihrem Haupt. »… unseres Herrn Jesus Christus, der mit dem Vater und dem Heiligen Geist lebt und herrscht von Ewigkeit zu Ewigkeit.«

»Amen«, entfuhr es selbst Jean.

Das Erkennen kehrte in Lilyths Blick zurück, während sie im Rollstuhl zusammensank. Vorsichtig probierte er, ob er ihre Finger lösen konnte. Sie leisteten nicht mehr Widerstand als seine eigenen, die sich um die Schneide gekrampft hatten. »Holen Sie einen Arzt!«, rief er der besorgt näher kommenden Dame zu. »Und Sie halten ihr besser die Augen zu«, wies er Gaillards Helfer an. Lilyth sollte nicht sehen, was die Klinge mit ihrer beider Händen angerichtet hatte.

»Rafe! Hast du mir einen Schreck eingejagt!« Sophie atmete auf, doch ein Rest Anspannung blieb. »Bist du verrückt, hierherzukommen? Was, wenn Madame Guimard nach Hause kommt?«

Er zuckte die Achseln und schloss die Zimmertür hinter sich. »Solange ich nicht auf dem Flur herumstehe, sieht sie mich so schnell nicht.«

Sie rührte sich nicht vom Fenster weg. Ihr war, als sei der Raum zu klein für sie beide, als könne er Rafes überwältigende Präsenz nur fassen, indem sie erdrückt wurde. Alles war zu nah, sein wissendes Lächeln, der warme Körper, das Fenster in ihrem Rücken und das Bett. »Ich … will, dass du gehst.«

Stattdessen kam er näher. Zwei Schritte genügten, und er hätte nur noch die Hand ausstrecken müssen, um sie zu berühren. »Du weißt, dass ich nichts tun kann, was du nicht willst. Also wovor hast du Angst?«

Sie merkte, dass sie tatsächlich zitterte. »Vor dem, was ich wollen könnte.« Wusste er das nicht besser als sie? »An unserer Lage hat sich nichts verändert.«

»Aus meiner Sicht hat es das nie.«

Ja, du wusstest von Anfang an, dass ich dein wehrloses Opfer war. Was musst du über mich gelacht haben.

Er grinste. »Stellenweise war es amüsant.«

»Würdest du aufhören, meine Gedanken zu lesen? Das ist furchtbar.«

»Furchtbar ist, hier vor dir zu stehen und dich nicht berühren zu dürfen«, meinte er und setzte zu einem weiteren Schritt an.

»Nein!« Rasch hielt sie ihn mit der flachen Hand gegen seine Brust auf Distanz. Es mochte verhindern, dass er sie küsste, doch selbst durch das T-Shirt weckte seine feste, warme Haut in ihr den Wunsch, darüber zu streichen und ihm näher zu sein. Seine Hand legte sich über ihre. Sie brachte es nicht über sich, sie fortzuziehen. »Ich … kann das nicht. Ich muss nachdenken.«

»Sieh mir in die Augen und sag, dass ich gehen soll.«

Es waren die Tränen, die es ihr erlaubten, aufzusehen, doch sie hielt seinem Blick nicht stand. »Wenn … ich dich frage, ob … du dich wirklich ein kleines bisschen an mich erinnerst, wirst du mir dann die Wahrheit sagen?«

Er drehte ihre Hand um und küsste die Erhebung unterhalb ihres Daumens, doch seine Augen funkelten. »Würde ich dir sagen, wenn ich lüge?«

Sie seufzte. *Nein, natürlich nicht.* »Ich muss es trotzdem wissen. Hast du mir das nur vorgespielt?« Endlich gelang es ihr, ihm wieder in die Augen zu sehen. Sie musste. Wenn es auch nur die geringste Chance gab, eine Lüge zu erkennen, dann in seinem Blick.

Das Schelmische wich aus seiner Miene. Er hätte ein Meister der Täuschung sein müssen, um sie so ernst und direkt anzusehen, ohne sich zu verraten. Und genau das war er. »Es … ist keine richtige Erinnerung in dem Sinne, dass ich plötzlich wieder wüsste, wer du bist«, gab er zu. »Aber manchmal, wenn du mich auf eine bestimmte Art ansiehst, dann spüre ich einen Stich, hier …« Er führte ihre Hand zurück auf seine Brust. »… wo das Herz ist. Seit es das erste Mal geschehen ist, wusste ich, dass zwischen uns etwas Besonderes vorgeht – dass ich dich *wirklich* kenne.«

Warm rannen die Tränen über ihre Wangen, aber sie konnte nicht vergessen, wer er war. Zorn mischte sich in ihre Verzweiflung. »Das ist nicht fair! Ich *kann* keinen Mann lieben, der dabei ist, sich in einen Dämon zu verwandeln! Du kannst das nicht von mir verlangen! Gibt es denn keinen Weg, das alles rückgängig zu machen?«

Die hoffnungslose Trauer in seinem Blick brannte sich in

ihr Herz. »Nein, dazu müsste ich meine Tat bereuen, nicht nur ihre Folgen. Und selbst dann …«

»Sophie?«, drang Madame Guimards Stimme von fern an ihr Ohr. »Bist du schon zu Hause?«

Sie entriss ihm ihre Hand, als hätte sie sich gestochen, und eilte zur Tür. »Ja, einen Moment!«, rief sie. Ihre vom Weinen heisere Stimme klang krächzend. Was sollte sie nun mit Rafe machen? Ihn im Schrank verstecken? Doch als sie sich umdrehte, war er verschwunden.

23

Was genau suchen wir eigentlich?« Alex sah gereizt vom Laptop auf. »Hast du eine Ahnung, wie viele Treffer das hebräische Wort *kezef* produziert, wenn man keine einschränkenden Zusätze eingibt?«

»Versuch's mit Dämon oder Engel«, riet Jean, ohne von dem Buch aufzublicken, das vor ihm auf dem Tisch lag. »Oder mit Sammael. Ich muss wissen, ob es irgendeine bekannte Verbindung zwischen den beiden gibt.«

»Ist denn sicher, dass *kezef* der Name des Dämons ist? Er könnte doch auch nur mitgeteilt haben, dass er ziemlich wütend war, oder?«

Jean schnaubte unwillig. Mit letzter Konsequenz ließ sich im Umgang mit Dämonen gar nichts ausschließen, aber an irgendetwas *musste* er sich halten, sonst würden sie nie weiterkommen. »Gaillard hat ihn nach seinem Namen gefragt, nicht, wie's ihm geht.«

»Ah, das wäre aber mal die nette Variante. ›Salut, mein satanischer Freund! Wie geht's?‹ Hast du schon mal ausprobiert, ob sie dann gesprächiger sind? Vielleicht lassen sie die Leute dann auch weniger Nägel speien und Rasierklingen aus …«

»Alex, halt die Klappe und hilf mir, oder ich schwöre, den nächsten Dämon hetz ich auf dich!«

»Oui, chef«, erwiderte sein Freund übertrieben zackig. »Ich dachte ja nur, du könntest ein bisschen Aufmunterung brauchen.«

»Es würde mich am meisten aufmuntern, wenn ich endlich wüsste, was eigentlich vorgeht.«

»Ja, schon gut. Die Botschaft ist angekommen.«

Halb erwartete Jean, dass Alex weiterplappern würde, doch von gelegentlichem Klicken und dem leisen Schaben eines Fingers über das Touchpad abgesehen, blieb es vorerst still. Er wandte sich wieder dem Text zu, einem Werk, das verschiedene überlieferte Varianten des Buches Henoch nebeneinanderstellte und verglich. Es war ein Fischen im Trüben. Er brauchte Alex nicht, um das zu wissen. Was die Absichten des Dämons anging, war der Exorzismus enttäuschend ergebnislos verlaufen. Dass es um jene Wächter ging, die sich einst mit Menschenfrauen auf der Erde niedergelassen hatten, war seit dem Vorfall mit dem Toten in der Rue des Barres keine neue Erkenntnis. Dass nun Sammael namentlich genannt worden war, bestärkte den Verdacht, brachte ihn aber nicht weiter. Jean hatte den Eindruck, ein mächtigerer Dämon habe eingegriffen und verhindert, dass sie diesem Kezef mehr Antworten abringen konnten – sogar um den Preis, Lilyth zu töten.

Hoffentlich ging es dem Mädchen gut. Weniger, was die neuen Schnitte anbelangte, die sofort medizinisch versorgt worden waren, sondern was ihren psychischen Zustand anging. Er bedauerte nicht, sie zu diesem Exorzismus überredet zu haben. Der Dämon war in ihr, und es war alles andere als sicher, dass sie ihn bereits ausgetrieben hatten. Sehr viel wahrscheinlicher war, dass Lilyth lediglich eine Atempause erhielt. Aber musste es ausgerechnet bei ihr so heftig verlaufen? Auch das sprach dafür, dass mehr hinter dem Geschehen steckte.

Was er am wenigsten verstand, war das Theater, das Lilyth veranstaltet hatte, als die Ärzte sie von ihm getrennt hatten. Sah sie in ihm jetzt einen Helden, weil er sein Blut für sie vergossen hatte? Das war doch vollkommen abwegig. Schließlich war er es gewesen, der sie zu diesem erschreckenden Erlebnis überredet hatte. *Wer versteht schon die Frauen?*

»Tut mir leid, Jean«, ließ sich Alex wieder vernehmen. »Wie du sagtest: Jüdische Überlieferungen nennen Kezef als Todesengel. Mehr finde ich hier auch nicht. Allerdings kann ich kein Hebräisch, und da gäb's noch ein paar Seiten.«

»Kannst du sie mir speichern und kopieren? Ich seh's mir dann später an.«

»Wird erledigt. Zum Glück hat es ja nur deine linke Hand erwischt, sonst müsste ich jetzt auch noch für dich Kaffee kochen, umblättern und die Tür hinter dir abschließen.«

»Sehr witzig. Hast du eine Rasierklinge hier, damit wir mal ausprobieren können, was du mit links so alles hinbekommst?«

Alex grinste. »So mies, wie du drauf bist, scheint es wehzutun. Ich verzichte mal lieber. Ist nicht jeder zum Märtyrer geboren.«

Jean brummte nur, weil ihm keine schlagfertige Antwort einfiel. Seine Hand war tatsächlich nicht nur in einen Verband, sondern auch in dumpfen Schmerz gehüllt, und in der Wunde pochte es. Die Krankenschwester hatte ihn dafür bewundert, dass er in die Klinge gegriffen hatte, um Lilyth von einem Selbstmord abzuhalten, aber die behandelnde Ärztin war vor allem entsetzt über den Zustand des Mädchens gewesen. Er rechnete damit, dass sie ihm die Schuld geben und weiteren Kontakt unterbinden würde. Was nicht völlig aus der Luft gegriffen, aber leider auch nicht hilfreich war, falls sich der Dämon nur vorübergehend zurückgezogen hatte.

»Was passiert jetzt eigentlich mit der Königin der Nacht?« Alex schien in eine ähnliche Richtung gedacht zu haben.

Es gehörte zu den Dingen, die Jean an ihm mochte, dass sie oft die Gedanken des anderen aufgriffen. *Wie ein altes Ehepaar.* »Gaillard hat versprochen, sich der Sache anzunehmen. In der Klinik werden sie kaum zulassen, dass er die Gelegenheit zu weiteren Exorzismen bekommt, aber er kennt diesen Psychiater, der schon öfter mit ihm zusammengearbeitet hat. Der soll Kontakt zu den Eltern aufnehmen, und die sind vielleicht …« Er brach ab, weil sein Handy klingelte. »Das könnte er sein.« Automatisch wollte er mit der Linken seinen Mantel greifen, was neuen Schmerz durch seine Hand jagte, obwohl der Verband kaum eine Bewegung zuließ. Knurrend wühlte er sich mit der Rechten zu der Tasche vor, in der das Handy steckte, und zog es heraus. Das Display meldete Sophie. War das ein gutes oder ein schlechtes Zeichen? »Sophie, was gibt's?«

Alex hob vielsagend die Brauen, und Jean sah rasch in eine andere Richtung, um nicht noch mehr Grimassen zu provozieren.

»Salut, Jean.« Ihre Stimme klang etwas brüchig, aber das konnte auch an der Verbindung liegen. »Ich … müsste noch mal mit dir reden. Hast du Zeit?«

»Jetzt gleich?«

»Nur, wenn es keine Umstände macht.«

Also ist es dringender, als sie zugeben will. »Ich bin bei Delamairs. Willst du vorbeikommen?«

»Ja, gut. Danke! Bis gleich!«

Die Verbindung war bereits unterbrochen, bevor er etwas erwidern konnte.

»Kommt sie her?«, erkundigte sich Alex.

Jean nickte nur. Er fragte sich immer noch, worin der Zusammenhang zwischen Sophie und den Machenschaften bestand, in die Lilyth verstrickt war.

»Dann lass ich euch wohl besser allein. Ein Mann weiß ja, wann er stört.« Alex klappte den Laptop zu und stopfte ihn in eine Umhängetasche.

»Aber lass mir die Kopien dieser Seiten da!«, rief Jean ihm nach, als er schon an der Treppe war.

»Stick liegt auf dem Schreibtisch«, antwortete sein Freund, doch er hörte schon wieder nur mit einem Ohr zu. Sammael selbst konnte nicht beteiligt sein, denn wie alle der zweihundert Wächter war er bis zum Ende der Zeit in ein unwirtliches Gefängnis gebannt. Bediente sich ein anderer mächtiger Dämon nun dieses Namens? Oder irrte das Buch Henoch, und die Wächter waren längst wieder frei? Wenn er nur endlich einen besseren Hinweis bekäme …

»Ich muss noch mal weg!«, rief Sophie ins Schlafzimmer, wo Madame Guimard mit ihren Reisevorbereitungen beschäftigt war. »Schönen Abend!«

Sie sah gerade noch, wie die alte Dame überrumpelt aufblickte, dann war sie schon auf dem Weg zur Wohnungstür.

»Äh, dir auch!«, tönte es hinter ihr her.

Um den Anschein zu wahren, polterte sie rasant die Treppe hinab, obwohl sie nur so eilig getan hatte, um sich Erklärungen zu ersparen. Es war ihr unangenehm genug, dass Madame Guimard nach ihrer Rückkehr aus dem Laden zweifellos die gerötete Nase und verheulten Augen bemerkt hatte. *Vielleicht glaubt sie jetzt, dass ich zur Versöhnung mit meinem Freund unterwegs bin.*

Auf der Straße ging Sophie wieder langsamer. Obwohl es

Abend wurde, hatte es bislang kaum abgekühlt. Es war eher noch schwüler geworden, doch Gewitterwolken waren nicht in Sicht. Wo Rafe wohl gerade steckte? *Besser nicht an ihn denken!* Vielleicht zog sie damit seine Aufmerksamkeit auf sich, und Jean legte sicher keinen Wert darauf, dass sie ausgerechnet Rafe mitbrachte.

Zum Glück hatte sie es nicht weit in die Rue Saint-Jacques. Im hinteren Teil des Ladens brannte noch Licht, sodass sie durch die Scheibe eine Gestalt zwischen den Regalen erkennen konnte. Der dunklen Kleidung nach musste es Jean sein. Sie klopfte an und probierte trotzdem die Klinke aus. Die Tür ging auf.

»Komm rein und schließ hinter dir ab!«, rief Jean.

Sophie gehorchte. »Soll ich den Schlüssel stecken lassen?«

»Ja, mach nur.« Er stellte gerade ein Buch ins Regal zurück, als sie nach hinten kam. Seine Ärmel waren aufgekrempelt, und weißer Verbandmull stach von seiner gebräunten Haut ab. »Was ist mit deiner Hand passiert?«

Jean zuckte mit den Schultern. »Ein Zwischenfall bei einem Exorzismus. Aber du hältst Dämonen ja für harmlose Kuscheltiere.«

Kuscheltiere? »Glaub, was du willst, Jean. Mir ist durchaus bewusst, dass das alles kein Spaß ist, aber ein Tier ist Rafe jedenfalls nicht.«

»Ganz, wie du meinst.«

Seine Laune schien nicht die beste zu sein, doch sie würde sich davon nicht einschüchtern lassen. Sie musste ihr Anliegen vortragen. Sollte er sie dann zum Teufel jagen, hatte sie es wenigstens versucht.

»Gehen wir nach oben, sonst klopft noch irgendein Idiot an und verlangt, dass ich ihn bediene.«

Ihr fiel auf, dass er sogar verärgert immer noch zuvorkommend blieb, ihr die Tür öffnete und sie vorangehen ließ.

In der Bibliothek wehte ihr Zigarettenqualm entgegen. Bei der Hitze war die Luft zum Schneiden dick. »Können wir ein Fenster aufmachen?«

»Tut mir leid.« Es erleichterte sie, dass er wieder freundlicher wirkte. »Mir ist auch zu warm, aber wir dürfen keine schwüle Luft hereinlassen. Die Bücher wellen sich sonst.«

»Oh.«

»Setzen wir uns«, schlug er vor und bot ihr einen Stuhl an. »Würdest du meine Bemerkung von eben einfach vergessen und uns noch mal vorn anfangen lassen? Ich bin nur besorgt, dass dir dasselbe zustoßen könnte wie Lilyth.«

»Ist Lilyth das Mädchen im Krankenhaus?«, wollte sie wissen, während sie Platz nahm.

Er nickte abwesend und setzte sich ebenfalls.

Um ihn nicht noch mehr zu beunruhigen, behielt sie ihr Erlebnis mit dem Messer lieber für sich. Diese ganzen Dämonengeschichten würden nichts mehr mit ihr zu tun haben, wenn es ihr gelang, Rafe zu erlösen. »Geht es ihr besser?«, fragte sie der Höflichkeit halber, da es Jean offenbar belastete.

»Ihr körperlicher Zustand ist stabil, falls du das meinst. Es ist die Besessenheit, die mir Sorgen macht. Ich glaube nicht, dass sich der Dämon so leicht vertreiben lässt, nachdem sie so dumm war, ihn selbst hereinzubitten.«

»Dann war sie es, die du exorziert hast?« Die Erinnerung an den Moment, als sie Rafe gezwungen hatte, die Maske fallen zu lassen, sprang ihr ins Gedächtnis. Es war so leicht, das Bild zu verdrängen und über seinen gewohnten Anblick zu vergessen – wie er es prophezeit hatte. Mit ihm in ihrem Zimmer zu stehen und ihre Hand in seiner zu fühlen, hatte nichts mit diesem Monster zu tun. *Er* hatte nichts damit zu tun.

»Ich war nur dabei«, stellte Jean richtig. »Abbé Gaillard hat das Ritual durchgeführt. Wir hätten sie sicherheitshalber fesseln sollen. Wir wussten ja, dass der Dämon sie schon dazu gebracht hat, sich zu verletzen. Aber ich wollte sie nicht noch mehr erschrecken.«

Wie von selbst richtete sich ihr Blick wieder auf den Verband. »Sie … er hat …«

»Eine Rasierklinge hat sich in ihrer Hand materialisiert. So etwas kommt vor. Ich musste eingreifen, sonst hätte sie sich umgebracht. Verstehst du jetzt, warum ich Angst um dich habe, Sophie?«

Sie nahm zum ersten Mal wahr, dass seine Augen von einem hellen Grün waren, das ins Braun spielte. »Ja, ich glaube, ich verstehe es sehr gut.«

»Dann lass mich dir helfen, diesen Dämon loszuwerden.«

»Deshalb bin ich hier.«

»Wirklich?« Schlagartig hellte sich seine Miene auf, doch ein Rest Zweifel blieb in seinem Blick.

Zu Recht, dachte sie mit schlechtem Gewissen. Zu Maßnahmen, wie sie ihm vorschweben mochten, war sie vorerst nicht bereit. Sie würde Rafe nicht im Stich lassen, nicht, wenn er sie immer noch liebte. Und hatte er nicht genau das angedeutet? »Ich … kann mich nicht einfach von ihm abwenden. Ich will ihm helfen. Er sagt, es gebe keine Möglichkeit, ihn wieder in einen guten Engel zurückzuverwandeln, aber vielleicht kennt er sie nur nicht. Es könnte doch sein, dass Gott sie vor den Dämonen geheim hält oder so etwas, damit nicht jeder gefallene Engel eigenmächtig davon Gebrauch macht. Und ich dachte mir, ich frage *dich* danach. Wenn jemand so etwas weiß, dann du.«

Jean sah sie entgeistert an.

»Ja, ich weiß, was du denkst: Dass ich nicht ganz richtig im Kopf sein kann. Ich … weiß auch nicht, warum ich ihm unbedingt glauben will. Du hast nicht mit ihm gesprochen. Na ja, vielleicht würde das auch nicht helfen, weil du einfach nicht glauben *willst,* dass noch etwas von Rafe in ihm steckt. Das ist …«

»Irrsinn«, stellte er nüchtern fest. »Du hast sein wahres Gesicht gesehen. Du weißt, dass er dir *alles* erzählen würde, um dich …«

»Aber ich liebe ihn! Es ist mir gleich, was du davon hältst. Mein Herz sagt mir, dass noch etwas von ihm in diesem Dämon steckt und leidet! Das kann ich nicht ignorieren. Ich will, dass er glücklich ist. Und außerdem werde *ich* nie wieder glücklich sein können, solange ich ihn liebe, denn er wird nicht aufgeben.«

»Wie gesagt, es gibt Wege, wie man sich der Nachstellungen eines Dämons entledigen kann.«

Sophies Hoffnung schwand unter seinem abweisenden Blick. »Mich interessieren nur Wege, die auch ihm helfen.«

»Die gibt es nicht.«

»Kannst du dir dessen sicher sein? Du hast ja nicht einmal darüber nachgedacht!« Sie spürte ihre Augen feuchter werden und kämpfte gegen die Tränen an.

»Da gibt es nichts nachzudenken, Sophie! Ich beschäftige mich seit Jahren mit Dämonologie, und nie ist mir dabei auch nur ansatzweise untergekommen, dass man den Sturz rückgängig machen könnte.«

»Vielleicht nur, weil du nicht darauf geachtet hast?« Sie hörte die wachsende Unsicherheit in ihrer eigenen Stimme.

Seufzend schüttelte er den Kopf.

»Was … was ist mit Geneviève?«, wagte sie zu fragen. »Wenn sie wirklich ein Engel ist, kann sie uns dann nicht weiterhelfen? Sie müsste doch alles über solche Dinge wissen.«

Er lächelte schief. »Wissen wir denn alles über Menschen, nur weil wir Menschen sind?«

»Du *willst* es überhaupt nicht versuchen!« *Vielleicht verlange ich einfach zu viel von ihm.* Sie stand auf. »Es … tut mir leid, dass ich dich mit meinem Problem belästigt habe. Wenigstens hast du es dir angehört. Danke.«

Auf dem Weg zur Tür erwartete sie, dass er aufspringen und versuchen würde, sie aufzuhalten, doch kein Geräusch deutete darauf hin. Es war ein wenig enttäuschend, aber auch erleichternd, denn sie wollte nicht, dass er noch einmal davon anfing, Rafe durch irgendwelche exorzistischen Praktiken abzuwehren.

»Geneviève«, begann Jean leise, »ist weder ein Orakel noch ein Dschinn, den man mal eben aus seiner Flasche ruft, wenn man ihn braucht. In Paris geschehen jeden Tag mehr Verbrechen, als du dir vorstellen kannst. Erwartest du ernsthaft, dass sie hier auftaucht, nur um dir eine Frage zu beantworten?«

Betroffen wandte sich Sophie noch einmal um. Er hatte recht. Es war wohl ziemlich vermessen von ihr, das zu fordern, zumal Geneviève sie bereits davor gewarnt hatte, sich auf Rafe einzulassen. »Ich … dachte eher, dass du sie für mich fragen könntest, weil ich dich ein paar Mal mit ihr gesehen habe.«

Er machte eine ratlose Geste. »Sie scheint zu glauben, dass ich zurzeit prima ohne ihre Hilfe auskomme. Oder sie hat einfach Wichtigeres zu tun. Du darfst nicht vergessen, dass wir nur zwei Menschen unter Millionen sind, die in dieser Stadt einen rettenden Engel gebrauchen können.«

Er ist genauso verzweifelt wie ich, weil er Angst um dieses Mädchen im Krankenhaus hat. »Schon gut, Jean. Es tut mir *wirklich* leid, dass ich mit meinen dämlichen Ideen zu dir gekommen bin. Ich kann verstehen, dass du andere Sorgen hast, bei denen ich *dir* ja auch keine Hilfe bin.«

War er einfach müde, oder hatte sie erneut etwas Dummes gesagt? Sie wusste nicht, was sie davon halten sollte, als er sich übers Gesicht rieb und dabei tief durchatmete. »Lass uns morgen Vormittag nach Montmartre fahren und jemanden besuchen, der vielleicht mehr über Engel weiß als ich. Mehr kann ich nicht für dich tun.«

Auf der Treppe nach oben wirbelte die warme Abluft der Métro-Station Sophies Haare durcheinander. Rasch versuchte sie, die Strähnen wieder zu bändigen, und wunderte sich, dass angesichts der schwülen Hitze überhaupt noch warme Luft aufstieg. Der Dunst hing schon seit den ersten Morgenstunden hoch über der Stadt, was sie nur bemerkt hatte, weil sie vor Aufregung früh aufgewacht war. Nachdem sie sich an ihre Verabredung erinnert hatte, war an Schlaf nicht mehr zu denken gewesen.

»Warst du schon einmal hier?«, erkundigte sich Jean. Selbst jetzt trug er Schwarz und schleppte seinen dunklen Mantel mit sich herum, den er über den Arm mit der verletzten Hand gelegt hatte.

»Keine Ahnung.« Der Name der Station, Anvers, kam ihr nicht bekannt vor. Neugierig sah sie sich auf dem breiten Boulevard um, von dem der Ausgang der Métro umgeben wurde wie eine Insel von einem Fluss. Bäume, Straßenbahnschienen, Autos, Reisebusse, alte Häuser, Reklametafeln … Es war anderen Ecken von Paris zu ähnlich, um sicher zu sein, ob sie diesen Ort früher schon einmal gesehen hatte.

»Wir müssen hier entlang.« Jean lenkte ihre Aufmerksamkeit auf eine schmale Seitenstraße, die steil bergauf führte.

Einer Ahnung folgend, richtete Sophie den Blick weit nach oben. Weißer Stein leuchtete vor grauem Dunst. »Oh, natürlich war ich hier schon mal! Hier geht's zur Sacré-Cœur! Wollen wir denn dort hin?«

»Fast. Ich will in die alte, kleine Kirche nebenan, Saint-Pierre-de-Montmartre.« Er ging voran, die schon am frühen Vormittag belebte Rue de Steinkerque hinauf. Aus zahlreichen Souvenirläden quollen billiger Kitsch und Tand mit mehr oder weniger geschmacklosen Parismotiven auf die Straße. Dazwischen hatten einige Textiliengeschäfte überlebt, die mit ihren Stoffballen zum überbunten Bild beitrugen, doch im Gegensatz zu manchem Nachbarn glaubten sie nicht, Kunden durch laute Musik auf ihre Auslage aufmerksam machen zu können. Touristen aus der ganzen Welt pilgerten den Hügel hinauf und hinab. Ihre Stimmen vermischten sich mit jenen asiatischer, afrikanischer und arabischer Andenkenhändler zu einem babylonischen Sprachengewirr. Sophie folgte Jean durch das Gewühl und hielt ihre Tasche fester als sonst. Wo so viele sorglose Reisende zusammenkamen, waren Diebe nie weit.

Die Straße mündete in einen kleinen Platz mit einem Kinderkarussell. Dahinter führten zu beiden Seiten breite Treppen in mehreren scharfen Kehren durch eine Grünanlage weiter nach oben, zum Wahrzeichen Montmartres, den leuchtenden weißen Kuppeln der Kirche Sacré-Cœur. Zwei kleine Türmchen flankierten das Portal, wurden überragt von zwei größeren Kuppeldächern, die sich links und rechts des Mittelschiffs erhoben, und in der Mitte thronte über allem die in eine Spitze auslaufende Haube des Hauptturms. Mehr denn je fand Sophie, dass das Bauwerk gleichermaßen an das indische Tadsch Mahal wie an russische Kirchen erinnerte. Dort oben, auf dem Säulengang um die große Kuppel hatten sie gestanden, als Rafe ihr den Heiratsantrag gemacht hatte.

»Kommst du?«, fragte Jean, aber es klang nicht ungeduldig.

Sie riss sich von dem Anblick los, den um sie herum etliche Touristen mit Digitalkameras und Camcordern einzufangen suchten. Schon am Fuß der Treppe lauerte ein Schwarm schwarzer Jugendlicher, um von allen Seiten auf sie einzudringen. »Ein Geschenk! Bringt Glück!«, riefen sie und wedelten mit bunten Wollfäden herum. Sophie sah, wie sie nachgiebigen Naturen die Fäden um die Finger knoteten, um dann Geld dafür zu verlangen. Instinktiv schloss sie enger zu Jean auf und ergriff die Hand, die er ihr reichte, während sie mit der anderen die aufdringlichen Bettler abwehrte. »Nein, kein Interesse!«

Die meisten wendeten sich rasch neuen Opfern zu, nur zwei blieben hartnäckig, bis Jean sie anherrschte. »Verzieht euch!«

Er führte sie zwischen staunenden Touristen und älteren Schwarzen hindurch, die bündelweise kleine Eiffeltürme mit sich herumschleppten oder sie wie Zinnsoldaten auf Tüchern vor sich aufreihten. Seine ritterliche Geste erinnerte sie an Rafe. Immer wieder wanderte ihr Blick zur Kuppel hinauf. Stand er gerade dort oben und beobachtete sie? Plötzlich fühlte sie sich schuldig und entzog Jean ihre Hand. Sie war sich sicher, dass Rafe hier war und auf sie wartete. »Jean?«

Er drehte sich zu ihr um. Sie hatten die Aussichtsplattform vor dem Portal erreicht, aber ihr war nicht danach, sich dem Ausblick zuzuwenden.

»Ich ... will nicht mitkommen. Wahrscheinlich störe ich bei diesem Gespräch doch sowieso nur.«

»Unsinn. Schwester Adelaide ist eine sehr freundliche Frau. Sie wäre sicher erfreut, dich kennenzulernen.«

Sophie schüttelte den Kopf. »Als Nonne dürfte sie kaum gutheißen, dass ich einen gefallenen Engel liebe. Sie wird mich bestimmt nicht mögen. Bitte, Jean, geh allein und lass mich Sacré-Cœur besichtigen. Wir treffen uns dann hier vor dem Eingang wieder.«

»Das kann aber eine Weile dauern«, gab er zu bedenken. Die zusammengezogenen Brauen verrieten, dass er nicht viel von der Idee hielt.

»Das macht nichts. Lass dir Zeit! Ich werde zur Kuppel hinaufsteigen und die Aussicht genießen. Man kann von dort oben fast so weit sehen wie vom Eiffelturm.«

Spöttisch deutete er ein Lächeln an. »Das ist mir bekannt. Ich bin nicht zum ersten Mal in Paris.«

Sophie verdrehte nur die Augen. Es kam ihr hinterhältig vor, ihn wegzuschicken und nach der Lösung für ihr Problem suchen zu lassen, aber der Moment auf dem Turm hatte Rafe und ihr so viel bedeutet. Sie musste hinauf.

»Also schön, wenn du so viel Angst vor einer alten Frau hast.« Er zuckte die Schultern. »Aber beschwer dich hinterher nicht bei mir, dass ich diese oder jene Frage nicht gestellt habe!«

Der Einwand war berechtigt. Sollte sie nicht doch besser mitgehen? Das Gefühl, sie werde erwartet, wuchs. »Nein, keine Vorwürfe. Versprochen!«

»Dann bis gleich.«

»Das ist wirklich lieb von dir, Jean. Danke!« Sie sah ihm nach, bis sie es nicht mehr aushielt zu warten, und ging direkt zu der Treppe, die links neben der Kirche zum Eingang der Krypta hinabführte. Im Schatten des hohen Gebäudes war es wenigstens ein bisschen kühler. Dennoch hatten alle, die vor der Kasse anstanden, schon jetzt schweißfleckige Kleidung. Sophie fragte sich, wie das übergewichtige Ehepaar vor ihr die auf einem Schild warnend angekündigten dreihundert Stufen bewältigen wollte. Die beiden hatten bereits Schwierigkeiten, durch das Drehkreuz des Zugangs zu kommen.

»We should give them a good advance«, riet der drahtige kleine Mann hinter ihr seinem Begleiter. Ihnen einen Vorsprung zu lassen, war vermutlich eine gute Idee, aber sie konnte nicht warten, bis sich jemand beschwerte, weil es nicht weiterging. Stattdessen stieg sie die Wendeltreppe langsam nach oben, blieb immer wieder stehen und lauschte auf das Schnaufen und die atemlosen Kommentare in einer fremden Sprache über ihr. Selbst bei diesem Wetter strahlten die dicken Steinwände noch Kälte aus.

Sie hatte längst aufgegeben, die Stufen zu zählen, als sie überraschend schnell das vermeintliche Ende des Aufstiegs erreichte. Doch es war nur eine Zwischenstation. An einem Geländer entlang ging es aus dem linken Seitenturm über das steinerne weiße Dach zum Hauptturm. Sophie nutzte die Gelegenheit, das Paar zu überholen, das mit roten Gesichtern am Treppenabsatz stand und sich mit Taschentüchern den Schweiß von den Stirnen wischte. Auch über das Dach ging es aufwärts, denn der Eingang zum Hauptturm lag ein Stück oberhalb. Erst jetzt, da sie wieder in luftiger Höhe über das Gebäude spazierte, erinnerte sie sich an diese Unterbrechung, hatte Rafes Lachen wieder im Ohr und seinen Vortrag aus dem Reiseführer, der von byzantinischen Einflüssen sprach.

Hinter einem schmalen Durchlass begann eine neue Wendeltreppe, die ihr kaum breit genug für sich selbst vorkam. Wie gut, dass Auf- und Abstieg streng voneinander getrennt waren. Wäre ihr jemand entgegengekommen, hätte sie wieder umdrehen müssen. So hörte sie nur das Schaben von Schritten über sich, keuchendes Lachen und angestrengtes Atmen. Mit jeder Stufe wurden ihre Beine schwerer. Warum musste sie ausgerechnet am drückendsten Tag des Jahres den zweithöchsten Punkt der Stadt erklimmen? Schweiß rann ihr den Nacken und die Beine hinab. Endlich spürte sie einen leichten Luftzug, dann hatte sie den Säulengang direkt unterhalb der Kuppel erreicht.

Orientalisch anmutende Reliefe, die jedoch auch etwas Ähnlichkeit mit geflochtenen keltischen Ornamenten hatten, verzierten das wetterdunkle, stellenweise fast schon schwarze Gestein auf der Innenseite. Umso deutlicher hoben sich die zahllosen Namen und Daten, Herzen und Kreuze hell davon ab, die Besucher eingeritzt hatten und dabei wieder auf Weiß gestoßen waren. Andere hatten sich weißer Kreide bedient, um sich an diesem Ort zu verewigen. Der Gang selbst war schmal, gerade breit genug, dass zwei Menschen aneinander vorbeigehen konnten.

Zu beiden Seiten erspähte Sophie etliche Touristen, doch Rafe war nicht darunter. Sie trat an das steinerne Geländer, das ihr bis zur Hüfte reichte, und blickte zwischen zwei offenbar gereinigten, hellen Säulen hindurch. Unter dem diesigen Himmel erstreckte sich bis zum Horizont ein einziges Häusermeer. Rechter Hand entdeckte sie den Eiffelturm, der wie ein Pfeil nach oben wies. Davor ließ sich ein Stück vom Band der Seine erahnen, das sich durch die Stadt schlängelte. Weit im Süden ragten viele Hochhäuser auf, gegen die sich altehrwürdige Bauwerke wie Notre-Dame klein und filigran ausnahmen. Einzig die Kuppel des Panthéon wirkte neben ihnen nicht völlig verloren. Nichts schien sich seit ihrem letzten Besuch verändert zu haben. Selbst der warme Sommerwind wehte hier oben, während sich die Luft unten in den Straßen keinen Hauch rührte. War Rafe tatsächlich hier?

Sophie beschloss, den Turm zu umrunden. Wenn sie ihn hier nicht sah, konnte er immer noch auf der anderen Seite auf sie warten – der Seite der Engel, wie sie feststellte, als sie sich mit dem zähen Fluss der anderen Besucher treiben ließ. Als Relief gearbeitete Engelfiguren schmückten den Glockenturm, der am hinteren Ende der Kirche gen Himmel strebte. Davor stand eine türkis leuchtende Statue des Erzengels Michael auf dem Dach, das Schwert in ein besiegtes Ungeheuer gebohrt, die Flügel ausgebreitet, eine Fahne triumphierend gereckt. *Der siegreiche Streiter wider das Böse.* Sie wünschte, sie hätte Rafe sehen können, als er eine so prächtige Erscheinung gewesen war.

»Vielleicht kann ich dafür sorgen, dass es wahr wird.«

Verwundert drehte sie sich nach der Stimme um, die sie nicht kannte. Das Herz gefror ihr in der Brust. Er trug keine Sonnenbrille, doch das düstere Gesicht hatte sich ihr ins Gedächtnis gebrannt.

Die kleine romanische Kirche hatte einst zu einem Benediktinerinnenkloster gehört, bevor sie unter den Wirren der Zeit gelitten hatte und schließlich während der Revolution entweiht worden war. Jean fand, dass sie den Umbauten und Renovierungen zum Trotz noch immer mittelalterliches Flair bewahrt hatte. Die schlichten Gewölbe und Rundbögen erinnerten ihn an die alte Kirche seiner kleinen Heimatstadt, die er als Kind jeden Sonntag mit seiner Familie besucht hatte. Auch die Tatsache, dass Adelaide von Savoyen, die erste Äbtissin des im 12. Jahrhundert gegründeten Klosters, hier begraben war, stellte eine Verbindung zur fernen Vergangenheit her, obwohl es das Kloster längst nicht mehr gab. Nur Schwester Adelaide, die eigentlich einem anderen Konvent angehörte, kam an drei Vormittagen der Woche her, um ihrer Namensvetterin und des verlorenen Ordenshauses zu gedenken. Meist kniete sie in einer der vorderen Bankreihen und war ins Gebet zur Mutter Gottes vertieft.

Schon beim Eintreten entdeckte Jean die Gestalt in der schwarzen Ordenstracht mit dem dunklen Schleier am gewohnten Platz sitzen. Seine Schritte auf dem Mittelgang hallten lauter, als ihm lieb war, doch im Wispern und Schlurfen der Touristen, von denen sich stets einige nach der Besichtigung von Sacré-Cœur auch in dieses Gotteshaus verirrten, fiel es nicht so sehr auf. Je näher er der Nonne kam, desto mehr beschlich ihn das Gefühl, dass etwas nicht stimmte. Schwester Adelaide war eine gebeugte Frau, der er das Alter bei jedem Besuch deutlicher angesehen hatte. Wer auch immer dort saß, war zu groß, hielt sich zu aufrecht und die Schultern zu straff. Hatte es eine jüngere Freundin übernommen, die Sentimentalität der Älteren fortzusetzen, weil Adelaide krank geworden war?

Enttäuscht und besorgt blieb er neben der Bank stehen. »Entschuldigen Sie bitte …« Er brach ab, als die Gestalt ihm das von der weißen Barbe umrahmte Gesicht zuwandte. Die zarte, helle Haut konnte das Strahlen darunter kaum verbergen. »Geneviève!«

»Schsch!« Sie legte einen Finger an die Lippen und lud ihn mit der anderen Hand ein, sich zu setzen.

»Was machst *du* hier? Wo ist Schwester Adelaide?«, fragte er leise. Ihr mitfühlender Blick ließ ihn die Antwort ahnen.

»Schwester Adelaide hat ihre sterbliche Hülle abgestreift und diese Welt verlassen. Sie ging vor zwei Wochen, friedlich, im Vertrauen auf unsere Führung und die Liebe ihres Herrn.«

Jean wusste nichts zu erwidern. Nach dem Tod seiner Tante war Adelaide die letzte Frau gewesen, die er als eine Art Mutter empfunden hatte. Sie würde ihm fehlen. Schwer zu fassen, dass er zwei Wochen lang nichts bemerkt hatte. Das Leben war einfach weitergegangen wie immer. Hätte er den Verlust nicht auf irgendeine Weise spüren müssen?

»Hör auf, dich zu quälen«, riet Geneviève und berührte seine Hand.

Licht und Wärme schienen in ihn überzufließen, lösten Anspannung und innere Verhärtung auf. Rasch zog er die Hand weg, bevor ihn das Gefühl überwältigen konnte. *Das fehlt noch, dass ich hier in Tränen ausbreche.* Er würde Adelaides Grab besuchen, sobald die leidige Geschichte um Lilyth und Sophie ihm Zeit dazu ließ. »Du weißt sicher, was ich sie fragen wollte.«

»Ja. Ihr Wissen war für einen Menschen groß und reichte dank ihrer Intuition in Bereiche, die dir verschlossen sind, aber selbst sie hätte dir nicht weiterhelfen können.«

»Kannst du es? Oder sollte ich besser fragen: Willst du es?«

Sie lächelte, und der Anblick war in seiner Schönheit kaum zu ertragen. Er erfüllte Jeans Herz mit einer solchen Sehnsucht danach, für immer in diesem Licht zu verbleiben, dass es körperlich schmerzte. »Wichtig ist nur, dass es eine Möglichkeit gibt, wie ein gefallener Engel in den Zustand der Gnade zurückkehren kann. Es ist ihm nicht gegeben, gute Taten zu vollbringen, doch wenn er mit den Mitteln, die ihm zur Verfügung stehen, dennoch willentlich etwas Gutes erreicht, mag ein Wunder geschehen.«

»Aber wie soll er denn …«

»Es ist nicht deine Aufgabe, für ihn zu denken. Ebenso wenig, wie ich für Sophie entscheiden kann, denn der freie Wille ist heilig. Geh und suche sie! Das Böse hat bereits die Finger nach ihr ausgestreckt. Noch heute wird sich alles entscheiden.«

24

Seine Augen waren noch dunkler als das matte, von grauen Fäden durchzogene Haar und blickten Sophie so unverwandt an, dass tiefe Unruhe sie erfasste. An jedem anderen Ort wäre sie vielleicht davongelaufen, doch hier war es zu eng, der Fluchtweg zu umständlich zu erreichen. Und umgeben von so vielen Menschen würde er ihr wohl kaum etwas antun. »Wer sind Sie?«

Er lächelte, wobei sich ein Teil der Stoppeln auf den schlecht rasierten Wangen aufstellte wie Stacheln. »Wir stehen im Weg«, behauptete er und bedeutete ihr, mit ihm näher ans Geländer zu treten, sodass andere Besucher vorübergehen konnten. Es gefiel ihr nicht, selbst wenn man es auf dem begrenzten Raum kaum als Rückzug in eine Nische bezeichnen konnte. Gelassen lehnte er sich an die steinerne Balustrade zwischen zwei Säulen. Sophie achtete sorgfältig darauf, ihm nicht zu nahe zu kommen.

»Mein Name ist Kafziel, aber das sagt dir nicht viel. Manche nennen mich auch den Engel der Einsamkeit und der Tränen.«

Verblüfft starrte sie ihn an. Angesichts der Ahnung von Gefahr, die seine Gegenwart bei ihr auslöste, hatte sie nicht mit einer so offenen und zugleich verwirrenden Antwort gerechnet. *Ein Engel?* Dann konnte er nur ein gefallener sein. Obwohl … Hatte nicht auch Gabriel die Jungfrau Maria in Angst versetzt, sodass er ihr sagen musste »Fürchte dich nicht«?

»Ja, das musste er in der Tat«, bestätigte der Mann, der sich Kafziel nannte. »Und es ist nicht der einzige Beleg in der Bibel dafür, dass Menschen von Furcht ergriffen werden, wenn sie einen Engel erblicken.«

Sophie musterte erneut das schmale Gesicht, die dichten Brauen und dunklen Augen, die so wenig verrieten wie die Gläser einer Sonnenbrille. Rafe war offensichtlich nicht hier, aber sie wollte nicht glauben, dass es die Anwesenheit dieses Fremden gewesen war, die sie auf den Turm gezogen hatte.

»Und doch ist es so.« Er lächelte erneut, doch es verstärkte nur ihre Abneigung gegen ihn. »Ich hielt es für passend, dich daran zu erinnern, wie sehr du ihm verbunden bist. Du musst wissen, dass ich das bereits seit einer ganzen Weile beobachte, und es ist eine ausgesprochen traurige Geschichte.«

Dass er sie verfolgt hatte, war ihr nicht entgangen, doch sie hatte gehofft, ihn los zu sein. Stattdessen lockte er sie hierher und eröffnete ihr, ein überirdisches Wesen zu sein. Wusste Rafe davon? »Und was wollen Sie?«

»Dir helfen.«

»Wobei?«, hakte sie nach, obwohl sie kaum noch Zweifel daran hegte, dass er alles über sie wusste.

»Dabei, ihn von ewiger Verdammnis zu erlösen.«

Konnte das wahr sein? Sie empfand tiefes Misstrauen, aber durfte sie ein solches Angebot leichtfertig ausschlagen? Jean hatte ihr wenig Hoffnungen gemacht, dass er Erfolg haben würde. *Ich sollte ihm wenigstens zuhören.* »Warum wollen Sie uns helfen? Hat … Gott Sie geschickt?«

Sein leises Lachen kroch ihr unter die Haut wie winzige Tiere. Unwillkürlich schüttelte sie sich.

»Hat dir dein schlauer Freund nicht erzählt, dass wir alle im Grunde nach seiner Pfeife tanzen? Aber ich will offen zu dir sein. Mir geht es darum, Gadreel loszuwerden.«

Was?

»O ja! Du hast ganz richtig verstanden. Er gewinnt an Einfluss und wird jeden Tag stärker. Warum soll ich einem Konkurrenten tatenlos dabei zusehen, wie er meine Macht über die dunkle Seite der Stadt untergräbt? Ich teile nicht besonders gern.«

Also war er doch ein Dämon. Sophie wich so weit zurück, wie es die Säule hinter ihr zuließ.

»Nun, wenn du ihn mit meiner Hilfe zurück in einen hehren Engel verwandelst, schlage ich zwei Fliegen mit einer Klappe. Ich bin ihn los und pfusche dem alten Herrn da oben ins Handwerk. Das ist doch ein guter Tausch, findest du nicht?«

»Aber hieß es nicht, dass einer wie du … keine guten Taten vollbringen kann? Mir zu helfen, wäre doch …«

»Etwas so Verbotenes, dass ich dafür glatt noch einmal in die Hölle fahren würde.«

»Das verstehe ich nicht.« Hatte es damit zu tun, dass Rafe kein Recht darauf hatte, sich gegen seine Verdammung aufzulehnen?

»Siehst du, so dumm bist du doch gar nicht. Allerdings kommt noch etwas hinzu, das dir weniger gefallen dürfte.«

»Und das wäre?«

»Du müsstest bereit sein, für ihn zu sterben.«

Nach dem schattig-kühlen Inneren der Kirche schwappte Jean die schwüle Hitze entgegen wie Dampf aus einer Sauna. Es wurde Zeit für ein kaltes Bier oder wenigstens Wasser in einem der kleinen Cafés in den Gassen Montmartres. Dort würde er in Ruhe mit Sophie besprechen können, was Geneviève ihm verraten hatte.

Auf dem Vorplatz Sacré-Cœurs war es noch voller geworden. Gerade strömte eine weitere Busladung Japaner aus der kleinen Standseilbahn, die neben den Treppen auf- und abpendelte und ihnen den Aufstieg erspart hatte. Eine Inderin im golddurchwirkten Sari fächelte sich mit einem Stadtplan Luft zu, während ihr Mann im beigefarbenen Anzug aus einem Reiseführer vorlas. Kinder hüpften um ihre Eltern herum und deuteten zum Karussell hinab, ein Andenkenverkäufer schüttelte seine klirrenden und klappernden Eiffeltürmchenbündel, und zahllose Arme reckten Kameras in die Höhe, um trotz des dunstigen Himmels die Aussicht zu fotografieren. Die Atmosphäre glich eher einem Rummelplatz als andächtiger Stille vor einem Gotteshaus.

Jean schob sich durch die Touristen und hielt vergeblich nach Sophie Ausschau. Wenn sie überhaupt schon wieder aus der Kirche gekommen war, wollte sie vielleicht auf den Turm hinauf. Er warf einen Blick um die Ecke, zum Eingang der Krypta hinab, wo die Menschen eine immer längere Schlange bildeten, doch auch dort konnte er sie nicht entdecken. Seine Begegnung mit Geneviève hatte nicht lange gedauert. Sophie konnte überall sein und glauben, er sei ohnehin noch nicht zurück. Sollte er sie anrufen? Nein, Touristenrummel hin oder her, klingelnde Handys und lauthals geblökte Telefonate hatten in einer Kirche nichts verloren. Er beschloss, hineinzugehen und sich dort nach ihr umzusehen. Falls er sie verpasste, würde sie eben draußen auf ihn warten.

Der Rundgang durch das lichte, mit Mosaiken ausgeschmückte Innere der Kirche kostete ihn nicht viel Zeit, obwohl er jeden Besucher musterte und hinter jede weiße Säule spähte. Sophie war nirgends zu sehen. Wahrscheinlich hatte sie doch den Weg zur Kuppel auf sich genommen oder in den kalten Gewölben unter der Kirche Zuflucht gesucht. Er ging wieder hinaus und suchte erneut den Vorplatz ab. Eine Weile beobachtete er die Leute, die aus der Krypta und von der Turmbesteigung zurückkamen. Die einen fröstelten noch in ihren Shorts und T-Shirts, während die anderen erschöpft und verschwitzt aussahen. Allmählich wurde sein Durst drängender. Er sah auf die Uhr. Es war über eine Stunde her, dass sie sich getrennt hatten.

»*Das Böse hat die Finger bereits nach ihr ausgestreckt*«, hörte er Geneviève erneut sagen. Sein Herz schlug schneller. Er konnte nicht länger warten. Hastig zerrte er das Handy aus der Manteltasche.

»Solche Angelegenheiten bespricht man nicht im Stehen. Wie wäre es, wenn wir uns auf ein leichtes Mittagessen in ein Lokal am Place du Tertre setzen?«

Nachdem er ihr gerade vorgeschlagen hatte, ihr Leben für Rafe hinzugeben, war Sophie jeder Anflug von Appetit vergangen. Sie war sprachlos, wusste nicht einmal, was sie denken sollte.

»Ich verstehe, dass du zögerst«, gestand der Dämon ihr zu. »Die Idee erscheint dir im Augenblick drastisch, aber wenn du ehrlich bist, hattest du dich auf dieser Brücke bereits mit dem Gedanken vertraut gemacht.«

Der Engel der Einsamkeit und der Tränen. Mit ihrer verzweifelten Trauer um Rafe musste sie ihn angelockt haben.

»In der Tat.« Er lächelte beunruhigend. »Und im Grunde

hat sich an eurer Lage nicht allzu viel geändert. Warum hörst du dir nicht erst einmal an, was ich vorzuschlagen habe?«

Es war zweifelhaft, ob Jean Erfolg haben würde. Vielleicht sollte sie sich wirklich wenigstens erzählen lassen, wie die Verwandlung nach Kafziels Meinung möglich war. *Solange er nicht versucht, mich in einen einsamen Hinterhof zu locken …*

»Das liegt mir fern«, behauptete er. »Gehen wir!« Ohne eine Antwort abzuwarten, drehte er sich um.

Sophie folgte ihm zu den Wendeltreppen, die dem Abstieg vorbehalten waren. Sie mussten einen Moment anstehen, um die Stufen betreten zu können, wobei Sophie weiterhin sorgsam Abstand hielt. Schon die Vorstellung, ihn zu berühren, bereitete ihr trotz der Hitze eine Gänsehaut.

»Wir sehen uns unten«, sagte er über die Schulter und entschwand um die enge Kurve. Seine Schritte waren von einem Augenblick zum nächsten nicht mehr zu hören.

Neugierig beeilte sich Sophie, so weit es die schmale, ausgetretene Treppe zuließ, doch der Dämon war nicht mehr zu sehen. Langsamer, fast schon bedächtig stieg sie weiter hinab, überquerte das Dach zur anderen Seite hin, wo breitere Stufen im rechten Nebenturm bis in die Krypta hinabführten. Erneut fragte sie sich dabei, ob sie das Richtige tat, aber wieder kam sie zu dem Schluss, dass es nicht schaden konnte, ihn anzuhören. Es verpflichtete sie zu nichts. Und war es nicht tatsächlich seltsam, dass sie auf der Pont de la Tournelle bereit gewesen war, ihr Leben für eine sehr viel vagere Aussicht wegzuwerfen? An ihrer Lage hatte sich nichts Grundlegendes verändert. Rafe war immer noch tot, auch wenn er ein gefallener Engel war. Wieder mit ihm vereint zu sein, würde sie so oder so einen hohen Preis kosten.

»Du musst wissen, ob er es wert ist«, spottete Kafziel plötzlich hinter ihr. Beinahe wäre sie vor Schreck die letzten Stufen hinuntergefallen, taumelte die gebogene Wand entlang und fand erst am Fuß der Treppe ihr Gleichgewicht wieder. Der Dämon lachte nur. Was tat sie hier, dass sie ihn seine Spielchen mit ihr treiben ließ? Doch wenn sie die Augen schloss, fühlte sie noch immer Rafes Wärme unter ihren Fingern und seine Hand auf ihrer, sah in seine Augen, die sie so eindringlich angeblickt hatten. Wenn dieser Kafziel etwas wusste, das ihnen irgendwie weiterhalf …

Aber es gab auch noch Jean, fiel ihr auf, als sie sich mit dem Dämon in den Strom der Touristen einreihte, die von Sacré-Cœur zum nächsten Höhepunkt Montmartres weiterzogen.

»Dieser anmaßende Freund von dir ist vergebens hergekommen«, behauptete Kafziel. »Die Frau, die er sucht, ist tot. Du solltest dich an den Gedanken gewöhnen, dass ich eure einzige Hoffnung bin.«

Es störte sie, dass er sie ungefragt duzte, doch das interessierte ihn vermutlich nicht. *Unsere einzige Hoffnung …* Ihr fehlte die Zeit, weiter darüber nachzudenken, denn das Gedränge vor ihnen kündigte bereits den Place du Tertre an. Genervte Lieferwagenfahrer versuchten, sich einen Weg durch die Menge zu bahnen, um den Nachschub für die Lokale rund um den Platz abzuladen. Zeichner und Karikaturisten mischten sich mit Klemmbrettern unter den Armen unter die potenzielle Kundschaft und boten rasche Skizzen und Scherenschnitte an. Sophie lehnte kopfschüttelnd ab. Sie war mit Rafe hier gewesen, war mit ihm um das von kleinen alten Häusern umgebene Geviert geschlendert, das zu den berühmtesten Plätzen der Stadt gehörte. Dicht an dicht stellten Künstler hier im Schatten der Eschen ihre Bilder aus, während andere hinter Staffeleien saßen und gegen Geld Porträts zeichneten. Rafe hatte sie damals dazu überredet, Modell zu sitzen. Jetzt lag das Bild zusammengerollt auf dem Dachboden bei seinen Sachen, weil sie nicht mehr ertragen hatte, es anzusehen.

»Hier wird etwas frei.« Kafziel lenkte ihren Blick ins Innere des ersten Cafés gleich an der Ecke, wo hinter der Glasscheibe gerade eine Gruppe lachender Mädchen aufstand und nach ihren Handtaschen griff. Alle anderen Tische waren bereits besetzt. Durch Musik aus versteckten Lautsprechern und die hallenden Stimmen der Gäste war es drinnen kaum leiser als draußen. Es dauerte einen Moment, bis das Klingeln des Handys in Sophies Bewusstsein vordrang. Hastig zog sie es hervor und sah aufs Display: Jean. Was sollte sie ihm nur sagen?

»Geh nicht dran! Er wird wissen wollen, wo du bist, und hören, dass es ein Lokal ist«, warnte der Dämon.

»Aber ich muss ihm doch antworten!«

»Schreib ihm eine Nachricht, dass du nach Hause gerufen wurdest. Ein Notfall oder so.«

»Er könnte doch auch herkommen. Warum darf er nicht hören, was du mir zu sagen hast?« Das Handy verstummte.

Kafziel musterte sie geringschätzig. »Muss ich dir das wirklich erklären? Er hasst mich und meinesgleichen. Und er würde niemals zulassen, dass du …« Er unterbrach sich, als der Kellner herankam. Mit seinen Hosenträgern, dem blauen Halstuch und der grauen Schiebermütze sah der Mann selbst wie eine Touristenattraktion aus.

Sophie kam es grotesk vor, eine Apfelsaftschorle zu bestellen, während sie mit dem Dämon über ihren möglichen Tod sprach. Mechanisch schob sie die Speisekarte beiseite.

»Du isst nichts? Umso besser«, befand Kafziel. »Fasten ist eine gute Vorbereitung auf das Ritual.«

Es lief ihr kalt den Rücken hinab. »Wie … wie würde es aussehen? Muss ich …«

»Es selbst machen? Nein! Das wäre grundfalsch. Selbstmord ist eine Sünde, und man kann eine Sünde nicht durch weitere aus der Welt schaffen. Wir reden hier über ein Sühneopfer. Es geht darum, Leid auf sich zu nehmen, um die Schuld eines anderen zu begleichen.«

»Geht das denn?« Das Prinzip dahinter kam ihr bekannt vor. Hatten sich nicht eine Vielzahl von Sagen- und Märchengestalten geopfert, um andere zu erlösen? Doch das waren erfundene Geschichten.

»Nun, gerade im Christentum erfreut sich die Idee einiger Beliebtheit«, meinte der Dämon leichthin. »Dreht sich nicht alles darum, dass sich Jesus von Nazareth hinschlachten ließ, um die Menschheit von ihren Sünden zu erlösen?«

Das gehörte zu den Dingen, die sie nie ganz verstanden hatte, denn ihr leuchtete der Unterschied zwischen der Situation davor und danach nicht ein, doch sie hatte jetzt andere Sorgen. »Sie wollen mich doch nicht ernsthaft mit Jesus vergleichen.« Sie fühlte sich weder selbstlos noch übermenschlich. Wollte sie wirklich für Rafe sterben?

»Denk in Ruhe darüber nach, welche Alternativen du hast. Ich habe den ganzen Tag Zeit.«

»Und Sie würden es tun? Mich … töten, meine ich.«

»Ja.«

Das ist alles, worum es ihm geht. Ich muss verrückt sein, ihm zu glauben.

»Wenn mir einfach nur daran gelegen wäre, ein junges Ding zu zerstückeln, hätte ich andere Möglichkeiten.« Von einer Sekunde auf die andere hielt er ein Messer in der Hand und ließ das Licht auf der Klinge spielen, bevor sie wieder verschwand.

Sophie schluckte.

»Es hätte seinen Reiz, dich dazu zu bringen, es selbst zu tun.« Seine Augen funkelten. »Aber das Ritual sieht anderes vor, und wir verfolgen ja einen bestimmten Zweck.«

Der Kellner brachte ihnen die Getränke. Sie bekam keinen Schluck herunter. Sie sollte aufstehen und davonlaufen, sich verstecken, sich von Jean beschützen lassen. Doch was würde ihr das helfen? Es änderte nichts daran, dass Rafe wieder in ihr Leben getreten war und sie ihn liebte. Welche Wahl hatte sie?

Sich für alle Zeiten damit zu quälen, ihm nicht nachgeben zu dürfen, oder schwach zu werden und ein Höllenwesen zu gebären. Welche Art von Leben sollte das werden? *Wenn ich sterbe und er wieder ein Engel ist, steht nichts mehr zwischen uns. Es wäre anders, aber wir wären wieder vereint.*

Warum ging sie nicht ans Handy? Jean unterdrückte den Impuls, es in eine Ecke zu schleudern, und machte sich stattdessen Luft, indem er auf dem Vorplatz hin- und herstrich wie ein Tiger im Käfig. Wo konnte sie stecken? Sollte er auf den Turm oder in die Krypta hinunter, um nach ihr zu suchen? Das ergab wenig Sinn. Wenn sie dort war, würde sie schon irgendwann wieder hier herauskommen, denn es gab keinen anderen Ausgang. Sollte sie jedoch nicht mehr in Sacré-Cœur sein, hatte er keinen Anhaltspunkt, wo sie hingegangen sein könnte.

Wie von selbst tastete seine Hand nach der Brusttasche, nur um festzustellen, dass er die Zigaretten vergessen hatte. Es war ihm gleich seltsam vorgekommen, dass Sophie plötzlich nicht mehr mit zu Schwester Adelaide gewollt hatte. War ihm da bereits etwas entgangen? Aber was? Andererseits gehörte sie zu den Leuten, denen vieles peinlich war. Dass sie nur ungern einer fremden Nonne von ihrer Liebe zu einem gefallenen Engel erzählen wollte, konnte er nachvollziehen. Doch das erklärte nicht, warum sie so lange brauchte und nicht auf seinen Anruf reagierte. Er musste es noch einmal versuchen. Das Handy piepste, als er gerade das Telefonbuch aufrief. Rasch öffnete er die Nachricht.

»Bitte entschuldige, aber ich musste dringend nach Hause. Madame Guimard hat Probleme mit der Hitze. Ich melde mich später. Sophie«

Erleichtert steckte Jean das Handy wieder ein. Für den

Schreck, den sie ihm eingejagt hatte, wollte er ihr trotzdem gern die Ohren lang ziehen, aber wenigstens wusste er jetzt, dass es ihr gut ging. Der Glaube daran hielt ungefähr fünf Stunden vor, überstand die Fahrt mit der Métro, einen Besuch im *L'Occultisme* und eine einsame Mahlzeit in seiner großen Wohnung, die ihm oft so leer vorkam, dass er Alex bereits ein Zimmer zur Miete angeboten hatte. Einem anderen Mitbewohner hätte er weder sein nächtliches Kommen und Gehen noch die gelegentlichen Besuche der Polizei zumuten können. Abgesehen davon, dass ihn jeder andere für einen Irren gehalten hätte.

Als der Nachmittag voranschritt, begann er sich darüber zu wundern, dass Sophie kein bisschen neugierig zu sein schien. Gestern noch hatte es scheinbar nichts Wichtigeres für sie gegeben, und nun fragte sie nicht nach, ob er etwas herausgefunden hatte? Ging es Madame Guimard so schlecht? War die alte Dame vielleicht sogar ins Krankenhaus gebracht worden?

Wieder versuchte er, Sophie per Handy anzurufen. Eine freundliche Stimme erklärte ihm, der gewünschte Teilnehmer sei zurzeit nicht erreichbar. Nachdenklich sah er aus dem Fenster auf die Seine hinab, deren Wasser so grau war wie der mittlerweile wolkenverhangene Himmel. Wenn sie Madame Guimard tatsächlich in eine Klinik begleitet hatte, war es nicht verwunderlich, dass sie das Handy ausschalten musste. Doch sein Misstrauen war endgültig geweckt. Er suchte Madame Guimards Nummer im Telefonbuch und rief an.

»Ja, hallo?«, meldete sich eine weibliche, eindeutig ältere Stimme.

»Madame Guimard? Mein Name ist Jean Méric. Ich bin ein Freund von Sophie. Könnte ich sie bitte sprechen?«

»Ich bedaure, Monsieur Méric. Sophie ist nicht da.«

»Geht es Ihnen denn wieder gut? Sie sagte, die Hitze würde Ihnen sehr zu schaffen machen.«

»Was? Mir? Nein, das müssen Sie falsch verstanden haben. Sophie war es, die einen Zusammenbruch hatte.«

Warum hat sie mir das nicht gesagt? »Wann? Heute?«

»Nein, nein, vor zwei Tagen. Kein Grund, sich Sorgen zu machen.«

»Dann war sie seit heute Morgen nicht mehr bei Ihnen?«, erkundigte er sich besorgter denn je.

»Ja, ich habe sie seit dem Frühstück nicht mehr gesehen. Warum fragen Sie? Waren Sie mit ihr verabredet?« Nun klang auch sie beunruhigt.

»Ich war mit ihr in Montmartre und dachte, sie sei von dort nach Hause gefahren. Würden Sie ihr ausrichten, dass sie mich bitte zurückrufen soll, wenn sie heimkommt?«

»Sicher, werde ich machen.«

»Vielen Dank, Madame. Au revoir!«

»Au revoir, Monsieur!«

Sie hat mich angelogen. Dafür konnte es nur einen Grund geben. Der verfluchte Dämon musste sie in Montmartre aufgespürt und irgendetwas mit ihr vorgehabt haben, wovon er nichts wissen sollte.

»Noch heute wird sich alles entscheiden.«

Dass sie sogar ihr Handy abgeschaltet hatte, verhieß nichts Gutes. Der freie Wille mochte heilig sein, doch er konnte nicht tatenlos herumstehen, während sie im Begriff war, den schlimmsten Fehler ihres Lebens zu begehen. Vielleicht gab sie in diesem Augenblick bereits ihrer Sehnsucht nach, verlor sich an das Böse, das sich ihres Körpers und ihrer Seele bemächtigte.

Er schnappte sich seinen Mantel, flog förmlich die Treppen hinab und hetzte über die Pont de la Tournelle. Die schwüle Luft glitt nur zäh in seine Lungen, schien sie zu verstopfen und seinen Brustkorb eng und schwer zu machen. In der verletzten Hand pulsierten Stiche. Sein Herz pochte ungewohnt heftig gegen die Rippen, während er die Rue du Cardinal Lemoine entlangrannte. Schon rann ihm der Schweiß am Körper herab, klebte Hemd und Hose an die Haut, was ihn noch mehr behinderte. *Ich bin ein Idiot! Ich hätte sofort wissen müssen, dass etwas nicht stimmt.* Was, wenn er zu spät kam? Die Angst trieb ihn an, peitschte ihn hinauf, der Rue Thouin entgegen – dem einzigen Anhaltspunkt, den er hatte. Es *musste* sich jetzt bezahlt machen, dass er dem Dreckskerl so lange gefolgt war, sonst war alles verloren. Wenn er sie dort nicht fand, wo in dieser riesigen Stadt sollte er sonst suchen?

Er stieß Touristen zur Seite, die gemütlich dem Place de la Contrescarpe entgegenbummelten, zu atemlos, um Entschuldigungen auch nur zu murmeln. Entgegenkommende Passanten warfen ihm befremdete Blicke zu. Manche gaben ihm freiwillig den Weg frei, zwischen anderen musste er sich hindurchdrängen. Flüche und empörte Ausrufe folgten ihm, doch es war ihm gleich.

Endlich kam das Haus in Sicht, die alte Eingangstür, das bunte Sammelsurium der Klingeln und Schildchen. Er musste sich mit einer Hand an der Mauer abstützen, um nicht zu schwanken. Keuchend überflog er die Namen. Ein neuer, unleserlicher. Das musste es sein, ganz oben unterm Dach.

Die Tür war nicht abgeschlossen. Jean stürmte die Treppe nach oben. Das alte Holz krachte bedenklich unter seinen Füßen, seine Schritte hallten auf den hohlen Stufen wie Hammerschläge. Eine junge Frau mit einem Baby auf dem Arm starrte ihn entgeistert an, als er an ihr vorübersprang. Ein weiteres Stockwerk ... noch eines ... Er prallte zurück, als er den Dämon in der Tür stehen sah. Ein Werbefotograf hätte ihn nicht männlicher und ätherischer zugleich in Szene setzen können, doch in seiner Haltung lag auch eine Drohung. Jean richtete sich unwillkürlich auf. Die dunklen Augen musterten ihn kalt.

»Wo ist Sophie?«

»Sag du es mir! War sie nicht zuletzt bei dir?«

»Hältst du mich für dumm?«, fuhr Jean auf. So wie der Kerl das wusste, musste er auch wissen, wo sie jetzt war. »Wo ist sie? Was hast du mit ihr gemacht?«

»Dinge, von denen du nur träumst, Méric. Aber als ich sie nicht mehr finden konnte, hatte ich ehrlich befürchtet, du könntest sie dazu gebracht haben, sich unter deinen Schutz zu stellen. Offenbar ein Irrtum. *Du* hast sie verloren. Wo? An wen?«

Seine Entschlossenheit wankte einen Augenblick, dann erinnerte er sich daran, dass ihm der Dämon jedes Wort im Mund umdrehen würde, um von sich abzulenken. »Ist sie hinter dir in diesem Zimmer? Ich will sie sehen. Exi, serpens antique! Exi cum omni fallcia tua!« Er ließ die Hand zwischen die Falten seines Mantels gleiten.

»Was kommt jetzt? Ein weiteres Kreuz? Weihwasser?« Mit einem spöttischen Lächeln trat Gadreel zur Seite. »Bitte, komm rein! Dann kannst du gleich das andere auflesen, das immer noch auf dem Fußboden liegt.«

Jean zögerte nicht, doch er behielt den Dämon genau im Auge und die Hand an der Weihwasserflasche, bis er mitten im Zimmer stand. Keine Spur von Sophie.

Er schielte sogar unter das Bett, als er in die Hocke ging, um das Kreuz aufzuheben, das er ihr geliehen hatte. Noch während er sich wieder erhob, traf ihn ein Schlag in den Magen. Einen Sekundenbruchteil flog er, dann prallte er mit dem Rücken gegen die Wand, sein Kopf knallte gegen die schräge Decke. Schmerz schoss wie ein dunkler Blitz durch seinen Schädel. Die Beine gaben unter ihm nach, als seine Füße auf den Boden trafen. Benommen sank er an der Wand zusammen, doch seine Hand umklammerte noch immer die kleine Plastikflasche. Daumen und Zeigefinger drehten wie von selbst am Verschluss, während der Dämon von der Tür her auf ihn zukam.

»*Du* hast sie verloren! Ich will wissen, wo und wann! Dann kann das alles glimpflich für dich ausgehen.«

Jean lachte leise auf. War das zu fassen? *Der Scheißkerl braucht mich wirklich.* »Ich soll ausgerechnet dir behilflich sein? Vergiss es! Ich werde sie schon finden.« Er ließ die Hand vorschnellen. Weihwasser spritzte. »Non resistas! Effugare!«

Mit einem unmenschlichen Fauchen wich Gadreel zurück. Hass loderte in seinen Augen. Etwas packte Jeans Nacken und hob ihn an. Hastig stützte er sich mit den Füßen ab, um nicht zu stürzen, warf sich vor, doch eine zweite unsichtbare Hand presste ihn zurück. Beschwörend raunte er: »Reversi sunt septuaginta … Die zweiundsiebzig kehrten zurück und berichteten voll Freude: Herr, sogar die Dämonen gehorchen uns, wenn wir deinen Namen aussprechen. Da sagte er zu ihnen …«

»Wenn du weißt, wo sie sein könnte, sag es mir, und ich lasse dich gehen!«

Der Druck um sein Genick verstärkte sich. »… Seht, ich habe euch die Vollmacht gegeben, auf Schlangen und Skorpione zu treten und die ganze Macht des Feindes zu überwinden. Nichts wird euch schaden können …«

»Aber er wird *ihr* schaden!«, brüllte der Dämon. »Verflucht! Was glaubst du denn, wer sie vor mir verstecken kann, wenn du es nicht bist?«

»Lass mich gehen, und ich werde sie retten«, bot Jean an, doch ihm kamen Zweifel. *Er hat recht. Ich habe keine Zeit zu verlieren.*

»Du wirst mir sagen, was du weißt, oder ich durchwühle dein Gehirn so lange, bis du mich deine Gedanken freiwillig lesen lässt.«

Die Hand in seinem Nacken wanderte höher, Krallen bohrten sich in die Haut.

»Dieser Segen kann nicht mit Gewalt gebrochen werden«, keuchte er. »Willst du deine Zeit mit mir vertrödeln, bis du einen Gegenfluch gefunden hast?«

»Wer hat Sophie?« Selbst von der Mitte des Zimmers aus hatte der Blick des Dämons eine Intensität, die den Schmerz durch die Klauen noch übertraf.

»Das weiß ich nicht, aber ich weiß, wen wir fragen können.«

»Sag es mir!«, brüllte Gadreel.

Damit du dich als Retter geben kannst und sie dankbar in deine Arme sinkt? Niemals! »Ich biete dir einen Handel an.«

Das Licht in der kleinen Kapelle schwand. Die Schatten dehnten sich aus und gewannen an Schwärze, obwohl es noch nicht spät genug für die Dämmerung sein konnte. Sophie sah zu einem der aus bunten Glasscherben zusammengesetzten Fenster, doch selbst jene Bereiche, die farblos wirkten, gestatteten keinen Blick ins Freie. Die Luft war so feucht wie draußen, doch kühler und dumpfer, ein Geruch nach Gruft, obwohl Kafziel ihr versichert hatte, dass hier schon lange niemand mehr beigesetzt worden war.

Sie saß auf einer einzelnen steinernen Bank vor dem Altar – oder war es ein Sarkophag? Die Entscheidung schien dem Betrachter überlassen. Es beruhigte sie, dass die Tür der Kapelle nicht verschlossen war. *»Du bist frei zu gehen, wann immer du dich dafür entscheidest«*, hatte Kafziel gesagt. Doch es beruhigte sie ebenso sehr, dass niemand die Tür von außen öffnen konnte, ohne einen Schlüssel zu haben. Immer wieder hörte sie Menschen vorübergehen, die Schritte, die gedämpften Stimmen. Wenn jederzeit jemand hätte hereinkommen können, hätte sie sich niemals so völlig ihren Gedanken überlassen, sondern sich sinnlose Entschuldigungen für ihre Anwesenheit ausgedacht.

Was ich tue, wird Leid über andere bringen. Madame Guimard würde sich schwere Vorwürfe machen. Und Jean erst! Obwohl er von allen vielleicht noch am ehesten begreifen würde, was sie zu diesem Schritt bewog. *Kunststück. Er ist der Einzige, den ich in meine Begegnung mit Rafe eingeweiht habe.* Alle anderen würden denken, dass sie das Opfer eines Verbrechens geworden war. Es würde sie hart treffen, vor allem ihre Eltern. Aber vielleicht würde ihre Mutter dann endlich Mitgefühl für Rafes Eltern zeigen. Nachdem sie im Grunde erleichtert gewesen war, Rafael loszuwerden, geschah es ihr recht, dasselbe Schicksal zu erleiden. *Soll sie am eigenen Leib erfahren, was mir das Herz zerrissen hat!*

Allmählich glaubte sie daran, dass sie erhobenen Hauptes in den Tod gehen konnte. Der Dämon hatte sie hier zurückgelassen, damit sie in sich gehen und sich auf ihr Opfer einstimmen konnte. Nur wenn sie von ganzem Herzen bereit war, sich für Rafael hinzugeben, würde sie ein Engel werden und ihn auf der anderen Seite wiedertreffen. In lichtem Glanz malte sie sich die Szene aus – zwei von innen heraus strahlende Gestalten in langen, weiten Gewändern, die sich bei den Händen fassten. Liebe und Dankbarkeit würden aus seinen Augen leuchten und ihr Herz vor Glück zerfließen.

Wäre es nicht doch viel schöner gewesen, sie hätte ihn einweihen und das Ritual mit ihm teilen können? Zweifellos wäre es ihr leichter gefallen, wenn er ihre Hand gehalten und sein Blick sie bestärkt hätte. Doch Kafziels Argumente hatten sie überzeugt. Solange Rafe dazu verdammt war, Schlechtes zu tun und Gutes zu vereiteln, würde er gezwungen sein, das Opfer zu verhindern. Schlimmstenfalls konnte er das Ritual im entscheidenden Moment stören, sodass alles zum Bösen gewendet wurde. Dann würde sie einen sinnlosen Tod sterben und er ein gefallener Engel bleiben. Das Risiko durfte sie nicht eingehen. Dass ein Dämon sie zu nichts zwingen konnte, hieß nicht, dass er nicht in der Lage war, ihr etwas anzutun, sobald sie ihren Nutzen für ihn verlor. Das galt auch für Rafe – so schwer es ihr auch fiel, es sich vorzustellen.

25

Jean konnte sich Besseres vorstellen als eine Wohnung mit Aussicht auf einen Friedhof, doch für selbsternannte Satanspriester mochte es erbaulich sein, jeden Tag auf Tod und Vergänglichkeit zu blicken. Er wünschte, er hätte noch einmal nach Hause eilen und die alte Armeepistole seines Onkels holen können.

Caradec war kein Dämon, gegen den eine Kugel wenig nützte, sondern ein gefährlicher, skrupelloser Mann, der schon einige Leben auf dem Gewissen hatte. Aber dafür war keine Zeit. Gadreel hatte ihn schon in der Métro mehrfach dafür verflucht, ihm die Adresse nicht einfach verraten zu haben, und die Angst, sie könnten tatsächlich zu spät kommen, verlieh ihm Flügel, als er hinter dem gefallenen Engel her die steinerne Treppe des noblen Hauses emporhetzte.

Messingbeschläge glänzten an den lackierten Wohnungstüren aus golden gemasertem Tropenholz. Ihre Schritte hallten so laut, dass jedermann hören musste, wie sie vorbeirannten. Gadreel hielt sich nicht mit der Klingel oder dem Türknauf

auf. Jean sah, wie die Tür von selbst vor dem Dämon aufsprang. Mit einem Knall landete sie an der Wand, als er hindurchstürmte.

»Was …« Eine adrett frisierte und geschminkte Frau um die fünfzig steckte den Kopf aus einer der Türen entlang des Flurs und riss erschreckt die Augen auf. »Julien!«

Sie wird die Polizei alarmieren, dachte er und blickte sich sofort nach dem Telefon um, doch ihr Kreischen lenkte ihn ab. Eine unsichtbare Hand stieß sie ins Zimmer zurück, noch bevor Gadreel sie erreicht hatte. Die Tür schlug zu, das Schloss verriegelte sich hörbar, als Jean vorüberlief.

»Hilfe! Julien!«, schrie Madame Caradec dahinter und trommelte gegen die Tür.

Ihr Mann erwartete sie in einem Kaminzimmer, halb Salon, halb Bibliothek. Im ersten Moment sah Jean nichts als die Mündung des schwarzen Revolvers, die auf sie gerichtet war, und wich hastig hinter den Türrahmen zurück.

»Raus aus meiner Wohnung!«, befahl Caradec kalt. »Eine falsche Bewegung, und ich knall euch Ratten ab!«

Er hält uns für Diebe! »Wo ist das Mädchen, Caradec?«, rief er, als die Sicherung der Waffe klickte. Unwillkürlich duckte er sich. Doch anstelle des Knalls ertönten weiteres, fast schon prasselndes Klicken und ein geraunter Fluch. Vorsichtig spähte er um die Ecke, an dem gefallenen Engel vorbei, der ungerührt in der Tür stand. Ungläubig starrte Caradec zwischen den Patronen zu seinen Füßen und Gadreel hin und her. Der nutzlose Revolver hing mit geöffnetem Magazin in seiner Hand wie angewachsen.

»Welchem Herrn dienst du?«, fragte der Dämon.

Caradec straffte sich. Volles silbergraues Haar und ein gepflegter Schnurrbart gaben ihm den Anstrich eines kultivierten Mannes, doch in seinem Blick lagen Hochmut und Verachtung. »Ich pflege der Herr zu sein, nicht der Diener.«

»Er ist ein Paktierer«, erklärte Jean, um das Verhör abzukürzen.

Gadreel warf ihm einen herablassenden Blick zu. »Das rieche ich schon, seit wir das verfluchte Haus betreten haben. Hör zu, alter Mann!«, wandte er sich wieder an Caradec. »Es interessiert mich nicht, ob du dich für Gott oder den Satan hältst. Ich will das Mädchen zurück. Wo ist es?«

»Fahr zurück in die Hölle, Dämon!« Caradec zeigte auf den gefallenen Engel und begann, beschwörend zu murmeln.

»Das reicht«, knurrte Jean. Er drängte an Gadreel vorbei, um sich auf Caradec zu stürzen, und prallte zurück, als vor ihm ein Buch durch die Luft sauste. Noch bevor es den Paktierer an der Schulter traf, flogen weitere heran, schossen zu beiden Seiten aus den Regalen wie Trommelfeuer auf dem Schlachtfeld. Einen Augenblick lang stand Caradec wie erstarrt, nur seine Lippen bewegten sich weiter. Dann zuckte er immer heftiger unter den Geschossen zusammen, schlug abwehrend um sich, schwankte. Blätter flatterten, Bücher fielen klatschend zu Boden. Mit einem Mal Stille. Die Regale waren leer. Der taumelnde Paktierer stolperte über die Bücher zu seinen Füßen und fiel. Bevor er sich aufrappeln konnte, war der Dämon über ihm, packte ihn am Kragen.

»Sag mir, was ich wissen will!«

Der Stolz war aus Caradecs Augen gewichen. Unverhohlene Furcht sprach nun aus den geweiteten Pupillen. »Damit … würde ich den Pakt verletzen.« Sein Blick wurde flehend.

Jean verstand. *Zeit, deine Schulden zu bezahlen, Schweinehund.* »Ich geh die Tür zumachen, damit die Nachbarn die Schreie nicht hören«, meinte er und wandte sich ab. Hinter sich hörte er Caradec aufkeuchen.

»Nein, bitte, wenn ich etwas sage, bringt er mich um!«

»Dann stirb schweigend«, schlug Gadreel vor. »Sterben wirst du so oder so.«

Jean hielt inne, sobald Caradec ihn nicht mehr sehen konnte. Er hatte nicht vor, sich so weit zu entfernen, dass ihm ein Wort entgehen konnte. Im Hausflur schien alles ruhig, doch er konnte nicht sicher sein, dass noch niemand die Gendarmerie verständigt hatte. Sie mussten sich beeilen. Madame Caradec scharrte schluchzend an der verschlossenen Tür. Als Caradec aufschrie, zuckte er zusammen. Die zuvor so beherrschte Stimme zitterte.

»Kafziel hat sie. Sie soll heute geopfert werden.«

Jean stürmte ins Zimmer zurück. »Geopfert?« Er hatte vieles erwartet, auch dass Caradec seinem Dämon Menschenleben darbrachte, aber das hier klang anders. »Wem?«

Caradecs Blick richtete sich auf ihn.

»Wen interessiert das?«, schnappte Gadreel, der seinen Gegner offenbar mit einer Hand am Boden hielt.

»Mich!«, fauchte Jean zurück und dachte dabei an Lilyth.

»Sie opfert sich selbst für irgendeinen Schwachsinn, den er ihr eingeredet hat.«

»Was hat *er* davon?«, entfuhr es Jean. Erst jetzt merkte er, dass Gadreels Finger zur Hälfte in Caradecs Brustkorb verschwunden waren. Blut schimmerte um sie herum. Sein Magen verkrampfte sich.

»Er braucht die Kraft, die es ihm verleiht«, japste der Paktierer. »Um an den Schlüssel zum Gefängnis …« Plötzlich ging seine Stimme in einem Gurgeln unter, seine Glieder zappelten und zuckten.

Jean sah entsetzt den gefallenen Engel an, doch der wich bereits zurück, die Finger ohne eine Spur von Blut.

»Sie gehört mir!«, brüllte er. »Sag das deinem Herrn, wenn du ihn auf dem Weg in die Hölle triffst!«

Caradecs Bewegungen erlahmten.

»Warum hast du ihn umgebracht?«, fuhr Jean auf. »Er war doch gerade dabei …«

»Das war ich nicht!«, fauchte Gadreel. »Kafziel hat den Verrat bemerkt.« Knurrend packte er erneut den Sterbenden. »Wo, verdammt?«

»Lass ihn!« Jean war bereits wieder auf dem Weg zur Tür. Dieses Mal würde er wohl richtigen Ärger mit der Polizei bekommen, aber sie durften ihn erst erwischen, wenn Sophie in Sicherheit war. »Ich weiß, wo sie ihre Rituale abhalten.«

Der gefallene Engel holte ihn schon ein, bevor er das Treppenhaus erreicht hatte. Eine Drohung lag in seiner Stimme. »Ist es weit?«

»Nein.« Wäre es so gewesen, Jean hätte nicht sagen können, ob er Sophies Leben noch einmal riskiert oder den Dämon allein vorausgeschickt hätte. Jetzt, da er wusste, was mit ihr geschehen sollte, raste er die Treppe so halsbrecherisch hinunter, dass ihn schieres Glück auf den Füßen zu halten schien.

Draußen war es düster, als habe die Dämmerung eingesetzt. Dunkle Wolken ballten sich über der Stadt und tauchten die grauen Häuser in schwefelgelbes Licht. In der Ferne heulte eine Sirene, doch in Paris hörte man sie ständig. Jean rannte die Straße entlang auf die hohe Mauer mit dem massiven Tor zu. *Père Lachaise gleicht einer Festung – oder einem Gefängnis.* Caradecs Worte gingen ihm nicht aus dem Sinn. Der Dämon wollte den Schlüssel für ein Gefängnis? Was hatte das mit Sophie, den Wächtern und dem Buch Henoch … *Höllenfeuer! Er will die Wächter befreien!* Zweihundert mächtige Dämonen, deren Hass in Jahrtausenden der Gefangenschaft ins Unermessliche gewachsen war, losgelassen auf eine nichts ahnende Welt …

»Wir müssen da rein!«, rief er und deutete auf die dunkle Mauer, über der die Bäume des Friedhofs aufragten. Selbst zu zweit würde es kein Kinderspiel sein, die Mauerkrone zu erklimmen.

Gadreel warf ihm einen geringschätzigen Blick zu. »Ich will vor dir hersenden einen Engel.«

Der Satz stammte aus der Bibel, auch wenn Jean die Stelle gerade nicht einfiel. Der Dämon hielt direkt auf das Tor zu, und obwohl Jean ahnte, was geschehen würde, konnte er es doch nicht glauben und fiel zurück. Schaben und Klappern wie von Riegeln und Schlössern ertönte. Ein Windstoß fuhr heran und stieß die Torflügel auf. Eine Sekunde lang herrschte Stille, dann fegte erneut eine Böe über Jean hinweg, zauste sein Haar und rauschte in den Bäumen. Der Sturm war nah.

Der gefallene Engel sah sich ungeduldig nach ihm um. Jean lief wieder schneller, rannte durch das offene Tor und verkniff sich den Blick nach Wachpersonal. Nichts würde Gadreel aufhalten, und solange er ihn brauchte, um ihm den Weg zu weisen, konnte auch ihm nichts in die Quere kommen.

Innen glich Père Lachaise einem felsigen, dicht bewaldeten Hügel. Unter den hohen Kastanien und knorrigen Eichen lag das steinerne Durcheinander der Grabmäler in nachtgleicher Dunkelheit. Immer heftigere Böen peitschten die Zweige, beugten die Wipfel und säuselten in den Tannen ein schaurig-schrilles Lied. Vertrockneter Blumenschmuck raschelte, verrostete Türen quietschten in den Eingängen kleiner Totentempel. Eine Katze huschte in die Schatten des Gewirrs aus Stufen und Skulpturen, versteckte sich zwischen umgestürzten Säulen und moosüberzogenen Sarkophagen.

Jean ignorierte die wie schwarze Löcher klaffenden Eingänge alter Grabstätten und stob die schmalen, im Dunkeln noch tückischeren Wege entlang. An den Rändern war das Pflaster so abschüssig, dass es ihm die Füße wegzuziehen drohte. In der Mitte strauchelte er immer wieder über einzelne Steine, die hervorragten. Das Mausoleum der Caradecs lag am anderen Ende des Friedhofs, doch sie mussten jeden Augenblick dort sein.

Der Sturm wirbelte Sand und trockenes Laub auf, riss verdorrte Äste und Zweige aus den Baumkronen herab. Jean blinzelte gegen den Wind an. *Dort!* Schwacher Kerzenschein hinter kleinen Kirchenfenstern. Er wollte Sophies Namen rufen, doch die Böen raubten ihm den wenigen verbliebenen Atem.

Hellgraues Gestein schälte sich aus der Finsternis. Rundbögen und aufwendige Ornamente gaben dem Bauwerk das Gepräge einer mittelalterlichen Kapelle, doch das Portal wurde von Statuen flankiert, die antiken Göttern ähnelten. Das schmiedeeiserne Tor, das für gewöhnlich die Stufen zum Eingang versperrte, stand offen. Jean eilte hinauf, doch Gadreel war schneller, berührte die mit verwitterten Bronzebeschlägen verzierte Flügeltür. Sie blieb verschlossen.

Sophie zuckte zusammen, als ein Schlüssel ins Schloss gesteckt wurde. *Ruhig Blut! Wer einen Schlüssel hat, muss zu Kafziels Vertrauten gehören.* In einer Mischung aus Neugier und Furcht wandte sie sich zur Tür um. Wie wohl Menschen aussahen, die Dämonen verehrten? Kafziel hatte ihr erzählt, dass die Mitglieder eines satanischen Zirkels eintreffen würden, da das Ritual die Anwesenheit mehrerer Helfer erforderte.

Beim Anblick des feisten, am Körper stark behaarten, auf dem Kopf dagegen fast kahlen Mannes in Kurzarmhemd und Shorts empfand sie Enttäuschung. Noch beim Eintreten wischte er sich mit einem Tuch den Schweiß von der Stirn. Die Hitze setzte ihm offenbar gehörig zu. So gewöhnlich hatte sich Sophie einen Satanisten nicht vorgestellt. Selbst seinem Blick haftete nichts Boshaftes oder Überhebliches an. Stattdessen sah er überrascht aus, als er sie bemerkte, und eilte beflissen näher, um ihr die feuchte Hand zu reichen. »Bonsoir, Mademoiselle. Mein Name ist Charles Arnaud. Es ist mir eine Ehre, Sie kennenzulernen.«

Sie lächelte unsicher. »Sophie Bachmann.« Was sollte sie mit dem Kerl reden? Sie wollte lieber weiterhin allein sein und an Rafe denken. Doch der Name kam ihr irgendwie bekannt vor. Wo hatte sie den nur gehört?

Ihr blieb kaum Zeit, darüber zu grübeln, da sich die Tür erneut öffnete. Eine große, hagere Frau, deren dünnes, blauschwarzes Haar angesichts ihrer Falten gefärbt sein musste, trat über die Schwelle. Mit ihrem dunklen Lippenstift und den strengen Augen entsprach sie viel eher Sophies Erwartungen als Arnaud. Sie trug eine schwarze Hose und eine dunkelrote Bluse, die trotz des engen Schnitts an ihrem knochigen Leib noch weit wirkten. Hinter ihr tauchte eine weitere Frau aus der Düsternis des aufziehenden Gewitters auf und schloss rasch wieder die Tür. Unter ihrem dezent gemusterten Sommerkleid zeichneten sich üppige Kurven ab. Das lange, glatte Haar war von feurig roter Farbe, ihre Lippen voll, die Augen jedoch verquollen, als leide sie an einer Allergie.

Beide Frauen musterten Sophie abschätzend, während auch sie ihr zur Begrüßung die Hand schüttelten.

»Sie erweisen unserem Zirkel Ehre«, betonte die Rothaarige, ohne ihren Namen zu nennen.

Sophie fragte sich, was Kafziel ihnen über sie erzählt haben mochte, aber sie wollte nicht nachfragen.

»Sie sind sehr tapfer, Mademoiselle.« Die Ältere drückte ihre Hand überraschend herzlich. »Wenn ich noch etwas für Sie tun kann, lassen Sie es mich wissen. Man nennt mich Sylvaine.«

»Äh, danke«, brachte Sophie heraus, aber ihr fiel beim besten Willen nichts ein, worum sie hätte bitten sollen. Diese Fremden machten sie nur nervös. Der Raum, der für sie allein angenehm groß gewesen war, kam ihr nun beengt vor, obwohl längst noch kein Gedränge herrschte.

Eine weitere Gestalt schlüpfte herein und schloss die Tür hinter sich. Der junge Mann trug schwarze Jeans und ein Jim-Morrison-T-Shirt, als sei er einer der zahllosen Pilger zum Grab des legendären Sängers, der auf dem Friedhof Père Lachaise beigesetzt worden war. Sein schwarzes Haar und die dunklen Augen hoben sich unnatürlich vom blassen Teint ab. Ob er Drogen nahm? Sophie hatte selten einen so ausgemergelten Körper gesehen.

»Salut zusammen«, grüßte er lässig in die Runde. Ihm fehlte nur noch eine Sonnenbrille, dann wäre er ihr wie ein junger Rockstar vorgekommen, der maßlos von sich überzeugt war.

Die anderen antworteten zurückhaltend und wandten sich sofort wieder von ihm ab. Er wirkte fremd, aber Sophie empfand kein Mitleid, nachdem er ihr nur einen arroganten Blick zuwarf.

Sylvaine sah auf ihre elegante Armbanduhr. »Die Tore werden gleich geschlossen.«

»Fangen wir an!«, forderte der Morrison-Verschnitt munter.

»Halt die Klappe, Maurice!«, wies ihn die Rothaarige kühl an. »Wann begonnen wird, entscheidet Sylvaine, solange Caradec nicht hier ist.«

Sophie wurde mit jedem Satz unbehaglicher zumute. Bevor diese Leute aufgetaucht waren, hatte sie mit ihrem Leben abgeschlossen. *Ich wollte mich nur noch hinlegen, um an Rafes Seite wieder zu erwachen.* Jetzt wusste sie nicht mehr, ob sie es schaffen würde. Die Einzige, die Ruhe und Zuversicht ausstrahlte, war Sylvaine. Alle anderen machten sie nervös. Sie wollte nicht, dass sie ihr beim Sterben zusahen.

Die Mitglieder des Zirkels verteilten sich im Raum. Arnaud setzte sich auf einen Schemel bei der Tür, Maurice lehnte sich ihm gegenüber an die Wand. Die Rothaarige wühlte in ihrer großen Tasche, während Sylvaine mit gesenktem Kopf und geschlossenen Augen in der Mitte stand, die Hände wie zum Gebet vor dem Körper verschränkt.

Die Dunkelheit vertiefte sich. Draußen war es still geworden. Keine Schritte, keine Stimmen mehr. Sophie gewann ihre Fassung zurück. Sie durfte sich nicht von bedeutungslosen Kleinigkeiten von ihrem Ziel abbringen lassen. Kafziel würde schon im eigenen Interesse dafür sorgen, dass alles so ablief, wie es nötig war. Diese Fremden hatten nichts mit ihr zu tun. Sie achtete nicht mehr auf die Uhrzeit. Es hätten ebenso gut zehn Minuten wie eine halbe Stunde vergangen sein können, als Sylvaine ihr Schweigen brach.

»Beginnen wir mit den Vorbereitungen.«

»Na endlich«, brummte Maurice, wofür ihn die anderen mit Nichtbeachtung straften.

Alle vier holten lange, schwarze Roben aus den mitgebrachten Taschen hervor und zogen die seidig schimmernden Gewänder über ihre Alltagskleidung, sodass nichts mehr davon zu sehen war. Sophie bemühte sich, nicht zu gaffen. Vielleicht hätten sie es ihr nicht übel genommen, vielleicht durfte sie sich als Mittelpunkt des Rituals ohnehin alles erlauben, doch sie wollte sie nicht anstarren wie ein Kind den Magier im Varieté.

Die Rothaarige rollte schwarze Seidenbänder auf dem Boden aus, bis sie einen fünfzackigen Stern bildeten. Maurice stellte schwarze und rote Kerzen auf, die Sylvaine mit gemurmelten Worten anzündete. Wasser plätscherte, als Arnaud es aus einer Plastikflasche in eine silberne Schale goss.

Eine Windböe rüttelte an der Tür und ließ die Kerzen flackern.

»Sollte Caradec nicht allmählich hier sein?«, wunderte sich die Rothaarige.

»Vielleicht hat ihn etwas Geschäftliches aufgehalten«, vermutete Arnaud. »Ihm kann's ja egal sein. *Er* darf auf diesem Friedhof ja kommen und gehen, wie er will.«

»Fang nicht schon wieder an, dich über diese …« Sylvaine brach ab, als die Tür aufflog. Wind fuhr in die kleine Kapelle und löschte mehrere Kerzen aus. Sophie sprang vor Schreck auf und wirbelte herum. Eine Gestalt in wehendem schwarzem Mantel stürmte herein, das Gesicht von Wut verzerrt.

»Caradec wird nicht kommen, weil der Verräter in diesem Augenblick zur Hölle fährt!«, brüllte Kafziel.

Die Mitglieder des Zirkels starrten ihn entgeistert an.

»Was …«, setzte Arnaud an.

»Wer sind Sie?«, wollte Sylvaine wissen, doch ihre Stimme klang dünn und zu schrill.

»Ich bin die Änderung des Plans!«, herrschte der Dämon sie an. »Raus mit euch! Ihr alle!«

Mit verwirrten Gesichtern wichen sie vor ihm zurück. Aus seinen Augen leuchtete eine Wildheit, die Sophie vor Angst lähmte. *Lauf weg!*, schrie es in ihr, doch die Beine gehorchten ihr nicht.

»Hinaus!«, fauchte Kafziel erneut und riss die Arme empor. Seidenbänder, Kerzen und Taschen wurden von unsichtbarer Hand ergriffen und durch die Luft geschleudert. Schreiend rannte die Rothaarige in den aufkommenden Sturm hinaus. Die anderen folgten ihr stumm, mit Furcht und Entsetzen auf ihren Mienen.

Sophies Herz raste. Sie konnte sich noch immer nicht rühren, merkte nur, wie sie in Erwartung des dämonischen Zorns den Kopf einzog.

Krachend schlugen die Flügel der Tür wieder zu. Alles, was aufgewirbelt worden war, fiel wie Steine auf den Boden zurück. Kafziel wandte sich ihr zu. In Stimme und Blick schwang Wut mit, doch er bemühte sich offenbar um Mäßigung. »Mein treuester Diener hat mich verraten. Er hätte das Ritual durchführen sollen, um mir zu huldigen. Eine Frage der Macht, verstehst du?« Er kam näher. »Das alles muss dich verwirren. Sehr bedauerlich. Aber nun werde ich es selbst tun. Wir haben nicht mehr viel Zeit.«

Nicht mehr viel Zeit? »Warum? Ich weiß nicht, ob ich …«

»Diese unfähigen Menschen haben dich verunsichert, aber jetzt werden sie uns nicht mehr stören. Du hast keinen Grund, mich zu fürchten. Wir geben uns gegenseitig, was wir suchen.«

Sie konnte den Blick nicht von seinen Augen lösen, die sie unverwandt ansahen, und spürte, wie er ihre Hand nahm. Kerzen richteten sich auf, kleine Flammen entsprangen den Dochten. Am Boden schlängelten sich raschelnde Seidenbänder.

»Nichts hat sich verändert. Du willst dein Leben immer noch für seine Erlösung geben, nicht wahr?« Sanft drehte er ihren Arm, sodass die Handfläche nach oben wies.

So betrachtet … »Ja, sicher, ich …«

Seine Bewegung war so schnell, dass ihre Augen nicht mitkamen. Irgendetwas streifte ihr Handgelenk, warme Feuchtigkeit rann über ihre Haut, dann plätscherte Wasser. Ihr Blick glitt hinab. Sie erhaschte ein Bild roten Bluts, das in die silberne Schale hinabregnete, bevor die Hand mit dem blitzenden Messer ihr Kinn wieder nach oben zwang. Im selben Moment setzte der Schmerz ein, brannte, als hielte sie ihren Arm ins Feuer.

Ich verblute. Die Vorstellung füllte sie so sehr aus, dass sie Kafziels geraunte Beschwörungen kaum wahrnahm. Ihre Gedanken erstarrten in Verwunderung. *Ich sterbe tatsächlich.* Der Schmerz ließ ein wenig nach. *Bald bin ich ein Engel.* Sie schloss die Augen.

Und riss sie wieder auf, als Kafziel sie knurrend losließ. Der Dämon verwandelte sich bereits, während er zur Tür herumfuhr. Er wurde größer, massiger, seine Schultern breiter, versperrte ihr die Sicht auf den Grund seines Ausbruchs. Ohne seine stützenden Hände fühlte sie sich sogleich schwächer, schwankte, griff unwillkürlich nach der Wunde, die sie nicht noch einmal anzusehen wagte. Das Blut war warm und glitschig unter ihren Fingern, die sich um ihr Handgelenk krampften. *Nein! Was tue ich denn?* Doch angesichts des Ungeheuers, das vor ihr aus Kafziels Anzug platzte, versagte ihre Beherrschung. Was hatte das alles zu bedeuten? Ängstlich und benommen kauerte sie sich hinter die steinerne Bank.

Wo zuvor noch menschliche Haut geschimmert hatte, dehnte sich nun rissiges, grauschwarzes Leder über Knochen und Muskeln. Aus den Schultern erwuchsen Buckel, streckten sich in Sekundenschnelle weit über den Körper hinaus, um sich mit einem Mal zu gewaltigen, von knotigen Adern durchzogenen Flügeln zu entfalten. Krallen kratzten über den Boden. Ein Schwanz, kräftig und mit einer löwengleichen Quaste versehen, peitschte den Altar. Das Brüllen des Untiers ließ die Verwandlung des Gesichts erahnen, das sich Sophies Blick entzog. Als beißender Schwefelgestank über sie hereinschwappte, zog sich ihre Kehle zusammen. Der Dämon schien den Raum bis unter die Decke auszufüllen, und doch musste da noch ein Gegner sein, auf den er sich nun stürzte.

Ein Schlag des Schwanzes traf Sophie so fest, dass sie aufschrie und um ihr Gleichgewicht kämpfen musste. Geduckt und das Handgelenk noch immer umklammernd, zog sie sich seitwärts zur Wand zurück. Das Flattern der Flügel löschte die letzte Kerze und tauchte die Kapelle in Dunkelheit. Sophie starrte auf die kämpfenden Schemen, die fauchend und knurrend in der Finsternis wogten.

Draußen loderte ein Blitz auf, erhellte einen Lidschlag lang den Raum. Im grellen Licht sah sie überdeutlich die beiden ungleichen Körper, die sich für den Moment ineinander verknäult hatten – der eine dunkel, riesig wie ein Stier, der andere heller, menschlicher. Doch auch aus seinem Rücken reckten sich dunkle, aber gefiederte Schwingen, reichten von einer Wand zur anderen.

Rafe? Vergeblich versuchte sie, mit den Augen die Schatten zu durchdringen, bis ein weiteres Gleißen, dicht gefolgt von einem markerschütternden Donnerschlag, die Finsternis zerriss. Selbst von Wut und Gebrüll und dämonischer Natur verzerrt erkannte sie sein Gesicht, bevor es wieder im Dunkel verschwand. »Rafe! Nein!«, schrie sie. »Ich tue es doch für dich!« Hörte er sie in diesem Toben überhaupt?

Ein heftiger Stich drang durch ihren Schädel. Vor Schmerz schnappte sie nach Luft und kniff die Augen zusammen. Ihr war so schwindlig, dass sie für einige Sekunden nicht wusste, wo oben und unten waren.

»Wie kannst du einem Dämon glauben!« Er sprach direkt in ihrem Kopf. *»Er benutzt dich. Flieh!«*

Das Ungeheuer brüllte so zornig auf, dass der Boden unter Sophie erbebte. Der Kampf entbrannte noch wilder. *Ja, wie kann ich einem Dämon glauben?* Doch Rafe war selbst einer von ihnen, und Kafziel hatte sie vor seinem Eingreifen gewarnt. Aber wenn er ihr tatsächlich alles vorgemacht hatte, um sie für etwas völlig anderes zu missbrauchen?

Ihr wurde bewusst, dass sie in einer Pfütze ihres eigenen Bluts kniete, das sich unter ihrer Hand hervordrückte. Entsetzt bemühte sie sich, fester zuzudrücken. Ihre Gewissheit, mit diesem Opfer das Richtige zu tun, war dahin. *Ich muss den Arm abbinden!* Doch wenn sie losließ, um nach einem der Seidenbänder zu greifen, würde das Blut wieder ungehemmt aus ihren Adern schießen. Und einhändig auf die Schnelle einen Knoten machen? *Unmöglich.* Angst packte sie. *Ich will nicht sterben!*

Ein neuer Blitz enthüllte, wie Kafziel Rafe mit der Linken bei den Klauenhänden gepackt hielt und gegen die Wand drückte, während seine rechte Pranke eine blutige Spur über den Brustkorb zog. »Glaubst du wirklich, du könntest mich besiegen, du Narr? Unterwirf dich, oder ich …«

Sophie zuckte zusammen, als es hinter ihr knallte. Glas zersprang, regnete klirrend um einen fast kopfgroßen Stein herum zu Boden, der krachend aufgeschlagen war. Rasch sah sie wieder zu Kafziel, der sich nur kurz umgeblickt hatte.

»Unterwirf dich, oder ich werde dich vernichten!«

»Niemals«, keuchte Rafe.

Sie konnte nicht erkennen, was geschah, spürte nur den Luftzug durch die schlagenden Flügel, hörte das Schaben und Scharren der Klauen, Rascheln, Schläge, Fauchen und Grollen. Erneut wogten die Schatten in der Dunkelheit, aber es musste draußen noch jemanden geben, der den Stein geworfen hatte. Doch wozu? Gerade als sie sich wieder zu dem beschädigten Fenster umdrehte, sah sie dort etwas aufglänzen, während es fiel. Es gab einen dumpfen Aufprall mit einem leisen Knacken wie von Plastik. Rasch schob sie sich näher. Seit wann waren ihre Beine nur so schwach? Sie musste sich mit der Schulter an der Wand abstützen. Scherben knirschten unter ihren Sohlen. Wind fegte durch das Loch in der Scheibe herein, das von einer Seite des schmalen Fensters zur anderen reichte. Sie hätte den Kopf hindurchstecken können, wenn sie sich nicht vor scharfen Kanten des verbliebenen Glases gefürchtet hätte. Der Sturm pfiff nun lauter um die Mauern. Draußen hörte sie das Rauschen des Laubs und hastige Schritte, die sich entfernten.

Blendendes Licht durchzuckte aufs Neue die Kapelle. Vor ihr lag eine kleine, vom Aufprall eingedellte Plastikflasche in den Scherben. *Was hat das zu bedeuten?* Wer trieb sich noch auf diesem Friedhof herum und warf ausgerechnet Wasser zu ihnen hinein? *Wasser … Weihwasser! Jean!* Er konnte nicht hereinkommen, weil er keinen Schlüssel hatte, und wie sie am Mittag gesehen hatte, waren alle Fenster vergittert, die nicht ohnehin zu eng waren, um hindurchzusteigen.

Hinter ihr ertönte ein schmerzvoller Aufschrei. Erschreckt fuhr sie herum. Ein unheilvolles, bläuliches Licht umgab das Ungeheuer, das triumphierend über Rafe aufragte. Mit einer Klaue stand es auf einer der zerzausten Schwingen, mit der anderen auf Rafes Unterleib und krallte sich hinein. Sophies Herz erstarrte in ihrer Brust. *Nein!*

»Gegen mich bist du ein Nichts!«, höhnte Kafziel.

Seidenbänder, Kerzen, Taschen, selbst die schwere silberne Schale wirbelten auf einmal durch die Luft, prasselten auf den Dämon ein, doch er lachte nur, während die Geschosse wirkungslos zu Boden fielen. Sophies Fuß stieß gegen die Plastikflasche. Sie war das Einzige, was noch an seinem Platz lag.

»Unterwirf dich, töte sie für mich, wenn du nicht ausgelöscht werden willst!«

»*Tu es! Vertrau mir!*«, hörte sie Rafe in ihrem Kopf. Sie würde ihren Arm für einen Moment loslassen müssen, und sie hatte nur einen Versuch – aber keine Wahl.

Blut schoss hervor, als sie das Handgelenk freigab und nach der Flasche griff. Mit aller Macht unterdrückte sie den Drang, sofort wieder die Blutung zu stillen. Wieder zuckte grelles Licht durch den Raum. Blendete Sophie im Augenblick, da sie warf. Der Donner brachte die Wände zum Zittern. Hektisch drückte sie auf ihrem Arm herum, presste die Wunde zusammen, so gut es ging. Ihr war so schwindlig. Sie lehnte sich mit dem Rücken gegen die Wand, um nicht zu fallen. Die Beine trugen sie kaum noch. Langsam ließ sie sich dem Boden entgegensacken, während ihr ängstlicher Blick auf Kafziels gewaltigen Umriss gerichtet war, der Rafe unter sich zermalmte.

Etwas Glitzerndes sprühte plötzlich empor. Das Ungetüm brüllte auf, schlug mit den Flügeln, sodass Sophie gegen den Wind anblinzeln musste. Zurücktaumelnd fegte der Dämon selbst die steinerne Bank zur Seite, die knirschend über die Fliesen schabte.

Wieder ein Blitz. Rafe stand vor seinem Gegner. Eine Schwinge hing gebrochen herab, lose Federn segelten zu Boden. Seine Haut war von zahllosen Schnitten übersät. In der Hand hielt er die geöffnete Flasche. Das Licht erlosch, der Donner fuhr wie ein Hammer nieder. Wasser prasselte außen wie innen.

»Fahr zur Hölle, Dämon!«

»Sei verflucht, Gadreel!«, zischte das Ungeheuer.

Oder war es nicht seine Stimme, die zischte? Sophie konnte es nicht unterscheiden, doch es war ihr gleich. Es zählte nur, dass Kafziels Gestalt schrumpfte, verblasste, bis sie sich völlig in die Dunkelheit aufgelöst hatte.

Rafe brach in die Knie, schüttelte wie benommen den Kopf. Auch er schien ein wenig zu schrumpfen, kehrte auf ein menschliches Maß zurück. Die grauen Schwingen zerfielen zu Staub. Schon begannen sich die Wunden zu schließen. Die bleiche Haut näherte sich Sophies dunklerer Farbe an.

Sie sah es kaum noch. Ihre Lider waren so schwer geworden, so schwer. Hatte sie nicht eben noch eine Wand in ihrem Rücken gehabt? Die musste irgendwie verschwunden sein. Sie schwebte wie in Watte gepackt. Der Dämon war fort. Alles war gut.

»Ja«, drang Rafes Stimme an ihr Ohr. »Es wird alles gut.«

Epilog

»Gibt es noch jemanden, den ich informieren soll?«, erkundigte sich Madame Guimard. Schick gekleidet und makellos frisiert wie stets saß sie am Krankenhausbett, doch das Make-up wirkte an diesem Morgen wie ein Fremdkörper in ihrem Gesicht. Die Sorgen der vergangenen Nacht hatten die Falten tiefer in ihre Miene gegraben. Der Lippenstift stach zu grell von ihrer Blässe ab, der Puder war nicht in alle Furchen der runzligen Haut vorgedrungen. Es tat Sophie leid, dass sie der alten Frau solche Aufregung zugemutet hatte. *Wie hätte sie erst ausgesehen, wenn ich gestorben wäre!*

»Dieser junge Mann vielleicht, der mich gestern angerufen hat? Jean Méric. Er klang sehr besorgt«, betonte Madame Guimard.

»Nein, nicht nötig. Ich werde ihn selbst anrufen.« *Es genügt schon, dass Sie meine Eltern rebellisch gemacht haben.* Sophie rang sich ein dankbares Lächeln ab, obwohl sie inständig hoffte, dass ihre Eltern nicht auf dem Weg nach Paris waren. Es ging ihr gut. Sie schwebte nicht mehr in Lebensgefahr. In ein paar Tagen würde sie nur noch der Verband um ihr Handgelenk daran erinnern, dass ein Dämon eine ihrer Adern durchtrennt hatte.

Die Blumen, die Madame Guimard mitgebracht hatte, erfüllten mit ihrem Duft allmählich den karg eingerichteten Raum. Das Mädchen, das die Nacht hier verbracht hatte, war erst vor zehn Minuten entlassen und von seiner Familie abgeholt worden, doch die Krankenschwester hatte schon angekündigt, dass Sophie nicht lange im Genuss eines Einzelzimmers bleiben würde.

»Kann ich sonst noch etwas tun, chérie? Unterwäsche und Nachthemden habe ich dir mitgebracht. Deine Zahnbürste und das alles liegt im Bad, aber vielleicht brauchst du etwas zum Lesen. Soll ich irgendein Buch kaufen? Eine Zeitschrift? Ich komme heute Nachmittag wieder und kann es mitbringen.«

»Danke, Madame Guimard, das ist wirklich lieb von Ihnen, aber Sie müssen sich keine Umstände machen. Nehmen Sie doch einfach das Buch von meinem Nachttisch. Dann komme ich endlich dazu, es zu lesen.«

Sie erschrak, als das Telefon auf der Ablage neben dem Bett klingelte. *Meine Nerven liegen wohl doch noch blank.*

»Das sind sicher deine Eltern, da will ich nicht länger stören.« Madame Guimard drückte ihr rasch die Finger der linken Hand, in der weiter oben eine Infusionsnadel steckte. »Bis später, chérie!«

»Danke für alles!«, rief Sophie ihr nach, während sie zum Hörer griff. Sie wappnete sich für die Flut besorgter Fragen und Vorwürfe, die ihre Mutter über sie ausgießen würde. »Ja, hallo?«

»Sophie? Hier ist Jean. Geht es dir gut?«

»Jean!«, rief sie vor Erleichterung aus. »Ja, ja, es ist alles in Ordnung. Ich bin nur etwas müde und schwach auf den Beinen, aber ich bekomme Bluttransfusionen und solches Zeug, um den Verlust auszugleichen.« Hatte er sie in diese Klinik gebracht? Woher sollte er sonst wissen, dass sie hier war? Sie konnte sich nur nebelhaft an Rafe erinnern, der sie getragen hatte. Aber Jean war bei der Kapelle gewesen. Sicher hatte er sie begleitet.

»Es tut mir leid, dass wir nicht früher bei dir waren«, murmelte er, sodass sie sich anstrengen musste, ihn zu verstehen. »Es hätte nie so weit kommen dürfen.«

»Nein, ich war doch selbst schuld. Ich hätte niemals so dumm sein dürfen, diesem Dämon zu glauben. Du hast mich oft genug gewarnt, dass sie Meister der Täuschung sind.«

»Trotzdem habe ich zugelassen, dass er dich verletzt hat. Das ist unverzeihlich.« Er klang düster und eher so, als spreche er mit sich selbst.

»Rede doch keinen Unsinn! Wenn du nicht das Weihwasser durchs Fenster geworfen hättest, wäre ich jetzt vielleicht tot.«

»Ich … wollte reinkommen«, beteuerte er. »Aber die Tür war magisch versiegelt. Nicht mal der gefallene Engel hat sie aufbekommen. Ich hab alles versucht. Dann hab ich's an den Fenstern probiert. Am Ende bin ich losgerannt und hab etwas gesucht, das ich als Brechstange benutzen kann, aber … Was? Ja, verdammt, ich fasse mich kurz.«

Mit wem sprach er da im Hintergrund?

»Jedenfalls wollte ich zurückkommen. Das musst du mir glauben. Aber sie haben mich vorher geschnappt.«

»Geschnappt? Wer?«

»Die Flics. Ich bin verhaftet, weil sie glauben, ich hätte Caradec ermordet.«

Den Anführer des Zirkels? »Was? Aber wie …«

»Das ist jetzt zu kompliziert. Mach dir keine Sorgen um mich. Meine Anwältin ist gut – die beste. Madame Geneviève Des Anges. Ich rufe von ihrem Handy aus an, deshalb müssen wir Schluss machen. Pass auf dich auf, Sophie! Au revoir!«

»Ja, aber … Warte, Jean!« Es war zu spät, die Verbindung bereits unterbrochen.

»Du solltest dir wirklich keine Sorgen machen«, ertönte Rafes Stimme vom Nachbarbett her. »Ich bin sicher, die Obduktion wird als Todesursache einen Herzinfarkt ergeben.« Er lehnte an der Bettkante, doch als sich Sophie ihm zuwandte, kam er zu ihr herüber.

Sie konnte sich nicht helfen – ihr Herz schlug bei seinem Anblick schneller, während Freude, Überraschung, Bedauern und Aufregung darin um die Vormacht stritten. »Du … du kannst hier doch nicht einfach so auftauchen. Die Schwester kann jeden Moment nach mir sehen! Was soll sie denn denken, wie du hier reingekommen bist?«

»Dass sie gerade in einem anderen Zimmer war?«, schlug er vor. »Das Personal ist viel zu beschäftigt, um jeden Besucher im Auge zu haben.« Lächelnd nahm er ihre Hand.

Wärme ging von der Berührung aus, durchdrang ihre Haut, den Arm, breitete sich als leises Glücksgefühl bis in ihr Herz aus. Er hatte sie gerettet, für sie gekämpft, sich mit einem Dämon angelegt, der ungleich mächtiger war. Konnte es so falsch sein, ihn zu lieben?

»Es freut mich, dass es dir wieder besser geht. Du warst nicht mehr weit von der Schwelle entfernt.«

»Du musst mich für eine komplette Idiotin halten, weil ich auf Kafziel hereingefallen bin. Aber ich kann nicht so weitermachen! Ich kann dich nicht jeden Tag aufs Neue abweisen. Ja, ich weiß, dass du es genau darauf anlegst, aber ich will nicht die Braut eines Dämons werden.« Sie bemerkte die Tränen erst, als sie ihr übers Gesicht liefen.

»Das musst du auch nicht.« Er strich liebevoll über ihre Wange, dann trat er einen Schritt zurück. »Ich bin hier, um dir etwas zu zeigen.«

Sein Bild auf ihrer Netzhaut flackerte wie damals, als sie ihn gezwungen hatte, seine wahre Natur zu offenbaren. Sophie stockte der Atem. Sie blinzelte gegen das Licht an, das ins Zimmer flutete, als sei die Sonne hinter einer Wolke hervorgekommen. Rafes Gestalt strahlte so hell, dass sie sein Gesicht kaum noch erkennen konnte, und doch wusste sie mit einer Gewissheit jenseits körperlicher Sinne, wer vor ihr stand. Wie zuvor die Wärme ergoss sich nun das Licht in sie, erfüllte sie mit einer Liebe, die so groß, so allumfassend war, dass sie alles andere vergessen machte. Und breiteten sich in diesem Gleißen nicht auch Schwingen aus?

Ein lautes Klopfen ließ das Bild verlöschen. Eine der Krankenschwestern steckte den Kopf herein. »Ist die Infusion schon durchgelaufen?«

Sophie konnte nicht antworten. Ihre Gedanken waren in Ergriffenheit erstarrt. Ihr Herz floss über von der Liebe, die sie gespürt hatte. Ein Kitzeln lenkte ihren Blick auf ihre Hand hinab. Auf der Bettdecke lag eine weiße, flaumige Feder.

Dank

Dass ein bestimmtes Buch nie geschrieben worden wäre, wenn dieser oder jener hilfreiche Mensch nicht dazu beigetragen hätte, ist in Danksagungen fast schon ein Klischee geworden. In diesem Fall trifft es jedoch so grundlegend zu, dass ich es einfach strapazieren muss. Mein erster Dank gilt deshalb Carsten Polzin vom Piper Verlag für die Ermutigung und Unterstützung.

Einen großen Beitrag haben auch die Paris-Expertinnen meiner Familie geleistet, die mir immer mit Rat und Tat beigestanden haben. Meiner Schwester danke ich für Einblicke in ein Paris jenseits des Massentourismus und dafür, dass sie mein Französisch kritisch unter die Lupe genommen hat. Meiner Mutter danke ich besonders dafür, mich als meine »persönliche Fremdenführerin« mit »ihrem« Paris vertraut gemacht zu haben.

Des Weiteren haben sich meine Lektorinnen Catherine Beck und Michelle Gyo ebenso meinen Dank verdient wie meine Agentinnen Natalja Schmidt und Julia Abrahams.

Und last but not least gilt ein herzliches Dankeschön Helene Luise Köppel und Torsten Bieder, die das Manuskript mit ihren Anmerkungen verbessert haben, und Christian Tump für Übersetzungen ins Spanische.

SEI UNSER
HELD!
PIPER FANTASY
Gleich mitmachen und die magische Welt der Piper Fantasy erleben! Neugierig? Dann auf zu www.piper-fantasy.de!
Piper-Fantasy.de
PIPER

11
Place Vendôme
7
5
QUARTIER LATIN
Boulevard St. Germai
8
16
Boulevard St. Michel
Legende
1 Brücke am Canal St. Martin
2 Institut du Monde Arabe
3 St. Nicolas-du-Chardonnet
4 Notre Dame
5 Pont Neuf
6 Panthéon
7 Louvre
8 Medici-Brunnen
9 Rue des Barres
10 Arènes de Lutèce
11 Opéra
12 Centre Pompidou
13 Place de la Contrescarpe
14 Pont de la Tournelle
15 Paris tanzt
16 Jardin du Luxembourg